ミステリ交差点

博覧強記の
現代エンターテインメント時評

日下三蔵

本の雑誌社

ミステリ交差点　目次

はじめに■8
推理小説の持つ無限の可能性を示した好一対の作品■10
東野圭吾『トキオ』／真保裕一『発火点』
いま、山田正紀の新作を読み逃すのは損だ■14
山田正紀『渋谷一夜物語』／『僧正の積木唄』
開拓時代の北海道を舞台にした二つの活劇小説■19
佐々木譲『黒頭巾旋風録』／朝松健『旋風伝』
二十五年の時を隔てて対峙する二つのアンチ・ミステリ！■23
竹本健治『匣の中の失楽』／山口雅也『奇偶』
物語の奔流に浸る悦楽——大河伝奇シリーズの愉しみ！■27
高橋克彦『総門谷R』／酒見賢一『陋巷に在り』
ついにブレイクした警察小説の名手の最新二大傑作！■31
横山秀夫『顔 FACE』／『深追い』
ミステリの手法が鮮やかに描き出す戦前を生きた「女性」の姿——■35
多島斗志之『汚名』／北村薫『街の灯』
新鋭作家が趣向を凝らしておくるクライム・サスペンスの秀作二篇■39
伊坂幸太郎『陽気なギャングが地球を回す』／生垣真太郎『フレームアウト』
謎解き、アクション、人物造型に秀でたジュニア小説界の逸材たちを見逃すな！■43
上遠野浩平『ブギーポップ・スタッカート ジンクス・ショップへようこそ』／茅田砂胡『レディ・ガンナーと宝石泥棒』
囲みを破って闇を走る！ 新鋭作家の手になる脱獄小説の傑作二冊■48
東山彰良『逃亡作法 TURD ON THE RUN』／五十嵐貴久『安政五年の大脱走』
「見破る愉しみ」と「騙される悦楽」、どんでん返しこそ本格短篇の醍醐味■52
貫井徳郎『被害者は誰？』／折原一『模倣密室』

副読本としてのノンフィクションから垣間見るミステリ作家の生活と意見■56
山田風太郎『戦中派闇市日記』／島田荘司『21世紀本格宣言』
伝奇ホラー・SF・ミステリを独自のレシピでブレンドする奇才の作品に注目せよ！■60
田中啓文『UMAハンター馬子　闇に光る目』／『忘却の船に流れは光』
未知の傑作に出会う絶好の機会！　究極の珍品を蒐めた二冊のアンソロジー■65
ミステリー文学資料館編『「探偵倶楽部」傑作選』／長山靖生編『明治・大正・昭和　日米架空戦記集成』
大自然の中で繰り広げられる死闘の連続！　手に汗握る長篇冒険小説の二大収穫■69
笹本稜平『太平洋の薔薇』／谷甲州『紫苑の絆』
ジュニア小説の新しい流れ！　大人が読んでも面白い第一線作家たちの新作■73
有栖川有栖『虹果て村の秘密』／かんべむさし『笑撃☆ポトラッチ大戦』
探偵小説を読む愉しみ！　埋もれた傑作に光を当てる二つの好企画登場■77
『平林初之輔探偵小説選Ⅰ・Ⅱ』／藤田知浩編『外地探偵小説集　満洲篇』
国産ミステリの元祖・捕物帳——。その最新の進化形態を示す二冊の時代推理小説■81
芦辺拓『殺しはエレキテル　曇斎先生事件帳』／京極夏彦『後巷説百物語』
過去の業績に新たな側面から光を当てる——。推理作家個人全集の楽しみ方■85
『江戸川乱歩全集　第15巻　三角館の恐怖』／『日影丈吉全集　第4巻』
題材とトリックの有機的な結合！　本格派が罠を仕掛ける二つのスポーツ・ミステリ■89
小森健太朗『大相撲殺人事件』／歌野晶午『ジェシカが駆け抜けた七年間について』
贋物と本物の境界線はどこに？　知恵の戦いが火花を散らすコン・ゲームの傑作二冊■94
赤城毅『贋作遊戯』／楡周平『フェイク』
ミステリからホラーまで変幻自在の語り手が放つ、企みとサスペンスに満ちた二冊■98
恩田陸『黄昏の百合の骨』／『禁じられた楽園』
日常の中に潜む数々の謎を鮮やかに解決する実力派女性作家の連作ミステリ最新作■104
青井夏海『陽だまりの迷宮』／加納朋子『スペース』

幕末から明治へ――。激動の時代の空気を鮮やかに描く歴史本格ミステリの新作二篇■108
戸松淳矩『剣と薔薇の夏』／翔田寛『消えた山高帽子』

ホラー界の才人が趣向を凝らして贈る本格推理長篇&奇妙な味の短篇集■112
倉阪鬼一郎『42.195 すべては始めから不可能だった』／『十人の戒められた奇妙な人々』

入唐千二百年記念！　空海を主人公にした驚愕の歴史ミステリと大長篇伝奇小説■116
鯨統一郎『まんだら探偵　空海　いろは歌に暗号』／夢枕獏『沙門空海唐の国にて鬼と宴す』

〝新本格推理〟第一世代の二人が久々に放つ渾身の本格ミステリ巨篇、ついに登場！■121
綾辻行人『暗黒館の殺人』／法月綸太郎『生首に聞いてみろ』

本格ミステリ＋青春小説の味わい。少年探偵の苦悩と成長を描く人気シリーズ二作■125
はやみねかおる『少年名探偵　虹北恭助のハイスクール☆アドベンチャー』／太田忠司『狩野俊介の記念日』

国産ハードボイルドの職人作家二人が、円熟のストーリーテリングで描く最新長篇■130
原尞『愚か者死すべし』／逢坂剛『墓石の伝説』

騙し合いと化かし合い――。海千山千の曲者たちが巣食う美術界を舞台に描く傑作■134
黒川博行『蒼煌』／北森鴻『瑠璃の契り』

帝都の闇を走る吸血鬼の影！　異形の怪物に戦いを挑む若者たちを描く明治伝奇小説■138
菊地秀行『明治ドラキュラ伝①』／楠木誠一郎『吸血鬼あらわる！』

恋愛小説の愉しみ！　名手が描く企みに満ちたミステリアス・ラブストーリー■142
津原泰水『赤い竪琴』／松尾由美『雨恋』

人の心の聖と俗を仮借ない筆致で描く豪腕作家のまったく対照的な最新長篇二冊■147
新堂冬樹『聖殺人者』／『僕の行く道』

サスペンス横溢の捜査と意表をつく結末――。構成の妙で読者に挑戦する傑作■151
我孫子武丸『弥勒の掌』／藤岡真『ギブソン』

〝閉鎖状況〟を設定して読者との知恵比べに挑む二人の新鋭の本格ミステリ！■156
東川篤哉『館島』／石持浅海『扉は閉ざされたまま』

襲い来るモンスターとどう戦うか？　怪物に相対した人間を描くホラー＆ＳＦ■161
有川浩『海の底』／飛鳥部勝則『鏡陥穽』

ミステリのプロたちが選んだ一年間の精華！　年鑑が示す現代ミステリの最先端■165
日本推理作家協会編『ザ・ベスト ミステリーズ２００５』／本格ミステリ作家クラブ編『本格ミステリ05』

ヤクザの一家と二十一世紀末の若者——。クジラに挑む男たちの痛快活劇！■170
梶尾真治『波に座る男たち』／中島望『宇宙捕鯨船バッカス』

地球環境の激変に立ち向かう人々のドラマを壮大なスケールで描くＳＦ巨篇二作■174
藤崎慎吾『ハイドゥナン』／池上永一『シャングリ・ラ』

本格ミステリの巨匠・高木彬光。今も読み継がれる名探偵・神津恭介ものの新刊二冊■179
高木彬光『刺青殺人事件 新装版』／『名探偵神津恭介1 悪魔の口笛』

実力派作家を輩出する二つの新人賞から注目のジャンルミックス作品が登場！■183
西條奈加『金春屋ゴメス』／恒川光太郎『夜市』

幻想美の世界を追求する二人の女流作家。その珠玉の作品集に陶酔せよ！■188
篠田真由美『螺鈿の小箱』／皆川博子『蝶』

国産探偵小説の最初期に文豪が手がけた幻の作品が相次いで復活！■192
佐藤春夫『維納の殺人容疑者』／徳冨蘆花『徳冨蘆花探偵小説選』

「論理」と「幻想」と「恐怖」の融合——。困難に挑む二人の異能作家の最新傑作！■197
稲生平太郎『アムネジア』／小林泰三『脳髄工場』

黎明期の作品群と異能作家の最新作。新旧二冊に伝奇小説八十年の進化を見る■201
国枝史郎『国枝史郎歴史小説傑作選』／宇月原晴明『安徳天皇漂海記』

国家と個人の関わりを背景に骨太な物語を描く！　冒険小説の最新形態を示す二冊■208
垣根涼介『ゆりかごで眠れ』／福井晴敏『Ｏｐ．ローズダスト』

第一線の人気作家が、趣向を凝らして読者に挑戦するオリジナル・アンソロジー！■212
犯人当て『気分は名探偵』／テーマ競作『川に死体のある風景』

サスペンス横溢の筆致で現代社会の暗部に鋭く切り込むハードボイルド派の力作二冊■ 217
香納諒一『贄の夜会』／東直己『墜落』

遺伝子が導く驚愕の真相！　推理作家の想像力が最先端科学と切り結ぶ異色傑作■ 221
北川歩実『運命の鎖』／柴田哲孝『TENGU』

絶妙の話術が日常に穿つ巨大な穴——。実話怪談の名手が拓く恐怖小説の新地平！■ 226
平山夢明『独白するユニバーサル横メルカトル』／福澤徹三『ピースサイン』

どこにでもいる人の悪意と欲望をユーモラスな筆致で描く新鋭・蒼井上鷹の最新作■ 230
蒼井上鷹『出られない五人』／『二枚舌は極楽へ行く』

青春時代の空気を鮮やかに描く新鋭作家の学園ミステリ二冊！■ 235
佐竹彬『七不思議の作り方』／村崎友『たゆたいサニーデイズ』

作品分析と蘊蓄紹介——。ミステリ評論の二つの軸の先端に位置する最良の収穫！■ 239
巽昌章『論理の蜘蛛の巣の中で』／小鷹信光『私のハードボイルド』

日本ミステリ屈指のストーリーテラーの代表作と超レア作品が登場！■ 244
横溝正史『犬神家の一族』／『横溝正史翻訳コレクション』

極上の料理と謎解きの融合！　二人の異色作家が丹精込めた美食とミステリの競演！■ 248
松田美智子『天国のスープ』／芦原すなお『わが身世にふる、じじわかし』

四十年にわたって第一線で活躍するベテランが熟練のテクニックを見せる最新作二冊■ 253
佐野洋『歩け、歩け』／夏樹静子『四文字の殺意』

日本ＳＦのパイオニアの生涯を描く本格評伝と翻訳怪奇小説出版の仕掛人の回想記■ 257
最相葉月『星新一　一〇〇一話をつくった人』／紀田順一郎『幻想と怪奇の時代』

姿を消した大切な人を追う二人の女性。現代の女探偵は自らの力で人生を切り開く！■ 262
永井するみ『カカオ80％の夏』／柴田よしき『回転木馬』

二冊のオリジナル・アンソロジーで参加作家たちの技巧の冴えを堪能する！■ 266
日本推理作家協会監修『小説　こちら葛飾区亀有公園前派出所』／小山正編『バカミスじゃない!?　史上空前のバカミス・アンソロジー』

一夏の〝魔〟に魅入られた子供たち。ライトノベル界のベテランが放つ幻想推理！■271
早見裕司『満ち潮の夜、彼女は』／小林めぐみ『魔女を忘れてる』
新旧作家の巧緻極まる短篇集とアイデア満載の大長篇で密室トリックの快楽に浸れ！■275
鮎川哲也『消えた奇術師』／柄刀一『密室キングダム』
「捕物帳」というスタイルで時代小説と本格ミステリの融合を目指した先人の名作■280
都筑道夫『新 顎十郎捕物帳』／林不忘『林不忘探偵小説選』
死体すら弄ぶ背徳の筆が容赦なく描く人間の〝真実〟！　狂気の傑作を見逃すな！■284
飯野文彦『バッド・チューニング』／池端亮『あるゾンビ少女の災難』
大家が戦前に発表した知られざる探偵小説が、時を超えて今よみがえる！■289
山本周五郎『シャーロック・ホームズ異聞』／木々高太郎・海野十三・大下宇陀児『風間光枝探偵日記』
個人と組織。国家と犯罪――。現代社会の最先端を描く警察小説の秀作！■293
誉田哲也『国境事変』／堂場瞬一『長き雨の烙印』
ミステリ作家が優れたマンガから生み出した二つのオリジナル・ストーリー！■298
乙一『The Book—jojo's bizarre adventure 4th another day』／二階堂黎人『小説 鉄腕アトム　火星のガロン』
本格ミステリというスタイルが鮮やかに描き出す青春の苦さと成長の痛み！■302
道尾秀介『ラットマン』／三雲岳斗『少女ノイズ』
一千年の未来社会と大戦前夜のベルリン――。対照的な舞台に展開するＳＦ大作■307
貴志祐介『新世界より』／野阿梓『伯林星列』

あとがき■312

作品名／作家名索引■334

装　丁　山田英春

はじめに

本書は、「小説現代」二〇〇二年九月号から二〇〇八年四月号まで、六十八回にわたって連載された時評「ミステリ交差点」を、加筆訂正のうえ単行本化したものである。

おおよそ二ヵ月以内に刊行された新刊書籍の中から、何らかの共通点を持つ二冊を取り上げて紹介する、というコンセプトのコーナーだが、単にその二冊の内容をレビューするだけでは平面的な書評になってしまうと思い、「同じ共通点を持つ過去の作品」にもなるべく言及して、立体的な内容にするよう心がけてみた。

作品のジャンル（本格ミステリ、ハードボイルド、捕物帳、SF、ホラー……）、テーマ（脱獄、コン・ゲーム、恋愛、学園……）、形式（全集、アンソロジー、ノンフィクション……）など、交差するポイントは、回によってまちまちである。ある作家が同時に二冊の新刊を出した場合には、「その作家の本」という共通点でくくっている。

新しい本を紹介する「新刊時評」と旧い本を紹介する「名作ガイド」、相反する二つの性格を持ったコラムを一つのコーナーで融合させようと、試行錯誤を繰り返した結果が、本書である。水と油がうまく混ざって、時評としてもガイドとしても面白い。――という結果になっていればよいのだが、さてどうだろうか。読者諸兄姉に、少しでも読書の際の参考に供していただければ幸いである。

I

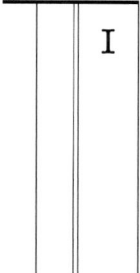

推理小説の持つ無限の可能性を示した好一対の作品

東野圭吾『トキオ』
真保裕一『発火点』

　こんなに共通点の多い本が同時に刊行されるとは、面白い偶然もあるものだ。まず著者がいずれも江戸川乱歩賞出身の人気作家であること。片や新聞、片や月刊誌に、二〇〇〇年から連載された長篇作品であること。どちらも狭い意味での「ミステリ」の枠内から一歩踏み出した総合的なエンターテインメントであること。そして何よりどちらの作品も「父と息子の絆」をメインテーマに据えていること——。ここまで共通項があると、一種の競作としての興味すら湧いてくる。もちろん小説としての味わいはまるで違う——というか、むしろ正反対といってもいいぐらいなのだが。

　まずは先輩に当たる東野圭吾の作品からご紹介しよう。物語は宮本拓実・麗子夫妻が、難病に冒されわずか十七歳で世を去ろうとしている息子・時生《ときお》の最期を看取る場面から始まる。ある意味では、息子が生まれた時から覚悟していた瞬間が目の前に迫りつつあったが、そのいよいよという時になって、拓実が奇妙なことを言い出す。「いまから二十年以上前、俺は時生に会った事がある」——と。

　時は一九七九年。二十三歳の宮本拓実青年は、どこに就職しても一年と保《も》たない不安定な生活をつづけていた。スナックで働く恋人・早瀬千鶴の心配をよそに、いつかビッグになってやると繰り返すだけの拓実は、今日も詐欺同然のキャッチセールスの仕事に嫌気がさし、上司を殴ってしまうのだった。昼間から当てもなく花やしき遊園地で時間をつぶしていた拓実は、そこでトキオと名乗る奇妙な青年に出会う。彼はどうやら拓実のことを知っているようなのだが……。

　このトキオが、すなわち時間を遡って若き日の父の前に現れた時生であるということは、読者には隠されていないが、七九年の登場人物たちには当然のことながら伏せられている。トキオは千円札の伊藤博文に驚いたり、携帯電話の普及を予言したりするのだが、拓実にはまだその意味が判らないのだ。日本推理作家協会賞を受賞して著者の出世作となった『秘密』（文春文庫）は、「事故で死んだ妻の魂が娘の肉体に入ってしまう」というSF的な設定を用いた傑作だったが、本書もその系列に属する作品といっていいだろう。もっとも、この場合のSF的な仕掛けはシチュエーションを設定するため、つまり物語の枠組みを設けるために利用されているだけで、設定自体がストーリーの中心になるという訳ではない。

さて、拓実は生母の婚家である名古屋の和菓子屋から、母が危篤なのでぜひ会いに来てやってほしいと連絡を受けていたが、父親の名を明かさずに自分を生み、結局は生活苦から自分を養父母へと渡した生母に対して、複雑な思いを抱く彼は、頑なに名古屋行きを拒否していた。トキオは父をなんとか祖母の死に目に会わせようと苦心するが、そんな折、千鶴が置手紙を残して失踪してしまう。彼女と一緒に逃げたスナックの客の方が訳ありのようで、ヤクザがその行方を探っているのだ。拓実とトキオは、千鶴を追って大阪へと向かうことになる――。

講談社（2002）

ここまでで全体の約四分の一。敵・味方いずれも魅力的なキャラクターが徐々に顔をそろえ、本格的な追跡劇へ突入すると、ストーリーはにわかにサスペンスの度合いを増していく。とはいえ、若くて無鉄砲な拓実とどこか茫洋としたトキオのコンビが、さまざまな人に出会いながら千鶴の足跡をたどっていく過程に暗さはまったくなく、青春冒険小説といった趣が強いのだが。拓実自身の出生の秘密を絡めつつ進行する旅は、意表をついた展開の連続で、読み始めたらなかなかやめることができないだろう。

東野作品が陽性な活劇調の物語だったのに対して、真保裕一の『発火点』（講談社→同文庫）は一人の男の過去を延々と綴る内向的なドラマである。語り手の「俺」――杉本敦也には、他人に打ち明けられない過去があった。それは十二歳の夏、父親を殺人事件で失ったということ。父が殺されたこと自体のダメージよりも、それを知った周りの人が、腫れ物にでも触るかのように急に態度を変えるのが、たまらなく嫌なのだ。憐れみに満ちた目つき、根拠のない優越感、そして善意の裏から滲む隠し切れない好奇心……。決して悪気がなくても人はどうしてもそういう反応をしてしまう。敦也は他人と一定の距離をおいて生活せざるを得なかった。

　目立つのが嫌な一心でなんとか高校だけは出た敦也は、母や祖母のもとからも逃れて一人暮らしを始める。しかし最初に勤めた整備工場は半年ほどしかつづかず、後はアルバイトで食いつなぐ毎日。そんな中、遊園地のアルバイトで知り合った山辺靖代は、地味ながらしっかり者で、互いの過去に干渉しようとしないのが功を奏して長い付き合いがつづいていた。

　運送会社の引越し部門を手伝うことになった敦也は、あまりの待遇の悪さに辞職を申し出るが、会社は偽造した契約書を盾に給料は払わないと言いはった。専務と揉み合いになった敦也は逆に警察に連行され、取調べを受ける羽目になってしまう。自分は何も悪いことをしていないと信じる敦也は、訳知り顔で父親の事件まで持ち出して説教を始めた刑事につかみかかっていく――。

講談社（2002）

　靖代の計らいで再び遊園地で働くことになった敦也だが、かつては気のおけない仲間だったはずの同僚たちの彼に接する態度が微妙に変わっていることに気付いてしまう。彼らは俺の過去を知っている。何故だ？　原因は再就職の際に靖代がチーフに事情を説明したことであった。もちろん彼のためを思ってのことだというのは解っている。言いふらすつもりなどまったくなく、口止めも頼んだ。しかし善意という衣を着た「ここだけの話」は、一つの綻《ほころ》びからあっという間に広まったのだ。敦也は再び遊園地を辞め、再三にわたる靖代からの謝罪にも一切背を向けて、居酒屋での新たなアルバイトに没頭するのだった――。

　一方、それと並行して十二歳の夏――即ち「あの事件」が起こった夏の出来事が少しずつ語られていく。当時の杉本一家は、父の故郷である西伊豆の港町に暮らしていた。都会で経営していた喫茶店をしくじって戻ってきたのだ。

父は家族よりも自分を大切にするタイプの人で、幼い敦也のことはそれなりに可愛がっていたものの、母との間には溝が生じているようであった。

その嵐の晩、子供たちが浜で見つけた人影は、父の同級生の沼田であった。彼は一命をとりとめたものの、自殺未遂という噂は根強く残った。母は行く当てのない沼田さんを家に置いてあげましょうと提案し、敦也もそれに賛成する。だが、家族の中に他人が入ってきたことは、大きな悲劇の始まりだったのだ……。

つまりこの作品では、杉本敦也の十二歳の時点と二十一歳の時点、二つの回想が交互に語られていくのである。十二歳時の回想はなかなか進展せず、同じことの繰り返しも多いが、これは敦也が実際に執筆している手記という設定だからやむを得ない。全体の九割が苦味に満ちた若者の半生記でありながら（無論、それが本書のメインであることに変わりはないのだが）、終盤、敦也が出所した沼田と再会して父の死の真相が明らかになるシーンでは、アッと驚くどんでん返しが連発されるのは、推理作家の業《ごう》というべきか。

しかし、共通点の多い二冊である。前述した以外にも、一九八〇年前後の「過去」がメインの舞台となる点。主人公がともに世間の仕組みをまだよく理解していない子供である点、等々。作中でトキオがいみじくもつぶやく「あの人の若気の至りを見るのは辛い」というセリフは、とりもなおさず主人公の姿にかつての若かった自分を見る、われわれ読者の感慨に他ならないのだ。

一番面白いのは、ストーリーが終わった時点こそが、新たなドラマの始まりになっていることだろう。語られてきた物語の環が、音を立てて閉じたまさにそこが、次のステージへの出発点となる。同じ賞を受賞し、同じようにレベルの高い執筆活動を行なってきた二人の作家の軌道が、この二冊でちょうど交わったかのように見えるのは気のせいではあるまい。推理小説の持つ無限の可能性の一端を示した好一対の作品として、ぜひ二冊あわせて読まれることをお勧めしたい。

付記……「父子」テーマが共通するこの二冊の後にも、東野『ゲームの名は誘拐』（02年11月）と真保『誘拐の果実』

（02年11月）が「誘拐」、東野『手紙』（03年3月）と真保『繋がれた明日』（03年5月）が「受刑者」と、同じ素材の作品がほとんど同時に刊行されて話題となった。示し合わせているのかと噂されたが、まったくの偶然とのこと。

いま、山田正紀の新作を読み逃すのは損だ

山田正紀『渋谷一夜物語（シブヤンナイト）』『僧正の積木唄』

昨二〇〇一年に上梓した大作『ミステリ・オペラ』（早川書房）で今年度の第五十五回日本推理作家協会賞を受賞したことで、山田正紀は、名実ともに、ミステリ作家としての地歩を固めたといっていいだろう。冒険小説・犯罪小説はデビュー直後の一九七〇年代後半から、本格ミステリも八〇年代の後半からいくつも手がけてきたにもかかわらず、これほど推理作家として認知されるのが遅れたのは、やはり日本ＳＦ界の第一人者である、という世間的なイメージが、あまりにも強すぎたためと思われる。

なにしろデビュー作『神狩り』（ハヤカワ文庫）を筆頭に、『チョウたちの時間』（徳間デュアル文庫）、『宝石泥棒』（ハルキ文庫）、〈神獣聖戦〉シリーズ（e-Novels）、『エイダ』（ハヤカワ文庫）と、山田ＳＦには時を超えて読

み継がれるであろう名作・傑作が犇《ひし》めいているのだ。ノンSFの冒険小説・推理小説は全著作の三分の一近くにおよび、決して「他ジャンルの作家の余技」といったレベルではないのだが、「SF作家・山田正紀」がそれ以上に偉大すぎたのである。

この八月末、山田正紀の新刊がほぼ同時に二冊刊行された。一冊は短篇集、もう一冊は書下し長篇である。今回は著者の軌跡を振り返りつつ、この二冊をご紹介することにしよう。

まずは短篇集『渋谷一夜《シブヤンナイト》物語』（集英社→同文庫）から。

山田正紀はどちらかといえば長篇型の作家で、これまでの著作約百四十冊のうち、短篇集の数は二十冊に満たない。しかし、これが傑作ぞろいなのだ。『終末曲面』（講談社文庫※品切れ）や『地球軍独立戦闘隊』（集英社文庫※品切れ）、『物体X』（ハヤカワ文庫※品切れ）といったSF作品集は言うにおよばず、時代小説集『吉原螢珠天神』（集英社文庫※品切れ）、バラエティ豊かな作品を収める『不可思議アイランド』（徳間文庫※品切れ）、抜群の完成度を示した幻想小説集『少女と武者人形』（集英社文庫）と、いずれ劣らぬハイレベルな短篇集ばかり。長篇型なのに短篇も上手い――ということは、要するに「小説そのものが上手い」のである。

集英社（2002）

ホラー作品集『まだ、名もない悪夢。』（徳間書店※品切れ）は、純然たる短篇集でありながら、巻頭と巻末に全体の枠となるストーリーが加えられた洒落た一冊だったが、この『渋谷一夜物語』も、その趣向を踏襲している――。

不倶戴天の敵ともいうべき書評家を亡き者にする完璧なトリックを思いついた作家の「おれ」は、その晩、ついに計画を実行した。渋谷のカラオケボックスを抜け出してやつのマンションへ行き、仕掛けを施してきたのだ。後は何食わぬ顔でカラオケボックスに戻れば、完全犯罪が成立する……はずだった。センター街でオヤジ狩りの若者たちに捕まるようなことさえなければ……。彼が作家だと気付いた若者たちは、だったら何か面白い話をしてみろと強要してきた。アリバイを確保するため、いや、何より目の前に迫った暴力から逃れるため、彼はアラビアン・ナイトのシェラザードよろしく、思いつくままに「短篇」を語る羽目になる。つまり、ここに収録された短篇は、彼が即興で語ったお話という訳で、「千夜一夜物語《アラビアンナイト》」ならぬ「渋谷一夜物語《シブヤンナイト》」なのである。

ところで、本書のキャッチコピーには「自選短篇集」とあるが、普通、この言葉は既刊の作品集からセレクトしたベスト・コレクションに冠せられるものだから、まったくの新作短篇集である本書の惹句としては、あまり相応《ふさわ》しいとはいえない。しかし、編集部がそう謳いたくなった気持ちも、よく解るのだ。筆者は出版社に勤めていた九四年、それまでの単行本未収録作品のほとんどすべてを蒐《あつ》めて〈山田正紀コレクション〉と銘打った全三巻の選集を編んだことがある。したがって、本書に収められた十五篇は、それ以降の作品ということになるのだが、実はここに入っていない短篇は、その倍近くもあるのだ。短篇集が出るという話を聞いて、何が収録されるのかを著者に訊ねてみたところ、筆者から見てかなり面白いと思える短篇であっても、「あれは出来が悪いから落としました」「あれはちょっと気に入らないので」という答えの連続で、その厳しい選択基準に驚いた覚えがある。約三冊分の短篇から、著者が気に入った作品を選びぬいた、という意味での、これは「自選短篇集」なのである。

ミステリ、SF、奇妙な味、ホラーと、多彩な作品がそろっているが、葬式の疲れから妻の骨壺を網棚に置き忘れてしまった男の悲喜劇「青い骨」、爆笑必至の私小説(?)風短篇「わがデビューの頃」、本領発揮の本格SF「乾いた犬の街」といったあたりが印象に残った。頭から尻尾までたっぷりと餡の詰まった鯛焼きのような、サービス満点の作品集である。

つづいて書下し長篇『僧正の積木唄』(文藝春秋→同文庫)。こちらは本格推理に対象を絞った新叢書〈本格ミステリ・マスターズ〉の一冊だ。これはなんと、S・S・ヴァン・ダイン『僧正殺人事件』の続篇なのだ! 同書は、二九年に発表された名探偵ファイロ・ヴァンスものの第四作で、第三作『グリーン家殺人事件』と並ぶ本格ミステリの古典的名作である。童謡マザー・グースの歌詞をなぞって次々と発生する殺人事件。「僧正」と名乗る犯人の意外な正体は、個性的なヴァンスのキャラクターと相まって、一度読んだら忘れることはできないはずだ。しかし、『僧正殺人事件』を丹念に読み返すと、その人物を「僧正」とする証拠は、実はヴァンスの説明以外に何もないことが判る。論理的にいえば、別の人物が「僧正」であっても、一向に構わないのである。

山田正紀はここに目をつけ、真の「僧正」をめぐる「僧正殺人事件2《ビショップ・マーダーケース・アゲイン》」を起こしてみせる。排日感情の高まる中で、日本人の事件関係者が犯人として逮捕されるのだが、彼を救うべく立ち上がったのは、もじゃもじゃ頭の不思議な日本人青年・金田一耕助であった。そんなバカなと言うなかれ。金田一耕助が戦前（「本陣殺人事件」を解決する前）アメリカにいたこと、それが「僧正殺人事件」の少し後の時期と一致することは、歴史的事実なのである。つまり、本書は、ヴァン・ダインのパスティッシュであると同時に、横溝正史のパスティッシュでもあるのだ。

文藝春秋(2002)

先行する作家のキャラクターを借用した「贋作」の試みは、ミステリの世界では珍しいものではないが、さすがに二つの贋作を融合させてしまう例は滅多にない。都筑道夫のパロディ連作『名探偵もどき』の一篇「金田一もどき」は、金田一耕助をきどる人物とチャーリィ・チャンをきどる人物がハワイで競演する凝った作品だったが、発想の原点はこのあたりだろうか。しかし、高橋克彦がこの〈もどき〉シリーズについて「パロディ物の面白さはどれだけ原作を咀嚼しているかによって左右される。ポアロやクイーンともなれば、それぞれに熱狂的なファンもついている。下手なパロディをやれば笑われるばかりだ」（都筑道夫『危険冒険大犯罪』角川文庫版解説）と述べているが、「ポアロやクイーン」を「ファイロ・ヴァンスや金田一耕助」に置きかえれば、そのまま本書に当てはまる訳で、山田正紀がそれを覚悟していなかったはずがない。

「大学時代に時間を持て余して、でもお金がなかったから、図書館で横溝正史全集と山田風太郎全集の2つを順に借りて、何とかひと月くらい持たせてました」
（「ダ・ヴィンチ」02年10月号）

横溝パスティッシュに挑むにあたって、山田風太郎が明治もので開発した技法を導入したのは、ある意味で著者にとっては必然だったのかもしれない。即ち、「実在、架空を問わず、その場所に登場しても史実と矛盾しない人物は登場させてかまわない」――。当時のアメリカの社会情勢を、事件と密接に絡めつつ、ハードボイルドの創始者とされる作家を登場させてみたり、金田一耕助が和服しか着なくなった理由を説明してみたりと、余裕しゃくしゃくの構成力には脱帽である。本格ミステリとしてのアイデアが、いかにも山田正紀的であるのも嬉しい。

デビューから二十八年を数えて、なお衰えを見せぬ作家的想像力と果敢なチャレンジ精神。今、山田正紀の新作を読み逃すのは損だ、ということだけは、疑いようのない事実である。

付記……二〇〇七年十二月、『渋谷一夜物語』につづく短篇集『私を猫と呼ばないで』（小学館）がようやく刊行されたが、読み切り連載二十五回分のうち、収録されたのは十四話分のみ。未刊行作品を追いかける山田ファンの道は険しい。

開拓時代の北海道を舞台にした二つの活劇小説

佐々木譲『黒頭巾旋風録』
朝松健『旋風（レラ＝シウ）伝』

映画でお馴染みの西部劇だが、その背景となる時代が日本でいうと幕末から明治初期に当たることをご存知だろうか。この時代の共通性に目をつけて、日本のサムライ（あるいは忍者）がウェスタンの世界で活躍するドラマが、いくつも生み出されてきた。矢野徹の傑作冒険小説『カムイの剣』（70年／ハルキ文庫）を筆頭に、沖田総司が異世界の西部に赴く菊地秀行〈ウエスタン武芸帳〉1〜3（86〜88年／ソノラマ文庫）、義理に厚い渡世人が西部をさすらう安部譲二の『つぶての歌吉』（89年／朝日文庫）、西部劇マニアとして知られる逢坂剛が満を持して発表した本格ウエスタン『アリゾナ無宿』（02年／新潮文庫）と冒険小説ファンなら見逃せない傑作が目白押しだ。ちなみに、マンガの世界でもこの設定は魅力的と見えて、山川惣治・原作、川崎のぼる・画の名作『荒野の少年イサム』（71〜74年／週刊少年ジャンプ）以降、松本零士の『ガンフロンティア』（72〜75年／プレイコミック）、川原正敏『修羅の刻』の第三部「陸奥雷の章　アメリカ西部編」（92年／月刊少年マガジン）、村枝賢一の『ＲＥＤ』（98年〜／ヤングマガジンアッパーズ）等々、血湧き肉躍る作品が少なくない。

この発想を逆転させて、日本を舞台に西部劇をやってしまおう、と考えた作家がいた。即ち今回ご紹介する二冊の著者、佐々木譲と朝松健である。幕末前後の日本で西部劇の世界を描こうという試みに、最も適した土地はどこか？ともに札幌の出身である二人の作家が選んだのは、蝦夷地――現在の北海道であった。かくして、「北部劇」とでもいうべき一連の作品群が誕生する。まずは、佐々木版北部劇の世界を振り返ってみよう。

新潮社(2002)

佐々木譲は青春小説からハードボイルド・

サスペンス、さらには本格的な冒険小説へと、次々と作風の幅を広げてきた作家である。しかし、一九九一年に初の時代小説『五稜郭残党伝』（集英社文庫）を刊行した時には、さすがに驚いた。これはタイトルどおり、五稜郭——戊辰戦争の終幕となった箱館戦争に材を採った作品である。蝦夷共和国を標榜して五稜郭に立てこもった榎本武揚率いる兵士のうち、明治新政府に投降したのは二千人。だが、降伏を潔しとせず、蝦夷地奥深くへと分け入った者も相当数いたらしい。政府の敗残兵討伐の手は、熾烈を極めた。佐々木譲はここに目をつけ、五稜郭を抜け出した二人の隊士の逃亡行をスリリングに描いてみせた。

つづく『雪よ 荒野よ』（94年／集英社文庫）は、明治中期を舞台にした四つの中篇で構成されたオムニバス作品集。同書に寄せたあとがき「移植の試み」で著者は、「『五稜郭残党伝』以来、わたしが何度か試みてきたのは、この西部劇世界をなんとか日本の風土に移植してみようということであった」と語っている。なるほど、銃を携えた魅力的な男たちが馬を駆って活躍する西部劇の世界を日本に移しかえるのに、明治期の北海道はうってつけであった。しかも、西部劇は単なる活劇ではなく、西部開拓という歴史的な背景を持っており、その点でも蝦夷→北海道と重なる。

第三作『北辰群盗録』（96年／集英社文庫）も『五稜郭残党伝』と同じく箱館戦争の生き残りたちの物語だ。榎本武揚の志を継いで共和国の建国を目指す騎兵隊と、彼らを盗賊として討伐しようとする明治政府との戦い。定石をきちんと踏まえたラストの決闘シーンに至るまで、まさに西部劇の世界が再現された。大作『武揚伝』上・下（01年／中公文庫）で榎本武揚の半生を真っ向から描き、指導者の立場から箱館戦争へ再びアプローチした著者は、最新作『黒頭巾旋風録』（02年／新潮社→同文庫）では一転、民衆の視点から北海道開拓に光を当ててみせる。

まだ北海道が蝦夷ガ島と呼ばれていた天保年間、アッケシの国泰寺に、青年僧・恵然が赴任してきた。宗派にこだわらず、その地方の宗教儀式をすべて担当する幕府直営の寺に、住職の補佐役として派遣されたのである。恵然は、松前藩の認可をいいことにアイヌの者たちを過酷な条件でこき使う商人や、アイヌを人として扱わない役人の非道な振る舞いを見て啞然とする。

折しも、厳しい労働条件に堪えかねて、漁場を逃げ出そうと仲間に呼びかけたアイヌのトキノチ兄弟が、見せしめとして公開処刑されることになった。そこに現れた黒覆面、黒装束の男は、凄まじい鞭さばきで役人を蹴散らし、兄弟を逃がしてしまう。以後、誰言うともなく「黒頭巾」と称されるようになったその男は、無理難題を通してアイヌの人々を苦しめる和人のもとに現れては、正義の鞭を振るうのだった。松前藩の勤番頭・大垣嘉門は、威信にかけて黒頭巾を捕らえるべく、討伐隊を繰り出すのだが……。

ジョンストン・マッカレー『快傑ゾロ』（20年）、高垣眸『快傑黒頭巾』（35年）の昔から、勧善懲悪の覆面ヒーローは娯楽小説の王道だが、本書では黒頭巾の活躍よりも、むしろ虐げられたアイヌの民にスポットが当てられている。「開拓」というのは開拓者側の見方であって、先住民からすれば、それは侵略に他ならない。本家の西部劇では単純な悪玉として描かれるインディアンだが、その呼称がネイティブ・アメリカンへと変わったように、現代のエンターテインメントには侵略された側の視点が不可欠だろう。テーマよし、ストーリーよし、敵・味方ともに人物造型よしと、完成度の高い作品だが、唯一の不満は五百枚弱というコンパクトな枚数。倍か、せめて一・五倍の分量で読みたかったというのは、贅沢すぎる願いだろうか。

一方、朝松健の『旋風伝《レラ＝シウ》』（02年／朝日ソノラマ↓GA文庫）は、逆に二段組六百五十ページ、約千四百枚というボリュームに圧倒される。カービン銃を手に五稜郭から逃げのびた少年兵・志波新之介。北へ向かう彼を執拗に追う討伐隊と、榎本武揚が隠したと噂される莫大な軍資金を狙う悪党ども。行く先々で出会うアイヌの人々や彼の地に息づく精霊たちを絡めて、アクションまたアクションのストーリーは、息つく間もなく展開する。早撃ちの妙技からアイヌに「つむじ風」とあだ名された新之介。その行く手に待ち受けるものは、果たして何か――？

もともとは八九年から月刊誌「獅子王」に読み切りシリーズ〈ノーザン・トレイル〉として掲載された作品。ソノラマノベルスで『魔犬街道《ウエン・セタ》』（91年）、『神々の砦《カムイ・ウタラ》』（92年）の二冊にまとまったものの、掲載誌の休刊などの事情で、完結篇となるはずだった第三巻が未刊であった。今回、旧ノベルス版に新たに一冊分の原稿を書き加え、全一巻の大

朝日ソノラマ（2002）

長篇として甦った。単に後半三分の一を書き足した訳ではなく、連作仕立てだった旧版の原稿を解体・改稿しているのが凄い。そもそも旧第一話は、新之介が石狩平野の原生樹林で追っ手と戦うところから始まるのに、本書では冒頭にそれ以前のシーン、五稜郭陥落から逃亡生活のスタートまでが、百枚以上も書き加えられているのだ。何より著者の筆が、十年間も脳内で渦巻いていたはずの物語を、ようやく形にできる喜びに満ちているのがいい。間違いなく、本年度の伝奇活劇の一大収穫である。

朝松健もまた、一般向けの第一作『凶獣幻野』（87年／ハルキ文庫）以来、しばしば北海道を舞台に選んでいる。時代小説では、著者自ら「蝦夷地ホラー・ウェスタン」と言う〈ノーザン・トレイル〉があり、マカロニ・ウェスタン風を狙ったという『妖変！ 箱館拳銃無宿』（92年／トクマ・ノベルズ）がある。西部劇の世界を日本に移すにあたって、佐々木譲と同じく幕末・明治期の北海道を舞台に選んでいるのが実に面白い（なお、江戸から甲府が舞台だが、91～92年に富士見ファンタジア文庫から刊行された『大菩薩峠の要塞』も時代アクションの傑作だった。四巻ないし五巻の予定が二冊で中断しているのはもったいない限り。ぜひ『旋風伝《レラ＝シウ》』同様、完全版の刊行を期待したい）。

前述のとおり佐々木譲と朝松健は、ともに札幌の出身。日本版西部劇を試みたそれぞれの時代小説第一作『五稜郭残党伝』と『魔犬街道《ウエン・セタ》』は、九一年一月にほぼ同時に刊行され、いずれも五稜郭からの敗残兵を主人公にした作品だったが、それから十二年を経た今年八月、やはりほぼ同時に刊行された最新作が、どちらもタイトルに「旋風」の二字を冠した活劇長篇とは、なんという因縁か。この二冊、味わいはまったく異なるが、いずれも傑作。ぜひ読み比べていただきたいと思う。

付記……二人の著者がともに札幌出身であることは本文でも触れたが、雑誌が出た後に朝松さんから出身高校も同じ（北海道札幌月寒高等学校）と聞いて驚いた。

二十五年の時を隔てて対峙する二つのアンチ・ミステリ！

竹本健治『匣の中の失楽』
山口雅也『奇偶』

　原書房から刊行された『本格ミステリ・クロニクル300』（探偵小説研究会・編）を手にとって、今年が綾辻行人のデビューから十五年目に当たることに気がついた。同書は『十角館の殺人』以降に刊行された三百冊の本格ミステリを年代順に紹介するブックガイドだが、一九八七年四冊、八八年十一冊、八九年十四冊、九〇年十九冊という冊数の推移を見れば、この年を境に本格ミステリの書き手がコンスタントに登場し、作品が増えていった様子が、数字で実感できるだろう。なにしろ、ミステリ作家の職能団体である「日本推理作家協会」とは別に、「本格ミステリ作家クラブ」が結成され、会員数が百人を超えているのだから、十五年前と比べると隔世の感がある。もっとも、綾辻行人の登場が一つのエポックとなって、現在に至る本格ミステリの潮流が生まれたのは事実だが、それを重視するあまり、「綾辻以前には本格は絶滅の危機に瀕していた」とか「社会派ミステリの台頭によって本格は迫害されていた」という言説が散見されるのには、首を傾げざるを得ない（そもそも「社会派ミステリ」と「本格ミステリ」は対立する概念ではない）。

　現在のように書き手が潤沢ではないまでも、本格ミステリの系譜は絶えることなく脈々と受け継がれており、遡ってみれば、八一年には『占星術殺人事件』で島田荘司が、七九年には『バイバイ、エンジェル』で笠井潔がデビューしているのだ。七五年に創刊された探偵小説専門誌「幻影城」からは、泡坂妻夫や連城三紀彦が登場している。「幻影城」はわずか四年半の活動期間に、泡坂、連城の他にも栗本薫、田中芳樹、友成純一といった錚々たる面々を輩出しているが、弱冠二十二歳の新人・竹本健治が千二百枚の大作『匣《はこ》の中の失楽』をもって登場したのも、同誌誌上であった。

　小栗虫太郎『黒死館殺人事件』、夢野久作『ドグラ・マグラ』（ともに35年）、中井英夫『虚無への供物』（64年）

双葉文庫（2002）

の三作品は、「反推理《アンチ・ミス》小説《テリ》」と称されることが多い。千枚前後というボリュームと、それにともなう圧倒的な密度を有したミステリとしての仕掛け、そして、にもかかわらず一般的なミステリの範疇から逸脱した不確定要素のあるストーリー。アンチ・ミステリの特徴をこのように抽出するならば、中井英夫の推輓で「幻影城」に連載された『匣の中の失楽』は、まさしく「第四のアンチ・ミステリ」といえるだろう。

喫茶店にたむろする探偵小説マニアの集まり〈ファミリー〉の中で、ナイルズと呼ばれる青年が長篇ミステリを書くと宣言する。しかもそれは、彼ら自身をモデルにした実名小説だというのだ。やがてその中で殺されるはずの人物が、小説のシチュエーションどおりの密室で、刺殺体となって発見される。残されたメンバーは、それぞれ真相を推理しようとするのだが……。ほとんど一章ごとに大きなドンデン返しが仕掛けてあるので、以後の展開を詳述することはできないが、「作中での現実」と「作中作」の境目が次第に曖昧になっていく異様な感覚に、驚愕すること請け合いである。

ちなみに『匣の中の失楽』刊行前後のミステリ状況を振り返ってみると、連載がスタートした七七年には、赤川次郎『マリオネットの罠』、泡坂妻夫『乱れからくり』、辻真先『改訂・受験殺人事件』といった「新鋭」の意欲作が轡《くつわ》を並べる一方で、鮎川哲也『朱の絶筆』、高木彬光『狐の密室』、都筑道夫『朱漆《うるし》の壁に血がしたたる』、横溝正史『病院坂の首縊《くく》りの家』と、ベテラン勢も本格長篇を発表しているし、A5判ハードカバーの単行本として刊行された翌七八年にも、栗本薫『ぼくらの時代』、天藤真『大誘拐』、筒井康隆『富豪刑事』とオールタイムベスト級の傑作が少なくない。決して「本格推理は絶滅寸前」といった悲劇的な状況ではなかったことがお判りいただけるだろう。

この作品は、七八年七月の幻影城版の後、八三年十二月には講談社文庫、九一年十一月には講談社ノベルスから、それぞれ刊行されているが、今年二〇〇二年十月の双葉文庫版には、これまでの版になかった付録が多数（ページ数にして、なんと百十ページ！）収録されており、既に読んだことのある読者も要チェックである。最新版へのあとがき、綾辻行人との対談、千街晶之の編になる『匣の中の失楽』論集と、どれも資料性に富むが、やはりなんといっても注目すべきは当時の創作ノートの写真復刻。これを見るためだけでも、新版を手にする価値は充分にある。もちろん、作品自体を未読の方には、一刻も早く読まれることをお勧めしたい。『匣の中の失楽』は、歴史的な価値を云々する以前に、本格ミステリならではの酩酊感覚をたっぷりと味わえる傑作中の傑作なのだから。

『匣の中の失楽』は「綾辻行人マイナス十年」の大作ミステリだったが、「プラス十五年」に当たる今年にも、同じ千二百枚のボリュームを持つ大作が刊行された。山口雅也の『奇偶』（講談社→同文庫）である。帯の惹句には「『生ける屍の死』以来の大長編」と謳われているが、厳密にいえば、九三年に長篇作品『13人目の探偵士』（現・講談社ノベルス、以下同様）があるのだから、これは少々大げさというべきだろう。もっとも『13人目の探偵士』は、八九年のデビュー作『生ける屍の死』（創元推理文庫）以前に書かれたゲームブック『13人目の名探偵』の改稿新版なので、完全新作ということならば、この惹句も間違いではない。

山口作品は「読みやすさ」という娯楽作品の要素とは対極に位置しており、本書もその例外ではないが、それは決して文章が難解なためではない。むしろ文章は平易といってもいいぐらいだが、情報量が多すぎて読み飛ばしができないのである。

ストーリーは、ミステリ作家・火渡雅の手記を中心に綴られていく。次作にサイコロ賭博の一種「クラップス」を登場させようと考えた彼は、担当編集者とともに横浜のカジノへと赴いた。そこでは前日から今日にかけて街で何度か遭遇した特徴的なネクタイの男が、奇妙な小男と勝負していた。小男は滅多に出ない六のゾロ目、つまり十二に賭けつづけ、四回連続でその目が出る。確率を計算すれば、それは天文学的な数字になるはずであった。やがて渋谷のホテルへと移動し

講談社（2002）

組み入れて書く決心をした」

自らの身に降りかかった災難を、これだけ見事な作品に昇華した山口雅也の覚悟を思うと、粛然とせざるを得ない。デビュー作『生ける屍の死』では「死者が甦る世界で殺人を犯す意味」を考察して驚愕の本格ミステリを紡いでみせた著者だが、『奇偶』に描かれているのは、通常のミステリでは極力排除される「偶然」に対する徹底的な考察である。偶然を積み重ね、偶然だけでミステリを構築していったらどうなるのか？　究極の思考実験の答えが、ここにある。これもまた一つの「アンチ・ミステリ」の形といえるだろう。

実は『奇偶』の後半に登場する密室への確率論的アプローチには、先例がある。竹本健治の掌篇ミステリ「閉じ箱」がそれで、短篇集『閉じ箱』（角川ホラー文庫）の元版の解説者は、他ならぬ山口雅也。つまり『奇偶』は竹本に対する山口からの返歌でもあるのだ。二十五年の時を隔てて二人の作家が発表した二つのミステリを、ぜひ読み比べていただきたいと思う。

た火渡は、またしてもネクタイの男を目撃するが、男はビルの屋上から落下してきた巨大なサイコロ状の看板の下敷きになってしまう。そのサイコロの出目《でめ》は、またしても六ゾロであった……。果たしてこんな偶然があり得るのだろうか？　偶然についての思索をめぐらす火渡は、片目に映る映像に翳りがあることに気付く。眼科で医師の診察を受けた彼は、片方の視力を失うかもしれないと知って愕然とするのだった——。

前述の『本格ミステリ・クロニクル３００』に山口雅也が寄せたエッセイ「崖っぷちを走る」を読むと、著者自身が実際に眼疾を患っていたことが判る。

「辛い日々の中で、ああ、自分は作家なんだから、このことをそのまま書いてしまえばいいんだと、徐々に思うようになっていった。ただ、体験をそのまま書くといっても、人生の切り売り私小説のようなものを書くのには抵抗があった。しかし、何の因果か、病気発症時に構想していた長編ミステリのテーマと、私の病気体験との間には通ずるところがあった。——私はようやく自らの体験を小説の中に

物語の奔流に浸る悦楽——大河伝奇シリーズの愉しみ！

高橋克彦『総門谷R』
酒見賢一『陋巷に在り』

二〇〇二年三月四日に亡くなった半村良は、時代小説の一ジャンルであった「伝奇小説」にSFの要素を盛り込み、華やかな復活を遂げさせた。その半村良は、風呂敷を広げすぎてしばしば長篇を未完のまま残した先達・国枝史郎の作品に寄せて、こう言っている。

「そうやって書いている現場の声としてひとこと言えば、伝奇小説とはうまくおわらない小説であるようだ。

ストーリーの中核に自己増殖性がある。たとえば、人跡未踏の秘境にこれこれの性質を持った一族がいてその末裔が……となれば、登場人物の血筋はどんどん入り組んで行かざるを得ない。私は、自己増殖をしないようなネタは面白い伝奇小説にはならないと思っている。（中略）

だから、伝奇小説の面白さのひとつは、ストーリーが次々にふくれあがって行く面白さでもある。書きつづければ実際の社会と同じ広さにだってなりかねない。伝奇小説が長いのも、登場人物が無闇に多いのも、そのせいであろう」（国枝史郎伝奇文庫3『蔦葛《つたかずら》木《き》曽《その》桟《かけはし》　下』講談社）

もちろんこれは、完結しない方がいい、ということではない。ストーリーが想のおもむくままに広がって存分に読者を楽しませたうえで、なおかつ見事な着地を見せるなら、それに越したことはないのだ。現に、半村良自身も、一時は未完に終わるかと思われた大作『妖星伝』を、本格SFとして綺麗に完結させている。

この秋、十年以上にわたる大河連載となった二つの伝奇小説の新刊が、相次いで刊行された。その一つが高橋克彦の『総門《そうもん》谷《だに》R　白骨篇』（講談社→同文庫）である。浮世絵ミステリ『写楽

講談社（2002）

殺人事件』（講談社文庫）でデビューした著者だが、地元・岩手の地方紙に依頼された受賞後初の連載には、長篇伝奇ＳＦ『総門谷』（講談社文庫）をもって応じている。それもそのはず、もともと高橋克彦はミステリ作家よりもＳＦ作家になりたかったといい、『総門谷』はデビューの十五年以上も前から、コツコツと温めつづけてきたストーリーだったのである（『写楽～』の乱歩賞応募時のペンネームも、『総門谷』の主人公・霧神顕《きりかみあきら》名義であった）。

岩手県早池峰山《はやちねさん》の地下に広がる大洞窟・総門谷を拠点に世界征服をたくらむ怪人物・総門。彼はその恐るべき超能力で歴史上の有名人たちを死の淵から甦らせ、配下として操っているのだ。十二死徒と呼ばれるその魔人の面々は、プラトン、ハンニバル、イエス、役小角《えんのおづぬ》、ジャンヌ・ダルク等々……。ＵＦＯ目撃事件をきっかけに、彼らの陰謀の渦中に巻き込まれていく青年・霧神顕は、腕っ節の強い熱血漢・工藤森一、博覧強記のテレビディレクター・篠塚大次郎といった頼もしい仲間たちとともに、不死身の死徒と文字どおり命がけの死闘を繰り広げることになるのである――。

ピラミッド、ナスカ地上絵、ノストラダムスと、世界の主だった超常現象に片っ端から論理的解釈を提示してみせるこの作品は、井上ひさしから「大宇宙の歴史に、作者がペン一本で立ち向かっている」と絶賛され、吉川英治文学新人賞を受賞した。円環がピタリと閉じるような美しいエンディングを迎えているだけに、続篇が書かれようとは思わなかったが、作者はまたしても奇想を用いて、その不可能を可能にする。なんと舞台を平安時代に移し、別次元の物語として新たなストーリーを開始したのだ。インチキではない。『総門谷』のラストをよく読めば、掟破りともいうべきこの新展開には、何ら矛盾がないことが判るはずだ。

七九五年、遷都して間もない平安京は、怪異の連続に怯えていた。蝦夷《えみし》たちから阿黒《あぐろ》王として恐れられている怪人の仕業である。むろん、これは総門で、新たに死徒ならぬ屍魔《しま》を従えて、陰謀をめぐらせているのだ。そのメンバーはネロ、弓削道鏡《ゆげどうきょう》、ハンニバル、厩戸王子《うまやどのおうじ》（聖徳太子）等々……。前作に勝るとも劣らぬ意外な顔ぶれである。対するは軍神といわれた征夷大将軍・坂上田村麻呂を中心に、その配下・久遠縄人《くどおなわと》、高僧・空海、そして超能力を秘めた青年・和気諒《わけのあきら》たち。奈良から陸奥にかけて、人知の限りを尽くした虚々実々の戦いが、再び展開されていく。

やはり秀逸なのは屍魔（後に怨魔《えんま》）の設定だろう。骨の一片からでも再生できる不死の魔人で、倒す方法はただ一つ、生前（？）の死に様を再現させることしかない、というのも面白いし、何よりお馴染みの英雄・豪傑・偉人たちが強敵として暴れるというのが痛快である。かつて山田風太郎は傑作『魔界転生』で、忍法魔界転生を用いて時代の異なる剣豪たちを一堂に会してみせたが、総門谷のアイデアは、それをはるかにスケールアップしたものといえる。

続篇に「新」とか「続」とか「2」ではなく、「R」と名づけるセンスにも注目したい。基本的にこれは「リターン」を表しているのだが、各巻ごとにダブルミーニングがこめられ、〈阿黒篇〉ではリメンバー、〈鵺《ぬえ》篇〉ではリフレッシュ、〈小町変妖篇〉ではリアクション、そして最新刊〈白骨篇〉ではリベンジを意味している（余談だが、人気アニメ「美少女戦士セーラームーン」が第二シリーズに入って「セーラームーンR」と改題されたのは、『総門谷』の影響だと思う）。

最新第四部では、三部で死亡した仲間の少年僧・聆雲《りょううん》が総門の手によって魔童子として甦り、諒たちを苦しめることになる。全四部構成でスタートした『総門谷R』だが、予告されていた〈酒呑童子篇〉が〈小町変妖篇〉と〈白骨篇〉に分かれたため、全五巻になるようだ。最終部〈将門篇〉で、壮大な総門谷サーガにどんな決着がつくのか、楽しみに待ちたいと思う。

一九八九年に連載開始の『総門谷R』は、ようやく最終コーナーにさしかかったが、九〇年スタートの酒見賢一『陋巷《ろうこう》に在《あ》り』は、今年、一足先に全十三巻で完結を迎えた。高密度のアイデアと確かな文章力に支えられた中国風奇譚『後宮小説』（新潮文庫）で第一回日本ファンタジーノベル大賞を受賞した著者が、雄大なスケールで描く孔子とその弟子・顔回《がんかい》の物語。真面目な中国歴史小説かと思うと、とんでもない。新潮文庫版第一巻の帯に付された「サイキック孔子伝」という惹句が、この作品の本質を端的に言い表している。

新潮社（2002）

陋巷とは、貧しい階級の人々が暮らす長屋のようなものだそうだが、顔回はその陋巷に暮らす儒者であった。儒者とは後の儒学者のことではなく、葬式で死者の供養をする坊主のような存在。苦難の末に大政治家としてその名をとどろかすまでになった孔子の弟子でありながら、陋巷に住みつづける顔回は、特に何かに秀でる訳でもなく、また出世の野心も持たない変わり者といえた。しかし、それは顔回の表の顔。彼は呪術の使い手・顔氏の末裔であり、その力を駆使して孔子を政敵から守っていたのである。基本的に史実を踏まえたストーリー展開で、実在人物たちを自在に操る手際は見事と言うしかない。顔回を慕う美少女・妤《よ》、セックスを用いた媚術を使う謎の美女・子蓉《しよう》といった魅力的なキャラクターも多数登場しての一大絵巻は、アクションあり、秘術比べありと波瀾万丈。ほとんど風太郎忍法帖もかくやといった面白さなのだ。

装丁を一貫して諸星大二郎が手がけているのもいい。いうまでもなく、初期の傑作『孔子暗黒伝』から西遊記に材を採った大長篇『西遊妖猿伝』、近作『碁娘伝《ごじようでん》』まで、中国伝奇ものを描かせたら右に出るもののない天才マンガ家である。この作品のビジュアルは、諸星のイラストを抜きには考えられないほどのハマリ役だったといっていい。そもそも著者自身が、『孔子暗黒伝』を読まなければ孔子という人物にこれほど興味を持つこともなかったろうと述べているほど。歴史小説という角書きでありながら、このマンガにも登場する怪物・饕餮《とうてつ》を自作に登場させていることからも、酒見賢一の強い諸星リスペクトがうかがえる。

半村良の言うとおり、伝奇小説は話が広がっていく過程に醍醐味がある。したがって、一冊ずつ読むよりは、巻数をそろえて一気に読んだ方がいい。第三部から七年ぶりの新作刊行となった『総門谷R』と十二年の歳月を費やしてついに完結を見た『陋巷に在り』。まとめて読むのにこれほど絶好の機会は滅多にないだろう。作者が紡ぎ出す物語の奔流に身を委ねて、大いなる読書の愉楽を味わっていただきたい。

付記……二〇〇八年七月現在、『総門谷R』はまだ連載中で、新しい単行本は出ていない。果たして予定どおり、次の巻で完結するのだろうか？

ついにブレイクした警察小説の名手の最新二大傑作！

横山秀夫『顔 FACE』『深追い』

横山秀夫の『半落ち』（02年9月／講談社）が宝島社の「このミステリーがすごい！　2003年版」と「週刊文春」の「2002傑作ミステリーベスト10」でいずれも一位を獲得したことは記憶に新しい。同書は直木賞の候補にもなり（この号が出る頃には結果が判明しているだろうが）、ベストセラーを独走しつづけているから、横山秀夫はこの作品で完全にブレイクしたといっていいだろう。

　まずは簡単に著者の経歴に触れておこう。一九五七年東京生まれ。七九年から十二年間、新聞記者を務め、九一年、『ルパンの消息』で第九回サントリーミステリー大賞の佳作となる（この作品は未刊行だったが、加筆修正のうえ二〇〇四年に出版される予定だという）。以後、ノンフィクションやマンガ原作を手がけ、九三年には記者経験を活かした「事件列島ブル」（画・奥谷みちのり）を「週刊少年マガジン」に連載した。『平和の芽』（95年7月／講談社）は、原爆で片足を失った女性の体験に基づくノンフィクション。「週刊少年マガジン」の不定期読み切り〈ドキュメントコミック〉シリーズでは、人間魚雷回天の悲劇を描いた「出口のない海」（95年）とルソン島の戦いに材を採った「白旗の誓い」（96年、いずれも画・三枝義浩）などに原作を提供、脚本・構成を担当している。

　九八年、「陰の季節」で第五回松本清張賞を受賞して、推理作家としてもデビュー。この短篇に「地の声」「黒い線」「鞄」の三篇を加えた第一作品集『陰の季節』（98年10月／文藝春秋→同文庫）は直木賞候補となった。これまで警察小説といえば、刑事たちが犯罪を捜査する過程を描く作品がほとんどだったが、横山秀夫は警察組織そのものにスポットを当てることで、まったく新しいスタイルの警察小説を創り上げる

徳間書店（2002）

ことに成功したのである。横山作品が画期的だったのは、第一に驚くべき密度で警察内部に関する情報が盛り込まれている点にある。内部といっても、単に警察機構の編成にとどまらず、微妙な人間関係から拳銃、警察手帳といった小道具の描写まで、その筆は詳細を極めている。また、直接捜査に当たる刑事だけでなく、鑑識課や警務課の人間をも主人公にできる（むしろ、その方が多い）のは、著者ならではのユニークな特徴だろう。第二に、人物造型が優れている点。ミステリに登場する警察官といえば、鮮やかな推理力を発揮する名探偵か、あるいはダーティーな悪徳警官か、いずれにしてもデフォルメされた性格付けがなされることが多いが、横山秀夫は警察官も犯人もどこにでもいそうな普通の人間として丁寧に描いていく。結果として、作り物めいた違和感を感じることなく作品世界に引き込まれてしまうのである。第三に、魅力的な謎の提出と、その解明のプロセスが巧みな点。「なぜ?」あるいは「どうやって?」という興味を前面に押し出しながら、早い段階で周到に張った伏線を活用して、意外な結末へと至る——。推理小説の魅力として最も重要な「驚き」をたっぷり味わえる訳で、横山作品が従来の警察小説読者のみならず、本格推理ファンも含めた幅広い層に支持されているのは、そのためだろう。

二〇〇〇年、早くも短篇「動機」で第五十三回日本推理作家協会賞を受賞、同年十月には、「動機」「逆転の夏」「ネタ元」「密室の人」の四篇を収めた第二作品集『動機』（文藝春秋→同文庫）を刊行している。この年には、「週刊少年マガジン」に登山マンガ「PEAK」（画・ながてゆか）を連載。警察小説とはかけ離れた作品だったので、原作者の「横山秀夫」は同名異人だとばかり思っていたが、同誌編集部の推理小説に詳しい友人と話していて横山秀夫の名前が出た際に、「そういえばウチの連載も……」と言われて仰天した覚えがある（「事件列島ブル」や「出口のない海」の原作が横山秀夫であったことも、この時初めて知った）。

つづく『半落ち』は、初の長篇作品。温厚な人柄で知られる梶警部が痴呆に苦しむ妻を殺したと自首してくる。取調べは順調に進み、梶警部は完全に「落ち」たかと思われたが、ただ一点、殺害から自首までの二日間の行動についてだけは、頑として答えようとしない。これでは「完落ち」

ではなく「半落ち」だ……。取調べに当たった同僚刑事をはじめ、検察官、判事、弁護士、新聞記者らが、それぞれの立場から「空白の二日間」の真相に迫ろうとする。裁判の進行に合わせて探偵役がバトンタッチされていくという構成の妙と、彼らが梶警部の心を探る過程を通して、自らが抱える問題にも直面していかざるを得ないという各話のドラマ性が一体となって、ページを繰るのももどかしいほどの面白さ。高く評価されるのも納得の傑作である。

　もっともラスト十ページでようやく明かされる「真相」が、長篇一本を支えるにしては少し弱いのが残念といえばいえる。いくつか伏線は張ってあるし、人間味あふれる真相はそれなりに感動的なのだが、それまでその謎に向かって突き進んできた物語が落ち着く先としては、いかにも軽いのだ。「ラストが泣ける」という評が多いのも気になるところで、推理小説を読んで泣こうと思っていない読者にとっては、かえってこの傑作を手にとりにくくさせているのではないか。もちろん謎解きで満足させ、なおかつ泣かせてくれるなら文句はないが、『半落ち』の場合は、そのバランスがやや悪いといわざるを得ない（筆者の確認した限りでは、『半落ち』のラストが弱いと指摘した書評は、「本の雑誌」における池上冬樹氏のものぐらいしか見当たらなかった）。

実業之日本社(2002)

　そんなことを思っていたら、前述「このミステリーがすごい！　２００３年版」に掲載された著者のコメントを見てアッといわされた。そこで横山秀夫は既刊および近刊のミステリ度を五段階評価で表し、『半落ち』には既刊で最も低い「3」をつけていたのだ。ちなみに『陰の季節』が「4」で『動機』が「3・5」。この冷静かつ正確な自己分析には脱帽。作品に占める謎解きの度合いを自在にコントロールしながら執筆している訳で、恐ろしいまでの筆力といえる。『半落ち』と同じ連作形式の長篇『顔 FACE』（02年10月／徳間書店）と、三ツ鐘署の刑事たちを主人公にした連作短篇集『深追い』（02年12月／実業之日本社）は、いずれも著者採点「4」。これまた正確な点数であり、ミステリ・ファンには、『半落ち』だけでなく、こちらの二冊も強力にお勧めしておきたい。

『顔 FACE』の主人公・平野瑞穂は、念願かなって婦警となり、特技の絵を活かして似顔絵係を命じられるが、犯人の顔に合わせて似顔絵を描きかえることを強要されたショックで、半年間の休職を余儀なくされる。心に傷を抱えたまま、さまざまな部署を転々とする瑞穂は、犯罪だけでなく、婦警をお飾り・使い捨てとしか思っていない男社会の警察機構とも闘っていかざるを得ないのだ——。十四年前の放火殺人に隠された意外な真相「決別の春」、後任の似顔絵婦警がまたもや似顔絵の捏造を命じられたとしか思えない「疑惑のデッサン」、警察の防犯訓練に乗じて本物の銀行強盗が発生する「共犯者」など、強烈な不可能状況に満ちた事件の連発。第一話「魔女狩り」を除いて、瑞穂が似顔絵描きで培った「人相把握能力」によって事件の手がかりを掴む、という趣向が徹底されているのが素晴らしい。ヒロインの成長のドラマとハイレベルな謎解きとの幸福な結合がここにある。

『深追い』は地方警察の三ツ鐘署という舞台が共通するだけで、特定の主人公が設定されていないオムニバスもの。事故で死んだ夫にポケベルでメッセージを送りつづける妻の秘密を描いた表題作では交通課事故係、「締め出し」では重要な情報を握りながら刑事でないために捜査会議に参加させてもらえない生活安全課員といった具合に、さまざまな部署で犯罪に向き合う警察官のドラマ七篇が収録されている。少年時代に海難事故で助けられ、現在は鑑識課員となった男が、当時の新聞記事から事故の真相に気付く「又聞き」など、警察官ならではの境遇や特技が意外性抜群のドラマを生み出している、という点で、やはり著者にしか書き得ない傑作といえるだろう。
○三年一月現在、横山秀夫のミステリ作品は紹介した五冊だけだが、今年はなんと七冊が刊行される予定だという。すでに名人級の域に達した観のあるこの職人作家に手をのばすなら、今がチャンスだ。

付記……結局、『半落ち』は直木賞を受賞できなかったばかりか、記者会見でオチをバラされ、それが新聞記事にまでなってしまった。横山氏は直木賞との訣別を宣言したが、ミステリ・ファンとしてその決断を支持したい。

ミステリの手法が鮮やかに描き出す
戦前を生きた「女性」の姿――

多島斗志之『汚名』
北村薫『街の灯』

昭和三十年代といえば、今から四十年以上前ということになる。二十一世紀に入った現代から見れば、充分に「過去」の部類に属する時代だが、多島斗志之の新作『汚名』（新潮社→角川文庫『離愁』）は、昭和三十九（一九六四）年を経由して、さらに三十年前の出来事を調査していくという、変わった構成のミステリである。

作家の「わたし」は、講演に招かれて訪れた地方都市で一人の老婦人に声をかけられる。親戚に伊尾木《いおぎ》藍子さんという方はいませんか、というのだ。叔母だと答えると、彼女はやはりとうなずき、自分は藍子さんと女学校時代に友人だった、珍しい名字なので思い切って声をかけてみたのだ、という。叔母が三十年も前に他界していると知って残念な顔をした老婦人は、せっかくだからと八ミリフィルムを見せてくれた。それは彼女たちの日常風景を写した他愛のないものだったが、若き日の叔母は年相応の快活さに満ちた少女であり、「わたし」は自らが知る叔母の姿とのギャップに、戸惑いを覚えずにはいられなかった……。

昭和三十九年、高校一年生だった「わたし」は藍子叔母のもとにドイツ語を習いに通っていた。これは母の強い申し出によるものだったが、どうやら母の目的は息子の学力を上げることよりも、パートタイマーで決して良い暮らしをしているとはいえない妹に、家庭教師料の名目で経済的な援助をすることにあったらしい。ともかく「わたし」は、対抗心を燃やして自分もドイツ語を習うと言い出した従姉の美那とともに、定期的に叔母のもとを訪れていたのだ。

藍子叔母は社会を拒否するような孤独な生活をつづけており、甥や姪に勉強を教えていても、その孤独の影が消えることはなかった。やがて叔母はしばしば「休講」を申し出るようになり、ついにドイツ語教室は自然消滅してしまう。その後、叔母が通り魔に刺されて入院するという事件があったが、結局、犯人は捕まらなかった。数年後、叔母は肺炎をこじらせて他界した。

大学でドイツ語を専攻し、ドイツに留学した美那は向こうで結婚した。出版社に勤めていた「わたし」は同僚の女性と結婚し、今では作家に転身している。久しぶりに法事で顔を合わせた美那と二十数年ぶりに叔母の話をしたのは、老婦人に見せられた八ミリを思い出したからであった。当時の思い出を語るうちに、美那は叔母が年上の男性と一緒にいるところを何度か見たと言い出した。友人などまったくいないかのような孤独な生活を送っていた叔母に、男性の知人がいたのか――。翌日、実家に立ち寄った際に、叔母の遺品の中に何通かの手紙があったことを思い出した「わたし」は、母に頼んでその束を探してもらう。それこそが、藍子叔母の隠された数奇な過去を尋ねる旅の始まりであったのだ……。

　ここまでで五十ページ足らず。全体の約六分の一だから、まだほんの導入部分である。この後、「わたし」は手紙の差出人である兼井欣二の遺した手記を読むことになる。作中で「中篇小説」の分量と描写されるその手記は、実際に二百枚近くあり、この作品のほぼ三分の一を占めるのだが、これがほとんどそのまま挿入されているという大胆な構成には驚かざるを得ない。兼井が上海の日本人学校・東亜同文書院に入学した昭和五（一九三〇）年から終戦までの出来事を綴ったその手記には、一年先輩の中原滋とともに、若き日の藍子叔母が重要な役どころとして登場する。そして快活な女学生だった藍子は、ある歴史的な大事件に巻き込まれて、その運命を一変させることになるのである。

新潮社（2003）

　作者が型破りな構成を採ってまで挿入しただけあって、兼井の手記の部分の面白さは格別である。平凡な女性とばかり思い込んでいた叔母の過去に、思いもよらない大事件が密接に関わっていた、というだけで充分に興味をそそるのだが、しかし、本書がミステリとしての凄みを見せるのは、実はこの後なのだ。大半が明らかになったと思われた叔母の人生の、わずかな空白部分を追ううちに、次々と意外な真実が浮かび上がってくる。そしてその伏線のほとんどは、兼井の手記か、あるいは冒頭部分の何気ない回想シーンの中に、巧妙に張り巡らされているのである。

本人も初老の域にさしかかった語り手が、既に死亡しているか年老いている関係者に話を訊いて回る、という設定も絶妙で、作品全体に落ち着いた静けさと、それに反比例する迫力とを与えている。殺人も、トリックも何もない、一人の女性の生涯を追っていくだけのストーリーが、上質のミステリとして成立しているのは、作者がミステリの手法を自家薬籠中のものとして、自在に操っているからに他ならない。

多島作品が現代の視点で過去をたどっているのに対して、北村薫の最新作『街の灯』（文藝春秋→同文庫）は、昭和七（一九三二）年の視点で同時代の事件を語る連作ミステリ中篇集である。「別冊文藝春秋」に連載中の連作「わたしのベッキー」の第一話から第三話までを収録したもので、著者としては久々の新シリーズということになる。

社長令嬢の花村英子は、父から新しいお付きの運転手を紹介されて唖然とする。別宮《べつく》みつ子という若い女だったからだ。女性が車を運転すること自体が珍しかったこの時代にあって、花村氏の進取の精神は相当なものだったといわざるを得ない。英子はちょうど読んでいたサッカレー『虚栄の市』のヒロインにちなんで、彼女をひそかにベッキーと呼ぶことにする……。

高田馬場にほど近い戸山ヶ原に穴を掘り、自ら毒を飲んでその穴に埋まっていた男の死体が発見された――。そんな奇妙な新聞記事から英子は隠された意外な真相を看破する。（「虚栄の市」）

英子の兄の雅吉が友人と始めた暗号遊び。シャツ、眼鏡、ボタンと次々に送られてくる平凡な品物が指し示す場所とはどこか？（「銀座八丁」）

避暑に出かけた軽井沢で開かれた十六ミリフィルムの上映会。その席上で女性が急死した。違和感を感じた英子はわずかな手がかりを元に驚くべき真相へと到達する。（「街の灯」）

英子が語り手なので、ベッキーさんについての描写は彼女の視点を通して行なわれることになるのだが、運転技術は言うにおよばず、剣術、射撃にも秀でており、どうやら語学にも堪能らしい。まさにスーパーウーマンなのだが、あくまで使用人としての範を超えず、万事において控え目

文藝春秋(2003)

である。

普通のミステリならば、英子がワトソン（語り手）役でベッキーさんがホームズ（探偵）役となるところだが、北村薫はそうした常套を採らない。謎を解くのは、あくまで英子であって、ベッキーさんは彼女にヒントを与え、時には推理を軌道修正するという役どころなのだ。いわば「探偵」＋「影の探偵」ともいうべきスタイルで、これは極めてユニークである。

英子たちの叔父に当たる弓原子爵が東京地裁の検事でありながら探偵小説を書いている、というのは、実在の作家・浜尾四郎をモデルにしたものだし、第一話「虚栄の市」の解決に江戸川乱歩の有名な作品が密接に関わってくるという趣向もミステリ・ファンには楽しい。しかし、本書は決してマニア向けの閉じた作品ではないのだ。前述した各話の「謎解き部分」よりも、むしろそれ以外の脇筋の方が多いぐらいで、つまりこの作品は、英子の目を通して間接的に描写される登場人物たちの姿や、彼らが織り成す上流社会の姿、さらにはそれらが形成する昭和七年という時代の空気を味わうことのできる優れた「小説」としてまず存在する。そして推理の要素がトッピングや付け足しではなく、「核」として挿入されることで、ふくらみのある「推理小説」に仕上がっているのである。北村ミステリの一つの到達点といえるシリーズであろう。巻末インタビューによれば、この連作は昭和十一年の二・二六事件まで書き継がれる予定だというから、今後が楽しみである。

『汚名』と『街の灯』は、片や現代の視点で描く長篇小説、片や当時の視点で描く連作中篇と対照的な構成を持っているが、どちらも戦前という時代を濃密に描きつつ、そこに生きる女性の姿にスポットを当てているのが面白い。そして何より大事な共通点は、格調高い文章でストーリーに酔い、巧妙に仕掛けられたトリックで驚きを味わうことができる――。つまり、ミステリとして傑作である、ということなのだ。

付記……『汚名』は角川文庫版で『離愁』と改題され、「純愛小説」という角書きが付された。同じ作品が版によってミステリになったり恋愛小説になったりする例は、連城三紀彦の作品でもしばしば見られたが、ミステリとしても恋愛小説としても高い水準にあるからこその現象であろう。

新鋭作家が趣向を凝らしておくるクライム・サスペンスの秀作二篇

伊坂幸太郎『陽気なギャングが地球を回す』
生垣真太郎『フレームアウト』

第五回新潮ミステリー倶楽部賞を受賞した伊坂幸太郎のデビュー作『オーデュボンの祈り』（00年／新潮社）はなんとも変わった小説だった。「江戸時代から鎖国が続いている島」や「未来を予言する案山子《カカシ》」という設定からして風変わりなのに、その案山子が殺されてしまい、自分の未来を知っていたはずの彼が、なぜそれを黙っていたのか？という謎がメインとなるのだ。こんなおかしなミステリは、前代未聞だったといっていい。第二作『ラッシュライフ』（02年／新潮社）も、奇抜さでは相当なものだ。画商と女流画家、独自の美学を持つ空き巣、予知能力で事件を解決する教祖を「解体」しようと試みるカルト教団の信者、互いの配偶者を殺そうと企む不倫カップル、犬を連れて再就職先を探し回る失業中の中年男――。仙台を舞台に、癖のある五組の人々の物語がバラバラに進行していき、最後に思わぬ点でつながりを見せるのである。同様のスタイルの先行作品としては、第十五回日本探偵作家クラブ賞を受賞した飛鳥高の傑作『細い赤い糸』（61年／現在は双葉文庫／日本推理作家協会賞受賞作全集15）が思い浮かぶが、『ラッシュライフ』の衝撃度は飛鳥作品のそれに負けていない。

　最新作『陽気なギャングが地球を回す』（祥伝社ノン・ノベル）は、設定としては前二作に比べて割合に普通の犯罪小説といえるが、キャラクターの奇抜さ、ストーリー展開の巧みさはまったく変わっていない。ここに登場するのは、四人組の銀行強盗団である。リーダーの成瀬は他人の嘘を見抜くという特技の持ち主。相手の顔を見れば本当のことを言っているかどうかが判るのだという。成瀬の学生時代からの友人で喫茶店を経営している響野《きょうの》は演説の名人。どうでもいいような知識を次々と並べて喋りつづけ、知らず知らずのうちに聞く者を話に引き込んでしまう。メンバーの最年少、二十歳の青年・久遠《くおん》はスリの達人である。動物が大好きで、人間は他の動物よりもだいぶんくだらない生き物だと思っている。中学生の息子・慎一と二人暮らしの雪子は、正確無比な体内時計の持ち主で、秒単位で時間を正確に把握することができる。何でも一人で片付けてしまう彼女は、ギャンブル好きだった慎一の父親が借金を残して蒸発した時にも、平然としてガラの悪い借金取りから逃げてみせた。

祥伝社ノン・ノベル（2003）

　数年前、たまたま銀行強盗の人質として、この四人が居合わせたことから、新たなギャング・チームが結成されることになる。結局、その強盗は警官隊に射殺されたが、俺たちならばあんな失敗はしない、という訳だ。かくして彼らは入念に計画を練り、それぞれの特技を活かしてそれを実行に移し、これまで数々の成功を収めてきた。今度の計画も、十中八九までは成功していたのだ。逃走中に路地からその車が飛び出してくるまでは……。それは最近世間を騒がせている現金輸送車襲撃犯の車だった。銀行強盗と現金輸送車ジャックが鉢合わせするなどという偶然があるだろうか？　だが、彼らが収穫の四千万円が入ったバッグごと車を奪われてしまったのはまぎれもない事実であった。

ここからは意外な展開の連続で、ページを繰る手が止まらなくなること請け合いである。各節の冒頭に内容を暗示する単語が掲げられ、「悪魔の辞典」風の警句が添えられているのも面白い。例えば「約束」の項目は、「①くくりたばねること。②ある物事について将来にわたって取りきめること。契約。約定。③信頼の置けない相手に対しては特に行なうこと。」といった具合である。もちろんエピグラフだけでなく、登場人物たちの会話も洒落ている。それでいてストーリーに必要な伏線は、序盤からしっかりと張り巡らされており、最後の最後ですべてが有機的につながっていくのだ。このあたりの構成力からは、著者の非凡なミステリ・センスがうかがえて頼もしい限りである。

あとがきによれば、四人組の銀行強盗は、一九九六年のサントリーミステリー大賞の佳作となった『悪党たちが目にしみる』（未刊行）で既に登場しているのだという。「ミステリマガジン」03年4月号に掲載されたインタビュー（構成・村上貴史）から、もう少し詳しい事情を引用しておこう。

この『陽気なギャングが地球を回す』という第三作は、かつてのサントリーミステリー大賞佳作受賞作を原型としているという。しかしながら、ストーリーも、登場人物の顔ぶれも大きく変えているとのことであり、事実上の新作と考えてよかろう。

「この作品では、銀行強盗団の四人が四人とも妙な才能を持っているんですが、原型の方では、体内時計と喋りという二人だけだったんですよ。しかも、四人とも男で、女性キャラクターはいませんでした」

さらに、銀行強盗団が相手にするのも現金輸送車襲撃犯ではなく、誘拐犯だったという。いずれにしても、強盗団対警察という素直な構図ではない。

「対警察では当たり前すぎて面白くないと思ったんです」

ここまで徹底的にリメイクしたのなら旧作をそのまま出すことはできないだろうが、四人組が誘拐犯と戦う話もぜひ読んでみたい。新たな構想でシリーズ化をお願いしたいところだ。

　伊坂幸太郎は七一年生まれだというが、『フレームアウト』（講談社ノベルス）で第二十七回メフィスト賞を受賞した生垣真太郎は七三年生まれ。そのデビュー作は破天荒な作品を次々と送り出してきたメフィスト賞の中では、むしろ異色に思えるほど端正なサスペンス・ミステリである。

講談社ノベルス（2003）

　一九七九年の秋、ニューヨークでフリーの映画編集者をしている「わたし」――ディヴィッド・スローターのもとを、友人でオフィスのオーナーでもあるビリー・ファウラーが訪ねてきた。しばらく旅に出るのでお別れを言いに来たのだという。ビリーがフィルムのクズをゴミ箱に捨てようとした時、何かが床に落ちる音がした。それは時間にして一分もない十六ミリのフィルムだったが、貼られているラベルの字はわたしの見覚えのないものだった。とりあえず二人でフィルムを映写したところ、そこには一人の女性が腹部にナイフを突き刺す映像が写されていた。スナッフ（殺人）・フィルムである。スナッフ・フィルムはトリック撮影か本物かの見極めが難しい。これは果たしてどちらなのだろうか――？　そのフィルムをもう一度見て、わたしは女性がB級ホラー映画でお馴染みの女優アンジェリカ・チェンバースだと気付く。映画マニアの日本人・ダイスの協力を得てわたしはアンジェリカの消息を追うのだが……。

　著者はニューヨーク在住というだけあって、当地の描写が詳しいのは当然として、随所に挟み込まれた映画に関する薀蓄に圧倒される。目次が映画の撮影で使うカチンコの形をしていたり、映画に関するさまざまな文章が掲げられた各章の扉部分もビデオテープの形になっていたりと、造本自体からして「映画小説」であることを強調しているようだ。

　ミステリとしては、スナッフ・フィルムの内容を追いかけるという縦軸とはまったく別のところに、大掛かりなトリックが仕掛けられていて驚かされる。アクロバティックに過ぎて、必ずしも細部にわたって整合性が取れているとはいえないのが惜しいが、大胆な思いつきを実行に移すチャレンジ精神は大いに評価したい。

片や徹底的に陽性な銀行強盗たちの冒険譚、片やサスペンスフルに殺人フィルムの行方を追う映画小説と、雰囲気は正反対の二冊だが、謎を鏤《ちりば》めたストーリーで読者を惹きつけながら細部に仕掛けを施し、最後の大逆転に持っていく、という方法論は共通している。七〇年代生まれの若い作家たちが、こうしたミステリの愉しみどころを押さえた作品を発表してくれるのはなんとも心強いことだ。新作が出るのが楽しみという作家は多ければ多いほどいいものだが、今回ご紹介した二人は、新たにそのグループに加える に充分な逸材であるといえるだろう。次の作品でもたっぷりと楽しませてもらえるに違いない。

付記……伊坂幸太郎は次の作品『重力ピエロ』(03年4月／新潮社)がベストセラーとなり、第二十五回吉川英治文学新人賞を受賞した『アヒルと鴨のコインロッカー』(03年11月／東京創元社)で大ブレイク。現在、最も注目される作家の一人である。

謎解き、アクション、人物造型に秀でたジュニア小説界の逸材たちを見逃すな！

上遠野浩平『ブギーポップ・スタッカート《ジンクス・ショップへようこそ》』
茅田砂胡『レディ・ガンナーと宝石泥棒』

現在、ジュニア小説、殊に中・高生向けのエンターテインメントは隆盛を誇っており、SF、ミステリ、恋愛小説、少年向けから少女向けまで、毎月八十冊以上、多い時では百冊もの新刊文庫が刊行されている。ハードカバーから文庫化されるケースの多い一般書と違って、学生を主な購買層とするジュニア文庫は、ほとんどが書下しないしオリジナルであり、新刊の数がそのまま新作の数であると考えてよい。せいぜい集英社のコバルト文庫、朝日ソノラマのソノラマ文庫、秋元書房の秋元文庫ぐらいしかなかった一九七〇年代半ばならいざ知らず、これでは個人で全貌を把握するのは不可能に近い。

また、これは実際に書店で売り場を見ていただければ一目瞭然だが、どの本にも似たようなマンガの表紙が描かれ

電撃文庫（2003）

ており、こうしたジャンルに詳しくない人が見ても内容の区別はまったくつかないだろう。面白いかつまらないかどころか、どんなジャンルの小説なのかさえ表紙から判別できないものも少なくないのだ。しかし、ジュニア文庫に面白い本がないかというと、そんなことはない。例えば小野不由美の〈十二国記〉シリーズ。もともとは講談社X文庫ホワイトハートという少女向けのレーベルで刊行されていたファンタジー小説だが、あまりの完成度の高さに大人の読者からも注目を集め、一般向けの講談社文庫にも編入されたほどの傑作である。

　そもそも、七〇年代後半から八〇年代前半にかけて相次いでデビューしてきたSF作家たちは、ジュニアもの、一般ものといった区別をことさらせずに、ヤング向けのレーベルに全力投球の作品を発表していたのだ。新井素子の〈星へ行く船〉シリーズ（集英社コバルト文庫）、菊地秀行の『魔界都市〈新宿〉』（ソノラマ文庫）、夢枕獏の〈キマイラ・吼《こう》〉シリーズ（ソノラマ文庫）などは、それぞれの作家を代表する傑作であり、ジュニア文庫だから読まない、などというファンはいないだろう（もしいたら、大変なソンをしていることになる）。

　RPG（ロール・プレイング・ゲーム）の大流行を背景に角川スニーカー文庫と富士見ファンタジア文庫が創刊された八八年あたりから、ファンタジー読者のためのファンタジーがジュニア小説の大勢を占めるようになり、なおさら一般読者の目に触れる機会が減ったのは残念だったが、市場が大きいだけにレベルの高い作品を書く作家は常に存在した。

　例えば、『肩ごしの恋人』（マガジンハウス）で第百二十六回直木賞を受賞した唯川恵はコバルト文庫時代から少女の揺れ動く心理を描写するのが上手かったし、ショッピングの女王としてすっかり有名になってしまった中村うさぎもジュニア作家時代からそのエッセイは抜群に面白かった。現在は娯楽色の強い時代小説やアクション小説で職人芸を発揮している鳴海丈も、ジュニア文庫時代の作品は傑作ぞろいである。

まあ、これは、力量ある作家はどこで何を書いてもいいものを書く、という当たり前のことを述べているに過ぎないのだが、それでは書店に行って面白いジュニアものを買おうかと思っても、前述のような事情で、いきなり傑作を引き当てるのはまず不可能である。そこで今回は、ミステリ・ファン、冒険小説ファンにぜひともお勧めしたい二人の作家をご紹介しよう。

一人は上遠野《かどの》浩平。九八年に『ブギーポップは笑わない』（電撃文庫）で第四回電撃ゲーム小説大賞を受賞してデビュー。この作品をシリーズ化した連作が人気を博し、映画化、マンガ化、アニメ化もされた。講談社ノベルスでファンタジーの世界を舞台にした本格ミステリ『殺竜事件』『紫骸城事件』『海賊島事件』を書いているから、ご存知の方もおられるだろう。

何を書いても上手い作家だが、やはりデビュー作の『ブギーポップは笑わない』を、まずは読んでいただきたい。ジャンル分けするならば、学園ホラーであり、ＳＦアクションということになるだろうが、破格の構成を採ることによって上質のミステリとしても成立している奇跡のような傑作である。

「不気味な泡《ブギーポップ》」というのは、少女たちの間で囁かれている都市伝説。円筒形の黒い帽子に黒いマントを羽織った死神で、その人が一番美しい時に殺してくれるのだという――。だが、ブギーポップは世界が危機に瀕した時、ある少女の体を借りて自動的に現れる存在なのだ。人を喰う怪物マンティコアが学園内に侵入したことで、ブギーポップは浮上してくる……。

殺人鬼に狙われたという過去を持つ末真《すえま》和子、その友人で平凡な女子高生の宮下藤花《とうか》、デザイナーを目指している青年・竹田啓司、生身の人間でありながら、「世界の危機」に戦いを挑みつづける炎の魔女・霧間凪《きりまなぎ》――。事件に関わったさまざまな人たちの視点から、ストーリーが描かれるのだが、凄いのはそれぞれの回想が時系列的にまったくバラバラなこと。ある人は事件の直後、ある人は数ヵ月後、ある人に至っては十数年後に当時を振り返って見せる。それがモザイクのように絡み合って、次第に真相が明らかになっていくのだ。ブギーポップやマンティコアの正体も、早いうちから登場している人物だが、それが判明した時、読者は驚きの声をあげるはずだ。

第二作以降、その人に固有の超能力を持った人間（MPLS）、世界の危機を管理しようとする超巨大組織・統和機構が作り出した人造人間たち、霧間凪やブギーポップらが入り乱れて、さまざまなドラマを繰り広げる。第一作の趣向を連作自体に広げたように時系列はバラバラで、マンティコア事件の後日談があるかと思えば、霧間凪の中学時代の事件があり、ブギーポップの誕生秘話がありといった具合。伏線が大量に張られているので、できれば刊行順に手にとることをお勧めしたい。

最新作『ブギーポップ・スタッカート　ジンクス・ショップへようこそ』では、因果を感知できる統和機構の〈オキシジェン〉が登場。彼はその能力を活かして顧客一人一人に「ジンクス」を売る店を始めることになる。そこに集まってくる四人の能力者たちの織り成すドラマが意外性たっぷりに描かれていくのだ。

もう一人の茅田砂胡《かやたすなこ》は、九二年に『デルフィニアの姫将軍』（大陸ノベルス）でデビュー。ホームコメディ〈桐原家の人々〉（中央公論新社C★NOVELS）も面白かったが、やはり本領はなんといっても圧倒的な人物造型の上手さを見せつけた大河ロマン『デルフィニア戦記』全十八巻（同）だろう。

角川スニーカー文庫（2003）

この傑作は現在、中公文庫で刊行中だが、いきなり二十冊近いシリーズに手を出すのが躊躇《ためら》われるという人に、まずは冒険ファンタジーの佳品〈レディ・ガンナー〉シリーズ（角川スニーカー文庫）をお勧めしたい。

動物に変身できる〈アナザーレイス〉と普通の人間〈ノンフォーマー〉、両者の混血〈インシード〉が共存する異世界を舞台に、正義感の強いヒロイン・キャサリンと彼女が雇った四人の用心棒たちの冒険行を描くアクションものである。『レディ・ガンナーの冒険』『レディ・ガンナーの大追跡　上・下』につづく最新作『レディ・ガンナーと宝石泥棒』では、豪華客船に乗り合わせたキャサリンが偶然駆け落ちの話を聞いたことから、宝石盗難事件に巻き込まれてしまう。容疑者に目されたキャサリンたちは、果たして犯人を捕らえることができるのか？
スピーディーな展開を重視したためか、真犯人の見当は容易につくものの、この一冊を読むだけで構成力、描写力といった著者の力量ははっきりと見て取れるはず。気になった方は迷わず『デルフィニア戦記』へと読み進んでいただきたい。

正直にいってジュニア文庫は玉石混交というか、圧倒的に石の方が多い世界である。少なくとも大人の鑑賞に堪える作品は、そう多くはない。だが、確実に新しい才能が集まってくる場所でもあり、だからこそ読者層の違いをものともしない傑作に出会えた時の喜びも、また大きいのだ。今回、名前を挙げた作品の他にも、ジャンプノベル出身の乙一の著作や、高畑京一郎のミステリSF『タイム・リープ』（電撃文庫）なども、このラインナップに加えていいだろう。

付記……その後、〈ブギーポップ〉シリーズは『ブギーポップ・バウンディング　ロスト・メビウス』（05年4月）、『ブギーポップ・イントレランス　オルフェの方舟』（06年4月）、『ブギーポップ・クエスチョン　沈黙ピラミッド』（08年1月）、〈レディ・ガンナー〉シリーズは『レディ・ガンナーと二人の皇子』全三巻（04年3月、05年1月、06年3月）、いずれも三冊の新作が出ている。

囲みを破って闇を走る！　新鋭作家の手になる脱獄小説の傑作二冊

東山彰良『逃亡作法　TURD ON THE RUN』
五十嵐貴久『安政五年の大脱走』

脱獄を扱ったミステリには、傑作が多い。例えばジャック・フットレルの書いた本格ミステリの古典的名作「十三号独房の問題」（創元推理文庫『世界短編傑作集1』所収）。「思考機械」とあだ名されるオーガスタス・S・F・X・ヴァン・ドゥーゼン教授は、思考の力だけでどんな刑務所からも脱出することができると豪語して、実際にチッザム刑務所の十三号独房に入ってみせる。博士が事前に要求したものは、歯磨き粉と二枚の紙幣、そして靴を磨くことの三つだけだった。その程度の準備で脱走不可能といわれた独房から逃げ出すことができるのか――？

あるいはジャック・フィニイの『完全脱獄』（ハヤカワ・ミステリ文庫）。世界三大刑務所の一つサン・クエンティンに収監されている囚人アーニイ・ジャーヴィスは、一週間前に看守を殴って重傷を負わせていた。目撃者はいないと思われたが、仮出所していた男が証言しに戻ってくるという。看守への反抗は即死刑を意味していた。アーニイは周到な準備を重ねて脱獄を決行するが……。

脱獄計画に齟齬を来たして監獄に立てこもる羽目になった三人の凶悪犯と警察との攻防を息詰まる筆致で描いたベン・ベンスン『脱獄九時間目』（創元推理文庫）や、終身刑を宣告された被告が脱獄したうえで関係者を一堂に集め、裁判のやり直しを要求するヘンリイ・セシル『法廷外裁判』（ハヤカワ・ミステリ文庫）なども、この系譜に数えていいだろう。

フランスのサンテ刑務所を舞台にひたすら穴を掘る囚人たちのドラマを描いたジョゼ・ジョバンニ『穴』（ハヤカワ・ミステリ）は映画化もされた。そういえば捕虜収容所からの大掛かりな脱走計画を題材にした「大脱走」を筆頭に、「パピヨン」「手錠のままの脱獄」など、脱獄映画にも傑作が多い。劇画では、和田慎二『スケバン刑事《デカ》』（白泉社文庫）の「ふたたび地獄城」篇や、山上たつひこ『光る風』（ちくま文庫）の脱獄方法も印象に残る。

日本ミステリに視線を移すと、これはもう楠田《くすだ》匡介《きょうすけ》の独擅場といっていい。江戸川乱歩に「トリック研究家」と呼ばれたほど新トリックの開発に熱心だったが、昭和三十年代前半、永年にわたる司法保護司としての経験を活かして、トリッキーで迫力に満ちた脱獄ミステリを次々と発表した。「脱獄を了えて」「破獄教科書」「ある脱獄」「完全脱獄」などの作品は、河出文庫〈本格ミステリコレクション3〉『脱獄囚』にまとめておいたので、興味をお持ちの方は手にとっていただきたいと思う。

脱獄ものが面白いのは、まず第一に脱出不可能と思われた監獄から見事に抜け出すという意外性。これはいわゆる密室ものの裏返しパターンといっていい。次いで刑務所サイド、看守サイドと囚人たちの駆け引きの妙。そしてそこから必然的に生み出されるスリリングな人間ドラマ。こうした要素がすべて備わっているからと思われる。

宝島社（2003）

しかし、こうやって分析するのは簡単でも、実際に小説を書くとなると困難を極めるであろうことは想像に難くない。なにしろ脱出不可能と思われる刑務所の仕組みをまず設定し、さらに読者の予想を上回ってそれを破るアイデアを考えなければならないのだ。前述した作品群は実は例外で、脱獄ものというジャンルに属する作品はそれほど多くないのだが、その理由がそこにある（逆に考えれば、だからこそあえて書かれた脱獄小説には傑作が多いともいえそうだ）。

だが、今年の四月、新人作家による脱獄小説の傑作が登場した。しかもほとんど同時に二冊。一冊目は、第一回「このミステリーがすごい！」大賞の銀賞と読者賞をダブル受賞した東山彰良『逃亡作法　TURD ON THE RUN』（宝島社→同文庫）である。舞台となるのは死刑が廃止された近未来の刑務所――作中では〈キャンプ〉と呼称される――だ。

囚人たちはこのキャンプで労働力として使役されているのだが、ここには高い塀も厳重な警備もない。申し訳程度に金網の柵が二重に張り巡らされているだけなのである。それでも囚人が脱走できないのは、アイポッパーと呼ばれるマイクロチップを首に埋め込まれているためだ。キャンプの半径一キロ以内は特殊な電波でこれが作動しないようになっているが、ひとたび圏外に出るとアイポッパーが自動的に眼圧を上げて、バセドウ氏病と同じ症状を起こしてしまう。即ち眼球の異常な突出、そして失明である。

かくしてアイポッパーにプログラミングされた刑期が終了するまで、あえて脱獄の危険を冒す囚人は皆無となっていた……。なんとも突飛な設定だが、これが面白い。とにかく囚人たちが個性的なのである。哲学書を愛読する李燕《リイエン》ことツバメ、相棒の百崎《ももさき》ことモモ、大男の三行譲《みゆきゆずる》ことミユキ、ツバメを目の敵にする韓国人・朴志豪《パクチホ》に張武伊《チャムイ》と、国際色豊かな面々がそれぞれの過去と人生哲学をぶつけ合っている。

このキャンプに新たに収監されてきたのが、ホリデー・リッパーとあだ名された川原昇。十四歳以下の少女ばかり十五人も殺害した史上最悪の連続強姦魔だが、この男が実に卑屈で情けないのが、またおかしい。川原に娘を殺された遺族たちが、キャンプの襲撃を計画したことから、ストーリーは次第にエスカレートしていく――。

アイポッパーのために脱走者がいないことから警備が手薄である、という設定が、逆に外部からの襲撃を容易にするという展開の上手さ。一癖も二癖もある悪党たちが織り成す脱獄のドラマは、読み始めたらやめられないだろう。

もう一冊は五十嵐貴久の『安政五年の大脱走』（幻冬舎→同文庫）。昨年、サイコスリラー『リカ』（幻冬舎→同文庫）で第二回ホラーサスペンス大賞を受賞してデビューした著者だが、今年一月に『交渉人』（新潮社→幻冬舎文庫）を刊行しているので、これが第三作ということになる。

彦根藩藩主の十四男・井伊鉄之助は、江戸屋敷で一目見た美女に恋をしてしまう。だが、その美蝶《みちよう》は津和野藩主・亀井茲方《これかた》の愛妾であった。養子縁組もままならぬ厄介者の身でありながら、身の程知らずなことを言うなと家老に一喝され、鉄之助は悔し涙を飲む。

それから二十数年。養子に行けなかったことが逆に幸いして家督を継いだ鉄之助は、井伊直弼《なおすけ》として幕府の要職である大老職に就いていた。異人との交渉、勤皇派への牽制と目の回るような忙しさの中で、直弼はかつてとまったく変わらぬ美蝶を見つけて驚愕する。それは美蝶の娘・美雪の美しく成長した姿であった。

今度こそ若かりし日の恋を成就せんと目論む直弼だったが、勤皇派の長州と縁続きの津和野藩が佐幕派の頭目たる井伊家への輿入れを受け入れるはずもなかった。いや、それ以前に美雪姫はなぜか降るように舞い込む縁談のことごとくを片端から断っていたのである。

懐刀の長野主膳の発案で、直弼は江戸屋敷にいた津和野藩士を謀反の疑い有りとしてことごとく捕らえ、美雪姫とともに幽閉するという暴挙に出た。彼らの幽閉場所である絖神岳《こうじんだけ》の頂上は、僧侶が修行のために拓いた断崖絶壁の上で、北と東は海に面しており逃げ場はない。下界へ降りる唯一の出口さえ見張らせておけば、まったく脱出は不可能な天然の要塞なのである。

幻冬舎（2003）

姫が輿入れを承知しさえすれば、彼らは釈放されるという。だが、こんな無法を許していいものか。徒手空拳の津和野藩士たちは知恵と勇気だけを武器に決死の脱出作戦を敢行する――。

聡明な美雪姫の造型が抜群にいい。見張る側、見張られる側、双方の裏のかき合いの果てに待ち受けるどんでん返しの連続も、ミステリ・ファンにはたまらない趣向だ。何よりそこに至る伏線が、幾重にも張り巡らされているのが素晴らしい。

片や近未来を舞台にしたSF的な設定のオフビート・アクション、片や幕末を舞台にした緊迫感あふれる群像劇と、極めて対照的な二作だが、どちらも脱獄ミステリの歴史に新たなページを開く快作であることは共通している。スリルとサスペンスに満ちた極限の脱走ドラマをたっぷりと堪能していただきたいと思う。

「見破る愉しみ」と「騙される悦楽」、どんでん返しこそ本格短篇の醍醐味

貫井徳郎『被害者は誰？』
折原一『模倣密室』

推理小説を読む楽しみに、作者が仕掛けた周到な企みに騙される快感があることを、否定する読者はいないだろう。もちろん、じっくりと読み込んで、作中のタネ明かしの前に仕掛けを見破った時も嬉しいけれど、コロリと手もなく騙されるのも、また楽しいものだ。作者の手並みが鮮やかであればあるほど、騙された時の快感も大きいといえる。

しかし、そうはいっても、そうそう簡単には読者を驚かす傑作が書けないのも事実である。作者も読者も過去の名作群を踏まえている、という前提で書かれる現代の作品ではなおさらだ。したがって、本格ミステリの短篇集を読んだ場合、どれもこれも傑作で騙されっぱなし、という経験は滅多に味わうことができない。逆に、一冊の中に何本か出来のいい作品が入っていたら、儲け物と思った方がいい——それぐらい厳しい世界なのである。

もちろん、世の中には収録作品のほとんどが傑作、いったい一冊の中にいくつのどんでん返しが仕掛けられているんだ!? と言いたくなるような「名短篇集」も、数は多くないが存在する。何冊かご紹介すると、

1『薔薇荘殺人事件』鮎川哲也（集英社文庫で『ヴィーナスの心臓』と改題※品切れ）すべての短篇に「読者への挑戦」が挿入された犯人当ての傑作集

2『穴の牙』土屋隆夫（創元推理文庫／土屋隆夫推理小説集成8）人生の落とし穴をテーマにした連作。各篇の冒頭に「穴」（！）の独りごと付き

3『キリオン・スレイの生活と推理』都筑道夫（角川文庫※品切れ）本格推理に「論理のアクロバット」の必要性を提唱した著者の模範解答というべき作品集

4『加田伶太郎全集』福永武彦（扶桑社文庫／昭和ミステリ秘宝）ミステリに造詣の深い著者が変名で発表した正統派の謎解き小説集

5『富豪刑事』筒井康隆（新潮文庫）大金持ちの刑事が湯水のように金を使って事件を解決
6『亜愛一郎の狼狽』泡坂妻夫（創元推理文庫）チェスタトンにも匹敵する逆説だらけの傑作集
7『戻り川心中』連城三紀彦（ハルキ文庫）花をモチーフにした情緒あふれる連作〈花葬〉シリーズ。すべての作品に大逆転の仕掛け
8『葬られた遺書』井沢元彦（廣済堂文庫）暗号あり、密室あり、歴史ものありのバラエティ豊かな一冊
9『歌麿殺贋事件』高橋克彦（講談社文庫）浮世絵研究家が巧妙に仕掛けられた歌麿の贋作を見破っていく連作。よってタイトルは「殺人」ならぬ「殺贋」
10『どんどん橋、落ちた』綾辻行人（講談社文庫）犯人当ての極北に位置する技巧の限りを尽くした作品集

　戦前作家ならば、大阪圭吉『とむらい機関車』（創元推理文庫）があり、戦後では戸板康二『團十郎切腹事件』（創元推理文庫）、海渡英祐『閉塞回路』（集英社文庫※品切れ）といったあたりも見逃せない。最近の作品では、恩田陸『象と耳鳴り』（祥伝社文庫）、北森鴻『凶笑面』（新潮文庫）などは「名短篇集」といっていいだろう。今回ご紹介する二冊は、そうした系譜に連なるトリック満載の連作短篇集である。

　一冊目は貫井徳郎『被害者は誰？』（講談社ノベルス↓同文庫）。探偵役の吉祥院慶彦は、デビュー以来常に注目を受けつづける天才肌のミステリ作家。長身で容姿端麗、頭脳も明晰とあって、マスコミに登場するやいなや熱狂的なファンを獲得した。ただし、その実像はずぼらで横柄。何かにつけて大学時代のサークルの後輩である桂島を呼びつけては、散らかり放題となったマンションの掃除をさせるのである。本書のワトソン役（語り手）でもある桂島は、多忙を極める警視庁捜査一課の刑事なのだが、先輩には頭があがらない。まして、未解決の事件のあらましを話すと、たちまち真相を見破ってしまうのだから、今や

講談社ノベルス（2003）

係長までが、それとなく吉祥院先輩の意見を聞くことを求めてくる始末なのである——。

第一話「被害者は誰?」は、豪邸の庭から偶然発見された白骨死体の正体をめぐる物語。家の持ち主である亀山俊樹が容疑者として逮捕されるが、気の弱そうな外見に似ず、彼は頑として被害者の名前を白状しようとしない。だが、家宅捜索の結果、犯行以前に書かれたと思しき手記が発見されたのだ。そこには、三人の女性に対して殺意を抱くようになった経緯が綿密に綴られていた。三人のうちの一人を殺すつもりで、気持ちを整理する目的で書いたというその手記は、他人に見せるためのものではないので結末が書かれていない。被害者は果たして三人のうちの誰か?あるいはその誰でもなく、離婚したという亀山の妻なのか? 与えられたデータから、吉祥院先輩は驚くべき結論を導き出す。

第二話「目撃者は誰?」では、同じ社宅に住む人妻と不倫をしている男のもとに脅迫状が届けられる。密会を見られたとすれば、向かいの棟に住んでいる同僚しか考えられない。彼女を送り出した時に灯りのついていた三つの部屋のうち、どの部屋の住人が目撃者=脅迫者なのか? 男は保身のためにやむなく探偵の真似事をする羽目になるのだが……。ひねりの効いた傑作。

第三話「探偵は誰?」は吉祥院先輩の学生時代の事件。実際に起こった事件を先輩が短篇ミステリにしたのだが、差し障りがあるので登場人物はすべて仮名にしてある。桂島に原稿を読ませた先輩は、そのうちのどれが自分だか当ててみろ、というのだ——。

第四話「名探偵は誰?」では、先輩が交通事故で入院してしまう。ベッド・ディテクティブで抱えている事件を解決してやると豪語する先輩だったが、平凡と思われた事件に隠された真相を鮮やかに暴いてみせたのは、意外な人物であった。

作者がにやにやしながら罠を仕掛けている様子が目に浮かぶような連作だ。何が本当で何が嘘か、読者は眉に唾をつけながらページを繰る必要があるだろう。

悪ノリぶりでは、もう一冊の著者・折原一も負けていない。デビュー作『五つの棺』(創元推理文庫版では作品を増補して『七つの棺』と改題)以来となる黒星警部シリーズの第二短篇集『模倣密室』（光文社→同文庫）がそれ。「黒星警部と七つの密室」の副題が示すように、今回も密室もので統一された短篇集である

　なにしろ探偵役の黒星光警部が密室マニアという設定からして人を喰っている。警視庁捜査一課で将来を嘱望された黒星だったが、不可能犯罪が大好きなことが災いして数々の事件で失態を演じ（簡単な事件をわざわざ密室と騒ぎ立てる等）、とうとう埼玉県の白岡署という田舎の警察署に左遷されてしまったのだ。事件に遭遇するたびに、「ウヒョッ、これは密室殺人だぞ！」とはしゃいでいるのだから、これはやむを得ない。

光文社（2003）

　長篇『鬼が来たりてホラを吹く』（文庫版で『鬼面村の殺人』と改題）、『猿島館の殺人』『黄色館の秘密』（いずれも光文社文庫）では、旅行雑誌の記者・葉山虹子と共演しているが、『丹波家殺人事件』（講談社文庫）だけは部下の竹内刑事と解決した。

　火事の起こった家からバラバラ死体が発見される「北斗星の密室――『黒星警部の夜』あるいは『白岡牛』」、黒星警部のもとに密室殺人の予告状が届けられる「本陣殺人計画――横溝正史を読んだ男」、泊まった者は必ず死ぬという呪いの土蔵で殺人事件が発生する「トロイの密室」など、今回も黒星警部が古今東西の密室ミステリに関する薀蓄を縦横無尽に傾けながら七つの謎に挑むのだが、推理が外れることもしばしば（！）なので、読者は警部の意見に惑わされず、自分で真相を見破る必要がある。もちろん、そのための手がかりはフェアに提示されているのだ。

　貫井作品、折原作品ともに、全体の味付けが極端にユーモラス――というか、ほとんどギャグの領域に達しているのが面白い。現代の作者《マニア》が現代の読者《マニア》に向けて本格短篇を書くには、「笑い」というオブラートが最も適しているのかもしれない。無論、どちらの収録作品も難問ぞろい。相当のマニアでもこれを全問正解するのは至難の業だろう。タネ明かしの前に真相を見破れるかどうか、星取表をつけながら読まれることをお勧めしておこう。

副読本としてのノンフィクションから垣間見るミステリ作家の生活と意見

山田風太郎『戦中派闇市日記』
島田荘司『21世紀本格宣言』

作家と読者のコミュニケーションは、専ら小説作品を通して行なわれるのが普通だが、作家によっては、エッセイ、ノンフィクション、評論などを発表する場合が少なくない。それぞれのファンにとっては、作家本人の肉声を窺い知るチャンスであり、こうした著書は見逃せないものといえるだろう。推理作家には、身辺雑記的な雑文を集めたエッセイ集だけでなく、さまざまなタイプのノンフィクションを刊行している人が多い。

江戸川乱歩『幻影城』（双葉文庫／日本推理作家協会賞受賞作全集7）や、佐野洋〈推理日記〉シリーズ（既刊十冊／講談社／六巻まで講談社文庫）、都筑道夫『黄色い部屋はいかに改装されたか?』（晶文社）のように高いレベルでのミステリ論集になっているもの。土屋隆夫『推理小説作法』（創元ライブラリ）や森雅裕『推理小説常習犯』（講談社＋α文庫）のように作家志望者への指南書という形で実作の内幕を披露するもの。山村正夫『推理文壇戦後史』（全四巻／双葉社／三巻まで双葉文庫※品切れ）や鮎川哲也『幻の探偵作家を求めて』（晶文社）のように実際の交友関係、インタビューに基づいて推理作家たちの横顔を記録したもの。泡坂妻夫『家紋の話』（新潮選書）や斎藤純『オートバイ・ライフ』（文春新書）のように小説以外での専門知識を活かしたもの……。

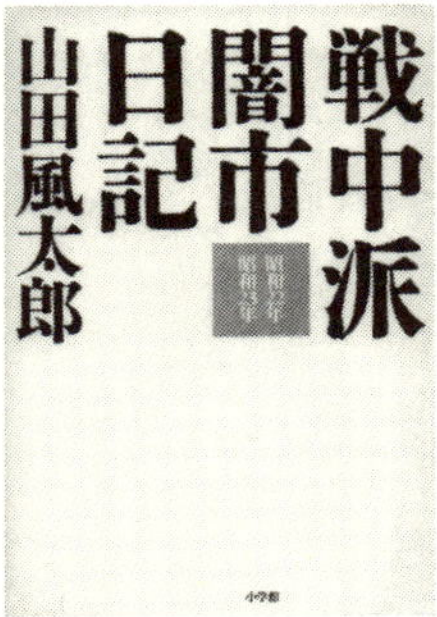

小学館（2003）

変わったところでは、文庫解説をまとめた本もあって、古くは星新一『気まぐれフレンドシップ』（集英社文庫※品切れ）、最近では有栖川有栖『迷宮逍遥』（角川文庫）などは、作家論として読んでも出色の出来映えになっている。

今回ご紹介する『戦中派闇市日記』（小学館）は、山田風太郎の昭和二十二年、二十三年の日記である。戦後すぐにデビューしてミステリ作家として活躍、後に忍法帖シリーズや明治ものでも一世を風靡した著者は、日本が生んだ戦後最大のエンターテインメント作家といって過言ではない。ノンフィクションにもその奇想は遺憾なく発揮されていて、人間の死に際の記録だけをまとめた大部の奇書『人間臨終図巻』（全三巻／徳間文庫）や太平洋戦争に関する日米それぞれの記録から、同じ日のものを抜き出して併記するという『同日同刻』（ちくま文庫）まで、異様な傑作が目白押しである。

中でも最も高い評価を受けているのが、昭和二十年の日記を公刊した『戦中派不戦日記』（講談社文庫）だろう。一九七一年に元版が刊行されて話題となり、七三年に講談社文庫に収録。八五年と二〇〇二年にそれぞれ新装版が出ていまだに読み継がれている超ロングセラーである。もちろん、作家デビュー以前に書かれたものであるから、その書き手はミステリ作家・山田風太郎ではなく、医学生・山田誠也青年ということになる。

当時の人々の生活がリアルに描かれている点で、これは第一級の歴史資料となっているのだが、風太郎ファンにとっては、「戦争」という一大事件が著者の心情にどのような影響を与えたのか、という克明な記録としても興味の尽きない一冊である。一年間の日記としては破格なまでにあらゆることを記録していながら（総量は文庫本で七百ページにおよぶ）、八月十五日の記述がわずかに一行「〇帝国ツイニ敵ニ屈ス。」のみであることの意味は、多くの評論家が指摘するように、風太郎作品の根底に流れる透徹した虚無性と無縁ではあり得ない。

その後、昭和十七〜十九年の日記が『滅失への青春』（『戦中派虫けら日記』と改題／ちくま文庫）として刊行されているが、著者の没後、新たに発見された戦後の日記を小学館が出し始めた。既に昭和二十一年の分が『戦中派焼け跡日記』として出ており、本書が第二弾となる。さらに昭和二十四、二十五年の分をまとめた『戦中派動乱日記』の出版が予定されているという。

執筆時には本にすることなど前提とせずに書かれた普通の日記であるから、これほど作家の肉声を生々しく伝える資料は他にない。この年代になってくると、昭和庶民史の記録としての面白さだけでなく、新進探偵作家・山田風太郎についての資料としても、重要な意味を持ち始めるのだ。東京医学専門学校（現在の東京医科大学）に通いながら、探偵小説専門誌「宝石」の懸賞募集に入選してデビュー。本書のスタート時点は、デビュー作が掲載された雑誌が発売される直前なので、これはまさに作家・山田風太郎の最初期二年間の活動記録なのである。

江戸川乱歩との初対面に始まって、城昌幸、水谷準、木々高太郎といった先輩作家たちの登場、島田一男、香山滋、飛鳥高ら同期作家との会合まで、当時の推理文壇の動きが判るのも面白い。もちろん、大学の専門的な勉強と並行しながら、次々と新作ミステリを構想・執筆する様子も、本書の読みどころだ。初期作品の原題や未発表作品の存在（「鬼子母神事件」という二百枚の中篇が完成している！）までも明らかになる内容の濃さ。著者自身の手が入っていないためか、固有名詞などに若干の誤記が見られるのが残念といえば残念だが、そんなことでこの本の価値はいささかも減ずるものではない。

島田荘司はまぎれもなく現代日本を代表する推理作家の一人だが、一連のミステリ論、日本人論は、その広汎な執筆活動の中で無視できない重要性を持っている。著者による主なミステリ論は、既に『本格ミステリー宣言』『本格ミステリー宣言II　ハイブリッド・ヴィーナス論』（いずれも講談社文庫）の二冊にまとめられており、最新刊『21世紀本格宣言』（講談社）は、これに継ぐ第三の評論集と位置付けることができるだろう。他に、綾辻行人との長篇対談『本格ミステリー館にて』（『本格ミステリー館』と改題／角川文庫）を併せて読めば、著者のミステリに対するスタンスが明確に見えてくる。

本書は八つのパートから構成されているが、ミステリ論としては第一部に配された「新世紀の新本格」と第三部に配された「本格ミステリーは、いかなる思想を持つか」に注目すべきである。ここでは、著者が八〇年代半ばから提唱しているミステリの分類——リアルで現実的な作品を「推理小説」、幻想的・詩的な要素をもった作品を「ミステリー」とし、それぞれのうちで高度な論理性を伴ったものに「本格」の二字を冠する——が、二十一世紀の現状を踏まえた時にどのように創作に反映され得るか、が考察されている。

　率直にいって、島田荘司のミステリに対する歴史認識・現状認識には、肯《うなず》けない部分が少なくない。例えば推理小説においては作者と読者の間に一定の約束事（コード）が存在する、という指摘はそのとおりと思うが、本格ミステリのマニアはコードを無視した作品に「不快感」を抱きこれを「糾弾」する、という断定には首を傾げざるを得ない。中にはそういう人もいるかもしれないが、ほとんどのマニアにとって重要なのは「コードを遵守しているかどうか」よりも「うまく騙してくれるかどうか」即ち「愉しめる作品であるかどうか」だと思うのだが……。

　このように、いくつかの点で認識のずれを感じるのだが、それでは本書がミステリ論として価値がないのか、というとそうではない。これが非常にスリリングで面白いのである。実作者として二〇〇〇年に『ロシア幽霊軍艦事件』（原書房「季刊島田荘司vol.02」）、〇一年に『ハリウッド・サーティフィケイト』（角川書店）、〇二年に『魔神の遊戯』（文藝春秋）、〇三年に『上高地の切り裂きジャック』（原書房）と、コンスタントに大作を発表している著者だからこそ、創作に対するスタンス・理論をストレートな形で読むことで、いわば「手の内を覗く」楽しみが味わえるのだ。

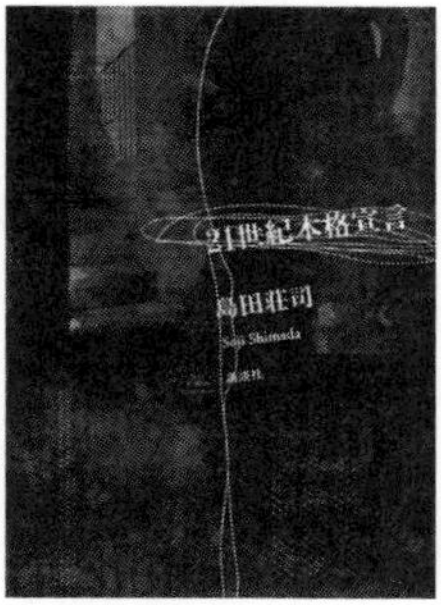

講談社（2002）

　新人賞の選評を中心とした第四部や、本格推理と冤罪についての論をまとめた第六部も面白いが、巻末に第八部として「高木彬光と鮎川哲也」という項目が立てられているのがいい。どちらも山田風太郎と同様に昭和二十年代にデビューし、戦後本格ミステリの中核を担った重鎮であることはいうまでもないだろう。島田荘司は鬼籍に入った先達との想い出を語ることで、未来に向かって本格の灯を絶やさない、という意思表明を行なっている。そうした意味で、まさしく本書はタイトルどおり、『21世紀本格宣言』と呼ぶに相応しい一冊となっているのだ。

　付記……山田風太郎の戦後日記は、『戦中派動乱日記（昭和24～25年）』（04年10月／小学館）、『戦中派復興日記（昭

和26〜27年)』(05年10月/小学館)とつづき、子育てに関する部分だけを抜粋した『山田風太郎育児日記』(06年7月/朝日新聞社)も刊行された。

伝奇ホラー・SF・ミステリを独自のレシピでブレンドする奇才の作品に注目せよ!

田中啓文『UMAハンター馬子　闇に光る目』『忘却の船に流れは光』

田中啓文のデビュー作は、ジュニア向けのレーベルで刊行されたブラックな味わいのファンタジー『背徳のレクイエム　凶の剣士グラート』(93年9月/集英社スーパーファンタジー文庫)だから、今月でその作家生活は満十年に達したことになる。一九九八年までの五年間あまりは、スーパーファンタジー文庫をホームグラウンドに、ジュニア向けとは思えないような容赦のない作品をいくつも発表している。デビュー作の続篇『青い触手の神　凶の剣士グラート2』(93年12月)、柳生十兵衛を主人公にした時代伝奇アクション三部作『SHADOWS in the SHADOW　陰に棲む影たち』(95年2月)、『DANCING in the SHADOW　喉を鳴らす神々』(95年7月)、『FIRE in the SHADOW　爛熟の娼獣』(95年10月)、SFファンタジーの佳作〈神の子ジェノス〉二部作『神の子はみな踊る』(97年1月)、『神の子は来りて歌う』(97年3月)といった具合だが、決定的に箍《たが》が外れた(ように見えた)のは、第八作『緊縛の救世主《メシア》　蒼き鎖のジェラ』(97年12月)であろう。なにしろヒロインがボンデージ・ルックの女海賊というのだから、ジュニアものの領域を大きくはみ出している。

　九七年、「SFマガジン」八月号に発表した「脳光速サイモン・ライト二世号、最後の航海」で一般向けの雑誌に進出。字面を見るとSF的でカッコいいタイトルながら、発音すると途端に腰砕けのダブルミーニングに気付くという怪作で、SFファンに「ダジャレの田中」を強く印象付けることになった。以後、「SFマガジン」や井上雅彦編の書下しアンソロジー〈異形コレクション〉(廣済堂文庫、光文社文庫)を中心に、念入りなグロテスク描写と脱力感に満ちたダジャレを満載した作品を次々に発表し、たちまち特異な書き手として頭角を現すことになる。

学研ウルフ・ノベルス(2003)

　これらの短篇をまとめた作品集には、次の三冊がある。1『異形家の食卓』(00年10月/集英社→同文庫)、2『銀河帝国の弘法も筆の誤り』(01年2月/ハヤカワ文庫)、3『禍記(マガツフミ)』(01年4月/徳間書店)。

　1はタイトルどおり〈異形コレクション〉掲載作品を中心とした一冊。ハードカバー版に推薦文を寄せている筒井康隆には「最高級有機質肥料」(徳間文庫『カメロイド文部省』所収)というゲテモノSFの傑作があるが、ここに収録された田中の「新鮮なニグ・ジュギペ・グァのソテーキウイソース掛け」は、その塁を摩す大怪作だ。

　2はアシモフ『銀河帝国の興亡』をもじったタイトルからして脱力の作品集だが、オビにずらりと並んだ二十人の非推薦者(「私たちは、この本を推薦できません」と大きく書いてある)といい、収録五篇のそれぞれに付された著者を批判する解説(執筆者は小林泰三、我孫子武丸、田中哲弥、森奈津子、牧野修の五人)といい、巻末にもっともらしく置かれた関連年表といい、「くだらない」の一言。ここまで徹底的にくだらなさを追求した本は稀であろう。

無論、作品も粒ぞろいで、J・G・バラード「死亡した宇宙飛行士」のパロディ「嘔吐した宇宙飛行士」のグロさや、「呪い」ネットワークという秀逸なアイデアが光る「銀河を駆ける呪詛」の仰天のダジャレオチなど、著者でなければ書けない（書かないっての）作品がそろっている。

3はグロテスクな伝奇ホラー五篇に枠組みとなる書下しを加えた作品集で、これも滅法面白い。

紹介が短篇集と前後してしまったが、最初に単体の著書として刊行された一般向けの作品は、書下し伝奇SF『水霊 ミズチ』（98年12月／角川ホラー文庫）であり、多くの読者にとっては、これが田中啓文の初お目見えになったものと思われる。民俗学的な薀蓄を存分に傾けた半村良ばりのノンストップ伝奇SFで、個性的なキャラクター造型と相まってSF界、ホラー界の話題をさらった。この傾向の作品には、復活を目論む〈蠅の王〉をめぐる長篇グロテスク・ホラー『ベルゼブブ』（01年11月／トクマ・ノベルズ）がある。

宇宙監獄「XXX《トリプルエックス》」を舞台にしたスーパーファンタジー文庫のSFアクション二部作『蒼白の城XXX』（98年12月）と『慟哭の城XXX』（99年3月）にはミステリとしての要素が色濃く見られたが、それもそのはずで、著者はデビューと同年の九三年、鮎川哲也の選による一般公募作品アンソロジー『本格推理』（光文社文庫）の第一回募集にジャズを題材にしたミステリ「落下する緑」を投じて入選しているのだ。この短篇は『本格推理2 奇想の冒険者たち』（93年10月）に収録されているが、このことは著者が初めからファンタジー、伝奇小説、SFなどと同様、ミステリ指向も有していたことを示している。例えば祥伝社400円文庫のテーマ競作「吸血鬼SF」に応じて書き下ろされた『星の国のアリス』（01年11月）は、宇宙船内に紛れ込んだ吸血鬼によって乗客が次々と死亡していく中、残された者が犯人を推理するというSFミステリ。小松左京「飢えた宇宙《そら》」（ハルキ文庫『結晶星団』所収）以降、定番となった観のある設定に、新たなアイデアを提示した佳作である。

以上で述べてきたような田中啓文の特質が、今のところ最もよく活かされているのが伝奇SFミステリの連作〈UMA《ユーマ》ハンター馬子〉だと思う。「UMA」とは未確認動物、ツチノコ、ネッシー、雪男の類を指す用語。伝統芸能・おんびき祭文の唯一の継承者である蘇我家馬子《そがのやうまこ》は、凄まじい芸の持ち主なのに何故か選んで取ってくる仕事は辺鄙な田舎のものばかり。どうやら不老不死にまつわる伝承のある土地を、優先的に選んでいるようなのだ。馬子本人にも謎が多い。見かけはどう見ても大阪の「おばはん」で、口は悪い、大食らい、淫乱（しかも両刀使い）、いつも弟子のイルカに横暴な要求をして困らせているのだが、年齢不詳で驚くほど昔のことをよく知っていたりする。

前作『UMAハンター馬子1　湖の秘密』（02年1月／学研M文庫）は、「湖の秘密」「魔の山へ飛べ」「あなたはだあれ?」の三篇を収録、それぞれネッシー、ツチノコ、キツネをテーマに馬子が鮮やかな推理を披露してみせた。

早川書房（2003）

各篇の冒頭に「UMA豆知識」コーナー、末尾にあとがき（タイトルは「ベストヒットUMA」。アホか）が付される親切ぶりだ。この構成は新書判での刊行となった新作『UMAハンター馬子　闇に光る目』（03年7月／学研ウルフ・ノベルス）でも踏襲されている。こちらは「恐怖の超猿人」「水中からの挑戦」「闇に光る目」の三篇収録で、登場するUMAはそれぞれ雪男、グロブスター（海岸に漂着する未確認生物の総称）、UMA界のニューフェイス・チュパカブラ（プエルトリコの吸血怪物）となっている（サブタイトルがすべて「ウルトラセブン」から採られているのが笑える）。

伝奇ホラーの趣で幕を開けるストーリーにSFミステリとしての解決をつける、という基本スタイルはまさに著者ならでは。さらにドタバタとダジャレが満載なのはいうまでもない。随所で暗示されるクトゥルー神話との関連や、馬子と同様に不老不死の秘密を探っているらしい山野財閥の暗躍など、連作を貫く伏線も張り巡らされており、これほど盛りだくさんの趣向を詰め込んだ作品も滅多にない。同好の士に自信を持ってお勧めできる連作である。

著者はあるところで、「今後は、ワイドスクリーンバロックと伝奇ホラーとギャグを書いていきたい」と抱負を語ったことがあるが、書下し長篇『忘却の船に流れは光』（03年7月／ハヤカワSFシリーズ Jコレクション）は、ワイドスクリーンバロック（壮大なスケールの宇宙冒険もの）への初挑戦作と見ることもできる。五つの階層からなる閉鎖都市で聖職者としての修行をつづけるブルーは、修学者ヘーゲルと出会って世界の成り立ちについての疑問を覚える。なぜこんな奇妙な世界が生まれたのか……？

圧倒的な密度で神と悪魔の混在する異形世界を構築しながら、最後にSFとしての大ドンデン返しを仕掛ける手腕は瞠目に値する。永井豪の作品で例えるなら、『デビルマン』の壮大さと『手天童子』の緻密さを併せ持った作品といえるだろう。

伝奇ホラー、SF、そしてミステリと、三つのジャンルを自在にクロスオーバーする田中啓文は、今後もわれわれを楽しませてくれるハイブリッドな作品を、次々と生み出していくに違いない。

付記……〈UMAハンター馬子〉は版元のノベルスからの撤退で完結が危ぶまれたが、既刊二冊に未刊行分を増補・再編集して、ハヤカワ文庫から『UMAハンター馬子 完全版』全二巻（05年1〜2月）として無事に陽の目を見た。著者はさらに、「小説すばる」連載の〈笑酔亭梅寿謎解噺〉シリーズで「青春落語ミステリ」という鉱脈を掘り当て、ミステリ方面でも目が離せない活躍をつづけている。

未知の傑作に出会う絶好の機会！究極の珍品を蒐めた二冊のアンソロジー

ミステリー文学資料館編『「探偵倶楽部」傑作選』

長山靖生編『明治・大正・昭和 日米架空戦記集成』

一人の作家の作品を収めた個人短篇集に対して、複数の作家の作品を蒐めた短篇集を一般的にアンソロジーという。個人短篇集には「その人の作品」という大前提となるコンセプトがある訳だが、アンソロジーにはそれがないので、さまざまなコンセプトのもとに作品が選ばれることになる。

日本ミステリのアンソロジーで最大のシリーズは、探偵作家クラブ（現・日本推理作家協会）の編で一九四九年から毎年刊行されている「推理小説年鑑」だろう。現在も講談社から「ザ・ベスト ミステリーズ○○（年号）」として継続中の超ロングシリーズだが、これは「その年に発表された傑作」というコンセプトのアンソロジーである。

本格ミステリ、ハードボイルド、スパイ小説、怪奇小説、ショート・ショート等、作品のジャンル・形式によるアンソロジーもあれば、密室もの、暗号もの、名探偵もの、鉄道ミステリ、犯人当てなど、特定のテーマに突出したアンソロジーもある。

最近では、井上雅彦の編になる〈異形コレクション〉シリーズ（廣済堂文庫、光文社文庫）のように、テーマ別の書下しアンソロジーも増えてきたが、新作・旧作を問わず、編者《アンソロジスト》に要求されるのは、まずなんといっても「面白い作品」を選択する鑑識眼であろう（書下しアンソロジーの場合には、面白い作品を書いてくれそうな作家を選ぶ鑑識眼、ということになるが）。

光文社文庫（2002）

収録対象となる作品が旧作の場合、さらに「珍しい作品」を発掘する幅広い知識・見識が必要となってくる。率直にいって、誰も知らない名作ミステリというものは、ほとんどない。名作・傑作であれば、大抵は既にアンソロジーに入って、ファンにはお馴染みになっているものだ。もちろん、そういう「定番作品」だけで固めるというのも一つの手だが、それでは新味のあるアンソロジーは作れない。

だからといって、古雑誌をひっくり返して埋もれた作品を発掘してくればそれでいい、というものでもない。ここが難しいところなのだが、ミステリの歴史を振り返ってみれば、埋もれるべくして埋もれたとしか言いようのない凡作・駄作は、それこそ山のようにあるのだ。そうした作品をわざわざアンソロジーに収録してみても喜ぶ読者はいないだろう。

つまりアンソロジストには、テーマに沿って珍しくかつ面白い作品を選択する、という極めて難しい仕事が要求されるのだ。アンソロジーはアンソロジストの力量によって、その出来映えが大幅に左右されるといって過言ではない。

ミステリー文学資料館の編になる〈甦る推理雑誌〉シリーズ（光文社文庫）は、ミステリ・ファンなら絶対に見逃せない好企画である。これまでにも雑誌単位のアンソロジーはあったが、対象となったのは戦前最大の雑誌「新青年」〈立風書房〈新青年傑作選〉全五巻、角川文庫〈新青年傑作選〉全五巻、青樹社『新青年ミステリ倶楽部』、角川ホラー文庫『爬虫館事件』）と戦後最大の雑誌「宝石」（いんなあとりっぷ社〈宝石推理小説傑作選〉全三巻、角川文庫〈宝石傑作選集〉全五巻）、そして五年の間に泡坂妻夫、連城三紀彦、竹本健治、栗本薫らを輩出した「幻影城」（カドカワ・エンタテインメント〈甦る「幻影城」〉全三巻）ぐらいのものであった。

ミステリー文学資料館は光文シエラザード文化財団によって九九年四月にオープンした推理小説専門の図書館である。ミステリ評論家の故・中島河太郎氏の蔵書を中心に、従来の公共図書館には架蔵されることの少なかったミステリ関連の書籍・雑誌を大量に収蔵している。そうした資料を活かして刊行されたのが、前段階の企画〈幻の探偵雑誌〉シリーズ（光文社文庫）であった。

戦前の探偵雑誌を対象として、当初、『「ぷろふいる」傑作選』『「探偵趣味」傑作選』『「シュピオ」傑作選』の三冊が刊行されたが、好評を受けてただちに全十巻へと増巻され、『「探偵春秋」傑作選』『「探偵文藝」傑作選』『「猟奇」

傑作選』『「新趣味」傑作選』『「探偵クラブ」傑作選』『「探偵」傑作選』『「新青年」傑作選』とつづく一大シリーズに発展した。貴重な雑誌の現物を架蔵している専門図書館ならではの強みで、全バックナンバーから有名作家・無名作家を問わずに厳選されたミステリ作品に加えて、巻末に総目次が付されているのが圧巻。マニアならば、このリストを眺めているだけで楽しくなってくること請け合いである。

　巻によっては蘭郁二郎や国枝史郎の長篇を一挙に収録したり、小説だけでなくエッセイ・評論も収めるなど編集も変幻自在（実際の作品選定に当たっているのは、同資料館の顧問でもあるミステリ評論家の山前譲氏であろう）。当時のミステリ界と世相の動きを記した年表まで付いたサービスの徹底ぶりで、単に資料として貴重なだけでなく、読んで面白い稀有なシリーズになっているのだ。

　こうした前シリーズの長所を踏襲しながら、対象を戦後のミステリ専門誌へと移したのが、今回ご紹介する『「探偵倶楽部」傑作選』を含む〈甦る推理雑誌〉シリーズ（光文社文庫）である。こちらは最初から全十巻の予定で、『「ロック」傑作選』『「黒猫」傑作選』『「X」傑作選』『「妖奇」傑作選』『「密室」傑作選』『「探偵実話」傑作選』までが既に刊行されており、『「探偵倶楽部」傑作選』は第七巻に当たる。さすがに「宝石」は一冊では収まらないらしく、系列誌を分散して『「エロティック・ミステリー」傑作選』『「別冊宝石」傑作選』『「宝石」傑作選』と三冊分が充てられるようだ。

　『「探偵倶楽部」傑作選』には、ゴジラの原作者としても知られる香山滋の秘境小説「水棲人」を筆頭に島田一男の「検屍医」、日影丈吉のハイカラ右京シリーズ第一話「舶来幻術師」、山村正夫の現代雨月物語「絞刑吏」など十一篇を収録。中では宮野叢子《むらこ》が書簡体で描くサスペンス「夢の中の顔」が出色の出来映え。ヤクザものに腕を揮った大河内常平の「人間《ひと》を二人も」も迫力があって面白い。「宝石」に次ぐ規模を誇った専門誌だけに、巻末のリストが百二十ページにおよんでいるのが凄い。ミステリ好きなら隅から隅まで堪能できる傑作アンソロジーといえるだろう。

　もう一冊の長山靖生・編『明治・大正・昭和　日米架空戦記集成』（中公文庫）にも、先行するアンソロジーがある。

同じ編者による『懐かしい未来　甦る明治・大正・昭和の未来小説』（中央公論新社）がそれで、前著が未来小説全般を対象にしていたのに対して、本書では戦争小説に絞った選択がなされている。

中公文庫（2002）

十一篇を収録、全体が「歓呼の大空中戦」「新兵器で幻の大勝利」「疾風怒濤の諜報戦」「悲喜こもごもの銃後」の四つのパートに分けられており、日本ＳＦの父・海野十三の防空小説「空行かば」等も面白いのだが、ミステリ・ファンとしては第四部「悲喜こもごもの銃後」に収められた三篇に注目しておきたい。

即ち、内気な女学生が慰問袋にあるトリックを仕掛ける横溝正史「慰問文」、防諜探偵・横川禎介が広告気球《アドバルーン》を利用したスパイの奇抜なトリックを暴く大阪圭吉「空中の散歩者」、ある出征兵士の帰還を淡々と描きながら最後に驚愕の落ちをつけてみせる三橋一夫「帰郷」の三本だ。

時局柄、戦意高揚めいた衣はまとっていても、ここには各作家の持ち味が十二分に発揮されている。初期にはペーソスあふれる短篇を得意とした横溝の人情話風日常スケッチ。戦前作家随一の本格ミステリの書き手であった大阪のトリッキーかつスリリングなストーリー。そして戦後に不思議小説と銘打った一連の奇譚を精力的に発表する三橋の奇想天外なショート・ショート。いずれも編者がこのコンセプトで作品を選択したからこそ収録されたものといえるだろう。

今回ご紹介した二冊は、珍しくて面白いという相反しがちな要素をバランスよく兼ね備えた、理想的なアンソロジーである。困難を可能にするアンソロジストの博識と見識に改めて敬意を表しておきたいと思う。

大自然の中で繰り広げられる死闘の連続！手に汗握る長篇冒険小説の二大収穫

笹本稜平『太平洋の薔薇』
谷甲州『紫苑の絆』

冒険小説を定義するのは、ある意味で推理小説を定義する以上に難しい。広辞苑には「冒険小説」とは「主人公の冒険に興味の中心を置いた小説」とある。これではあまりにも一般的すぎてイメージが湧かないので、もう少し補足してみると、まず「主人公が危険に立ち向かう小説」ということができるだろう。この場合、襲ってくる危険は何でもいい。断崖絶壁や竜巻といった自然の脅威、大蛇や人喰い熊のような強い動物、屈強な大男や訓練された軍隊が相手でもいい。とにかく主人公が何らかの危険と対峙すること。そして頭脳と肉体を極限まで駆使してそれを斥けることが、冒険小説の必要条件といえるのではないか。頭脳を使わなければ単なるアクション小説であり、肉体を使わなければ、ただのサスペンスである。

そういう視点で振り返ると、国産冒険小説の歴史は意外と浅いことが判る。明治期の押川春浪の小説などに遠い源流を見出すことは可能だが、その後は海野十三や山中峯太郎らの少年向け冒険小説にわずかな流れが残る程度。一般向けの作品としては、都筑道夫の『なめくじに聞いてみろ』（62年／現在は扶桑社文庫／昭和ミステリ秘宝、以下同様）あたりが最も早い作例なのである。この作品は早川書房の編集者としてイアン・フレミングを初めて日本に紹介した著者が、007シリーズの日本版を意図したというアクション・ミステリの傑作だが、考えてみれば007はスパイ小説にイギリスの伝統的な冒険小説の手法を融合させたシリーズなのだから、『なめくじに聞いてみろ』が冒険小説としての骨格を備えているのも当然かもしれない。

中央公論新社（2003）

生島治郎『黄土の奔流』（65年／双葉文庫）、矢野徹『カムイの剣』（70年／ハルキ文庫）、畑正憲

『無頼の船』（75年／角川文庫※絶版）といった傑作が散発的に出るものの、国産冒険小説がジャンルとして本格的に根付くのは、山田正紀、田中光二、谷恒生、森詠、船戸与一らが踵を接して登場する一九七七〜八〇年を待たなければならなかった。八一年にはこの流れを受けて日本冒険小説協会が設立され、現在に至っている。つまり日本の冒険小説の歴史は二十五年、前史から数えてもせいぜい四十年といえるのである。

その後は、船戸与一『山猫の夏』（84年／講談社文庫）、逢坂剛『カディスの赤い星』（86年／講談社文庫）、景山民夫『虎口からの脱出』（86年／新潮文庫※絶版）、佐々木譲『エトロフ発緊急電』『ストックホルムの密使』（89、94年／いずれも新潮文庫）、藤田宜永『鋼鉄の騎士』（94年／新潮文庫）、真保裕一『ホワイトアウト』（95年／新潮文庫）、福井晴敏『亡国のイージス』（99年／講談社文庫）と、比較的コンスタントに完成度の高い作品が生まれているが、今月ご紹介する二冊は、その最新の収穫である。

まずは新鋭・笹本稜平の海洋冒険小説『太平洋の薔薇』上・下（中央公論新社）から。著者は二〇〇一年、ひねりの効いた私立探偵小説『時の渚』（文藝春秋）で第十八回サントリーミステリー大賞を受賞してデビュー。つづく『天空への回廊』（02年／光文社）では前作から一転してエベレストを舞台にした冒険小説に挑戦、謀略小説の要素も加味した傑作に仕立ててみせた。第三作『フォックス・ストーン』（03年／文藝春秋）もスケールの大きな国際謀略小説だったが、九月に光文社文庫から刊行された新刊『ビッグブラザーを撃て！』を見て仰天。サントリーミステリー大賞受賞に先立つ二〇〇〇年、阿由葉《あゆば》稜名義でカッパ・ノベルスから出た実質上の処女作『暗号』の改題・文庫化だというのだ。『暗号』ならばコンピュータの暗号ソフトをめぐる国際的な謀略を描いた佳作で、新人離れした筆力が印象的だったから、「改名」後の活躍ぶりにも納得がいく。

最新作の『太平洋の薔薇』は通算第五作ということになるが、『天空への回廊』と同様、冒険小説と謀略小説の要素を併せ持つ千二百枚の大作である。ベテラン船長の柚木静一郎は、昔馴染みの貨物船パシフィックローズでの航海を終えたら陸に上がることになっていた。だが、スマトラ島から横浜へ向かう最後の航海の途中、パシフィックローズは海賊にシージャックされてしまう。しかも彼らはただの海賊ではなく、恐るべき目的を持った国際的なテロリストだったのである。

豪華客船「スターライト・オブ・シリウス」に住む大富豪にして細菌学の権威・ザカリアン博士、海上保安庁からクアラルンプールの海賊情報センターに出向している柚木の娘・夏海、パシフィックローズの行方を追う海上保安庁の巡視船「かいもん」の船長・矢吹。多彩な人物たちがそれぞれの思惑を秘めて動く中、テロリストを乗せたパシフィックローズは荒波の中を突っ切ってゆく――。

テロリストたちの意外な計画と、いかにしてそれを阻止するかという駆け引きの面白さに加えて、海という大自然の脅威にもたっぷりと筆が割かれているのがいい。海の男たちの勇気と矜持を丹念に描くことで、冒険小説としての厚みが生じているのだ。後半、謀略小説としての部分がやや駆け足になってしまうのが残念といえば残念だが、そこまで望むのは贅沢に過ぎるというものだろう。長丁場を描ききった新鋭に拍手を送るとともに、次回作を大いに期待したいと思う。

つづいてご紹介するのは、ベテラン谷甲州の最新作『紫苑の絆』上・下（幻冬舎）である。著者は建設会社勤務を経て青年海外協力隊に参加、七九年、派遣先のネパールで書き上げた作品でデビューという変わった経歴の持ち主である。以来、宇宙ＳＦの分野で活躍してきたが、九〇年、満を持して発表したノンＳＦ『遙かなり神々の座』（ハヤカワ文庫）で一躍冒険小説の世界にも進出を果たした。冒険小説には日露戦争後の満州からロシア国境地帯を舞台にした傑作『凍樹の森』（94年／徳間文庫）、『遙かなり神々の座』の後日譚『神々の座を越えて』（96年／ハヤカワ文庫）等があり、山岳小説集『白き嶺の男』（95年／集英社文庫）では第十五回新田次郎文学賞を受賞している。

ヒマラヤを舞台にした『遙かなり神々の座』といい『凍樹の森』といい、読んでいるだけで凍えそうなほど寒冷地の描写が上手い作家だが、そもそも第一長篇『惑星ＣＢ－８越冬隊』（81年／ハヤカワ文庫※絶版）は、軌道を外れた人工太陽を止めるために、極寒の惑星を踏破する冒険ＳＦだったし、戦闘サイボーグがひたすら軍から逃げつづける逃亡小説の傑作『戦闘員ヴォルテ』（88年／徳間デュア

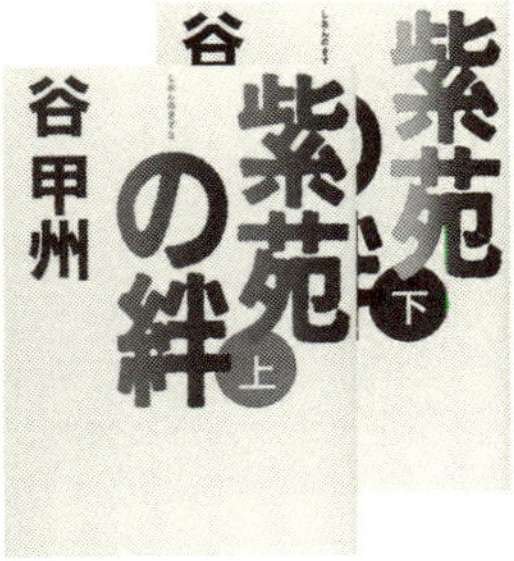

幻冬舎（2002）

ル文庫）も雪原を舞台にしたエピソードが印象的であった。最新作の本書でも得意の凍てつく大地に繰り広げられる高密度の冒険行が、二千二百枚にわたって描き込まれている。

シベリア出兵から帰国した松濤禎《まつなみただし》はかつての恋人・綾乃から婚約者の鍬形正吾を探してほしいと頼まれる。恋敵であり、同じ連隊に所属していた同年兵でもあった正吾は、帰国後その消息を絶っていた。正吾がいたと思しき飯場に潜入した松濤は、そこで意外な事実を知る。正吾は飯場頭の情婦・サトを連れて逃げたというのだ。松濤は吹雪を衝いて脱走を決行し、サトの郷里である信州へと向かうのだが……。

冒頭三百枚をかけてじっくりと描かれるこの雪山の逃走劇だけで、読者は物語に引き込まれずにはいないだろう。圧倒的な密度と迫力で息もつけない。

信州にたどり着いた松濤は、サトの娘・千佳に出会う。彼女の父である小田切少尉は戦死したと伝えられたが外地で生きているらしい。鍬形は少将に会うためにウラジオストックに渡ったというのだ。貧しい伯父夫婦の家に居候しているよりは父を探しに行きたいという千佳は、強引に松濤についてくるのだった。信州から小樽、小樽からウラジオストックと二人の旅はつづく。だが、ようやくたどり着いたそこは、ロシア人、中国人、日本人が互いの利権をめぐって争う暴力の町であった——。

機敏で勇敢な千佳のキャラクターが抜群にいい。初めは庇護者のつもりだった松濤が、すっかり彼女に依存していくのも納得である。裏切りと陰謀が渦巻く北の大陸で、二人は求める人物に出会うことができるのか？　緊密な文章、スピーディーな展開、魅力的なキャラクター造型と三拍子そろって、ストーリーのテンションが落ちないのはさすがである。

新鋭とベテラン、二冊の冒険小説はどちらも読み始めたら容易にはやめられないはずだ。秋の夜長とはいえ、手にとる際には覚悟しておくことをお勧めする。

ジュニア小説の新しい流れ！　大人が読んでも面白い第一線作家たちの新作

有栖川有栖『虹果て村の秘密』
かんべむさし『笑撃☆ポトラッチ大戦』

　このコーナーでは、現代ミステリの収穫をなるべく幅広く紹介することを心がけているので、いわゆる本格ミステリだけにこだわることなく、サスペンス、ハードボイルド、冒険小説、伝奇小説、ＳＦミステリ、時代ミステリと、多岐にわたる本を取り上げてきた。この方針はジャンル・傾向の横方向だけでなく、対象年齢という縦方向にもおよんでいて、下は児童書から上はポルノ小説まで、ミステリとして面白い作品なら何でも扱いたいと思っている。

　残念ながら、まだ官能ミステリを取り上げる機会には恵まれていないが、ジュニアものに関しては、既に第九回で上遠野浩平と茅田砂胡の二人をご紹介しており、半年ほどで再び児童書の新刊を取り上げることになるとは思ってもいなかった。予想外に早くその機会が回ってきたのは、七月に講談社から〈ミステリーランド〉という本格的な児童向けの書下しミステリ叢書が発刊されたためである。

　このシリーズは、正確には、「かつて子どもだったあなたと少年少女のためのミステリーランド」と銘打たれており、小学生以上の児童とその親を対象にしたものだ。挿絵や図解が多色刷りで入った本文といい、背のない丸函の付いた外装といい、本自体を見て、触って、楽しむことに工夫が凝らされているのが素晴らしい。

　江戸川乱歩の〈少年探偵団〉シリーズを引き合いに出すまでもなく、日本ミステリの歴史において少年ものは常に大きな位置を占めてきた。戦前では小酒井不木、大下宇陀児、海野十三、横溝正史、戦後でも高木彬光、山田風太郎、島田一男、鮎川哲也と、主な作家はほとんどが少年ものを手がけている。少年雑誌の花形は、マンガではなく小説だったのである。

講談社（2002）

　マンガ雑誌が登場しても、しばらくは小説が盛んに掲載されていた（創刊間もない「少年マガジン」には、都筑道夫や佐野洋が推理小説を連載している)。旺文社、学研、小学館などの学年誌にも推理小説は欠かせなかったから、松本清張、多岐川恭、天藤真、西村京太郎、斎藤栄、結城昌治と、当時の第一線作家たちは競って少年ものを執筆している。朝日ソノラマから刊行された辻真先の長篇第一作『仮題・中学殺人事件』は、「読者が犯人」という驚愕のトリックを成立させた傑作として読み継がれているし、赤川次郎の第一長篇もソノラマ文庫の『死者の学園祭』である。

だが、一九八〇年代半ばから、辻・赤川らをわずかな例外として、少年ものを書く推理作家はほとんどいなくなってしまう。推理小説を掲載するような雑誌が減ったこと、SF・ファンタジーがジュニア小説の主流を占めたこと等、いくつかの要因が考えられるが、児童書を書く作家は児童書専門、一般書を書く作家は一般書専門といった妙な垣根が生まれたことは間違いない。

もちろん、ジュニア小説の世界にも、面白い作家はたくさんいた。小野不由美は少女向けの文庫で〈十二国記〉シリーズを書いていたし、「少年ジャンプ」が主催するジャンプノベル大賞からは、乙一、村山由佳といった逸材が登場していた。しかし、読者層の断絶が災いして、一般読者が彼らの才能に気付くまでには、数年間のタイムラグを必要としたのである。

こうして振り返ってみると、第一線の現役作家によるジュニアものの書下し叢書という〈ミステリーランド〉が、いかに画期的な企画であるかお判りいただけるだろう。現在までのラインナップは、以下の六冊。

第一回配本
小野不由美『くらのかみ』
島田荘司『透明人間の納屋』
殊能将之『子どもの王様』

第二回配本
有栖川有栖『虹果て村の秘密』
篠田真由美『魔女の死んだ家』
はやみねかおる『ぼくと未来屋の夏』

この中から、今回は有栖川有栖の『虹果て村の秘密』をご紹介しよう。小学六年生の上月《こうづき》秀介は推理作家志望の少年である。クラスメートの二宮優希《ゆうき》は刑事になりたい女の子。優希の母の二宮ミサトは推理作家で、秀介は彼女の大ファンなのだ。秀介と優希は夏休みをミサトの田舎——通称・虹果て村——で過ごすことになった。ローカル線を乗り継ぎながら、次第に辺鄙な場所へと向かっていく様子が、秀介の視点で生き生きと描写される導入部が抜群にいい。子供ならずともこれから始まる冒険旅行への期待で物語に引き込まれること請け合いである。

ミサトの従姉妹・明日香の車で小さな村に着いた二人は、高速道路の建設をめぐって住民の意見が真っ二つに割れていることを知る。カメラマンの風間や郷土史研究家の笹本は反対派、工務店を経営する国松や西尾はもちろん賛成派だ。UFO研究家（？）の島谷のような変人もいて、なかなか面白い村である。

田舎の生活を楽しむ二人だったが、ある夜、殺人事件が発生する。笹本が何者かに撲殺されたのだ。しかも土砂崩れのせいで村への交通が遮断されてしまった。逆にいうと、犯人はまだ村の中にいるのだ……。

二人は懸命に知恵を絞って手がかりを検討し、ついに意外な犯人へと到達する。子供が理解できるように配慮したためだろう、事件の構造は比較的シンプルである。だが、前半に張られたいくつかの伏線がクライマックスで一つにつながる面白さは、シンプルだからこそ一層引き立っているといっていい。ロジックを重視する著者の姿勢は、初の児童書となる本書でも一貫している。

今回ご紹介するもう一冊、『笑撃☆ポトラッチ大戦』（講談社／青い鳥文庫fシリーズ）の著者かんべむさしも、ロジカルな作風に特徴のあるSF界のベテラン作家だ。SFにおいては「もし〜だったら」という仮定が重要となる場合が多いが、ある仮定に基づいて空想を展開していく際の、かんべむさしの強固な論理性はちょっと右に出るものがない。

講談社青い鳥文庫（2002）

いい例が第三短篇集『ポトラッチ戦史』

（77年／講談社）の表題作である。ポトラッチとはインディアンの一部の部族の風習で、相手よりも豪華な贈り物をすることで自分の名誉を保つ、というもの。エスカレートすると自らの財産を破棄するという本末転倒な行動に至る奇妙な慣習だ。「ポトラッチ戦史」はコロンブスによって伝えられたこの風習が、世界的な規模で流行する過程を、圧倒的な緻密さでシミュレートしたSFだ。国と国は領土を押しつけ合い、船を沈め、遂には兵隊を殺して戦争に勝とうとする——。

そう、『笑撃☆ポトラッチ大戦』は、この短篇を元に書き下ろされた作品なのだ。実験施設で事故に遭った三人の小学生が、並行世界《パラレルワールド》に迷い込んでしまう。そこは第二次ポトラッチ大戦を経て、すっかりこの風習が定着したポトラッチの世界であった。短篇版で試みられたシミュレーションが現代の社会情勢にまでおよんで、強烈な風刺になっているのが凄い（北朝鮮がポトラッチを実行したらどうなると思いますか?）。

この作品を含む青い鳥文庫は講談社の児童向けの叢書で、名前は文庫だが判型は新書判である。初期には仁木悦子『消えたおじさん』のように良質の少年向けミステリが入っていた。時代の流れとともにしばらく推理小説が減っていたが、はやみねかおる〈名探偵夢水清志郎事件ノート〉の登場が契機となって一般のミステリ読者からも注目を浴び、楠木誠一郎『坊っちゃんは名探偵!』、蘇部健一『ふつうの学校』など、一般作家のジュニアものが書き下ろされるようになった。

ちなみにfシリーズはSF・ファンタジーを対象にしたレーベルで、既に小松左京『空中都市００８』、筒井康隆『三丁目が戦争です』、眉村卓『ねらわれた学園』、石川英輔『ポンコツタイムマシン騒動記』といった名作ジュブナイルが新しい装丁で収録されているが、続刊予告には平井和正『超人騎士団リーパーズ』（『超革命的中学生集団』改稿版）、豊田有恒『時間砲計画』も挙がっており、こちらも目が離せない。

本当に面白い作品は子供から大人まで、誰でも楽しめるものだ。たまには児童書に手をのばしてみるのもいいものだと思うが、いかがだろうか。

探偵小説を読む愉しみ！　埋もれた傑作に光を当てる二つの好企画登場

『平林初之輔探偵小説選Ⅰ・Ⅱ』
藤田知浩編『外地探偵小説集　満洲篇』

日本ミステリの歴史を振り返ってみると、明治期に翻案・創作で活躍した黒岩涙香にその源流を見ることができる。大正に入ってからは、谷崎潤一郎、芥川龍之介、岡本綺堂、佐藤春夫といった一般文壇で名を知られる作家たちが、次々とミステリを手がけた（この時点ではまだ推理小説専門の作家は登場していないので、一般作家ばかりなのは当然なのだが）。

大正末期、江戸川乱歩を筆頭に、横溝正史、甲賀三郎、角田喜久雄、小酒井不木、大下宇陀児、夢野久作らが相次いで現れる。昭和になってからも、海野十三、浜尾四郎、久生十蘭、木々高太郎、小栗虫太郎といった有力作家が登場し、乱歩がデビューした一九二三年から数えてわずか十年ほどの間に、探偵小説文壇が形成されていった。

太平洋戦争による中断を挟んで、昭和二十年代に入ると、さらに多くの新人作家が登場することになる。高木彬光、山田風太郎、島田一男、鮎川哲也、土屋隆夫、日影丈吉といった面々に加えて、『不連続殺人事件』で日本探偵作家クラブ賞（現在の日本推理作家協会賞）を受賞した坂口安吾のように、一般作家が推理ものを書くケースもあった。

大きなエポックとなったのは五七年だろう。功労賞としてスタートした江戸川乱歩賞が、この年の第三回から長篇公募の新人賞という現在の形に改まり、その最初の受賞作『猫は知っていた』（仁木悦子）が一大ベストセラーとなるのである。また、芥川賞作家・松本清張が発表した長篇推理『点と線』も、翌年に刊行されてベストセラーとなり、空前の清張ブームへとつながっていく。これに呼応して、名称も探偵小説から推理小説へと変わり、ミステリはエンターテインメントの一ジャンルとして完全に定着するのである。

昭和三十年代に登場した作家たち――佐野洋、大藪春彦、笹沢左保、都筑道夫、結城昌治、陳舜臣、戸川昌子、西村京太郎らの活躍については、改めていうまでもないだ

論創社（2003）

ろう。昭和四十年代後半からの横溝正史ブーム、泡坂妻夫、連城三紀彦、栗本薫を輩出した「幻影城」の創刊（七五年）、赤川次郎ブーム（八〇年代〜）、トラベル・ミステリブーム（同）、綾辻行人を筆頭とした新本格ムーブメント（八七年〜）、京極夏彦の登場（九四年）と、いくつかの山を経て、国産ミステリは広大な裾野を持つ一大山脈へと成長した。

読みきれないほどの新作が供給されているのが推理小説界の現状だが、過去の名作は常に手にとれる状態であることが望ましい。推理小説は先人の工夫を踏まえることで発展するタイプのジャンルなので、過去の作例をまったく知らなければ現在の作品も十全に楽しむことはできないからだ。もちろん、ミステリを読むことが娯楽である以上、そんな堅苦しいことを考えるまでもなく、「面白い作品」はいつでも読めた方がいいに決まっているのだが――。

探偵小説時代の名作・傑作を読もうとすると、必ず突き当たるのがテキスト入手難の壁だ。文庫で手軽にほぼ全作品が買える江戸川乱歩（光文社文庫）、夢野久作（ちくま文庫）、山田風太郎（光文社文庫）らは数少ない例外で、大抵の作家は数冊の代表作が買えればいい方なのだ。現行本としては創元推理文庫〈日本探偵小説全集〉（全十二巻）の存在がありがたい。作家としてデビューする以前の北村薫氏が作品セレクトに当たったというこの全集は、各巻八百ページというボリュームで収録作家の代表作が網羅されており、戦前の主な作品を一望することができる。

ただ、「そこから先」に進もうとすると、途端に道が細くなるのが残念だったが、二〇〇三年の十月に論創社から発刊された〈論創ミステリ叢書〉は、探偵小説地図の間隙を埋めるシリーズとして注目すべき存在といえる。今回ご紹介する『平林初之輔探偵小説選Ⅰ・Ⅱ』は、その第一巻と第二巻である。

平林初之輔は初期プロレタリア文学を代表する評論家だが、探偵小説の愛好家でもあり、一般文壇サイドからいち早く江戸川乱歩を評価している。ミステリ・ファンの間では、論理性に重点を置いた謎解きものを「健全派」、怪奇・幻想・異常心理などに重点を置いた作品を「不健全派」と名付け、当時の探偵小説界が後者に偏りがちなことを批判した論客として、記憶されているだろう。

夥しい数の評論に加えて一九二六年からは創作・翻訳の筆も執り、短篇約二十篇に長篇一本があるが、三一年、留学先のパリで客死。活動期間がわずか五年間であり、作品数も少ないことから、これまで平林の探偵小説は評論家の余技と見られてきた。二九年に刊行された改造社版〈日本探偵小説全集〉では、橋本五郎との二人集として第十四巻に七篇が収録されているが、探偵小説の著書はこの二分の一冊のみであり、後は第一短篇の「予審調書」が何度かアンソロジーに採られているのが目立つ程度だった。

『平林初之輔探偵小説選Ⅰ』は改造社版に収録の七篇に未刊行作品七篇を加えた十四作を収録しているが、これが実に面白い。夫婦が互いに相手が犯人ではないかと疑う「山吹町の殺人」では、なんと時刻表トリックを用いたアリバイ崩しが扱われていて驚かされるし、「私はかうして死んだ!」は戸籍上、自分が死亡したことになっていることに驚いた男が「幽霊」としての立場を楽しみながら犯人をたどっていく、という奇想天外な話である。「健全派」の隆盛を慫慂《しょうよう》した著者だけに論理性に優れた作品が多いが、それだけにとどまらず、どの作品でも異様なシチュエーションをスリリングに描いている点に特徴がある。

『同 Ⅱ』は少年ものを含む七短篇、翻訳二篇に加えて、ミステリ関係の評論を二十本以上収録。このうち未完絶筆「謎の女」には一般公募による完結篇があり、当選者の冬木荒之介はなんと井上靖の若き日のペンネームだという。せっかくなら、この完結篇も収録してほしかったところだが、この二冊によって平林初之輔の探偵小説分野における業績が、初めて集大成された意義は決して少なくない（ちなみに「謎の女（続編）」は、現在、鮎川哲也・編『怪奇探偵小説集1』ハルキ文庫で読むことができる）。〈論創ミステリ叢書〉からは、第三巻として『甲賀三郎探偵小説選』が既に刊行されており、入手困難作家の名前がズラリと並んだ刊行予定には期待が高まるばかりだ。

もう一冊、外地を舞台にした九篇を収めるせらび書房の『外地探偵小説集　満洲篇』も、レア作品満載の意欲的なアンソロジーだ。聞き慣れない版元だが、同社の公式サイト（http://www1.parkcity.ne.jp/serabi/）には「中国、旧満洲（満州）、朝鮮、台湾・南方など日本の旧植民地期の文化研究・出版を主に行う」出版社との説明がある。同社の雑誌「朱夏」第十三号の「探偵小説のアジア体験」は出色の内容だったが、本書はこの特集号の内容が発展した企画だという。

　当然のことだが、戦時中を外地で暮らした経験を持つ探偵作家は少なくない。「事件記者」で一世を風靡した島田一男もその一人で、初期には本書収録の「黒い旋風」をはじめとして、「満月夫人」「幻の街」など満洲を舞台にしたロマン性の豊かな作品をいくつも手がけているのだ。「視線」で日本推理作家協会賞を受賞した短篇の名手・石沢英太郎（小林桂樹主演のドラマ牟田刑事官シリーズの原作者といった方が有名か）のデビュー作「つるばあ」が採られているのもいい。

　陸軍報道部の嘱託作家として蒙古へ赴いた渡辺啓助の「たちあな探検隊」や、満鉄医院に勤務していた医学者・椿八郎の「カメレオン黄金虫」も当時の外地の様子がリアルに描写されていて面白いし、「八人目の男」で往復書簡形式のサスペンスに非凡な構成力を見せた宮野叢子が、戦時中の作品「満洲だより」で早くもこのスタイルを採用しているのにも驚かされた。編者あとがきを見ると、次巻には「上海篇」が予定されており、「続満洲篇」の構想もあるという（鮎川哲也「楡の木荘の殺人」などが収録されるのだろうか）。こちらの続刊にも大いに期待が持てる。

せらび書房（2002）

　推理小説はエンターテインメントであるから、いくら資料的価値が高くてもつまらない作品を復刻する必要はないと思う。その点、今回ご紹介した二つのシリーズは二十一世紀の今日の目で読んでも充分以上に面白く、極めて有意義な出版といえるのである。

付記……〈論創ミステリ叢書〉は二〇〇八年七月現在、既刊三十四冊を数える一大シリーズに発展。戦前作家を中心に、ミステリ史の空白を物凄い勢いで埋めつつある。『外地探偵小説集』は「満洲篇」の登場から二年半後に、待望の「上海篇」（06年4月／せらび書房）が出た。そろそろ第三巻の刊行を期待したいところだ。

国産ミステリの元祖・捕物帳——。その最新の進化形態を示す二冊の時代推理小説

芦辺拓『殺しはエレキテル　曇斎先生事件帳』
京極夏彦『後巷説百物語』

「捕物帳」というジャンルがある。時代小説と推理小説が融合した形式だから、時代作家・推理作家の双方が数多くの作品を手がけているが、「推理」の部分に重点を置く「過去を舞台にした本格ミステリ」は、実はそれほど多くない。捕物作家クラブの会長を務めた〈銭形平次捕物控〉の作者・野村胡堂は、『捕物小説年鑑　昭和三十年度版』（岩谷書店）の序文で、捕物帳を「夢多き江戸時代を舞台に、大衆小説のロマンスを配するに、少しばかりのほろ苦いトリックを盛った」小説、と定義している。捕物帳においては、トリックは「少しばかり」でいいというのが、当時の実作者の認識だった訳だ。ミステリ専門の作家でも、「思いついたトリックはまず探偵小説に使い、次に捕物帳に使い、最後に少年向け小説に使う」と公言していた人がいるぐら

光文社カッパ・ノベルス(2003)

いで、捕物帳は謎解きの新しいアイデアを投入する対象と見られていなかった節がある。

　捕物帳の元祖はいうまでもなく岡本綺堂の〈半七捕物帳〉だが、第一話で探偵役の半七を「江戸における隠れたシャーロック・ホームズ」と形容していることからも判るように、これは江戸時代にコナン・ドイルのホームズものを移植する試みであった。ホームズものが発表された期間は一八八七（明治二十）年から一九二七（昭和二）年。〈半七捕物帳〉の連載スタートが一九一七（大正六）年。英米の小説に原書で親しんでいた綺堂が、リアルタイムでホームズの面白さに目をつけたのは慧眼という他ない。

　ここで注目したいのは大正六年という時期である。横溝正史のデビューが大正十年、角田喜久雄、水谷準が十一年、江戸川乱歩、甲賀三郎が十二年。日本に探偵小説文壇が形成されるのが、ようやく大正末期頃の話なのだ。つまり、明確に推理小説を意図して書かれた〈半七捕物帳〉は、国産ミステリ自体の元祖ともいうべき存在なのである。

　もちろん作例が多いだけに、謎解きものとして読んでも充分に面白い捕物帳も、皆無という訳ではない。戦前ではなんといっても久生十蘭の〈顎十郎捕物帳〉が最大の傑作だろう。北村薫氏がデビュー以前に編んだ創元推理文庫版〈日本探偵小説全集〉の第八巻『久生十蘭集』に、全集としてのバランスを度外視してまで全篇が収録されている（八百ページ中〈顎十郎捕物帳〉が六百ページを占める！）のを見ても、いかに優れたミステリであるかが判ろうというものだ。

　戦後では明治を舞台にした坂口安吾の『明治開化 安吾捕物帖』（ちくま文庫版『坂口安吾全集』第十二巻、第十三巻に収録）が読み応えがあるが、前述のように「若干の推理趣味を加えた江戸風俗小説」というのが、捕物帳の大勢であった。

　昭和四十年代に入って捕物帳を綺堂が意図した「時代ミステリ」に戻そうと考えた作家が現れる。昨二〇〇三年十一月二十七日に惜しくも鬼籍に入った都筑道夫の〈なめくじ長屋捕物さわぎ〉は七十八篇を数える長寿シリーズとなった。もう一人、笹沢左保の〈木枯し紋次郎〉シリーズも、時代小説の一ジャンルだった股旅ものと本格ミステリとを融合させた傑作である。

こうした流れを踏まえて、現代の推理作家には「過去を舞台にした本格ミステリ」としての捕物帳に取り組む人が増えている。泡坂妻夫〈亜智一郎〉シリーズ、宮部みゆき〈霊験お初捕物控〉、川田弥一郎〈江戸の検屍官〉シリーズ、高橋克彦〈完四郎広目手控〉などは、時代小説の中に謎解きの面白さを盛り込むことに成功した連作といっていいだろう。少なくとも「お飾り程度の推理趣味を加えただけ」の捕物帳や「現代もののトリックを二次使用した」捕物帳を発表する推理作家は、ほとんど見当たらなくなった。今月ご紹介する二冊は、そうした最新の収穫の中でも、特にミステリ味の強い作品である。まずは芦辺拓の『殺しはエレキテル　曇斎《どんさい》先生事件帳』（光文社カッパ・ノベルス）から。

捕物帳といえば江戸か、せいぜい横浜あたりを舞台にしたものが大半を占める中で、大坂が舞台になっているという点が、まず変わっている。著者自身もあとがきで言及している有明夏夫〈なにわの源蔵事件帳〉を除くと、城昌幸の〈若さま侍捕物帳〉に「上方日記」と題した一連のシリーズがあるのが思い浮かぶ程度。それもあってか、本書では当時の大坂の町について殊に入念な描写がなされており、都市小説としての趣すら呈しているのが、読みどころの一つとなっている。

学問で身を立てようと考える若者・平田箕四郎《みのしろう》は、寺子屋の師匠という職を得て大坂へとやってきた。目的地へ向かう途中、道に落ちていた引札《ひきふだ》（チラシ）を拾った箕四郎は、唐高麗物《からこうらい》を扱う疋田屋《ひきだや》の店頭で、エレキテルなるものの実演販売を見る。平賀源内の発明品に改良を加えたその奇妙な装置は、医療に抜群の効果があるという。試しに装置にかかった客がなぜか眠り込んでしまうのを見て首を傾げた箕四郎は、疋田屋の娘が大急ぎで「ドンサイ先生」を呼んでくるように丁稚に言い付けるのを聞く。それは赴任先の寺子屋の隣で塾を開いている蘭学者の曇斎、橋本宗吉であった――。（『殺しはエレキテル』）

橋本宗吉は大坂蘭学の祖といわれる実在の人物。扱う事件も彼の知識を活かせるように、異国の道具・技術を中心に据えたものになっている。第一話で登場する血気盛んな若い与力見習（この人も実在人物だが、その正体が明かされるのが第一話のオチになっているので、ここで名前を書くのは遠慮しておく）が第一の推理を元に無実の町人を捕らえる。曇斎先生が第二の推理でそれを覆して真相を明らかにする、という二重構造は、前述の『明治開化　安吾捕物帖』で勝海舟が誤った推理を展開し、真の探偵役の結城新十郎が真相を言い当てる、という構成を踏襲したものだろうか。

初めての時代ものということもあって、全六話のうち最初の数篇では、まだ時代小説特有の雰囲気が出し切れていない憾《うら》みがあるが、そのかわり各話の事件における不可能興味が強烈で、ミステリとしては上々の出来映え。今後もシリーズは継続するとのことなので、続刊にも期待したい。

角川書店（2002）

もう一冊、京極夏彦の『後巷説百物語《のちのこうせつひゃくものがたり》』（角川書店）は、「二重底構造」を徹底させた時代ミステリ連作の三冊目である。小股潜《こまたくぐ》りの又市の率いる御行衆《おんぎょうしゅう》——山猫廻しのおぎん、事触れの治平らが世に隠れた悪人を始末する、いわば「京極版仕事人」なのだが、彼らのやり方が変わっている。人間の力では実現できないような不思議な状況を作り出したうえで事件を解決するのである。当時の人々は怪異の存在を信じていたから、妖怪の仕業ということで落着を見る。

この「第一の解決」までが妖怪小説として抜群の完成度を示しているのだが、著者は最後に極めて合理的な「第二の解決」を提示する。引き起こされたさまざまな怪異が又市の仕掛けたトリックであることが判り、それまでのストーリーがまったく違った顔を見せるのである。このテクニックは本格ミステリ以外の何物でもない。

『巷説百物語』『続巷説百物語』で御行衆の活躍を描いてきた著者だが、最新作では時代が明治十年に設定されていて驚かされる。不思議な事件に遭遇した巡査の矢作剣之進らが隠居老人・一白翁《いっぱくおう》を訪ね、御行衆と関わりのあった翁

〈シリーズの読者であれば、その正体は容易に見当がつくことであろう）が、又市たちの過去の活躍を話すというスタイルが採られているが、これは〈半七捕物帳〉の枠組みとまったく同じである（〈半七捕物帳〉は、明治二十四年に隠居の半七老人と知り合った著者が、若き日の岡っ引時代の手柄話を聞いたもの、という設定）。

『続巷説百物語』における「七人みさき」のエピソードのように、一話ずつを綺麗に完結させながら、一方で巧妙にもう一つのストーリーを進行させる趣向も健在で、本書では一白翁の世話をする少女・小夜をめぐる話が縦糸として織り込まれている。細部に至るまで丁寧に趣向を凝らした作品であり、ミステリ・ファンなら読み逃せない傑作といえるだろう。

なお、〈巷説百物語〉シリーズは、「京極夏彦巷説百物語」としてアニメ化され、二〇〇三年十月から順次各地で放映されている。少年探偵団やホームズのアニメはあったが、現役作家の新作ミステリがテレビアニメになるのは初めての快挙である。

過去の業績に新たな側面から光を当てる——。推理作家個人全集の楽しみ方
『江戸川乱歩全集　第15巻　三角館の恐怖』『日影丈吉全集　第4巻』

個人全集というものに対して「その作家のすべての作品が入っている」というイメージをお持ちの方も多いと思うが、ミステリの世界に限っていえば、実はそうした全集は少数派である。いや、そもそも読み捨てを基本としたエンターテインメントであるミステリにおいては、全集が刊行される作家がまず少ないのだ。

当然のことながら、作者が現役バリバリで書きつづけている最中に刊行された全集は、正確には「選集」もしくは「愛蔵版」でしかない。講談社〈横溝正史全集〉、同〈山田風太郎全集〉、光文社〈高木彬光長編推理小説全集〉、講談社〈新版横溝正史全集〉、立風書房〈鮎川哲也長編推理小説全集〉などが、これに当たる。

作者の引退後や死後に刊行された全集でも、全作品に対

光文社文庫（2004）

する収録作品数があまりにも少なく、「選集」としか呼べないものもある。湊書房〈甲賀三郎全集〉、三一書房〈久生十蘭全集〉、朝日新聞社〈木々高太郎全集〉などがそうだ。講談社〈角田喜久雄全集〉や同〈陳舜臣全集〉は、著者にミステリ以外の作品が多いため全集に占める推理小説の巻が極端に少ない例。

厳密な意味での「全作品集」、あるいは多少の遺漏はあっても「全集」と呼んで遜色ないものは、改造社〈小酒井不木全集〉、桃源社〈浜尾四郎全集〉、薔薇十字社〈大坪砂男全集〉、桃源社〈小栗虫太郎全作品〉、三一書房〈海野十三全集〉、同〈香山滋全集〉、創元推理文庫〈天藤真推理小説全集〉と数えるほどしかないのが実状である。

夢野久作の場合は、三一書房〈夢野久作全集〉を補完する形で葦書房〈夢野久作著作集〉が刊行され、現存するテキストがほぼ網羅されたが、こうした幸運なケースは極めて稀だ。

そんな中にあって、主なものだけで過去に七種類もの全集が編まれ、今また第八の全集が刊行中の作家がいる。いうまでもなく日本ミステリ界最大の巨人・江戸川乱歩である。

A　平凡社〈江戸川乱歩全集〉全十三巻
B　新潮社〈江戸川乱歩選集〉全十巻
C　春陽堂〈江戸川乱歩全集〉全十六巻
D　桃源社〈江戸川乱歩全集〉全十八巻
E　講談社〈江戸川乱歩全集〉全十五巻
F　講談社〈江戸川乱歩全集〉全二十五巻
G　講談社〈江戸川乱歩推理文庫〉全六十五巻

A（31～32年）とB（38～39年）は戦前に刊行されたもの。C（54～55年）は還暦を機に刊行されたものである。D（61～63年）は著者生前最後の全集で、晩年の乱歩が入念に校訂を施している。これ以後に刊行されたものは、春陽文庫など一部の例外を除いて、ほとんどDを底本にしているといっていい。

Ｅ（69〜70年）は全小説＋一部の随筆、Ｆ（78〜79年）は全小説＋刊行された全随筆＋一部の少年もの、Ｇ（87〜89年）は全小説＋刊行された全随筆＋刊行された全少年もの＋一部の未刊行随筆という具合に、講談社の乱歩全集は新しく編まれるごとに収録作品が増えており、前の全集を買った人も、新版をそろえる必要があった。

二〇〇三年八月から刊行されている光文社文庫〈江戸川乱歩全集〉全三十巻（以後、最新版）は、全小説＋全少年もの＋一部の随筆を収録している。随筆の本数を抑えて未収録の少年ものをフォローした形だが、これだけだとＧと比べて一長一短があるに過ぎない。最新版の最大の特徴は、編成と校訂にあるのだ。

まず編成だが、主な随筆を後ろの七冊にまとめ、一〜二十三巻に小説作品を発表順に並べている。長篇・短篇、一般向け・少年向けを問わず、純粋に発表順。つまり乱歩の執筆状況が編年体で俯瞰できる構成になっている訳だ。例えば第十四巻『新宝島』は、少年向け冒険小説「新宝島」、少年向け科学読物「智恵の一太郎」、防諜小説と銘打たれた「偉大なる夢」の三篇を収めて、乱歩の戦時中の活動を網羅している。

第15巻『三角館の恐怖』は、戦後初めての小説作品「青銅の魔人」とつづく「虎の牙」の少年探偵団シリーズ二作、戦後初の短篇「断崖」、戦後初の長篇「三角館の恐怖」を収めて、昭和二十六年までの軌跡を押さえている。最新版ではリアルタイムの読者と同じ順番で作品を読むことになるが、これによって既読の作品の印象もかなり変わってくるのが面白い。

校訂についてはＤの踏襲を避け、初刊本を底本に使用しているのが特色である。Ｄは乱歩の手が大幅に入っているので良くなった作品もある反面、かえって矛盾が生じたりオリジナルの雰囲気が失われてしまった例も少なくない。やはりこれも一長一短なのだ。

旧い版をテキストに使用するのは一種の英断だが、乱歩作品に限っては、Ｄに偏った流布本との比較対象を提供する意義が生じてくる。他のテキストとの異同は巻末の詳細な解題でフォローされているので、乱歩再入門には格好の全集といえるだろう。

もちろん乱歩の作品を一度も読んだことのない人は、校訂の違いなどにこだわっている場合ではない。とにかく全集を買って、まずは乱歩に入門してほしい。これだけ繰り返し刊行されるのは、乱歩の作品がズバ抜けて面白いからであり、特に戦前の諸作品（最新版では1~9巻の収録作）は、ミステリ・ファンならば「読まないとソン」と断言できる逸品ぞろいなのだ。

処女作「かむなぎうた」が乱歩に激賞されてミステリ界に登場したのが、国書刊行会から全集が刊行中の日影丈吉である。推理小説と幻想小説に職人芸的な上手さを発揮して、熱狂的な読者を持つ存在だが、作品は入手困難な状態がつづいていた。没後十二年を経て初めて編まれた全集は、確認されている作品をほとんどすべて収録した「完全版」となっている。

各巻の定価が九千五百円という高価な全集だが、一冊につき四~五冊分の作品を収録しているので、テキスト入手の労力を考えれば非常に割安である。日影作品を読んだことがないという人は、「かむなぎうた」「吉備津の釜」「饅頭軍談」「時代」等、代表的な傑作を含む三十五短篇を一挙に収めた第6巻を、まずは手にとっていただきたい。

国書刊行会（2003）

基本的に1巻から4巻までに長篇作品を年代順に配列し、5巻から8巻が短篇小説、別巻が随筆・少年もの、その他という構成になっているが、どの巻にも初刊以来、一度も再刊されていない「幻の作品」が含まれているのが特徴である。第1巻の『見なれぬ顔』、第2巻の『現代忍者考』、第3巻の『夜は楽しむもの』、第5巻の『夜の処刑者』『イヌの記録』がそれで、これらは古書店でも滅多に見かけない稀覯本ばかり。運よく見つけたとしても、数千円から場合によっては数万円の値がついているはずだ。先ほど「割安」と述べた所以である。

こうして並べてみると、長篇『咬まれた手』『地獄時計』『夕潮』、未完絶筆『黄鸝楼《こうふくろう》』、明治を舞台にした連作『ハイカラ右京探偵譚』を収録した最新刊の第4巻だけが、飛びぬけた稀覯本を含んでいないように見える。文庫化されていないといっても、八三年の『咬まれた手』、八七年の

『地獄時計』は比較的最近の著作だし、〈ハイカラ右京〉シリーズは九六年に講談社文庫コレクション大衆文学館から『ハイカラ右京探偵全集』として刊行されたばかりである（ただし、この本は既に絶版）。

ところが、そのハイカラ右京が今回の全集で装いをまったく新たにしているのだ。このシリーズは、過去に単行本で二回、文庫で二回刊行されているが、そのすべてで省かれていたルビ（振り仮名）を初出誌から復元しているのである。「料理屋」に「おちゃや」、「高帽」に「トールハット」、「被害者」に「ほとけ」とルビがつくと、何もない時と比べて印象がまるで違う。右京のライバルで鹿児島弁を話す吾来警部の台詞も、「貴君」に「おはん」、「俺」に「おい」とルビがついて、これはもう、まったくの別物だ。

全集でその作品を初めて読む人は、素直にストーリーを楽しめばよい訳だが、編集によっては既に読んでいる人にとっても新鮮な——いや、むしろ既読だからこそ味わえる楽しみが生じる。見慣れていたはずの作品が別の顔を見せる驚きを、二つの全集でたっぷりと味わっていただきたいと思う。

題材とトリックの有機的な結合！　本格派が罠を仕掛ける二つのスポーツ・ミステリ

小森健太朗『大相撲殺人事件』
歌野晶午『ジェシカが駆け抜けた七年間について』

ひとくちにスポーツ・ミステリといっても、競技の内容が事件と密接に絡んでいるものから、単にそのスポーツの選手が登場する程度のものまで、レベルはさまざまだが、ここでは大ざっぱに「スポーツが作品の重要な要素を占めるミステリ」と解釈しておきたい。

国産スポーツ・ミステリの歴史を振り返ってみると、やはり最も多いのは野球ミステリということになるだろう。有馬頼義『四万人の目撃者』（双葉文庫／日本推理作家協会賞受賞作全集10）を筆頭に、佐野洋『完全試合』（角川文庫※品切れ）、天藤真『鈍い球音』（創元推理文庫）、西村京太郎『消えた巨人軍』（徳間文庫）、中町信『高校野球殺人事件』（徳間文庫※品切れ）、岡嶋二人『ビッグゲーム』（講談社文庫）、東野圭吾『魔球』（講談社文庫）、藤田宜永

『ダブル・スチール』（光文社文庫）、宮部みゆき『パーフェクト・ブルー』（創元推理文庫）、青井夏海『スタジアム　虹の事件簿』（創元推理文庫）と、主な傑作を拾っていくだけでベストテンが簡単に埋まってしまう。

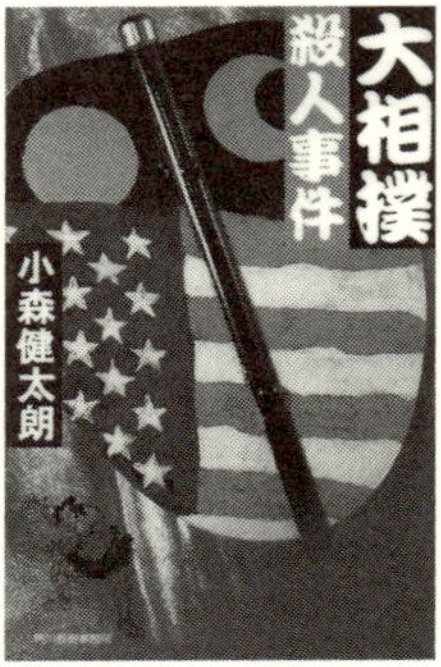

ハルキ・ノベルス（2004）

有馬、佐野、西村、岡嶋の各氏には、他にも野球ミステリの長篇があるし、「あるスカウトの死」で第一回オール讀物推理小説新人賞を受賞した高原弘吉のように、集中的に野球ものを手がけた作家もいるのだ。

ただし、その他のスポーツに目を転じると、まとまった作例はあまりないことに気づく。

ボクシング　岡嶋二人『タイトルマッチ』（講談社文庫）
プロレス　不知火京介『マッチメイク』（講談社）
バスケットボール　平石貴樹『スラム・ダンク・マーダーその他』（東京創元社）
ゴルフ　高橋泰邦『サドン・デス』（徳間文庫※品切れ）
ジャンプスキー　東野圭吾『鳥人計画』（角川文庫）
柔道　泡坂妻夫『旋風』（集英社文庫）
　雫井脩介『栄光一途』（幻冬舎文庫）

今回ご紹介する小森健太朗『大相撲殺人事件』（ハルキ・ノベルス）は、タイトルのとおり角界を舞台にした書下しの連作短篇集だが、相撲に材を採ったミステリというのは前例がほとんどない。思い浮かぶ限りでは、戸松淳矩『名探偵は千秋楽に謎を解く』（ソノラマ文庫※品切れ）、もりたなるお『横綱に叶う』（双葉ノベルス※品切れ）、小杉健治『土俵を走る殺意』（光文社文庫）、同『沈黙の土俵』（ケイブンシャ文庫※品切れ）、京極夏彦『どすこい（仮）』（集英社／新書版は『どすこい（安）』、文庫版は『どすこい。』と改題）の五冊ぐらいしか先行作品がない（京極作品を「相撲ミステリ」といっていいかどうかは、意見の分かれるところだろうが——）。

大学への留学を希望して来日したマーク・ハイダウェー青年は、間違えて相撲部屋・千代楽《ちよらく》部屋の門を叩いてしまう。学生相撲のチャンピオンだったというマークは難なく入門試験を突破するが、通訳として彼の話を聞いていた親方の一人娘の聡子は、この勘違いに気づいて愕然とする。だがせっかく飛び込んできた逸材を手放したくない千代楽親方は、部屋住みの力士として取り組みをつづけながら大学受験にも取り組んではどうかと提案、かくしてマークは力士・幕ノ虎として日本の土俵を踏み、人気を博すことになる——。

この設定で驚いてはいけない。なにしろ千代楽部屋を中心に次々と殺人事件が発生し、マークが鋭い洞察力で真相を看破する、という構造の連作ミステリなのだ。第一話「土俵爆殺事件」では取り組んだ瞬間に力士が爆発する怪事件。第二話「頭のない前頭」では千代楽部屋の浴室で前頭の千代弁天が首切り死体となって発見される。しかも現場は密室で出入りできた者はいなかった……。

第三話「対戦力士連続殺人事件」では、マークの取り組み相手が何者かによって次々と殺害されていく。警察に疑われたまま不戦勝で千秋楽まで全勝で来てしまうマーク。聡子が見つけた犯人と、その前代未聞の動機とは？　このあたりまで来ると、作者は通常の意味でのリアリティは放棄して、作品世界の内部での論理遊戯を楽しもうとしていることが解るだろう。

第四話「女人禁制の密室」では、女性が上がれないはずの土俵上で行司が殺害される。だが、建物の内部にいた容疑者は女性ばかり。性差《ジェンダー》密室とでもいうべき怪論理で読者を唖然とさせる一篇。第五話「最強力士アゾート」では、力士を狙った連続バラバラ事件が発生。しかも身体の一部が持ち去られるという猟奇事件だ。やがて、犯人は各力士の最も強いパーツを集めて人肉人形《アゾート》を作ろうとしているのではないかという疑いが浮上する。島田荘司『占星術殺人事件』（講談社文庫）や笠井潔『薔薇の女』（創元推理文庫）でミステリ・ファンにお馴染みの「アゾート」を、こんなトリックに使うとは……。

第六話「黒相撲館の殺人」では、豪雨の中、山中の洋館に閉じ込められた千代楽部屋の一行が、黒力士の亡霊に襲われる。館の当主は、表舞台というべき大相撲の裏に、殺人術としての黒相撲を受け継ぐ者たちがいたというのだが——？

外国人探偵としては、都筑道夫のキリオン・スレイや山村美紗のキャサリン・ターナーといった先例があるが、マークは日本通の常識人だけに今ひとつ影が薄いのが残念。むしろミステリ・マニアの力士・御前山の方が目立っているほどだ（笠井潔の評論を踏まえた第五話での彼の台詞「わが角界は、去年生じた土俵での爆発殺害事件以降、〈大量死〉の時代に突入しました」は爆笑もの）。

もう一冊、歌野晶午『ジェシカが駆け抜けた七年間について』（原書房）は、女子マラソンの世界を舞台にしたミステリ。マラソン・ミステリというのも前例がほとんどない。リレーを含めたとしても、山田正紀『蜃気楼・13の殺人』（光文社文庫）、関口ふさえ（現・芙沙恵）『2時間7分の身代金』（光文社カッパ・ノベルス※品切れ）、安東能明『強奪箱根駅伝』（新潮社）ぐらいのものだろう。

エチオピア出身のジェシカ・エドルは、ニューメキシコ・アスリート・クラブ（ＮＭＡＣ）に所属するマラソンランナーである。ある晩、レースを間近に控えて寝付けなかった彼女は、チームメイトのアユミ・ハラダがハコヤナギの木に向かって奇妙な行動をしているのを目撃する。バスローブ一枚の姿で鉢巻の左右に二本の懐中電灯を差し、木の幹にフェルトの人形を釘付けしていたのだ。

やがてジェシカは、それがアユミの国に伝わる「丑の刻参り」という呪殺の儀式であることを知る。アユミが殺したいほど呪っているという相手は、なんと監督のツトム・カナザワであった。アユミは監督によって人道上の問題があると思われる指導を受けた結果、選手生命を絶たれる身体の傷を負ったのだった。

原書房（2004）

選手としての限界を感じたアユミは失意のうちにＮＭＡＣを去り、彼女が出るはずだったレースには代わりにジェシカが出場した。レース後、さまざまなことを一度に経験して虚脱状態にあったジェシカのもとに、保安官助手が驚愕のニュースを持って現れる。アユミがＬＡのホテルで自殺したというのだ。ジェシカに宛てられた遺書には、すべての真相が記されていた……。

ここまでが第一章「七年前」の内容なのだが、第二章「ハラダアユミを名乗る女」では、いきなり死んだはずのアユミが現れて読者は目を回すことになる。泡坂妻夫『湖底のまつり』（創元推理文庫）や連城三紀彦『私という名の変奏曲』（ハルキ文庫）といった名作に通じる酩酊感覚が味わえる訳だ。

話題を呼んだ前作『葉桜の季節に君を想うということ』（文春文庫）は、素直に書けば軽ハードボイルドものになるアクション推理を、構成に工夫を凝らすことで何倍もの驚きを演出する本格推理に変えてしまった技巧的な傑作だったが、本書はその趣向をさらに純粋化させたものといえる。

叙述の方法にたった一つだけ、大きな仕掛けが施してあるのだ。そして、そのヒントは第一章にあからさまな形で何度も提示されている。状況設定、キャラクター設定、すべてがこのトリックを成立させるために不可欠な要素である、というのが凄い。細心の注意を払って仕掛けられた大胆極まるどんでん返しは、ミステリ・ファンを感動させずにおかないだろう。

付記……雑誌が出た後、新保博久氏から、相撲ミステリには岡田光治『大相撲殺人事件』（85年3月／三一書房）がある、とのご教示をいただいた。おお、小錦そっくりの力士が表紙に描いてある本ですね！　持っているけど読んでいませんでした。反省……。

贋物と本物の境界線はどこに？　知恵の戦いが火花を散らすコン・ゲームの傑作二冊

赤城毅『贋作遊戯』
楡周平『フェイク』

ミステリのジャンルの一つにコン・ゲームがある。信用詐欺をメインとした犯罪小説のことで、海外でも古くはヘンリイ・セシル『あの手この手』（ハヤカワ・ミステリ）といった名作があり、才人ドナルド・E・ウェストレイクも『我輩はカモである』（ハヤカワ・ミステリアス・プレス文庫）という佳作をものしているが、なんといってもこのジャンルをポピュラーにしたのは、ジェフリー・アーチャーの『百万ドルをとり返せ！』（新潮文庫）だろう。

映画の好きな方には、ポール・ニューマンとロバート・レッドフォードの傑作『スティング』を思い出してもらえれば話が早い。知恵を絞って計画を練り、カモを見事に引っ掛ける——その過程の面白さを描くのが、コン・ゲームという訳だ。仕掛けが大掛かりなほど、またスマートなほど面白いことは、いうまでもない。腕力に物をいわせる強盗と違って、詐欺は頭を使った犯罪なのだ。コン・ゲーム小説はミステリでありながら、殺人なんて無粋なものは出てこないことが多い、まことに粋なスタイルなのである（ちなみにコン・ゲームの「コン」は、ペテン師・詐欺師を表すConfidence Man ——コン・マンから来ている）。

国産コン・ゲーム小説の系譜をたどる時、まず指を折るべき名作中の名作が、小林信彦の『紳士同盟』（扶桑社文庫）である。天才詐欺師といわれた老人の指導のもとで詐欺を計画する主人公たち。全篇に漂う上質のユーモアと、意表をついたストーリー展開は、まさにコン・ゲームの王道。もともとミステリ評論家として活躍し、「ヒッチコックマガジン」編集長も務めた著者の面目躍如というべき作品で、続篇の『紳士同盟ふたたび』（扶桑社文庫）とともに、すべてのミステリ・ファンにお勧めしておきたい。

洒落た犯罪小説を数多く手がける山田正紀にも、コン・ゲームの味わい濃厚な作品が多い。短篇集『贋作ゲーム』や連作『ふしぎの国の犯罪者たち』（いずれも扶桑社文庫近刊）のような、犯罪をゲームに見立てた一連の犯罪ものの

光文社カッパ・ノベルス（2004）

は、『紳士同盟』と並ぶ国産コン・ゲーム小説の草分けといっていいだろう。長篇作品では、超ハイテクビルから一千億円相当の企業秘密を盗み出す『24時間の男』（祥伝社ノン・ノベル※品切れ）が、騙しのアイデア満載で面白い。

意外なところでは、中島らもが『永遠《とわ》も半ばを過ぎて』（文春文庫）で贋の原稿をめぐるコン・ゲームに挑んで成功している。日本推理作家協会賞を受賞した『ガダラの豚』（双葉文庫）よりも、こちらの方がはるかに正統的なミステリだ。

推理作家協会賞受賞作では、真保裕一『奪取』（講談社文庫）がコン・ゲームの傑作。偽札づくりに情熱をかける若者たちの冒険を圧倒的な密度で描いて、千枚を超える大長篇を一気に読ませてしまう。アメリカ大陸を旅しながら詐欺をつづける一行をユーモラスに描いた船戸与一『蟹喰い猿フーガ』（徳間文庫）や、互いに相手の裏をかき合おうとする男女の詐欺師コンビが活躍する逢坂剛の連作『相棒に気をつけろ』（新潮社）のように、重厚な冒険小説の書き手たちも、一度はこのジャンルに手をつけてみたくなるようだ。

贋作テーマのコン・ゲームでは、美術品の世界に材を採った小説を落とす訳にはいかない。高橋克彦の浮世絵三部作——乱歩賞受賞の『写楽殺人事件』、協会賞受賞の『北斎殺人事件』、完結篇『広重殺人事件』（いずれも講談社文庫）——は、今さらお勧めするのが気がひけるぐらいの有名作品なので、ここでは連作『歌麿殺贋事件』（講談社文庫）を挙げておこう。すべての短篇が歌麿の贋作テーマという極端に限定された設定のため、凄まじくハイレベルな騙し合いが展開される傑作である。

高橋克彦が本職の浮世絵研究家だったように、美術教師という経歴を持つ黒川博行にも贋作テーマの連作がある。古美術商たちの駆け引きを描いた『文福茶釜』（文春文庫）がそれで、プロによる騙しのテクニックが惜しげもなくつぎ込まれた密度の濃い一冊だ。一匹狼の骨董商・宇佐見陶子が活躍する北森鴻の冬狐堂シリーズも見逃せない傑作ぞろい。これまでに長篇『狐闇』（講談社文庫）、『狐罠』（講談社）、短篇集『緋友禅』（文藝春秋）の三冊が刊行されている。

今回ご紹介する赤城毅『贋作遊戯』（光文社カッパ・ノベルス→同文庫）も、タイトルのとおり、美術品詐欺を扱ったコン・ゲーム小説である。著者はもともと大正から昭和初期を舞台にした秘境探検小説〈魔大陸の鷹〉シリーズ／中央公論新社C★NOVELS）や冒険探偵小説〈帝都探偵物語〉シリーズ／光文社文庫、カッパ・ノベルス他）を得意とするレトロ・スタイルのミステリ作家だが、前作『紳士遊戯』（カッパ・ノベルス→同文庫）で本格的なコン・ゲームに挑戦した。本書は一年半ぶりのお目見えとなるシリーズ第二作に当たる。

昭和六（一九三一）年、伝説の詐欺師・四条君隆に弟子入りするために上海から戻ってきた駆け出し詐欺師・立見広介は、潜り込んだ高級ホテルのレストランで、老人と孫娘の二人組に見事に騙されてしまう。その老人こそ、広介が探していた四条君隆その人であった——。かくして広介は、君隆と孫のるぅのもとで詐欺師としての修行にいそしむことになる。

やがて広介は上海時代の因縁の相手・犬丸大佐と再会、師匠や仲間たちの力を借りて、見事に相手をペテンにかけることに成功する。

ここまでが前作『紳士遊戯』のストーリー。本書は年が明けて昭和七年の春に始まる。インチキ宗教家をペテンにかけて、まんまと二千円を騙し取った立見広介は、怪しい黒ずくめの男たちに拉致されてしまう。連れていかれた館の主は「絹夫人」——マダム・シルクと呼ばれた往年の名詐欺師であった。

君隆とも昔馴染みらしいマダムに、自分の一番弟子との勝負を持ちかけられた広介は、るぅの制止を振り切ってこの挑戦を受けてしまう。かくして三人の金満家から三つの美術品を騙し取る「贋作遊戯」の幕は切って落とされた——。

一本気な主人公・広介もさることながら、彼の身を案ずる勝気なるぅのキャラクターが抜群にいい。年は下でも詐欺師としてのキャリアははるかに上だから、広介もるぅには頭があがらないのだ。

前作『紳士遊戯』では、前半が登場人物の紹介篇になっていたため、後半を占める犬丸大佐との騙し合いがややボリューム不足という（贅沢な）不満があったが、本書は最初から全開。贋作をめぐる虚々実々の駆け引きを、たっぷりと楽しむことができる。

もう一冊、楡周平『フェイク』（角川書店→同文庫）も、そのものズバリ、「贋物」をテーマにしたクライム・サスペンスだ。三流大学出身の岩崎陽一は、激しい就職難の中、なんとか銀座の高級クラブに潜り込み、新米のボーイとして働いていた。この不景気もどこ吹く風で、一晩に百万以上の金を落とす客も珍しくない銀座。月給十五万円で彼らの給仕をする陽一も、いつかは成功する側に回りたいという夢を持っていた。

そんな時、陽一は新しく店に入ったママの摩耶から、ある計画を持ちかけられる。店の高級ワインをこっそり安物にすりかえてほしいというのだ。どうせ客はワインの味など判らない。そもそも彼らは銀座のクラブという空間の雰囲気に金を払っているのであり、お酒の中身など関係ないと摩耶は言う。詐欺行為にはどうしても抵抗を感じる陽一だったが、誰も損をしないという摩耶の言葉と、月々百五十万円を超える報酬に釣られて、ついに計画への荷担を承諾する。

この後、陽一たちが渡る危ない橋の数々が、本書の後半の展開の肝になってくる。ここから先に紹介される騙しのテクニックは、実際に小説を読んで確認していただきたい。

大学を出たばかりという若い主人公を設定したことで、銀座という虚飾の町を舞台に繰り広げられるマネー・ストーリーが浮世離れしたものでなく、リアルに体感できるようになっているのが上手い。

角川書店（2004）

コン・ゲームにおける最上級の詐欺は、「カモが騙されたこと自体に気がつかない」ことだという。巷ではオレオレ詐欺のような、およそ知性的とは言いがたい詐欺が横行しているようだが、せめて小説の中ではスマートな詐欺師たちの活躍を楽しみたいものだと思う。

付記……扶桑社文庫で編集している〈昭和ミステリ秘宝〉シリーズで、小林信彦『紳士同盟』『紳士同盟ふたたび』、山田正紀『贋作ゲーム』『ふしぎの国の犯罪者たち』を復刊できることになった。本書と前後して刊行されるはずなので、コン・ゲームに興味を持たれた向きは、ぜひお読みいただきたい。面白いですよ。

ミステリからホラーまで変幻自在の語り手が放つ、企みとサスペンスに満ちた二冊

恩田陸『黄昏の百合の骨』『禁じられた楽園』

現在、恩田陸ほど楽しんで「物語」を書き綴っている作家が、どれだけいるだろうか？　作家にもいろいろなタイプがあるが、意外と少ないのが「読書家タイプ」である。もちろん、小説を書こうとする人間は、多かれ少なかれ小説を読んで作家を志すものだろうから、すべての作家は読書家であるとはいえるが、ここでいう「読書家タイプ」の作家は桁が違う。蚕が大量の桑の葉を食べて、綺麗な糸を紡ぎ出すように、読んで読みまくった物語のエッセンスを、自家薬籠中のものとして作品に反映させるタイプの作家――。女流作家の系譜でいうなら、皆川博子や栗本薫に通じる「語り部」としての才が、恩田陸の作品には横溢している。

恩田陸のデビュー作は、第三回日本ファンタジーノベル

大賞の最終候補となり、一九九二年に新潮文庫から刊行された学園ホラー『六番目の小夜子』である。とある地方の高校に、十数年間もひそかに伝わる奇妙なゲーム。三年に一度、生徒の中から一人の「サヨコ」が選ばれる。「サヨコ」は自分が「サヨコ」であることを誰にも悟られることなく、次の「サヨコ」にバトンを渡さなければならない。その年――「六番目のサヨコ」の年に転校生がやってきたことから、謎めいた事件の幕が上がる――。

講談社（2004）

九四年には、やはり第五回日本ファンタジーノベル大賞の候補となった『球形の季節』（新潮文庫）と、初めての書下しミステリ『不安な童話』（祥伝社文庫）の二冊を刊行。ここまでの三作は、いずれもミステリとホラーの要素を併せ持つ独特の作品で、一部の読者からは既に注目を受けていたが、なんといっても恩田陸の名を読書界に知らしめたのは、九七年に刊行された二冊の連作だろう。すなわち、一冊の本をめぐる奇妙な四つの物語『三月は深き紅の淵を』（講談社文庫）と、特殊な能力を備えた「常野《とこの》一族」についての十のエピソードを描く『光の帝国』（集英社文庫）である。

後者は国産ＳＦ近来の収穫として、日本ＳＦ大賞の候補にもなった傑作で、『劫尽《こうじん》童女』（光文社）、『ロミオとロミオは永遠に』（早川書房→同文庫）、『ねじの回転』（集英社→同文庫）とつづく恩田ＳＦの系譜の中でも、ひときわ高く屹立する高峰である。

前者は部分的に見ればミステリ、全体としてはメタ・ミステリに分類できるが、そうしたジャンル分けが無意味に思えてくるほど、ひたすら「物語を読む快楽」に淫した異形の作品でもある。

第一章「待っている人々」では、『三月は深き紅の淵を』と題された本を探す四人の人々が登場する。匿名の作者が私家版で二百部だけ製作し、しかもすぐに回収されたという「幻の本」。「黒と茶の幻想」「冬の湖」「アイネ・クライネ・ナハトムジーク」「鳩笛」の四部からなるその作品は、運よく読めた者の間で伝説になるほど奇妙な魅力があるらしいのだが、他人に貸す時は一人に一晩だけ、コピーも取ってはいけない、という厳しい条件のために、すべてを読み通した人の数は少ないという。

第二章「出雲夜想曲」は、『三月は深き紅の淵を』の作者を求めて出雲行きの夜行列車に乗り込んだ二人の女性編集者の話。第三章「虹と雲と鳥と」は、ある女子高生の墜死事件をめぐるミステリだが、登場人物の一人が、やがて『三月は深き紅の淵を』を書くであろうことが暗示される。

第四章「回転木馬」は、今まさに『三月は深き紅の淵を』の第四章を書き始めた作者の実況（？）からスタートするのだが、それは第一章に登場した「幻の本」ではなく、読者が手にしている恩田陸・著『三月は深き紅の淵を』のことのようなのだ！　かくして虚構と現実は奇妙な融合を遂げ、『三月は深き紅の淵を』という小説は幻の彼方へと溶暗してしまう——。

ミステリやSFは言うにおよばず、海外古典から少女マンガまで、ありとあらゆる本に言及しながら語られるストーリーは、物語を読む楽しさに満ちている。というか、その楽しさそのものを封じ込めたかのような内容は、本好きの魂を揺さぶらずにはおかない。

九八年に勤めを辞めて作家専業となった著者は、堰を切ったような勢いで次々と新作を発表する。九九年に二冊、二〇〇〇年に八冊（！）、〇一年に六冊、〇二年に五冊といった具合だが、驚くべきなのは、むしろ量よりも質の高さと内容の多彩さだろう。

『木曜組曲』（徳間文庫）、『puzzle』（祥伝社文庫）、『MAZE《メイズ》』（双葉文庫）のようなミステリや、『月の裏側』（幻冬舎文庫）などのホラーのみならず、『上と外』（幻冬舎文庫）、『ドミノ』（角川文庫）のようにジャンル分け不能な作品も少なくない。前述したSFにしても、『劫尽童女』は超能力アクション、『ロミオとロミオは永遠に』は近未来学園もの、『ねじの回転』は歴史改変ものと、一冊ごとにまるで傾向が違う。

そんな恩田作品の中で、一つの水脈を形成しているのが、『三月は深き紅の淵を』から派生した一連の作品群である。『麦の海に沈む果実』（講談社文庫）は、第四章「回転木馬」に挿入されていたエピソードを、長篇ミステリに構成しなおしたもの。『黒と茶の幻想』（講談社）は、作中作『三月は深き紅の淵を』の第一章として描写されていたのと、ほとんど同一の小説なのだ。

こうして振り返ってみると、『三月は深き紅の淵を』には、著者が構想していた物語の断片が惜しげもなく鏤められていたことに気付く。この本自体が、恩田小説の予告篇ともいうべき位置を占めているのだ。今回ご紹介する最新作『黄昏の百合の骨』（講談社→同文庫）も、そんな物語の一つである。

主人公は『麦の海に沈む果実』でもヒロインを務めた水野理瀬。彼女は階段から転落死したという祖母の遺言に従って、幼年時代を過ごした白百合荘と呼ばれる洋館に帰ってきた。それは、「自分が死んでも、水野理瀬が半年以上ここに住まない限り家は処分してはならない」という奇妙なものであった――。

祖母とともに白百合荘に住んでいた二人の叔母、梨耶子《りやこ》と梨南子《りなこ》。従兄弟の亘と稔。転校してきた高校でできた友人・脇坂朋子と弟の慎二。朋子の幼馴染みの勝村雅雪と、その親友で朋子に思いを寄せる田丸賢一。理瀬を取り巻く人々の間で奇妙な事件が頻発し、ストーリーは異様な緊張感を孕んで進行していく。

祖母がひた隠しにしていた「ジュピター」とは何を意味する言葉なのか？　半年間、館に住むように命じた遺言の本意とは？　最後にすべてのピースがはまった時、おぞましい構図が立ち現れてくる……。

なお、水野理瀬が登場する作品としては、『図書室の海』（新潮社→同文庫）所収の「睡蓮」、アンソロジー『殺人鬼の放課後』（角川スニーカー文庫）所収の「水晶の夜、翡翠の朝」と二つの短篇が発表されており、併読すると思わぬ人物のつながりを楽しむことができる。

もう一冊の新刊『禁じられた楽園』（徳間書店→同文庫）はデビュー作以来の得意ジャンルでもある長篇ホラー。建築学部の大学生・平口捷《さとし》は、烏山彩城の個展で彼の甥に当たる烏山響一に話しかけられる。響一は確かに同じ大学の学生だが、既に美術家として世界的な評価を得ている天才で、常に取り巻きに囲まれていたから、自分の顔と名前を覚えていたとは意外だった。

やがて捷のもとに響一からの招待状が届く。彩城が熊野に建設した巨大な野外美術館を、ぜひ見に来てほしいというのだ。捷は同じく響一に招かれた美大生・香月律子とともに美術館に入るが、そこは見る者の感覚を破壊する悪意に満ちた危険な空間であった――。

徳間書店（2004）

広告代理店で美術館に関わるプロジェクトを担当して消息を絶った友人を探す男。烏山家の秘密を探ろうとする新聞記者など、それまで並行して描かれていた人物たちが美術館に集まってくる中盤以降の恐怖感は圧巻。作中でも言及されている江戸川乱歩の「パノラマ島奇談」、あるいは同じく乱歩の「地獄風景」を彷彿させる仕掛けの数々で、ホラー・ファンを喜ばせてくれる（ちなみに烏山響一は、『三月は深き紅の淵を』の第二章「出雲夜想曲」に、「なまめかしくて不吉な絵を描く画家」として名前だけ登場している）。

『禁じられた楽園』は連載終了から丸二年を経て、ようやく刊行された長篇だが、実は著者にはこうした加筆・修正待ちの作品が、まだいくつもある。どういう順番で刊行されるかは判らないが、読者は恩田陸の紡ぐミステリアスな物語を、これからもたっぷりと堪能できそうだ。

付記……本稿を書いた直後、事件関係者の証言だけで組み立てられた実験的な構成のサスペンス『Q&A』（04年6月／幻冬舎→同文庫）が出た。さらに同様の趣向を徹底させた『ユージニア』（05年2月／角川書店）は、第五十九回日本推理作家協会賞を受賞している。

II

日常の中に潜む数々の謎を鮮やかに解決する実力派女性作家の連作ミステリ最新作

青井夏海『陽だまりの迷宮』
加納朋子『スペース』

推理小説の定義は、各人さまざまな考えがあると思うが、かつて江戸川乱歩が示した定義は、その中でも最も有名なものの一つといえるだろう。

探偵小説とは、主として犯罪に関する難解な秘密が、論理的に、徐々に解かれて行く経路の面白さを主眼とする文学である。

（『幻影城』所収「探偵小説の定義と類別」より）

乱歩はこれに関して、「その秘密は犯罪などに少しも関係ないものであっても無論差支ない。原則としては何らかの謎があればよいのである」が、「古来、犯罪を取扱わない探偵小説というものは殆んど見当らないと云ってもよい」ので、最初に発表した定義に「主として犯罪に関する」の十文字を付け加えた、と述べている。

乱歩が初めてこの定義を発表した昭和十（一九三五）年ならばともかく、現在では、犯罪を取り扱わないミステリも、決して少なくはない。古くは、文豪・佐藤春夫に、家の中でなくした本の行方を推理する、というだけの傑作「家常茶飯」や、オウムの喋る言葉から元の飼い主の境遇を推理する「オカアサン」といった作品があり、戸板康二の老優・中村雅楽シリーズにも、劇場の周辺で起きた不可解な出来事を雅楽が解き明かす短篇が多い。

こうした傾向のエポックとなったのは、一九八九年に刊行された北村薫のデビュー作『空飛ぶ馬』（創元推理文庫）だろう。女子大生の語り手「私」が日常の中で出会った奇妙な事件に、落語家の円紫師匠が鮮やかな解決を示すというスタイルの連作は、犯罪がなくても謎と論理さえあれば推理小説は成立するという当然の事実をミステリ・ファンに強く印象付け、北村薫はシリーズ第二作『夜の蟬』（創元推理文庫）で、早くも第四十四回日本推理作家協会賞を受賞することになる。

以後、本家である北村薫の〈私と円紫師匠〉シリーズ、〈覆面作家〉シリーズ三部作（角川文庫）を筆頭にして、若竹七海『サンタクロースのせいにしよう』（集英社文庫）、加納朋子『ななつのこ』（創元推理文庫）、倉知淳『猫丸先輩の推測』（講談社ノベルス）といった作品が次々と発表され、ミステリ界に「日常の謎」派とでも呼ぶべき一ジャンルを形成している。

象徴的な一冊がアンソロジー『競作　五十円玉二十枚の謎』（創元推理文庫）だ。これは若竹七海が作家デビュー以前に実際に出会った奇妙な事件の「真相」を募集して優秀作をまとめたもので、論理ゲームとしてのミステリには犯罪は必ずしも必要ではないことを如実に証明している（入選者の中には後の倉知淳もいる）。

ハルキ文庫（2004）

そう、推理小説に必要なのは、奇妙な謎が論理的にかつ意外性をもって解き明かされる、という一点のみであり、江戸川乱歩が言うように、その謎が犯罪に関わるものである必要はどこにもない。しかし、殺人、誘拐、詐欺といった犯罪行為を扱えば、「謎」を設定しやすいことも事実である。逆にいうと、日常的な謎でサスペンスを醸成し、読者を惹きつけ、さらに意外な解決を示すのは、簡単なように見えて実は至難の業なのである。

今回ご紹介するのは、その「日常の謎」形式に挑む女性作家の最新作である。まずは青井夏海の書下し作品『陽だまりの迷宮』（ハルキ文庫）から。

一九九四年に刊行された著者の第一作『スタジアム　虹の事件簿』は、当初、わずか五百部の自費出版本だったが、野球ミステリの良作として一部のミステリ・ファンの間で話題となった。評判は口コミで伝わり、ついに二〇〇一年には創元推理文庫に収録、メジャーデビューを果たしたのである。以後、助産婦探偵が活躍する『赤ちゃんをさがせ』『赤ちゃんがいっぱい』（いずれも創元推理文庫）を発表し、本書が通算第四作ということになる。

大村家はなんと十一人兄弟の大家族。四人ずつの連れ子を抱えて再婚した両親に、さらに三人の子供が生まれたのだ。上の五人の姉は独立して家を出ているが、それでも兄弟六人と両親の八人が一つ屋根の下で暮らしており、小学三年生の末っ子・生夫《いくお》は自分の部屋もない身の上である。

第一話「黄色い鞄と青いヒトデ」は、ある日の午後、体の弱い生夫が寝床で物音と叫び声を聞いたところから始まる。どうやら家の前で、自転車同士が衝突したらしい。

数日後、はす向かいに住む兄弟、徹郎と義郎が大村家に怒鳴り込んできた。鉄道マニアの徹郎が友人から貰った外国製の模型を義郎が失くしてしまった。大村家の前で小学生の自転車とぶつかった時に、その小学生が盗ったのではないかというのだ。義郎は、生夫の双子の姉、訓子《くにこ》と成子《しげこ》のどちらかが窓から見ていたはずだから証言してほしいというのだが、成子だけでなく、確かに家にいたはずの訓子まで、なぜか頑強に知らぬ存ぜぬで押し通す――。

やがて生夫から事の顛末を聞いた下宿人のヨモギさんは、実に意外な場所からあっさりと鉄道模型を見つけ出してしまう。果たしてその場所とは――?

第二話「届かない声」では、大村家にしばしば無言電話がかかってくる。不思議なことに、それに気付いているのは生夫だけのようなのだ……。第三話「クリスマスのおくりもの」では、雨の中、大村家に一冊の絵本が届けられる。それは、プレゼントすると両思いになれるおまじないの絵本として、一部で有名な本であるらしい。だが、誰が、誰に贈ったものなのか?

東京創元社(2002)

いずれも生夫から話を聞いたヨモギさんが、思いもよらない解答を示してくれるのだが、子供の視点で進行する物語の中に丁寧に伏線が張られているので、解決の意外性が引き立っている。

プロローグとエピローグは成人した生夫たちが、父母の一周忌のために久しぶりに集まるという枠組みになっており(つまり本篇は生夫の回想なのだ)、少々強引ながら、エピローグでヨモギさんの意外な正体が明かされるという趣向もほほえましい。

もう一冊、加納朋子の『スペース』(東京創元社)は、九二年に第三回鮎川哲也賞を受賞した『ななつのこ』、翌年の『魔法飛行』（いずれも創元推理文庫）につづく、入江駒子シリーズ実に十一年ぶりの第三作である。

女子短大生の駒子は大村家ほどではないが、四人兄弟の上から二番目。著者のデビュー作でもある『ななつのこ』では、幻想的な童話「ななつのこ」に魅せられた駒子が著者にファンレターを出す。その際に身近に経験した不思議な出来事を紹介すると、折り返し真相を推理した手紙が届く、という趣向の連作長篇だ。

七篇からなるという「ななつのこ」の一篇ずつが作中作として各話に挿入されているのだが、それ自体が一つのミステリになっているのみならず、駒子の体験した出来事と関連し、さらには全体を貫く仕掛けも用意されているという凝りようである。

第二作『魔法飛行』は、駒子が前作で知り合った瀬尾さんに小説を送るという設定。その小説は、やはり駒子の身近で起こった事件を題材にしているのだが、瀬尾さんからの返事とは別に、謎めいた手紙が各話の間に挿入されるのだ。さまざまな謎が解き明かされ、予想もしなかった真相が明らかになるラストは圧巻。

最新作の『スペース』は、「スペース」と「バック・スペース」、表裏一体をなす二つの中篇で構成されている。

まず「スペース」はクリスマスに幕を閉じた『魔法飛行』の一週間後、大晦日の話である。駒子は友人に宛てた一連の手紙を瀬尾さんに見せる。作中の半分以上を占めるその手紙は、何の変哲もない近況報告のように見えるのだが、瀬尾さんはその裏に隠された驚くべき真実を看破する――。「バック・スペース」では、「スペース」に登場したまどかの視点で、前作での出来事がもう一度語られる。「スペース」では語られなかった部分が周到に計算されていたことが判明して、読者は膝を打つことになるのである。

電子メール全盛の昨今だが、駒子シリーズは昔ながらの「手紙」を媒介として、多彩なトリックを仕掛けている点が面白い。四部作が予定されているとのことだが、完結篇では駒子と瀬尾にどんなドラマが待ち受けているのだろうか。期待は高まるばかりだ。

幕末から明治へ——。激動の時代の空気を鮮やかに描く歴史本格ミステリの新作二篇

戸松淳矩『剣と薔薇の夏』
翔田寛『消えた山高帽子』

過去を舞台にした「時代ミステリ」、歴史上の人物や事件に材を採った「歴史ミステリ」は数多いが、やはり「捕物帳」というサブジャンルの隆盛もあり、作中で扱われる時代は、江戸時代が最もポピュラーである。だが、作例こそ少ないものの、幕末から明治を舞台にしたミステリには傑作が多い。

まず質・量ともに真っ先に指を折るべきは、山田風太郎の明治ものであろう。『警視庁草紙』『幻燈辻馬車』『地の果ての獄』といった作品群は、伝奇小説、歴史小説、推理小説と、山田風太郎がそれまでに手がけてきた小説技法が渾然一体となった傑作ぞろい。現在は、ちくま文庫で〈山田風太郎明治小説全集〉全十四巻としてまとめられているので、容易に読むことができる。ミステリ・ファンには、大トリック、小トリックを惜しげもなく鏤めた驚異の本格推理『明治断頭台』（同全集第七巻）を、何を措いてもお勧めしておきたい。

東京創元社（2004）

坂口安吾の連作『明治開化 安吾捕物帖』も、現在はちくま文庫〈坂口安吾全集〉の第十二巻、第十三巻に全篇が収録されている。明治の世を騒がす怪事件に、名探偵・勝海舟が解決を示すが、その推理はいつも間違っており、真の探偵役・結城新十郎が「本物の解答」を提示するという、二段構えの本格ミステリだ。

海渡英祐の江戸川乱歩賞受賞作『伯林《ベルリン》——一八八八年』（講談社文庫／江戸川乱歩賞全集7）では、ドイツに留学している森林太郎、すなわち後の森鷗外が、古城で発生した密室殺人事件の謎に挑む。南條範夫は日露戦争で活躍した明石元二郎大佐を主人公にして、スパイ小説『参謀本部の密使』（徳間文庫）を書いている。明治期に実在した市井の

歴史学者をモデルにした『三百年のベール』（学研M文庫）は、史料から徳川家康の出自を詳細に検討し、意外な秘密を暴き出す異色の歴史推理。ジョセフィン・テイ『時の娘』や高木彬光『邪馬台国の秘密』の系譜に属する作品だが、知的興奮の度合いで群を抜いている。

時代ミステリを数多く手がけた多岐川恭にも、『開化回り舞台』（光文社文庫版で『開化怪盗団』と改題）という明治ものがある。高橋克彦『倫敦《ロンドン》暗殺塔』（講談社文庫）は、ロンドンの日本人村を舞台にした本格推理だ。

変わったところでは明治SFを得意とする横田順彌に、日本SFの祖・押川春浪と後輩作家・鵜沢龍岳を探偵役にした連作SFミステリ『時の幻影館』『夢の陽炎館』『風の月光館』（双葉社）がある。古典SFの蒐集からスタートして明治研究の第一人者となってしまった著者だけに、雰囲気たっぷりの時代描写が素晴らしいシリーズである。

近年の作品では、小野不由美『東京《とうけい》異聞』（新潮文庫）や貫井徳郎『鬼流殺生祭』『妖奇切断譜』（いずれも講談社文庫）のように、〝もう一つの明治〟を舞台に設定した推理小説もある。

今月ご紹介する二冊は、いずれも外国人が探偵役を務める歴史ミステリ。まずは戸松淳矩『剣と薔薇の夏』（東京創元社→同文庫）だが、ここは作品よりも先に著者を紹介しておくべきだろう。

同書の担当編集者でもある戸川安宣氏の解説によると、著者は一九五二年、京都生まれ。七六年に〈小説サンデー毎日〉新人賞に応募した短篇「証言者」が最終候補に残り、選考委員だった山村正夫の誘いで、同氏が中島河太郎らとともに主宰していたグループ「推理文学会」に入会する。

七九年にヤング向けのソノラマ文庫からユーモラスな本格推理『名探偵は千秋楽に謎を解く』、八〇年に続篇の『名探偵は九回裏に謎を解く』を書下し刊行。八七年には朝日ソノラマの小説誌「獅子王」に第三作『墨田川幽霊グラフィティ』を連載したが、結局これは刊行されず、ミステリ・ファンの間では「二冊の良作を発表して消えた幻のジュニア・ミステリ作家」として、名のみ伝えられる存在であった。

「推理文学」の寄稿者でもあった戸川安宣氏が東京創元社で日本人作家の書下しシリーズを企画した際、著者に原稿を依頼した経緯は解説に詳しいが、〈創元ミステリ'90〉のために構想された本書は、十年以上の空白期間と三年近い執筆期間を経てようやく完成、このたび〈創元クライム・クラブ〉の一冊として刊行されたのである。著書としては、実に二十四年ぶりの新刊ということになる。

手にとると、まずそのボリュームに圧倒される。二段組四百六十ページ、千二百枚におよぶ大作である。舞台となるのは万延元（一八六〇）年のニューヨーク。この年、日本からの遣米使節団を歓迎して、街は日本ブームに沸いており、マスコミ各社は日本の情報を必死に求めていた。地元新聞アトランティック・レヴュー紙の記者ウィリアム・ダロウも、日本に詳しい人物を探し回り、貿易会社で働いているという元漂流民ジューゾ・ハザーム（狭間重蔵）を見つけ出す。

一方で奇妙な連続殺人事件が発生。被害者はいずれも使節団歓迎委員会に関わると見られる人物で、死体のそばには『聖書物語』（旧約聖書）の断片が落ちていた。その意味するところは果たして何か？　ダロウは挿絵画家のフレーリとともに、事件の謎を追うことになる――。

軽妙だった旧作とはうって変わって、重厚な文体で綴られるストーリーは、ほとんど歴史小説の様相を呈しており、読み始めてからリズムに乗るまでに時間がかかるかもしれない。だが、事件が発生してからは不可能興味満載の展開に惹きつけられて、途中ではやめられなくなってしまう。何気ない記述の中に、周到に伏線が張られているのもお見事で、歴史ミステリ近来の収穫の一つといっていいだろう。

なお、本書の刊行に合わせてソノラマ文庫の旧作二冊、さらに未刊行の第三作も『名探偵は最終局に謎を解く』と改題・改稿されて創元推理文庫から刊行されるとのこと。つづけて読むと、あまりのタッチの違いに驚くかもしれないが、こちらもお勧めである。

もう一冊、翔田寛『消えた山高帽子』（東京創元社）は、「チャールズ・ワーグマンの事件簿」という副題が示すように、実在した外国人ジャーナリストを探偵役に起用した連作ミステリである。著者は一九五八年、東京生まれ。二〇〇〇年に時代ミステリ「影踏み鬼」で第二十二回小説推理新人賞を受賞。第二作「奈落闇恋乃道行」（傑作！）で

第五十四回日本推理作家協会賞短編部門の候補となる。本書は、その二作を含む短篇集『影踏み鬼』（双葉文庫）につづく二冊目の著書ということになる。

画家のチャールズ・ワーグマンは、絵入り週刊新聞「イラストレイテッド・ロンドン・ニュース」の特派員として来日、生麦事件をはじめとして幕末から明治に至る日本の動乱を海外へ伝えた人物として有名。横浜の外国人居留地に住み、日本初の風刺漫画雑誌「ジャパン・パンチ」を創刊したことでも知られている。

本書では、そんな彼が明治六（一八七三）年に出会った五つの事件が描かれる。外国人の幽霊が目撃される「坂の上のゴースト」、イギリス人の吝嗇漢《りんしょくかん》が腹に剣を突き立てた姿で発見される「ジェントルマン・ハラキリ事件」、歌舞伎役者とともに訪れた素人芝居の会場で三つの山高帽子が紛失する表題作、陸《おか》蒸気の警笛がきっかけとなって女の悲しい過去が暴かれる「神無月のララバイ」、教会で不可解な密室殺人事件が発生する「ウェンズデーの悪魔」――。

東京創元社（2004）

真実を見抜いたワーグマンが、まず事態を収める形の新聞記事を書き、その後に隠された真相が明かされる、という基本パターンは、前述の『明治開化 安吾捕物帖』に似ている。鋭い洞察力を発揮してワーグマンが解明してみせる事件の謎は、どれも意外性に満ちたものばかり。ほとんどの描写が真相への手がかりとなっているため、作品によっては駒を動かす著者の手つきが窺えるものもあるが、これはフェアプレー精神の発露であるから、むしろ好感が持てる。

片やニューヨークを舞台にした重厚な大長篇、片や横浜を舞台にしたスマートな連作短篇集と対照的な作品だが、いずれも外国人が探偵役を務める正統派の謎解きミステリという点では共通している。時代の空気と推理の醍醐味を同時に味わうことのできる、贅沢な味わいの二冊である。

付記……その後、二冊の時代ミステリを刊行した翔田寛は、今年（二〇〇八年）、『誘拐児』で第五十四回江戸川乱歩賞を受賞した。乱歩賞の応募規定はプロ・アマ問わずだから、西村京太郎、海渡英祐、森村誠一など、既にデビューしている作家が受賞した例はこれまでにもある。

ホラー界の才人が趣向を凝らして贈る本格推理長篇&奇妙な味の短篇集

倉阪鬼一郎『42.195すべては始めから不可能だった』『十人の戒められた奇妙な人々』

倉阪鬼一郎ほど「才人」という言葉がしっくりくる作家も珍しいと思う。ホラーに軸足を置きながらもミステリや伝奇小説、ユーモア小説まで書き分ける作風の多彩さ、俳句や翻訳も手がける多芸ぶり、囲碁、将棋、麻雀からカラオケ、クラシック鑑賞まで幅広い趣味、そしてそれらの趣味を作品に反映させる手つきの鮮やかさ——。個人商店とは思えないほど多様な商品を扱っていながら、どの品を手にとっても、実は店主の個性が抜きがたく刻印されている、という意味では、都筑道夫を彷彿させる存在ともいえるだろう。

早稲田大学在学中に、草創期の幻想文学会に参加。同会が母体となって創刊された専門誌「幻想文学」では、(鬼)の署名で切れ味鋭い書評を毎号のように発表した。校正プロダクション勤務の傍ら同人活動も精力的にこなし、一九八七年には短篇集『地底の鰐、天上の蛇』（幻想文学会出版局）で作家デビューを果たす。ただし、これは自費出版に限りなく近いものだったという。ちなみに校正者時代の抱腹絶倒のエピソードはエッセイ集『活字狂想曲』（99年3月／時事通信社→幻冬舎文庫）、「幻想文学」その他に発表した書評の数々は『夢の断片、悪夢の破片』（00年5月／同文書院）に、それぞれまとめられている。

俳人・歌人としても、歌集『日蝕の鷹、月蝕の蛇』（89年4月／幻想文学会出版局）、第一句集『怪奇館』（94年7月／弘栄堂書店）、第二句集『悪魔の句集』（98年1月／邑書林）、第三句集『魑魅』（03年4月／邑書林）と着実に成果を発表。タイトルから想像されるとおりの「怪奇俳句」は極めてユニークな存在である。書下しホラー・アンソロジー『憑き者』（00年4月／アスキー）では、編者の大多和伴彦氏と歌仙（連句）も披露している。

光文社カッパ・ノベルス（2004）

ホラーやミステリの翻訳も多い。T・S・ストリブリングの傑作短篇集『カリブ諸島の手がかり』（97年5月／国書刊行会）は「このミステリーがすごい！　1998年版」の第六位にランクインしたので、ご記憶の方もおられるだろう。

第二短篇集『怪奇十三夜』（92年4月／幻想文学会出版局、後にアトリエOCTA）も刊行したものの、九〇年代前半までの著者は、マニアの間で知る人ぞ知る、という存在であった。倉阪鬼一郎がメジャーデビューを果たしたのは、連作ホラー『百鬼譚の夜』（97年7月／出版芸術社）によってということになる。

私事にわたって恐縮だが、この本の編集を担当したのは、編集者時代の筆者である。縁あって、書き溜めていたという原稿を読ませてもらったのだが、そのあまりの怖さに震えあがったことを覚えている。連作の枠組みに何重もの趣向が凝らされ、しかも一篇一篇が掛け値なしに怖い――。単に倉阪鬼一郎の傑作というだけでなく、国産怪奇小説の歴史全体の中でも間違いなく最上位にランクインする作品だろう。

これ以降の著者の活躍は、まさに破竹の快進撃という言葉が相応しい。連作ホラー『妖かし語り』（98年7月／出版芸術社）を経て、『赤い額縁』（98年10月／幻冬舎）では本格ミステリとホラーの融合に挑んで読者をアッといわせた。理詰めの構成方法やアナグラム趣味など、ホラー作品でもミステリ的な趣向を好んで採用してきた著者だけに、ホラーとミステリの境界を縫う方向はピタリとはまった観がある。

ボーダー上の長篇が多いので、はっきり分類するとネタバレになる恐れがあるが、大体の感じでどちら寄りかを判断すると、こうなるだろうか。

○ホラー系統
死の影　99年7月　廣済堂文庫↓ワンツーマガジン社
緑の幻影　99年9月　出版芸術社
ブラッド　00年4月　集英社↓同文庫
文字禍の館　00年11月　祥伝社文庫
首のない鳥　00年12月　祥伝社ノン・ノベル
サイト　01年4月　徳間書店
BAD　01年10月　エニックス
泉　02年12月　白泉社

○ミステリ系統
白い館の惨劇　00年1月　幻冬舎
迷宮 Labyrinth　00年1月　講談社ノベルス
四重奏 Quartet　01年4月　講談社ノベルス
十三の黒い椅子　01年11月　講談社
青い館の崩壊　02年7月　講談社ノベルス↓同文庫
無言劇　03年6月　東京創元社

連作『田舎の事件』（99年8月／幻冬舎↓同文庫）ではブラック・ユーモアが炸裂する異色のミステリを開拓。系列作に『不可解な事件』（00年10月／幻冬舎文庫）、『学校の事件』（03年7月／幻冬舎）がある。

他にも、ユーモア小説『ワンダーランドin大青山』（01年6月／集英社↓同文庫）、著者自身が登場するトリッキーなメタSF『内宇宙への旅』（02年9月／徳間デュアル文庫）、本格的幻想小説『The end』（03年12月／双葉社）、現代の陰陽師が活躍する伝奇小説『大鬼神』（04年5月／ノン・ノベル）と、芸域の広さは他の追随を許さない。

もちろんホラー短篇集も、『屍船《かばねぶね》』（00年8月／徳間書店）、『百物語異聞』（01年9月／出版芸術社／前述『怪奇十三夜』の増補再編集版）、『夢見の家』（02年8月／集英社）、『鳩が来る家』（03年1月／光文社文庫）と着実なペースで出ているのだ。

集英社（2004）

今回ご紹介するのは今年七月に相次いで刊行された著者の最新作二冊。まずは長篇ミステリ『42.195 すべては始めから不可能だった』（光文社カッパ・ノベルス）から。

五ヵ月前の当欄で歌野晶午『ジェシカが駆け抜けた七年間について』（原書房）を取り上げた際に、「前例がほとんどない」と書いたマラソン・ミステリを、まさか倉阪鬼一郎が書いてくるとは意表をつかれた。歌野作品はアンフェアすれすれの大トリックを仕掛けたものだったが、真相の大胆さでは本書も負けてはいない。

エーデル貴金属に所属する無名のマラソン選手・田村健一の息子が誘拐された。届いた脅迫状は「東京グローバル・マラソンで2時間12分を切れ」という奇妙なものだった。自己ベストを4分以上も上回るタイムだけに簡単なことではないが、田村は息子のために懸命に走りつづける――。

マラソンのキロ数に対応して全体が42＋0.195の四十三節に分かれているのも面白いが、読者への挑戦代わりに作者がヒントを出す「給水ポイント」が三ヵ所も設けられているのが目をひく。正体不明の犯人たちの目的が、徐々に明らかになっていく構成だが、最後に明かされる真相は強烈。倉阪ミステリを初めて読む人は怒り出すかもしれないが、「給水ポイント」を読み返すと作者は注意深く言葉を選んで、フェアな表現を心がけていることが解るだろう。真相を事前に看破するためには、発想の柔軟性が求められる一冊である。

十篇からなる連作『十人の戒められた奇妙な人々』（集英社）は、ブラック・ユーモアの系統に属する作品集。第十宗教哲学研究会なる怪しげな団体が登場するが、その教義では、モーゼの十戒のうち、その人に最も合った一つを守りさえすれば幸福になれる、というのだ。かくして「姦淫してはならない」「盗んではならない」といったお馴染みの戒律から「一つだけ」を授けられた十人の人々が巻き起こす十の悲喜劇が語られていく――。

「偶像を造ってはならない」と言われて大好きなぬいぐるみを捨て、代わりに着ぐるみをかぶることになる男の末路「ナメクジは嘆く」、「殺してはならない」と言われて予想外の災厄に見舞われるボーイズラブ作家「ユリアは笑う」、「父と母を敬え」と言われた当たり屋一家の末っ子「メゾンは崩れる」など、狂気に蝕まれ壊れていく人々の姿がシニカルに描かれる。

この原稿を書き上げた日に、また新しい長篇小説が届いた。光文社文庫の書下しホラー『呪文字《じゅもんじ》』だが、なんと結末が袋綴じになっている。今回はどんな趣向が凝らされているのか、そして倉阪鬼一郎のレパートリーはどこまで広がっていくのか。まだまだその作品からは、目が離せそうにない。

入唐千二百年記念！　空海を主人公にした驚愕の歴史ミステリと大長篇伝奇小説

鯨統一郎『まんだら探偵　空海　いろは歌に暗号』
夢枕獏『沙門空海唐の国にて鬼と宴す』

今年、二〇〇四年は空海の入唐《にっとう》千二百年に当たる。だからという訳でもあるまいが、空海を主人公にした小説がたてつづけに刊行されたのでご紹介したい。

まず、空海についての基礎知識から。宝亀五（七七四）年、讃岐国（現在の香川県）に生まれる。幼名は真魚《まお》。延暦十（七九一）年、十八の時に京都の大学に入学して儒教を学ぶが、二年あまりで退学、出家して山野を放浪する。延暦十六年には、儒教・道教・仏教を比較した思想書『聾《ろう》瞽指帰《こしいき》』（後に『三教指帰《さんごうしいき》』）を著している。

延暦二十三（八〇四）年、藤原葛野麻呂《かどのまろ》、最澄らの遣唐使使節に留学僧として参加。翌年から長安で青龍寺の恵果和尚に師事し、密教の正式な継承者として、伝法阿闍梨《あじゃり》位の灌頂《かんじょう》を受ける。留学期間は二十年の予定だったが、わずか二年後の大同元（八〇六）年には帰朝。空海の提出した『御《ご》請来《しょうらい》目録』は最澄からも認められる貴重なもので、留学期間を勝手に短縮したことによる咎めは特になかったという。

弘仁七（八一六）年には高野山を下賜され、天長元（八二四）年には、空海の真言密教が国から正式に認められる。即ち現在の真言宗である。承和二（八三五）年、高野山で入滅。延喜二十一（九二一）年、醍醐天皇から「弘法大師」の諡号《しごう》が贈られる。

三筆の一人に数えられるなど、とにかく傑出した才人であり、鯨統一郎が最新作『まんだら探偵　空海　いろは歌に暗号《かくしごと》』（祥伝社ノン・ノベル→同文庫）で本格ミステリの探偵役に起用したのも納得できる。

もともと鯨統一郎のデビュー作『邪馬台国はどこですか？』（創元推理文庫）は、レギュラーメンバーが酒場で議論するうちに、歴史上の謎について意表をついた新解釈が示される、というスタイルの洒落た連作だったが、その後も、『千年紀《ミレニアム》末古事記伝 ONOGORO』（ハルキ文庫）、『北京原人の日』（講談社文庫）などで「歴史新解釈」ものに挑戦しつづけている。

著者の歴史ミステリでは、あの一休さんを探偵役にした『とんち探偵一休さん　金閣寺に密室《ひそかむろ》』（祥伝社文庫）が秀逸で、続篇として『とんち探偵一休さん　謎解き道中』（ノン・ノベル→同文庫）が刊行されているほどだが、本書はこのシリーズからスピンオフした新作だ。一休さんシリーズの『金閣寺に密室』は、彼の死後、陰陽師と白拍子のコンビが関係者からかつての事件の話を聞く、という体裁になっているのだが、今回の新作では、その二人が東寺を訪ね、和尚から空海の探偵秘話を聞くのである。

神野《かみの》帝（後の嵯峨天皇）が兄の平城《へいぜい》天皇から帝位を譲られた翌年というから、大同五＝弘仁元（八一〇）年ということになる。空海は、ともに唐へ渡った盟友・橘逸勢《はやなり》とともに高雄山にいた（ちなみに、嵯峨天皇、空海、橘逸勢の三人が、後に「三筆」と称される書の達人であ

祥伝社ノン・ノベル（2004）

る)。

平城上皇の寵愛を受ける女官・藤原薬子《くすこ》は、不思議な幻術を使うという噂であった。神野帝は、藤原冬嗣《ふゆつぐ》の推挙で請雨《しょうう》の法(雨乞い)を成功させた空海と、その薬子の秘術のどちらが優れているか比べよと命じるのだった。

薬子によって再び政権を取り戻すという考えを吹き込まれた平城上皇は、逡巡の末、遷都を宣言する。神野帝は上皇の側近で薬子の兄に当たる藤原仲成を捕縛。敗北を悟った平城上皇は出家し、薬子は毒を飲んで自殺する。後に「薬子の変」と呼ばれる政変である。

さて、一件が落ち着いたあと、空海は神野帝から呼び出しを受ける。なぜ平城上皇が謀叛を決意したのかを探り出してほしいというのだ。上皇が事を起こすにあたっては、薬子が幻術で嵐山を消して見せたのが引き金になったという。それはいかなるトリックによるものだったのか? 空海が暴き出す「謀叛を陰で操った人物」の驚くべき正体とは、果たして誰か?

タイトルにあるように、「いろは歌」に暗号が隠されているという説は、七六年にベストセラーとなった篠原央憲『いろは歌の謎』(光文社カッパ・ブックス)に書かれているし、ミステリの分野でもそれを利用した井沢元彦の江戸川乱歩賞受賞作『猿丸幻視行』(講談社文庫)という傑作がある。著者もこの有名な暗号については、序章で早々と陰陽師の六郎太の口から語らせているが、圧巻は終章に登場する「もうひとつのいろは歌」である。各文字を一つずつ使った文章になっているのはもちろんだが、その中に「本編の内容に合わせた暗号」が織り込まれているのである!

このところ、鯨統一郎は「言葉遊び」に力を入れていて、怪作『文章魔界道』(祥伝社文庫)では、ミステリに関係した同音異義語、回文を大量に並べてみせた。新作『喜劇ひく悲奇劇』(ハルキ・ノベルス)では、泡坂妻夫『喜劇悲奇劇』(ハルキ文庫)を本歌取りして、全篇回文尽くしの殺人事件を描いているが、本書における「もうひとつのいろは歌」は、この方向での究極の回答の一つといえるだろう。

もう一作の夢枕獏『沙門空海唐の国にて鬼と宴す』全四巻(徳間書店→トクマ・ノベルズ)は、空海の唐における二年間の冒険を圧倒的なスケールで描いた中国歴史伝奇小説。連載がスタートしたのが「SFアドベンチャー」八八年二月号からだから、執筆期間は足かけ十七年の永きにおよんだことになる。同誌は月刊から季刊を経て休刊。連載は「問題小説」「小説工房」と移り、さらに「問題小説」に戻って、今年ようやく完結した。

ちなみに同じ「SFアドベンチャー」で山田正紀が空海を題材にした時代伝奇小説『延暦十三年のフランケンシュタイン』(徳間書店)を隔月連載したのが八七年十月号から八八年四月号まで。二人のSF作家がほとんど同時に空海を描くのは面白いなあ、と思っていたが、夢枕作品の方が、まさかこれほど長期の連載になろうとは。

金吾衛の役人・劉雲樵《りゅううんしょう》の屋敷に猫の怪物が現れたのは、八〇四年の八月のことであった。何でも言い当てるこの妖怪は、初めのうちは庭に銭壺が埋まっていることを教えてくれたりするのだが、やがて要求をエスカレートさせて、雲樵の妻を抱かせろと言い始めた。雲樵は道士に頼んで怪猫を祓ってもらおうとするが効果はなく、妻を奪《と》られてしまう。やがてこの妖怪は、時の徳宗皇帝の崩御を予言するのだった。

同じ頃、深夜に自分の綿畑を見回っていた徐文強は、どこからか囁き交わす妖しい二つの声を聞く。その声によると、皇太子の李誦《りしょう》が倒れるというのだ！　かくして王朝周辺に不穏な空気が漂う中、空海、橘逸勢ら遣唐使の一行は、長安の都へと足を踏み入れる。密教の奥義を盗みに来たと豪語する若き天才僧・空海の活躍やいかに？

飄々とした空海のキャラクターが抜群にいい。彼と彼に同行する橘逸勢とのコンビは、著者の人気シリーズ『陰陽師』の主人公・安倍晴明と源博雅の関係を彷彿させるが、本書では空海の方がすべてを見通して行動している分、空海が名探偵役で橘逸勢がワトソン役という印象が強い。

この世界は「宇宙の理《ことわり》」によって構成される、という空海の仏教理論に基づいた問答が、随所で交わされるのも楽しい。ストーリーは徹底的に面白いのに、要所で人生についても深く考えさせる、というスタイルの伝奇小説に、半村良の傑作『妖星伝』があるが、本書からはその味わいを強く感じる。

空海の目的が「正規の留学期間である二十年はかけず

徳間書店（2004）

に、二年で密教の奥義を得る」ことにある、というのも筋が通っていて面白い。青龍寺に単なる弟子としてではなく入り込むために、妖物と渡り合って力を見せようというのだ。やがて頻発する怪異の根源は、玄宗皇帝の時代にあると判明。恵果和尚、白楽天、柳宗元といった実在人物を自在に操った伝奇絵巻は、思わぬ展開を見せていくことになる――。

こうして本にまとったものを通読すると、二千六百枚を超える大長篇でありながら、構成に乱れがないことに驚く。感動的な終章まで一気読みの傑作。読者は空海たちとともに、スリリングな長安の二年間を体感できるはずだ。

思えば夢枕獏の出世作となった〈魔獣狩り〉シリーズは、高野山から空海の即身仏が盗まれることからスタートした物語であった。本書は著者の源流から湧き出た、ひときわ大きな泉といえるだろう。

付記……第三作『親鸞の不在証明』（06年9月／ノン・ノベル）の刊行で、〈まんだら探偵 空海〉が〈とんち探偵一休さん〉からスピンオフしたのではなく、陰陽師と白拍子が登場する長篇シリーズの方がメインであることが判明。彼らが登場しない短篇シリーズの方が、むしろスピンオフであった。

〝新本格推理〟第一世代の二人が久々に放つ渾身の本格ミステリ巨篇、ついに登場！

綾辻行人『暗黒館の殺人』
法月綸太郎『生首に聞いてみろ』

日本ミステリの歴史を振り返ってみると、いくつかのエポックがあったことに気付く。一九六〇年代の松本清張ブーム、七〇年代の横溝正史リバイバルブーム、八〇年代の赤川次郎ブーム、トラベル・ミステリブームなどだが、八〇年代末からの数年間に起こった「新本格推理」作家の台頭は——ブームというほどのポピュラリティはなく、むしろ新本格ムーブメントとでもいうべき緩やかな現象だったが——清張ブームに匹敵する意義があったように思う。

その口火を切ったのが綾辻行人のデビュー作『十角館の殺人』（講談社文庫）であり、「清張以前・清張以後」という言葉に倣っていえば、ミステリ界は「綾辻以前・綾辻以後」に分けられるだろう。数年の間に遊戯色の強い本格ミステリを志向する作家が、踵を接して次々と登場してきたのである。主な作家のデビュー作を一覧にしてみれば、どういう時期であったかがお判りいただけるだろうか。

綾辻行人『十角館の殺人』87年9月
折原一『五つの棺』88年5月
歌野晶午『長い家の殺人』88年9月
法月綸太郎『密閉教室』88年10月
有栖川有栖『月光ゲーム』89年1月
我孫子武丸『8の殺人』89年3月
北村薫『空飛ぶ馬』89年3月
山口雅也『生ける屍の死』89年10月

このうち北村薫は、いわゆる「日常の謎」派と呼ばれる作風で、新本格推理の系統からは外れるが、強烈な本格志向という点では共通している。そもそも「新本格推理」という言葉自体、講談社ノベルスが一連の新人の作品にキャッチコピーとして使用しただけであって、明確な定義がある訳ではない。先ほど「ムーブメント」という表現を使ったのは、これが「実態」のない同時多発的な「現象」だったからに他ならない。

しかし、この「現象」は新たな作家を次々と生み、九一年に麻耶雄嵩、九二年に二階堂黎人、九四年に倉知淳、京極夏彦、九五年に西澤保彦、九六年に森博嗣、清涼院流水といった人々がデビューして、現在に至っているのだ。これだけ作家が増え、作品が多様化してくると、「新本格推理」という括り方をする意味は相対的に薄れてきたように思えるが、日本ミステリにおいて大規模な新世代作家登場の端緒となった点は、記憶にとどめておくべきだろう。

綾辻行人と法月綸太郎は、新本格推理の第一世代に当たる人気作家だが、二人とも十年近くの永きにわたって長篇ミステリの発表がなかった。そんな二人の実に久々の新作が、この九月に相次いで刊行されたのでご紹介したい。

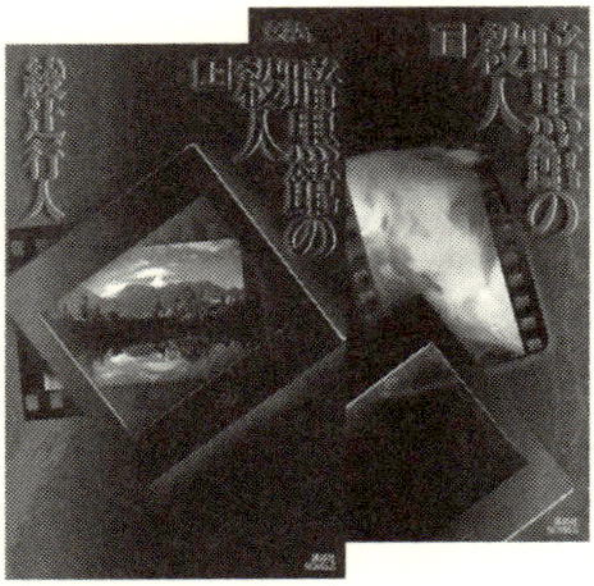
講談社ノベルス（2002）

綾辻行人『暗黒館の殺人』上・下（講談社ノベルス→同文庫）は、デビュー作以降の〈館〉シリーズ第七作。ホラー長篇には二〇〇二年の『最後の記憶』があるが、ミステリ長篇は九五年の『鳴風荘事件―殺人方程式II―』以来九年ぶり。〈館〉シリーズとしては、前作『黒猫館の殺人』から十二年ぶりの新刊ということになる。まずは、シリーズの既刊をまとめておこう。

1　十角館の殺人　87年9月　講談社ノベルス
2　水車館の殺人　88年2月　講談社ノベルス
3　迷路館の殺人　88年9月　講談社ノベルス
4　人形館の殺人　89年4月　講談社ノベルス
5　時計館の殺人　91年9月　講談社ノベルス
6　黒猫館の殺人　92年4月　講談社ノベルス
7　暗黒館の殺人　04年9月　講談社ノベルス

シリーズといってもストーリーが連続している訳ではない。建築家・中村青司が各地に設計した奇抜な建物で事件が起こる、という枠組みが共通するだけで、それぞれの物語は独立している。ただ、レギュラーあるいは準レギュラーとして登場する人物がいるので、できれば刊行順に読み進めた方がいいだろう。

最新作の舞台となるのは、熊本県の奥地にある真っ黒の館、通称・暗黒館。小さな湖に浮かぶ小島に、明治時代に建てられたものだから、館自体が中村青司の設計によるものではないが、何十年か前に行なわれた大規模な改修工事に中村が関わったという。

『十角館』『時計館』『黒猫館』に登場した編集者・江南《かわみなみ》孝明は、母の四十九日の法要のため九州の実家に里帰りして、熊本に中村青司ゆかりの建物があることを知る。車で山奥の暗黒館に向かった江南は地震のために負傷し、徒歩でようやく目的地へとたどり着くが、館に近接する塔に上ったところで再び地震に遭い、バルコニーから投げ出されてしまう……。

シリーズの読者にはショッキングな幕開けである。怪我人として暗黒館に運び込まれた江南に代わって、館を訪れていた〝中也《ちゅうや》〟と呼ばれる大学生の視点でストーリーは進行することになる。暗黒館に住む浦登《うらど》家の人々の奇妙に複雑な人間関係は何を意味するのか？〈ダリアの日〉と呼ばれる宴に隠された真実とは？

執筆開始から八年、雑誌連載開始からでも四年を費やした二千五百枚の大作だけに、新書判二分冊で合計千三百ページという物理的なボリュームに、まず圧倒されるが、文章は読みやすく、驚くほど短時間で読了できる。過去のシリーズのモチーフやキーワードが随所に登場するのも、単なる読者サービスではなく、ちゃんと意味があるのだ。

〈館〉シリーズは、いかにして読者に「世界が反転するショック」を与えるか、という実験精神に貫かれており、本書も例外ではない。大きなもので二つ、小さなものでは無数のトリックが仕掛けられており、謎解き部分だけで二百ページ近く（！）におよぶが、そのために既刊作品に比べると、「反転の瞬間」の衝撃度が弱まってしまったのはやむを得ないところか。もちろん、千ページ以上にわたって繰り広げられる探偵小説的な雰囲気——松本清張が「お化け屋敷」と呼んで否定したおどろおどろしい雰囲気——はたっぷりと楽しむことができるので、どちらも望むのは、ない物ねだりというべきだろう。

法月綸太郎『生首に聞いてみろ』（角川書店→同文庫）も、名探偵・法月綸太郎シリーズ十年ぶりの最新作（一覧

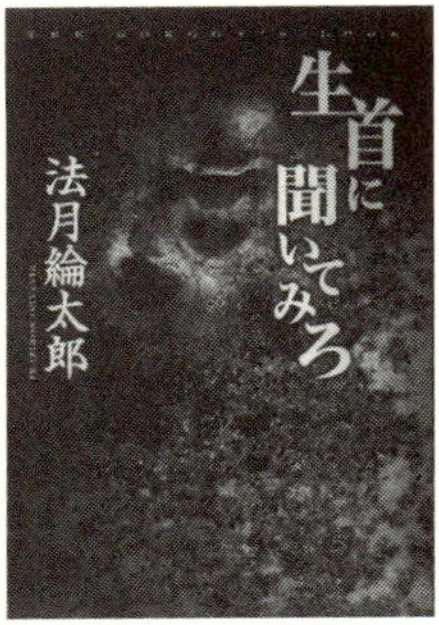

角川書店(2004)

参照）。『暗黒館の殺人』ほどではないにせよ、千枚近い大長篇である。タイトルは早くから予告されており、〇一年から〇三年まで雑誌に連載、一年間の加筆訂正を経てようやく刊行された。ちなみにタイトルは都筑道夫の傑作『なめくじに聞いてみろ』のパロディだが、こちらは本家のようなアクションものではなく、直球勝負の本格ミステリになっている。

1 雪密室 89年4月 講談社ノベルス
2 誰彼《たそがれ》 89年10月 講談社ノベルス
3 頼子のために 90年6月 講談社ノベルス
4 一の悲劇 91年4月 祥伝社ノン・ノベル
5 ふたたび赤い悪夢 92年4月 講談社ノベルス
6 二の悲劇 94年7月 祥伝社ノン・ノベル
7 生首に聞いてみろ 04年9月 角川書店

後輩のカメラマン・田代周平の個展に招かれた法月綸太郎は、会場で若い娘に声をかけられる。彼女——川島江知佳は、彫刻家・川島伊作の一人娘で、綸太郎とは旧知の翻訳家・川島敦志の姪であった。伊作は江知佳をモデルにした石膏像の完成直後に病死するが、何者かがアトリエから像の頭部だけを持ち去ったという。川島の依頼を受けた綸太郎は、この奇妙な事件の謎に挑むのだが……。

作者と同名の推理作家が探偵役で、その父親が警察官という、エラリイ・クィーンの設定を踏襲して始まったシリーズは、『頼子のために』以降、ハードボイルドの定型に傾いてきたが、本書もまた典型的なハードボイルドのスタイルで物語が展開する。

ハードボイルドには謎解きがない、というイメージをお持ちの方もいるかもしれないがそれは誤解で、海外では著者が影響されたというロス・マクドナルド、日本でも逢坂剛や原尞のように、極めてトリッキーな作品を書く作家が多い。

本書は、調査→推理→新展開のバランスが巧みで、登場人物も少ないのに容易に真相を悟らせない。綾辻作品がおどろおどろしい雰囲気に特化したのとは対照的に、リアルな社会の中で複雑な謎解きものを構築することの限界に挑戦した作品であり、その試みは充分に成功したといっていいだろう。

付記……『生首に聞いてみろ』は、二〇〇五年の第五回本格ミステリ大賞を受賞した。

本格ミステリ＋青春小説の味わい。少年探偵の苦悩と成長を描く人気シリーズ二作

はやみねかおる『少年名探偵虹北恭助のハイスクール☆アドベンチャー』
太田忠司『狩野俊介の記念日』

少年探偵といえば誰でも思い浮かべるのが、江戸川乱歩の〈少年探偵団〉シリーズだろう。昭和十一（一九三六）年に「少年倶楽部」誌で圧倒的な人気を博した『怪人二十面相』を皮切りに、『少年探偵団』『妖怪博士』、戦後も『青銅の魔人』『塔上の奇術師』『電人M』と二十六冊にわたって書き継がれた一大ロングセラーである。マンガ化、ドラマ化、アニメ化されたのはもちろん、小説自体が現在も図書館で読まれつづけているのだから、小林少年率いる少年探偵団の活躍は、世代を超えて親しまれているに違いない。

乱歩以前では、小酒井不木の〈少年科学探偵〉シリーズが本格ミステリとして出色の出来。なにしろ著者自身が代表作をセレクトした平凡社版『現代大衆文学全集第七巻小酒井不木集』にシリーズの大半である八篇を収め、「少

講談社ノベルス（2004）

年諸君のために書かれたものでありますけれど、大人の方々にもきっとお気に入るだろうと信じます」と述べているほどだから、その自信の程がうかがえようというものだ。

今年の七月に論創社から刊行された『論創ミステリ叢書8　小酒井不木探偵小説選』で、単行本未収録作品を含めた連作十二篇が集大成されたばかりなので、機会があればぜひ手にとっていただきたい。

戦後は学年誌・学習誌に多くのミステリが掲載されたので、少年探偵の出番も多かったが、本格ミステリとして注目すべきなのは、やはり鮎川哲也と都筑道夫であろう。鮎川哲也の〈鳥羽ひろし君の推理ノート〉シリーズは光文社文庫の『悪魔博士』、都筑道夫の草間次郎少年シリーズはソノラマ文庫の『蜃気楼博士』に、それぞれ収録されている。残念ながら現在はどちらも品切れだが、図書館や古書店を利用してでも読む価値のある作品集だ。

変わったところでは、「科学ミステリー」と銘打って刊行された斎藤栄のジュブナイル『ジャーネくんの赤いひみつ』『ジャーネくんの寒いぼうけん』の二冊が面白い。現在は二冊の合本『少年探偵ジャーネ君の冒険』として講談社文庫に収められている。

ジュブナイルではなく大人向けの小説で子供を主人公にしたミステリを得意としたのは仁木悦子。「かあちゃんは犯人じゃない」「悪漢追跡せよ」といった傑作があるが、現在は出版芸術社『子供たちの探偵簿』（全三巻）で読むことができる。

その仁木悦子の長篇『青じろい季節』に登場したキャラクターにヒントを得て、天藤真が創造したのが脳性麻痺で車椅子に座っている少年・岩井信一である。彼が安楽椅子探偵ならぬ車椅子探偵として数々の難事件を解決する連作は、創元推理文庫『遠きに目ありて』にすべて収録されている。

はやみねかおるはジュブナイル・ミステリの書き手とし

て頭角を現し、講談社青い鳥文庫の〈名探偵夢水清志郎事件ノート〉シリーズで、一般のミステリ・ファンからも支持を得た作家だから、少年探偵ものを手がけてまったく不思議のない存在であった。

虹北《こうほく》恭助は小学校にも行かず、虹北商店街にある家業の古本屋・虹北堂の店番をして過ごす変わった少年である。だが、町の人からは可愛がられ、いわば町全体の子供のように扱われているのだ。

そんな恭助には、物事の裏を見通すという特技があり、幼馴染みの野村響子やカメラ屋の若旦那たちが持ち込んでくる難事件を、たちどころに解決してしまう。そのために「魔術師《マジシャン》」とも呼ばれる。

シリーズの既刊は、以下のとおり（いずれも講談社ノベルス）。

1　少年名探偵　虹北恭助の冒険　00年7月
2　少年名探偵　虹北恭助の新冒険　02年11月
3　少年名探偵　虹北恭助の新・新冒険　02年11月
4　少年名探偵　虹北恭助のハイスクール☆アドベンチャー　04年11月

初登場時には小学生だった恭助たちも、『新冒険』『新・新冒険』では中学生、そして最新作の『ハイスクール☆アドベンチャー』では高校生へと成長している。もっとも、恭助の不登校は相変わらずで、もちろん高校にも行っていないから、事件に関わってくるのは響子の通う高校である。

ミステリ研究会の部長・沢田京太郎が文化祭の推理クイズで恭助に挑戦する「ミステリーゲーム」、恭助が姿なきストーカーの正体を暴く「幽霊ストーカー事件」、ミステリ研究会の先代部長から出された暗号の謎「トップシークレット」、古城で人間消失事件が発生する「人消し村の人消し城」、そしてシリーズのラストエピソードとなる「最後の挨拶」の五篇を収録。

沢田をはじめとするキャラクターたちのオーバーアクションや漫画的なギャグには面食らうが、実は本書は、もともと漫画原作用に書かれた短篇集なのだ。イラスト担当のやまさきもへじによって漫画化され、3と4の間に『少年名探偵　虹北恭助の冒険　高校編』（03年9月／講談社マガジンZコミックス）として単行本も出ている（ちなみに「最後の挨拶」にタイトルだけ登場する漫画『雨の音が聞こえる』は、やまさきもへじの傑作！）。

それだけに「ミステリーゲーム」や「トップシークレット」のトリックは、著者自身もあとがきで述べているように、文章よりも絵で見た方が効果的なものになっている。できれば漫画版も併せて読んでいただきたいところだ。

なお、時系列的には本書より前になるが、恭助が中学時代にフランスへ渡っていた時の事件が、シリーズ最終作として準備されているという。

太田忠司の狩野《かのう》俊介シリーズも、中学生の少年探偵が活躍する本格ミステリである。名探偵といわれた石神法全の助手を長年にわたって務め、法全の引退後に石神探偵事務所を引き継いだ野上英太郎。田舎へ戻った法全が彼のもとへ送ってきたのは探偵志望の少年・狩野俊介であった。鋭い推理力を見せる俊介は、同級生の遠島寺《えんとうじ》美樹や喫茶店「紅梅」の看板娘アキといった仲間たちに囲まれ、さまざまな事件に挑んでいく――。

シリーズの既刊は、以下のとおり（いずれもトクマ・ノベルズ）。

1 月光亭事件 91年6月
2 幻竜苑事件 92年1月
3 夜叉沼事件 92年12月
4 狩野俊介の冒険 93年7月
5 玄武塔事件 94年2月
6 狩野俊介の事件簿 94年5月
7 天霧家事件 95年6月
8 降魔弓《ごうまきゅう》事件 96年4月
9 狩野俊介の肖像 96年12月
10 白亜館事件 97年10月
11 銀扇座《ぎんせんざ》事件 上・下 99年5月
12 久遠堂《くおんどう》事件 00年12月
13 狩野俊介の記念日 04年9月

タイトルに「事件」とつくのがメインとなる長篇シリーズ。タイトルが「狩野俊介の～」となっているのが、殺人の起こらない日常の謎を中心にした番外篇的な短篇シリーズである。

最新作『狩野俊介の記念日』は、死んだはずの妻から電報が来たという老人の依頼「思い出の場所」、年末のパーティーで発生した首飾り紛失事件に隠された真実「ふたりの思い出」、十八年前に出会った少女を見つけてほしいという奇妙な依頼「思い出を探して」、まどろみの中で野上が一年前の出来事を思い出す「そして思い出は……」の四篇を収録。野上たちに見守られながら、俊介は「思い出」にまつわる事件に関わっていく――。

狩野俊介は積極的に、虹北恭助は消極的に事件に関わっていくが、彼らは大人にも見えない真実が見えることによって、しばしば傷つき、悩むことになる。〈少年探偵団〉の時代には、事件解決イコール大団円で済んだものが、現代の少年探偵はその後も悩まなければならないのだから大変だ。

トクマ・ノベルズ（2004）

しかし、それだからこそ、シリーズの読者にとっては謎解きを楽しむだけでなく、彼らの成長をリアルタイムで見るという「もう一つの楽しみ」が約束されているのである。

付記……虹北恭助シリーズの完結篇は、二〇〇八年七月の時点では未刊行。狩野俊介シリーズは、二〇〇八年三月に三年半ぶりの新作『百舌姫事件』（トクマ・ノベルズ）が刊行された。

なお、都筑道夫のジュニアものについては、その後、本の雑誌社で〈都筑道夫少年小説コレクション〉（全六巻）を編む機会を得た。『蜃気楼博士』は第三巻に収録されている。

国産ハードボイルドの職人作家二人が、円熟のストーリーテリングで描く最新長篇

原尞『愚か者死すべし』
逢坂剛『墓石の伝説』

二〇〇四年ほど、久しぶりの作品が目立つ年も珍しかったと思う。ふた月前にご紹介した法月綸太郎『生首に聞いてみろ』（角川書店）は十年ぶりの長篇、綾辻行人『暗黒館の殺人』（講談社ノベルス）は十二年ぶりのシリーズ新作であった。麻耶雄嵩『螢』（幻冬舎）は四年ぶりの新作長篇。竹本健治『闇のなかの赤い馬』（講談社／ミステリーランド）は六年ぶりの推理長篇。戸松淳矩『剣と薔薇の夏』（東京創元社）に至っては、実に二十四年ぶりの新刊ということになる。

そんな中で最も驚かされたのは、矢作俊彦の二村永爾シリーズ十九年ぶりの新作『THE WRONG GOODBYE ロング・グッドバイ』（角川書店）である。国産ハードボイルドの歴史を振り返って、生島治郎、結城昌治、都筑道夫、河野典生といった先人たちがジャンルの基礎となる作品を発表した一九六〇～七〇年代を第一期、大沢在昌、北方謙三、志水辰夫、逢坂剛らが活躍して現在の隆盛へとつながる八〇年代以降を第二期と位置付けるならば、七二年に「ミステリマガジン」でデビューした矢作俊彦は、第一期の終盤に登場して、第二期の作家たちのブレイク直前にハードボイルド界から離れていった作家だからだ。

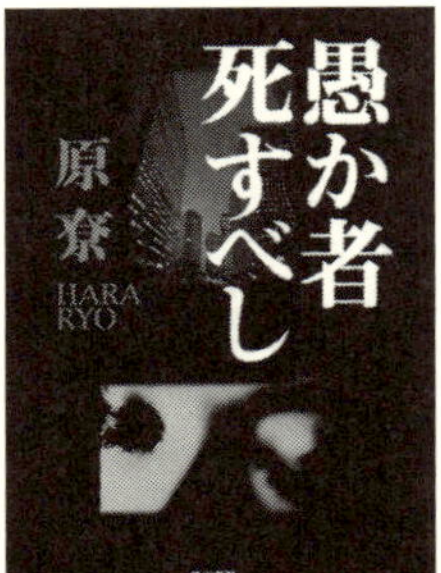

早川書房（2004）

まさかレイモンド・チャンドラーの古典的傑作『長いお別れ』を下敷きにした、正統派のハードボイルド長篇が刊行されるとは思ってもいなかったから、喜びもひとしおであった。

今月、ご紹介する原尞も、チャンドラーを下敷きにした傑作『そして夜は甦る』（ハヤカワ文庫）でデビューした人気作家だが、新作『愚か者死すべし』（早川書房→同文庫）は、かれこれ九年ぶりの長篇小説ということになる。

著者の作品は、いずれも私立探偵・沢崎を探偵役としたハードボイルドだ。既刊作品の一覧は、以下のとおり（版元はすべて早川書房）。

1　そして夜は甦る　88年4月
2　私が殺した少女　89年10月
3　天使たちの探偵　90年4月（短篇集）
4　さらば長き眠り　95年1月
5　愚か者死すべし　04年11月

他にエッセイ集『ミステリオーソ』（95年6月／早川書房）がある。

沢崎は、西新宿の渡辺探偵事務所の私立探偵。パートナーの渡辺は、ある事件が元で姿をくらまし、現在は、彼が一人で事務所を引き継いでいるのだ。

第一作『そして夜は甦る』では、失踪したルポライターの行方を追う沢崎が、東京都知事狙撃事件に巻き込まれていく。著者はこのデビュー作で、和製チャンドラーとしてハードボイルド・ファンの注目を一気に集めた。第二作『私が殺した少女』では、依頼を受けて少女誘拐事件に関わった沢崎が、思わぬ窮地に立たされることになる。緊密なプロットを持つこの作品は、ハードボイルドとしては生島治郎『追いつめる』以来、二十二年ぶりに直木賞を受賞した。

短篇集『天使たちの探偵』では、子供が関係する六つの事件が紹介され、シリーズ最長となる第三作『さらば長き眠り』では、元高校野球選手の依頼を受けた沢崎が、八百長事件の裏に潜む真実を探っていく。

法月綸太郎『生首に聞いてみろ』をご紹介した時、〈ハードボイルドには謎解きがない、というイメージをお持ちの方もいるかもしれないがそれは誤解で、海外では著者が影響されたというロス・マクドナルド、日本でも逢坂剛や原尞のように、極めてトリッキーな作品を書く作家が多い〉と述べた。

まさか、こんなにすぐに、例として挙げた日本作家二人の作品を取り上げることになろうとは思わなかったが、原尞のトリッキーな作風は、最新作の本書でも健在である。

その年の大晦日、渡辺探偵事務所にやってきた依頼人は、伊吹啓子と名乗る二十歳前後の女性であった。父親の伊吹哲哉が、横浜の銀行で起こった暴力団組長への銃撃事件の犯人として警察に出頭したが、父がそんなことをするはずがない。誰かをかばっているに違いないというのだ。

かつて暴力団に所属していた伊吹は、渡辺の世話でその世界から足を洗い、以後、家族には事あるごとに渡辺のことを恩人だと語っていた。切羽詰まって恩人のもとを訪ねてきた娘は、彼がもういないことを知って落胆する。そこへ弁護士から、家族の伊吹哲哉への面会が許されたから、至急、新宿署に来てほしいという電話が入る。いきがかり上、沢崎は啓子を愛車のブルーバードで警察まで送り届けるのだった。

地下駐車場の受付で啓子を降ろした沢崎は、不審な四輪駆動車を発見。大胆にも警察署内で狙撃を行なった車にとっさに体当たりし、追跡を試みるが逃げられてしまった。横浜へ護送されるところだった伊吹哲哉は肩に銃弾を受け、警護の警官は二発目の弾を頭部に受けて重態に陥ってしまう……。

伊吹が犯人でないとしたら、銀行での襲撃事件の真犯人は誰なのか？　また、警察署内での狙撃は暴力団による報復措置なのか？　多くの謎を孕んだ事件に挑む沢崎がたどり着いた意外な真相とは——。

すべてが判ってみれば、ハードボイルドのパターンとしては古典的なものなのだが、情報という手札を切る順番を巧みにコントロールして、容易に全貌を悟らせないテクニックはさすがである。

錦織《にしごり》警部がパリへ出向中で姿を見せないのは残念だが、沢崎のおかげで世間への関心を取り戻す引きこもりの青年をはじめとした、脇役たちの造型のおかげで、読み応えのある作品に仕上がっている。

原尞の作品には、貴重な戦前の映画のフィルムを大量にコレクションしている老人が登場したが、逢坂剛の新作『墓石の伝説』（毎日新聞社→講談社文庫）も、映画にまつわる物語である。

お馴染みのフリー調査員・岡坂神策が登場するが、神保町に事務所を構えるスペイン現代史の研究家で、西部劇マニアという設定は、著者自身の嗜好を多分に反映させたキャラクターであることをうかがわせる。岡坂神策シリーズの既刊は、以下のとおり。

1　クリヴィツキー症候群　87年1月　新潮社
2　十字路に立つ女　89年2月　講談社
3　ハポン追跡　92年9月　講談社
4　あでやかな落日　97年7月　毎日新聞社
5　カプグラの悪夢　98年5月　講談社
6　牙をむく都会　00年12月　中央公論新社
7　墓石の伝説　04年11月　毎日新聞社

1、3、5が短篇集。他に、2のヒロイン花形理恵が単独で登場するスペインものの長篇『斜影はるかな国』にもちらりと出てくるが、これはシリーズに含めなくてもいいだろう。

毎日新聞社（2004）

ハリウッド・クラシック映画祭とスペイン内戦シンポジウムという、岡坂の得意分野にまたがる事件を描いた前作『牙をむく都会』も、西部劇に関する薀蓄が大量に投入されていたが、本書ではついに、西部劇そのものをテーマにした「西部劇小説」というべき内容に発展しているのだ。

あるレストランで西部劇の古いパンフレットを広げている二人の女性に声をかけたことから、映画界の巨匠・塚山新次郎監督が本格的な西部劇を撮ろうとしていることを知った岡坂は、その過程を追ったドキュメンタリー番組のプロジェクトに参加することになる。

塚山が選んだテーマはワイアット・アープ。誰もが名前を知っているガンマンだが、その実像を描いた映画はほとんどないという。有名な「OK牧場の決闘」にも、多くの謎があるというのだ。西部劇にとりつかれた男たちが互いの知識を傾けながら探り当てた、歴史の意外な真実とは——？

タイトルは、OK牧場のあった街トゥムストン（墓石の意味）を表している。専門知識の奔流のような小説だが、特に西部劇に興味のない読者でも、この面白さには引き込まれずにはいないだろう。

ちなみに著者には、『アリゾナ無宿』（新潮社→同文庫）というオリジナルの西部小説もあり、こちらも傑作。本書を楽しまれた方には、併せてお勧めしておきたい。

騙し合いと化かし合い——。海千山千の曲者たちが巣食う美術界を舞台に描く傑作

黒川博行『蒼煌』
北森鴻『瑠璃の契り』

書画・骨董。あるいは彫刻——。美術の世界とミステリは相性がいい。書く方にも専門知識が必要となるためか、作例こそ多くないものの、傑作・秀作が目白押しのジャンルなのだ。

美術ミステリといって真っ先に思いつくのは、高橋克彦の浮世絵三部作だろう。ベストセラーとなった乱歩賞受賞作『写楽殺人事件』、推理作家協会賞を受賞した『北斎殺人事件』、三部作の掉尾を飾る『広重殺人事件』（いずれも講談社文庫）の三作は、タイトルに冠された浮世絵師の「贋作」をテーマに意外性抜群のストーリーが繰り広げられる傑作ぞろいだ。

高橋克彦は他にも、美術探偵・仙堂耿介が活躍する『春信殺人事件』（光文社文庫）、歌麿研究家の塔馬双太郎を探

偵役にしたハイレベルの連作『歌麿殺贋事件』（講談社文庫）といった浮世絵推理を手がけているが、二〇〇二年には対象を洋画に広げて『ゴッホ殺人事件』（講談社）を刊行。現在は、さらに『ダ・ヴィンチ殺人事件』を「IN★POCKET」に連載中である。

もう一人、一九九八年に『殉教カテリナ車輪』（創元推理文庫）で第九回鮎川哲也賞を受賞した飛鳥部勝則の名も逸することができない。本格ミステリに「図像学《イコノグラフィー》」というファクターを導入することで、独自の美術ミステリを書きつづけているユニークな存在である。

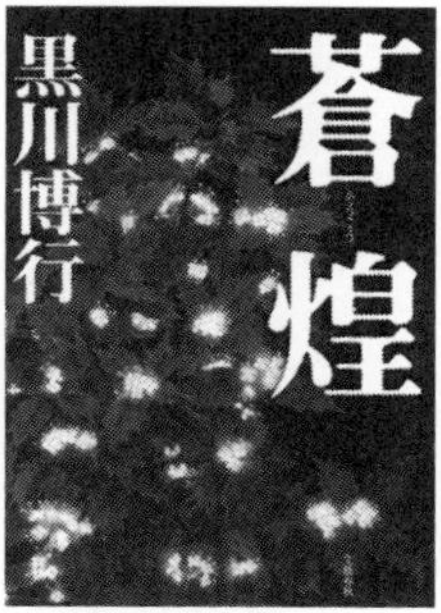

文藝春秋（2004）

図像学とは、「絵画の持つイメージを解釈して、その由来や意味を考察する学問」のこと。飛鳥部ミステリでは事件に関わる絵が登場し、その絵の謎を図像学を用いて解き明かすことが、事件の謎解きにもつながっていく、というスタイルの作品が多い。

作中に登場する絵は口絵として本自体の冒頭に掲げられているが、これがなんと著者自筆なのだ！　つまり小説だけでなく、カギとなる絵までも作者が創作して、読者に提示して見せている訳だ。『バベル消滅』（角川文庫）や『砂漠の薔薇』（光文社文庫）といった作品が、この系列に当たる。しかも飛鳥部勝則の場合、「小説に合わせて絵を描く」のではなく、「自作の絵に合わせて小説を書く」のだというから、これを真似できる作家は他にはいないだろう。

少し古いところでは、栗本薫が竹久夢二の絵に材を採って『黒船屋の女』（文春文庫）を書いており、現在は時代小説に転身して成功している佐伯泰英にも、『眠る絵』（KKベストセラーズ）という絵画サスペンスの秀作がある。乱歩賞作家・中津文彦の『はぐれ古九谷の殺人』（双葉文庫）は、骨董ブームに先駆けて焼き物を扱ったミステリとして記憶に残る。

近作では、斎藤純が同題のテレビドラマと同じ設定で書き下ろした『モナリザの微笑』（新潮社）、幻のミステリ作家・田中純が十二年ぶりに発表した『フェルメールの闇』（マガジンハウス）、松本清張賞作家・村雨貞郎の第一短篇集『マリ子の肖像』（文藝春秋）、国際謀略もので知られる服部真澄が骨董ミステリに新境地を拓いた連作『清談佛々堂先生』（講談社）、版画家・柄澤齊《からさわひとし》が所在不明の名画をめぐる大長篇ミステリに挑んで話題を呼んだ『ロンド』（東京創元社）などが、たちどころに思い浮かぶ。

二〇〇三年から、初期の警察小説が創元推理文庫で系統的に復刊され、再評価が著しい黒川博行も、隠れた美術ミステリの名手である。京都市立芸術大学彫刻科卒。作家デビュー以前は、高校で美術教師をしていたという経歴の持ち主だけに、美術界の裏面を知り尽くしているのが強みだ。九〇年の『絵が殺した』（創元推理文庫）は、大阪府警の吉永刑事らが過去の贋作事件にまつわる殺人の謎に挑む警察小説だが、美術界の知識が全篇に鏤められた出色の美術ミステリでもあった。九九年の『文福茶釜』（文春文庫）は、骨董界を舞台に白熱の騙し合いを描いた高密度の短篇集である。

最新長篇『蒼煌《そうこう》』（文藝春秋→同文庫）は、殺人も詐欺も起こらないストーリーだから、狭義のミステリとはいえないかもしれないが、絵の世界に蠢《うごめ》く人間たちの姿を赤裸々に描いてサスペンス横溢の傑作小説だ。

日本画家の室生晃人は、次期の補充選挙で芸術院会員の座を狙おうと必死であった。画壇には歴然とした階級が存在し、そのステップを一つずつ登って、初めて芸術院に入ることができる。室生はそれだけを目標に若い頃からひたすら隠忍努力を重ね、ようやく補充メンバー候補の位置まで這い上がってきたのだった。

選挙は現会員の投票によって行なわれる。挨拶回りはもちろんのこと、接待や付け届けといった「選挙活動」は、絶対に欠かせないのだ。全財産を活動につぎ込んだとしても、首尾よく芸術院会員になりさえすれば元が取れる……。

室生の右腕となって出世を狙う中堅画家の大村、有名デパートの美術部長、老舗画廊の元店主、室生の対抗馬である画家の稲山健児、そして、それぞれの家族や愛人たち——。選挙戦の渦に巻き込まれていく人々のドラマが展開していく。

稲山の孫で抽象絵画の道を志している梨江が、もはや美の世界とは何の関係もないところで政治的抗争に狂奔する老人たちを哀しげに評するパートがしばしば挿入され、門外漢の読者としては彼女に共感を覚えるのだが、「ただ漫然と絵を描いているだけの画家は馬鹿だ」と嘯《うそぶ》く室生の極論も、また絵に対する一つの立場であることは認めざるを得ない。ここに、この小説の面白さと恐さがある。

画壇に巣食う狸たちの虚々実々の駆け引きは、果たしてどんな結末を迎えるのか？　それは実際に本書を読んで確かめていただきたいと思う。

今回ご紹介するもう一冊は、北森鴻の旗師・冬狐堂シリーズ最新作『瑠璃の契り』（文藝春秋→同文庫）である。「旗師」とは、店舗を持たずに営業するフリーランスの古物商のことをいう。

文藝春秋（2005）

冬狐堂・宇佐見陶子は、九七年に刊行された著者の第三長篇『狐罠』（講談社文庫）のヒロインだ。〇二年の傑作長篇『狐闇』（講談社文庫）では、作者のシリーズ・キャラクターである考古学者の蓮丈那智や、古物商・雅蘭堂こと越名集治と競演を果たした。〇一年からは「オール讀物」で短篇シリーズが始まり、既に短篇集『緋友禅』（文春文庫）が刊行されているから、本書は短篇連作第二集、通算四冊目のシリーズ最新刊ということになる。美術の専門知識が意外な真相を導き出す、本格ミステリのお手本のような作品集だ。

陶子のもとに富貴庵の芦辺から一体の和人形が持ち込まれた。名匠といわれた北崎濤声の真作で、ケチのつけようのない逸品である。だが、この人形が十ヵ月の間に三回も返品されてきたという。芦辺は陶子にその謎を解いてほしいというのだが……。眼病を患った陶子に容赦なく襲いかかる古美術商と、その周到な罠に立ち向かう冬の狐の苦闘を描く「倣雛《ならいびな》心中」。

美大時代の友人でアトリエの火事によって命を失った杉本深苗。有志が出資して作った彼女の追悼画集の精巧な復刻版が、陶子のもとに届けられた。誰が、何の目的で——？　陶子が画家を志していた二十年前の自分と思わぬ再会を果たす「苦い狐」。

競り市で九州に出かけた陶子が、ふらりと立ち寄った酒屋で見つけたガラスの切り子碗。それを見た友人のカメラマン・横尾硝子《しょうこ》の表情が一変した。切り子碗の作者と硝子の過去に、果たして何があったのか——?（「瑠璃の契り」）
陶子の夫であった人形研究家のプロフェッサーD。幻の人形作家・辻本伊作を追って行方をくらましたという彼の影をたどって、陶子は意外な真実と出会う——。（「黒髪のクピド」）

本人の気丈な性格もあって、しばしば窮地に追い込まれる冬狐堂は、気楽に「名探偵」と呼ぶのが躊躇われるほど満身創痍のヒロインである。だが、雅蘭堂や横尾硝子ら数少ない理解者の協力を得ながら、決して諦めずに事件の底に隠された真相を探り当てる姿は、読者の共感を誘わずにはいない。

はっきりと名前は出てこないが、日本推理作家協会賞受賞作『花の下にて春死なむ』（講談社文庫）の舞台である三軒茶屋のビアバー香菜里屋《かなりや》や、博多の屋台の店主が探偵役を務める『親不孝通りディテクティブ』（実業之日本社→講談社文庫）ともリンクしているようで、愛読者へのサービスも満点の一冊といえるだろう。

帝都の闇を走る吸血鬼の影！　異形の怪物に戦いを挑む若者たちを描く明治伝奇小説

菊地秀行『明治ドラキュラ伝①』
楠木誠一郎『吸血鬼あらわる！』

西洋の伝説上の妖怪であった吸血鬼が、世界的なモンスターとなるきっかけを作ったのは、一八九七年に刊行されたブラム・ストーカーの小説『吸血鬼ドラキュラ』であろう。十五世紀にルーマニアのワラキア地方を治めていた串刺し公ヴラド・ツェペシュをモデルにしたといわれるこの作品は、舞台化、映画化されて広く人口に膾炙し、ドラキュラといえば吸血鬼の代名詞として通用するまでになったのである。

日本で初めて本格的に吸血鬼が登場する小説を書いたのは、探偵小説の巨匠・横溝正史である。ブラム・ストーカーの原書を元に、舞台を日本に移しかえて翻案した『髑髏《どくろ》検校《けんぎょう》』（角川文庫）がそれだ。

戦前作家では、怪奇ショート・ショートに異才を発揮して星新一に多大な影響を与えた城昌幸にそのものズバリ「吸血鬼」（ちくま文庫／怪奇探偵小説傑作選4『みすてりい』所収）があり、悪魔派の詩人と呼ばれた渡辺啓助に傑作「吸血鬼《ヴァンピロ》一泊」（東京創元社『ネメクモア』所収）がある。

伝奇SFというジャンルを一作で打ち立てた半村良の第一長篇『石の血脈』（ハルキ文庫）は、吸血行為によって仲間を増やす不死人類の暗躍を壮大なスケールで描いた不朽の名作。小泉喜美子『血の季節』（文春文庫※品切れ）は、過去と現在を交錯させながら吸血鬼の影を浮かび上がらせる幻想的な傑作である。

赤川次郎『吸血鬼はお年ごろ』（集英社コバルト文庫）は、吸血鬼と人間の間に生まれたハーフのヒロインが登場するユーモア・ミステリ。一九八一年の第一作から現在まで書き継がれ、二十作を超える長寿シリーズとなっている。

講談社（2004）

矢吹駆が登場する本格推理と並んで笠井潔の作家活動の柱となるのが、大河SFアクション〈ヴァンパイヤー戦争《ウォーズ》〉シリーズ全十一巻である。現在、講談社文庫から装いも新たに刊行されつつある。

怪奇小説に抜群の冴えを見せた山村正夫だが、長篇『吸血鬼は眠らない』（中公文庫※品切れ）は、吸血鬼の伝承を自在に引用しながら、人間の心に潜む闇を暴いていく本格推理の秀作。

名手・都筑道夫にも「霧彦」（新芸術社『風からくり』所収）のような一風変わった吸血鬼ものの短篇があるが、長篇『血のスープ』（光文社文庫／都筑道夫コレクション〈怪談篇〉）には、ハワイから来たバイセクシャルの吸血鬼が登場する。技巧的かつエロティックなホラー小説の傑作だ。

山田正紀『天動説』全二巻（カドカワ・ノベルズ※品切れ）は、横溝正史『髑髏検校』と同様、『吸血鬼ドラキュラ』の翻案に挑んだ時代ホラー。井上雅彦の〈ヤング・ヴァン・ヘルシング〉シリーズ『異人館の妖魔《ファンタズマ》』『鈎屋敷の夢魔《ラミア》』（ソノラマ文庫NEXT）は、ブラム・ストーカーの作品でドラキュラを追いつめるヴァン・ヘルシング教授が、若き日に日本に来ていたという設定で描くアクション・ホラーの快作である。

近作で落とせないのは、小野不由美が吸血鬼の恐怖を圧倒的な筆力で描いた大作『屍鬼』全五巻（新潮文庫）だろう。本格的なホラーであるにもかかわらず、「このミステリーがすごい！　1999年版」で第四位にランクインするという高評価を得た傑作だ。

昨年の作品では、小林泰三が描くSFアクション・ホラー『ネフィリム　超吸血幻想譚』（角川ホラー文庫）や真保裕一の伝奇ミステリ（！）『真夜中の神話』（文藝春秋）が吸血鬼ものとして印象に残る。

菊地秀行は、現代日本の作家の中で、最も多くの吸血鬼小説を発表している作家ではないだろうか。人気シリーズ『吸血鬼ハンター〝D〟』（ソノラマ文庫）を持ち出すまでもなく、氏の描くアクション・ホラー小説には不死の吸血鬼が溢れている。

そもそも、ハマー・プロ製作の映画「吸血鬼ドラキュラ」（58年）を見たのが、ホラーの道へ足を踏み入れるきっかけだったという著者だけに、吸血鬼へのこだわりには並々ならぬものがある。

NHKの「世界・わが心の旅」シリーズではドラキュラの故郷であるトランシルヴァニアに旅をしているし（この模様は、旅行記『吸血鬼幻想　ドラキュラ王国へ』中公文庫にまとめられている）、第一線の作家に世界の名作を少年向きに翻案させるという講談社の企画〈痛快　世界の冒険文学〉でも、『吸血鬼ドラキュラ』を選んで筆を執っているのだ。

そんな著者が、若者向けの叢書〈YA! ENTERTAINMENT〉に参加するにあたって、吸血鬼テーマの時代伝奇小説『明治ドラキュラ伝①』（講談社）をもって応じたのは、ある意味で当然だったかもしれない。

一八八×年というから、明治維新から十数年を経た帝都が舞台である。波止場にいた二人の人足は、奇妙な馬車が岸壁に現れるのを目撃する。黒ずくめの御者が操る黒い馬車も異様だが、音もなく岸壁に現れた巨大な船は、もっと異様であった。船から舞い降りてきた巨大な影は、御者にかしずかれながら馬車に乗り込み、霧の中へと消えていくのだった――。

　青年剣士・水無月大吾は、神田の道場・練兵塾にあって、四天王と呼ばれる高弟たちよりも強い天才児である。道場主・柏原伊佐之介は、娘の千鶴の婿となって道場を継いでほしいと考えているが、大吾には剣の道を極めたいという望みの他に、千鶴の想いを受け入れられない理由があった。

　千鶴の妹で柔道の講道館に通う茜は、友人の多加子と連れ立って無人の西洋館にミレーの絵を見に忍び込むという。講道館の麒麟児といわれた西郷四郎少年とともに、やむなく二人の付き添いをする大吾だったが、その屋敷には二メートル近い長身の異人がいて、彼らを追い返す。威厳に満ちたその男は、自らをドラキュラ伯爵と名乗った――。

ジャイブ（2005）

　この作品では、ドラキュラは闇に潜む異形の怪物でありながら、また故国ワラキアの危機を救った武人として描かれているのが面白い。ヴァン・ヘルシングの役割を担って吸血鬼を追いつめるのが、講道館の嘉納治五郎だけに、武道小説としての一面を備えているのだ。西郷四郎に「吸血鬼になれば、さらに強くなれる」という究極の選択を与えるあたりからも、それは明らかだろう。

　西南戦争の後、海に消えた大吾の父・水無月正一郎とドラキュラ伯爵の意外な因縁など、次巻に持ち越された謎も多く、続刊が楽しみなシリーズの開幕といえるだろう。

　浅草十二階から大逆事件の被告二十六人が消失するという明治ミステリ『十二階の柩』（講談社ノベルス）で作家デビューを果たした楠木誠一郎は、明治から昭和初期を舞台に、実在人物を探偵役に起用した作品を得意としている。『名探偵夏目漱石の事件簿』（廣済堂ブルーブックス）、『探偵作家江戸川乱歩の事件簿』（実業之日本社ジョイ・ノベルス）、『森鷗外の事件簿』（ケイブンシャ・ノベルス）などは、タイトルどおりの内容。『「高野聖」殺人事件』『「夜叉ケ池」殺人事件』『「草迷宮」殺人事件』（中央公論新社C★NOVELS）の三部作では、泉鏡花が探偵役を務める。

ジュニア・ミステリの世界では、『坊っちゃんは名探偵！』（講談社青い鳥文庫）以降の〈タイムスリップ探偵団〉シリーズで人気を博している著者の新シリーズが「帝都〈少年少女〉探偵団ノート」であり、『吸血鬼あらわる！』（カラフル文庫→ジャイブ）は、その長篇第一作に当たる。

明治三十四（一九〇一）年の暮れ。美女が血を抜き取られて殺されるという事件が続発する。「万朝報《よろずちょうほう》」の黒岩涙香は、四年前に刊行されたブラム・ストーカーの小説をヒントに、犯人が吸血鬼であることを見破るが、その犯人から帝室博物館に展示中のルビー「悪魔の血」を奪うという犯行予告状が届けられた！

「万朝報」のボーイたちで結成された帝都〈少年少女〉探偵団の面々は、幸徳秋水、内村鑑三、北里柴三郎博士らとともに、吸血鬼の影を追うが……。

菊地作品よりは、だいぶ低年齢層向けなので、あっという間に読み終わってしまう。大人の読者は少年探偵団の明治版として、実在人物の描き方を楽しむべき一冊だろう。探偵団のライバルとして登場する気障《きざ》な少年が、芥川龍之介であるというのも面白い。

恋愛小説の愉しみ！ 名手が描く企みに満ちたミステリアス・ラブストーリー

津原泰水『赤い竪琴』
松尾由美『雨恋』

S・S・ヴァン・ダインは、探偵小説の勃興期に当たる一九二八年に、有名な「探偵小説作法二十則」を発表している。これは謎解きをメインとした本格推理小説を念頭に置いて書かれたものではあるが、ミステリが多様な発展を遂げた現在の目で見ると、さすがにナンセンスなものが多い。

曰く「探偵小説においては、絶対に死体の存在が必要である」、曰く「犯罪が何回犯されるかに関係なく、犯人は一人だけでなければならない」（引用は前田絢子氏の訳による）。

われわれは既に、これに則っていない名作・傑作が数多く存在することを知っている。とりわけ形骸化しているといえるのは、第三項「物語に恋愛的な興味をもちこむべきではない」――だろう。

恋愛というモチーフには、嘘・騙し合い・トリックといったミステリの要素と極めて近いものがあり、恋愛をテーマにしたミステリにはトリッキーな快作が少なくない。いや、優れた恋愛小説からは優れたミステリと同種の知的興奮を感じることが多い、といった方が判りやすいだろうか。

恋愛ミステリといって、すぐに思い浮かぶのは、「幻影城」出身の推理作家、泡坂妻夫と連城三紀彦の二人である。

恋愛をテーマにした泡坂妻夫の一連の長篇――『湖底のまつり』（創元推理文庫）、『斜光』（扶桑社文庫）、『黒き舞楽』（扶桑社文庫版『斜光』に併録）、『弓形の月』（双葉文庫）――などは、トリッキーな著者の作品群の中でも、とりわけ大仕掛けの系譜を形成している。

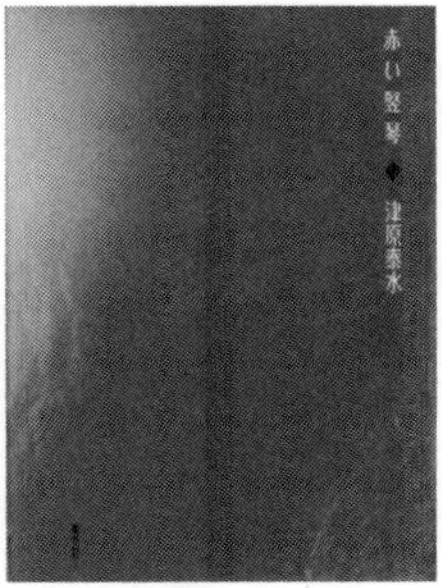

集英社（2005）

連城三紀彦は、「戻り川心中」「桔梗の宿」「白蓮の寺」などの傑作を含む初期の短篇連作〈花葬〉シリーズについて、「ミステリーと恋愛との結合」を狙ったものである、と書いている（講談社版『夕萩心中』あとがき）。

この言葉どおり、連城三紀彦は『私という名の変奏曲』（新潮文庫）、『黄昏のベルリン』（講談社文庫）、『どこまでも殺されて』（新潮文庫）といった長篇ミステリを書き継ぐ一方で、恋愛小説の中にミステリの要素を取り込む作品を積極的に手がけ始める。

直木賞を受賞した短篇集『恋文』（新潮文庫）や、長篇『愛情の限界』（光文社文庫）、『恋』（幻冬舎文庫）などの作品群は、犯罪とは無縁の世界を舞台としながら、第一級の心理ミステリとして成立しているのだ。

例えば、全篇が書簡体で構成された恋愛小説『明日という過去に』（幻冬舎文庫）は、手紙をやり取りしている女性の嘘が一通ごとに互いに暴かれていくという技巧的な作品であり、連城ミステリの中でも上位に位置する傑作である。

心理サスペンスを得意としていた小池真理子、ハードボイルド・冒険小説の分野で活躍していた藤田宜永の夫妻も、恋愛小説にレパートリーを広げて読み応えのある作品を発表している。

　小池真理子は、六〇年代を舞台にした『無伴奏』（新潮文庫）、直木賞受賞作となった『恋』（新潮文庫）を経て、『欲望』（新潮文庫）、『水の翼』（新潮文庫）、『冬の伽藍』（講談社文庫）を。

　藤田宜永は華道界に材を採った恋愛小説『樹下の想い』（講談社文庫）を皮切りに、『求愛』（文春文庫）、『金色の雨』（幻冬舎文庫）、『艶紅《ひかりべに》』（文春文庫）、『邪恋』（新潮文庫）を。

　冒険小説系では、斎藤純も本格的な恋愛小説『凍樹』（講談社文庫）を試みているし、柴田よしきにも恋愛推理の連作『ふたたびの虹』『観覧車』（いずれも祥伝社文庫）がある。昨年、話題となった乾くるみ『イニシエーション・ラブ』（文春文庫）は、平凡な男女の恋愛ストーリーを、叙述方法にトリックを仕掛けることで本格ミステリに変えてしまった野心的な傑作であった。

　津原泰水は、八九年から九六年にかけて、津原やすみ名義で三十冊以上の少女小説を刊行したキャリアの持ち主である。九七年、ペンネームを改めて発表した長篇ホラー『妖都』（講談社文庫）で再デビューを果たした。

　もともと青山学院大学では推理小説研究会に所属し、ミステリやホラーには造詣が深かった著者だけに、以後、寡作ながらも、幻想小説・推理小説の分野で力作を、次々と発表している。

　伯爵と猿渡のコンビが出会う怪異を鏤骨《るこつ》の筆で綴った怪奇幻想小説集『蘆屋家の崩壊』（集英社文庫）、幻想小説の極北というべき大作『ペニス』（双葉文庫）、ニュータウンを舞台に繰り広げられる長篇ホラー『少年トレチア』（集英社文庫）、少女小説時代のミステリ・シリーズに加筆して合本化した『ルピナス探偵団の当惑』（原書房）、珠玉という言葉が相応しいハイレベルの幻想小説短篇集『綺譚集』（集英社）――。

　今回ご紹介する最新作『赤い竪琴』（集英社）は、怪奇・幻想の要素を含まない、大人のための恋愛小説である。

　グラフィックデザイナーの入栄暁子《いりえさとるこ》は、祖母・邦の遺品の中から夭折した詩人・寒川玄児のものと思われるノートを発見した。本職は船乗りだった玄児は、太平洋戦争の最中に船と運命をともにし、戦後になってから有志によって全集が刊行された知る人ぞ知る存在であった。祖母はどうやら、彼が詩人として評価されていることを知らないままだったらしい。

ノートを遺族のもとに返そうと考えた暁子は、インターネットで欧州料理店ラ・オクタヴに玄児の孫が出入りしていることを知り、東北沢の店へと出向く。

その店では有志によるコンソート（合奏）が披露されていたが、寒川耿介は腕のいい楽器職人なのだという。やがて姿を見せた耿介は、芸術家らしい無愛想な態度で暁子を驚かせるが、ノートのお礼にと自作の赤い竪琴を彼女に渡す。

互いに惹かれ合う二人だったが、暁子は性格的に、耿介はさらに別の理由もあって、なかなか素直に思いを伝えることができない――。

かつてあったかもしれない玄児と邦のロマンスを巧みに背景としながら、不器用な三十代の男女の恋愛が、静かな筆致で綴られていく。徒《いたずら》に物語のテンションをあげることなく、伏せられたカードを丁寧にあけていく手際が素晴らしい。

著者の作品系列としては異色の本書だが、かつて津原やすみの少女小説を愛読し、今は三十代となっている女性たちを意識して書かれたものだという。完成度の高い大人の恋愛小説である。

もう一冊、『雨恋』（新潮社→同文庫）の著者である松尾由美は、妊婦ばかりが集められた未来都市を舞台にした連作SFミステリ『バルーン・タウンの殺人』（創元推理文庫）や、本物の安楽椅子（！）が探偵役を務める『安楽椅子探偵アーチー』（創元推理文庫）で、ミステリ・ファンにはお馴染みだろう。

CDから現れる黒い天使をめぐる異色作『ブラック・エンジェル』（創元推理文庫）、身体が縮んでいく妻が必死に夫を探す『ピピネラ』（講談社文庫）、小説世界と現実世界が奇妙な形で交錯していく『おせっかい』（幻冬舎→新潮文庫）など、SF的なシチュエーションを活かしてミステリを構築する名手でもある。

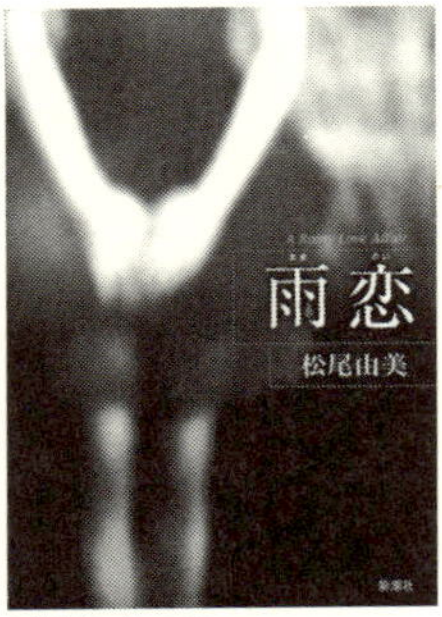

新潮社（2005）

本書は、著者が『マックス・マウスと仲間たち』（朝日新聞社）、『スパイク』（光文社文庫）などで試みてきたＳＦ的恋愛ミステリの、最新の成果である。

オーディオメーカーの営業部に勤める沼野渉は、アメリカへ赴任することになった叔母に留守を頼まれる。二匹の猫の世話さえしてくれれば、管理費だけで品川の高級マンションに住めるというのだから、願ってもない申し出だった。

だが、いざ暮らしてみて渉は驚いた。若い女の幽霊が出るのだ！　雨の日に限って声だけが聞こえるその幽霊は、三年前にこの部屋で死んだ小田切千波という女性であった。記録では彼女は自殺したことになっており（実際、自殺しようと毒杯を用意していたのだが）、直前で翻意したにもかかわらず、何者かに毒を飲まされてしまったのだという。いきかがり上、渉は千波の過去を探り、「犯人」を捜すと約束するのだが……。

幽霊の死因を探るという、ミステリとしての縦軸に対して、渉が次第に千波に恋をしていくという、恋愛小説としての横軸が設定されているのが読みどころだろう。謎が解けるたびに、逆に千波の未練が薄れ、その姿が徐々に見えてくる、という設定も効果的だ。

冒頭の渉のモノローグによって、既に一連の事件に決着がついていることは明かされているが、単純なハッピーエンドでないことは、容易に予想がつくだろう。

人間と幽霊――。結ばれないことが判っている二人の切ない恋を、雨の音にのせて描いた恋愛ミステリの傑作である。

人の心の聖と俗を仮借ない筆致で描く豪腕作家のまったく対照的な最新長篇二冊

新堂冬樹『聖殺人者』『僕の行く道』

講談社の文芸図書第三出版部が主催するメフィスト賞は、ミステリ関連のみならず、小説の新人賞としては画期的なものであった。〆切りなし（随時受け付け）、枚数制限なし、賞金なし（印税のみ）、選考委員なし（編集者が手分けして読む）というのだから、要するに持ち込み原稿制度をシステム化して、広く門戸を開いたと考えれば判りやすい。

いいものがくれば本にする、というアバウト（？）な賞なので、一九九六年の第一回（森博嗣『すべてがFになる』）から今年の第三十二回（真梨幸子『孤虫症』）まで、十年間に三十二人もの作家を輩出している。

舞城王太郎（第十九回受賞）のように純文学の分野で評価され三島由紀夫賞まで受賞する作家も出てきたが、基本的にはミステリ畑で活躍している人が多い。前述の森博嗣を筆頭に、問題作連発の清涼院流水（第二回）、昨年、『イニシエーション・ラブ』（文春文庫）で話題を呼んだ乾くるみ（第四回）、『石の中の蜘蛛』（集英社文庫）で第五十六回日本推理作家協会賞を受賞した浅暮三文（第八回）、トリッキーな作風でミステリ・ファンの評価も高い殊能将之（第十三回）、戦争小説の書き手としても注目される古処誠二（第十四回）、若い世代の圧倒的な支持を集める西尾維新（第二十三回）といった面々である。

そんな歴代メフィスト賞受賞者の中で、最も特異な活躍をしている作家が、今回ご紹介する新堂冬樹（第七回）なのだ。そもそもデビュー作『血塗られた神話』（講談社文庫）にしてからが、メフィスト賞の中では異彩を放つ金融サスペンスであった。

光文社（2005）

公開された経歴は、「金融会社勤務を経て、現在はコンサルタント業を営む」という一行だけ。それに相応しく、金融社会の裏側を具《つぶさ》に見てきた人ならではの圧倒的なリアリティは、以後、新堂作品の大きな核となっていく。

とはいえ、第一作の段階では、いわゆる金融ミステリの枠内に、まだ収まっていたのである。著者が〝暴走〟の兆しを見せたのは、第二作『闇の貴族』（講談社文庫）の第二章——後半部分からのことであった。

実は縁あって、この作品の元版と文庫版の解説を書かせてもらっている。講談社ノベルスで最初に刊行された時には、書下し作品だったので、当然だが編集部から届いたゲラ刷で読み始めた。

闇金融の世界に生きる加賀篤は、倒産寸前のディスカウント・ショップに目をつけ、巧妙なやり方で十数億円を稼ぎ出してしまう。金融の世界を舞台にしたコン・ゲーム小説としては文句のつけようのない面白さで、なるほど今度はそう来たか、と思ったのだが、騙し合いのパートは前半部分で終わってしまい、後半からは大迫力のアクション小説へと変貌してしまったのだ。

これには驚いた。文章にはやや荒削りな面があったものの、容赦のない暴力描写と読者の予想を裏切りつづけるストーリー展開は、往年の大藪春彦作品を彷彿させる魅力に溢れていた。

第三作『ろくでなし』（幻冬舎文庫）は、タイトルどおり社会の最底辺に生きるろくでなし——金貸し、取り立て屋、ヤクザ、シャブ中、外人娼婦、悪徳医師——たちの織り成すドラマ。この作品から新堂冬樹は、花村萬月や馳星周といった先行作家とは違った作風の暗黒小説の書き手として、疾走を開始する。『血塗られた神話』がホップ、『闇の貴族』がステップ、『ろくでなし』がジャンプだ、と評したのは、評論家の茶木則雄氏だったと思うが、まったく同感である。

第四作『無間地獄《むげん》』（幻冬舎文庫）は闇金融の世界に落ちた人々の妄執を描いた迫力の大作。金融を題材にした新堂暗黒小説の集大成ともいうべき作品である。

第五作『カリスマ』（徳間文庫）は、カルト宗教を題材にして、人の心のダークサイドを徹底的にえぐった問題作。この作品から、金融という素材に頼らなくても欲望のドラマを描く方法論が確立された。

第六作『鬼子』（幻冬舎文庫）は、なんと出版界が舞台である。主人公はパリを舞台にした恋愛小説を書いている売れない作家。祖母が死んでから急に暴力的になった息子の豹変に悩む彼に対して、編集者は家庭崩壊の様子を実録ノンフィクションとして描けと迫ってくるのだ。狂気に満ちたドラマは、破局へ向かって突き進んでいく――。

第七作『溝鼠《ドブネズミ》』（徳間文庫）は、金で他人の復讐を請け負う「復讐代行屋」の一家を描いた風変わりなサスペンス。

第八作『悪の華』（光文社文庫）は、一家を皆殺しにされたシチリアマフィアのボスの息子・ガルシアが主人公の暗黒小説。日本へと逃げのびた彼は、裏社会に潜んで復讐の爪を研ぎ始めるのだ――。

著者の最新作『聖殺人者』（光文社文庫）は、この『悪の華』の第二部である。前作のラストでガルシアが孤独の闇に消えてから一年後。彼の父を殺し、現在はマフィアのボスとして君臨するマイケル・アルフレードは、ガルシアが日本にいることを知った。復讐を恐れるマイケルは、子飼いの暗殺者・ジョルジオを日本に送り込む。ジョルジオは人を殺すためだけに育てられた恐るべき殺人マシーンであった……。

ガルシアとジョルジオの攻防を軸に展開するストーリーは、相変わらず過剰なほどのサービスに満ちた面白さ。最後の最後に死闘を制する者は、果たしてどちらなのか――？

執拗なまでに社会の裏面、心の暗黒面を描いてきた新堂冬樹だが、第九作『忘れ雪』（角川文庫）では、なんと純愛小説に挑んで読者を驚愕させた。犬を拾った少女と獣医を目指す青年との悲恋をストレートに描いた作品で、終盤に犯罪小説的なシークエンスも盛り込まれてはいるものの、これまでの作品とはうって変わった新境地だったことは間違いない。

著者はさらに、小笠原の海を舞台にした恋愛小説『ある愛の詩』（角川書店）を刊行。この本には、映画「ある愛の詩」のテーマ曲や、著者自身の作詞・作曲によるイメージソングを収録したシングルCDが、付録として挟み込まれている。

今回ご紹介するもう一冊『僕の行く道』（双葉文庫）は恋愛ものではないが、ハートウォーミング路線の第三作に当たる長篇である。

双葉社（2005）

小学三年生の沖田大志は、父親と二人暮らし。母の琴美はデザイナーとして勉強するために彼が二歳の時にパリへ渡り、まだ何年も帰ってこられないという。大志は毎週届く母親からの手紙が楽しみなのだ。

ある日、大志は、父の書斎にあった本の中から奇妙な写真を発見する。小豆島で撮られたその写真には、撮影者が母であることを記した便箋が添えられていたのだ。パリにいるはずの母が、なぜ小豆島に？　秘密を父に問いただすことはせず、自分の目で真実を確かめようと決心した大志は、愛猫のミュウとともに小豆島への旅に出発した。

なんとこれは、小学生を主人公にしたロード・ノベルなのだ。大人にとっては何でもない旅も、子供にとっては大冒険である。さまざまな人に出会い、助けられながら、勇気を振り絞って旅をつづけた大志は、小豆島で一つの奇跡に出会うことになる——。

純愛ものにレパートリーを広げた著者だが、昨二〇〇四年に刊行された『動物記』（角川文庫）では、さらなる新境地を開拓した。動物小説である。この中・短篇集には、熊、犬、プレーリードッグをそれぞれ描いた作品を収録。端正な筆致で動物たちの生態を生き生きと綴っているのだ。バイオレンス小説の人気作家・西村寿行が、一方では動物小説の名手だったことを思い出す。

新堂冬樹は根っからの動物好きのようで、『世界最強虫王決定戦』（晩聲社）というノンフィクションまで刊行しているほど。編集部が世界各地から集めたカブトムシ、クワガタ、ムカデ、サソリなどを実際に戦わせてみよう、という企画本で、大真面目に書かれた解説も含めて昆虫好きにはたまらない一冊だ（ただし、彼らの写真が満載なので、虫が苦手な方にはお勧めできない）。

得意の金融サスペンスには『炎《ひ》と氷』（祥伝社文庫）があり、最近では『背広の下の衝動』（河出書房新社）と『吐きたいほど愛してる。』（新潮文庫）の二冊の短篇集をたてつづけに刊行している。

新堂作品は思い切ってキャラクターを戯画化している場

合が多いので、時にはギャグの領域に踏み込むこともある。宝くじで三億円を当てたうだつのあがらないセールスマンと、その金を狙う詐欺師集団との駆け引きを描いた『三億を護れ！』（徳間文庫）などは、笑わずに読むのが難しいだろう。

新堂冬樹の作品には、劇画的、ステロタイプといった批判をものともしないパワーが溢れている。「面白い小説」を目指して新境地に挑みつづける著者から目が離せない所以である。

サスペンス横溢の捜査と意表をつく結末——。構成の妙で読者に挑戦する傑作

我孫子武丸『弥勒の掌』
藤岡真『ギブソン』

ミステリの世界に「最後の一撃《フイニッシング・ストローク》」という言葉がある。大概の推理小説は、終盤において意外な真相が明らかになる訳だが、種明かしのシーンはできるだけラスト近くにあった方が効果的であることはいうまでもない。——究極的にはラスト一ページ、ラスト一行にどんでん返しが仕掛けられていれば最高で、そうした鮮やかな幕切れのことを「最後の一撃」と呼ぶのである。

評論家の瀬戸川猛資氏は、エッセイ集『夜明けの睡魔』（創元ライブラリ）の中の「最後の一撃」という項で、このタイプの作品の面白さを明快に論じている。

瀬戸川氏は「最終ページに大どんでん返しのあるミステリ」という厳しい条件で、フレッド・カサック『殺人交叉点』（創元推理文庫）、ビル・S・バリンジャー『赤毛の男

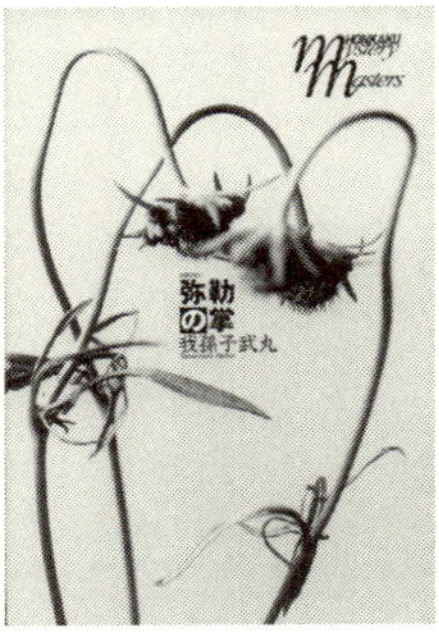

文藝春秋（2005）

の妻』（同）、ウィリアム・モール『ハマースミスのうじ虫』（同）をベスト3に挙げている他、エラリイ・クィーン『フランス白粉の謎』（同）、『最後の一撃』（ハヤカワ・ミステリ文庫）、リチャード・ニーリィ『心ひき裂かれて』（角川文庫）などにも言及している。

瀬戸川氏も「どんでん返しのあるミステリは多いが、調べてみると、ほとんどが最後のページではやっていない。やはり、至難のわざなのだろう」と述べているが、確かにここまで条件を絞ると、該当する作品は、ほとんど見当たらない。

国内作品では、井沢元彦『陰画の構図』（ケイブンシャ文庫※品切れ）、若竹七海『クール・キャンデー』（祥伝社文庫）、昨年話題を呼んだ乾くるみ『イニシエーション・ラブ』（文春文庫）などが、わずかに思い浮かぶ程度か。

もちろん、最後の一ページ、最後の一行にこだわらなくても、小説のラストに大きなどんでん返しが仕掛けられていれば、それは「最後の一撃」ものに分類して差し支えないだろう。

今月は、技巧を凝らして読者に挑戦する二冊の「最後の一撃」ミステリをご紹介しよう。

我孫子武丸『弥勒《みろく》の掌《て》』（文藝春秋→同文庫）は、近未来を舞台にしたSFハードボイルド『屍蠟《しろう》の街』（双葉文庫）以来、実に六年ぶりの長篇作品である。

書下しの長篇としては、サイコ・サスペンス『殺戮にいたる病』（講談社文庫）以来、なんと十三年ぶりということになる。ちなみに、この『殺戮にいたる病』も「最後の一撃」ものの傑作。犯人の名前を冒頭で明かしておきながら、ラスト二ページにとんでもないどんでん返しが仕掛けられているのだ。

最新作の本書は、帯の惹句に「本格捜査小説」と銘打たれているように、全体の九割以上が事件の捜査の描写に費やされている。

高校の数学教師・辻恭一が帰宅してみると、妻の姿が消えていた。三年ほど前に教え子を妊娠させてしまうという不祥事を起こして以来、いつ離婚を切り出されてもおかしくないほど夫婦仲は冷え切っていたから、とうとう「その日」が来たのか……。

いずれ連絡があるだろうと思い、慣れない一人暮らしを始めた辻だが、一週間後、刑事の訪問を受けて愕然とする。おせっかいなマンションの住人が通報したようだが、どうやら自分に妻殺しの嫌疑がかかっているようなのだ！

なるほど、状況証拠は著しく不利だ。このままでは自分が殺人犯人にされかねない。辻は遅ればせながら、妻の行方を追い始めた――。

一方、目黒署の刑事・蛯原篤史は、妻が遺体で発見されたとの連絡を受けて呆然とする。よりによって現場はラブホテルの一室だという。妻は自分を裏切っていたのだろうか？　いや、そんなはずはない！

間の悪いことに、警官の汚職を取り締まる本庁の人事一課が蛯原に目をつけ、出頭を要請してきた。元ヤクザの金融業者に手入れの情報を流して見返りを受け取っていたことが露見しそうなのだ。

被害者の身内が捜査に加われないことはもちろんだが、内偵が進めば自分が汚職刑事として逮捕されてしまう可能性が大いにある。そうなる前に、なんとしてでも妻を殺した犯人を見つけ出さなければならない。自分の手で妻のかたきを討つのだ――。

こうして奇数章の「教師」パートと偶数章の「刑事」パートで、二人の捜査の過程が交互に語られていくことになるのだが、別個にそれぞれの妻の足取りを追っていた二人は、怪しげな噂のある新興宗教〈救いの御手〉にたどり着く。

辻は警察に通報したマンションの住人が熱心な信者であることを知り、妻が教団の施設に匿われているのではないかと疑う。蛯原は妻の残した弥勒像が教団が頒布しているものであることを知り、疑いの目を向ける。教団本部で出会った二人は、やがて共同戦線を張ることになるのだが……。

奇跡を起こせるという教祖・弥勒様の正体とは何なのか？　二人の妻に関わる事件の意外な真相とは？

短い最終章「弥勒」で明かされる「全体の構図」は衝撃的。教師と刑事――だけでなく読者も――が「釈迦の掌」

ならぬ「弥勒の掌」で踊らされていたことが判って唖然とすること請け合いである。

作者は、この大仕掛けを成立させるために、古典的な叙述トリックと現代的な機械トリックを大胆に組み合わせているが、見事に成功を収めたといっていいだろう。『殺戮にいたる病』に勝るとも劣らない傑作の誕生である。


藤岡真の『ギブソン』(東京創元社)も、二〇〇〇年の怪作『六色金神殺人事件《りくしよくこんじん》』(徳間文庫)から四年半ぶりとなる新作長篇である。

大手広告会社に勤務する著者は、カンヌ国際広告祭金賞を受賞したCMディレクターだという。作家としては「笑歩」で一九九二年の第十回小説新潮新人賞を受賞している。九三年に初の長篇ミステリ『ゲッベルスの贈り物』を刊行。スパイものと本格ミステリを融合させたこの作品は、刊行当時はそれほど注目を集めなかった。

前述の第二作『六色金神殺人事件』が一部のミステリ・ファンの間で話題になってから、『ゲッベルスの贈り物』も文庫化(創元推理文庫)され、本書は待望の第三作ということになる。

広告代理店に勤める日下部は、ゴルフに出かけるため、いつものように午前六時に上司の高城秀政を迎えに行った。だが、車で家の前の路地に着いても高城の姿が見えないのだ。

角の豆腐屋で訊いても高城さんは見ていないという。路地を入って高城の家まで行き、息子の俊輔に尋ねてみたが、三十分以上前に家を出たっきりだというのである……。

結局、高城はそのまま失踪してしまった。納得できない日下部は、勤務の合間を縫って高城の行方を探そうと決意する。営業に配属されてきた新人・笹崎健太が手伝いたいと申し出て、二人の素人探偵の捜査が始まった。

目撃者の老人の話から、やはり高城は当日の朝、路地の入り口に来ていたことが判明する。だが、そのあと彼が向かったのは、右の道か、左の道か、それとも正面の道か——。

事件の前後に聞こえた銃声のような破裂音、アパートに血痕のついたシャツを残して消えた老人、町内に出没する謎の小さな消防自動車。高城が好きだったというカクテル

「ギブソン」を飲みながら、日下部はその行方を追うが、追えば追うほど事件の謎は深まっていく。

やがて俊輔が発見した日記によって、高城がかつての恋人の娘に遭遇していたことが判明。彼女はもしかしたら高城の娘なのではないか？　だとしたら、それが高城の失踪にどう関わっているのか？　日下部がついに到達した驚愕の真相とは、果たして――。

真相に結びつく手がかりを大量に鏤めながら、ラストの種明かしまで相互の関係を悟らせない、というテクニックは前作と共通する。再読することによって、縦横無尽に張られた伏線の面白さを確認できるという仕掛けである。

惜しいのは、この本に目次がついていないこと。プロローグとエピローグの代わりにカクテルの話「ＧＩＢＳＯＮ」を前後に置き、第一章「高城秀政の行方」から第十八章「日下部功《いさ》武《む》の祝杯」まで、すべての章に登場人物の名前を配した洒落た章タイトルが付されているのだ。

東京創元社（2005）

展開を暗示する部分があることを心配したのかもしれないが、登場人物表のようなものと考えれば、目次に章タイトルが並んでいた方が、読者の興味をよりひけたと思うが、どうだろうか。

我孫子作品も藤岡作品も、データをフェアに提出して読者に真相を推理させるタイプの本格ミステリではないが、最後の最後で読者を驚かせてやろうとする稚気と、そのために凝らされた技巧の数々は、まぎれもなく本格ミステリのそれといえるだろう。せいぜい眉に唾をつけながらお楽しみいただきたいと思う。

〝閉鎖状況〟を設定して読者との知恵比べに挑む二人の新鋭の本格ミステリ！

東川篤哉『館島』
石持浅海『扉は閉ざされたまま』

本格ミステリのパターンの一つに、クローズド・サークルと呼ばれる形式がある。絶海の孤島のような「外界と隔絶された舞台」の中で事件が進行する、というスタイルの総称だが、代表的な例にちなんで、「吹雪の山荘もの」などと呼ばれたりもする。

交通手段、通信手段がシャットアウトされた舞台で事件が起きると、どうなるのか？

犯人の側からしてみれば、警察が介入してこないので、科学的な捜査で即座に逮捕されるという事態を避けることができる。被害者は逃げられないので、殺し損ねる心配がない。

一方、犯人も「逃げられない」という点では同じなので、探偵の側からしてみれば、どんなアリバイがあろうと、犯人も必ずクローズド・サークルの中にいることが判る訳だ。

なるべく余計な要素を排除して、推理ゲームとしての要素だけを特化させた、極めてゲーム性の高いスタイルといえるのである。

海外作品では、雪ならぬ山火事の中に閉じ込められるエラリイ・クイーン『シャム双生児の秘密』（ハヤカワ・ミステリ文庫）のような作例もあるが、なんといってもアガサ・クリスティのトリック創造力が際立っている。

定型に則った『シタフォードの秘密』から、雪で止まった豪華列車の中で驚愕の犯罪が遂行される『オリエント急行の殺人』、孤島に招待された客が次々と殺されていく『そして誰もいなくなった』（以上、すべてクリスティー文庫）まで、クローズド・サークル・パターンを自在に操って独創的な傑作を生み出しているのだ。

国内作品に目を転じると、鮎川哲也の幻の長篇『白の恐怖』（桃源社）、宿泊客のうち誰が刑事だか判らないという島田一男のサスペンス中篇「山荘の絞刑吏」（春陽文庫『赤い影の女』所収）などがあるが、昭和までの作例はそれほど多くない。パターンを逆手に取った西村京太郎の初期傑作『殺しの双曲線』（講談社文庫）や、ドイツの古城を舞台にした赤川次郎『三毛猫ホームズの騎士道』（角川文庫）が目立つ程度か。

　このパターンが定着するのは、一九八七年に綾辻行人が、やはり定石の裏をかく作品『十角館の殺人』（講談社文庫）でデビューしてからということになるだろう。

　思いつくままに挙げるだけでも、有栖川有栖『双頭の悪魔』（創元推理文庫）、東野圭吾『ある閉ざされた雪の山荘で』、西澤保彦『殺意の集う夜』、倉知淳『星降り山荘の殺人』、天樹征丸『金田一少年の事件簿3　電脳山荘殺人事件』（以上、講談社文庫）、柴田よしき『ゆきの山荘の惨劇』（角川文庫）、飛鳥部勝則『ラミア虐殺』（光文社カッパ・ノベルス）、麻耶雄嵩『螢』（幻冬舎文庫）といったタイトルがたちどころに浮かんでくる。

　閉鎖空間も別に山荘や孤島に限ったものではなく、岡嶋二人の後期の傑作『そして扉が閉ざされた』（講談社文庫）では核シェルター、古処誠二『フラグメント』（新潮文庫）では地震で倒壊したマンションの地下駐車場、三雲岳斗『海底密室』（徳間デュアル文庫）では海底に設置された実験施設と、書く方もシチュエーションに工夫を凝らしているのだ。

　今月ご紹介する二冊は、光文社カッパ・ノベルスが二〇〇二年に創設した長篇公募枠〔KAPPA-ONE登龍門〕の第一期デビュー作家の最新長篇。この賞はミステリだけを対象にしたものではないが、第一期は一般公募ではなく、鮎川哲也が選者を務めた光文社文庫の公募アンソロジー『本格推理』の常連投稿者から作品を募ったため、いずれも本格ミステリのジャンルに属する作品であった。

　東川篤哉は関東の小都市・烏賊川《いかがわ》市を舞台にしたユーモラスな本格推理『密室の鍵貸します』でデビュー。以後、カッパ・ノベルスで鵜飼探偵が活躍する『密室に向かって撃て！』『完全犯罪に猫は何匹必要か？』を刊行。学園ユーモア本格『学ばない探偵たちの学園』（実業之日本社ジョイ・ノベルス）

東京創元社（2005）

を経て、この『館島』（東京創元社→同文庫）が第五作ということになる。

一九八〇年代のある年の正月、建築会社の社長で建築家でもある十文字和臣が、自ら設計した別荘の巨大な螺旋階段の下で死んでいるのが発見された。単なる転落死かと思われたが、検死の結果、少なくとも三階以上の高さから落ちた墜落死であることが判明する。

しかし銀色のドーム型をした六角形の建物の周りには、人が墜落したような痕跡はなく、捜査は何の進展もないまま半年以上が過ぎようとしていた……。

その年の八月、和臣の後を継いで建築会社の社長に就任した康子夫人は、事件の現場となった瀬戸内海の小島・横島に関係者を呼び集める。横島は和臣の建てた風変わりな銀色の別荘の他には何もない島で、数年後には瀬戸大橋が島の上を通ることになっているという。

康子夫人の遠縁の親戚で岡山県警捜査一課に所属する新米刑事・相馬隆行、十文字家の主治医・吉岡医師、県会議員の野々村淑江と一人娘の奈々江、十文字工務店の副社長・鷲尾賢蔵、私立探偵・小早川沙樹、フリーライターの栗山智治、十文字家の三兄弟、信一郎・正夫・三郎といった、癖のある面々が集う中、新たな殺人事件が発生してしまう。

折からの嵐で外部との連絡が途絶した別荘を舞台に、女探偵・沙樹と新米刑事・相馬のコンビは事件の謎を解くことができるのか——？

ほとんどドタバタギャグの域にまで達したユーモラスな筆致に気を取られていると、随所に張り巡らされた伏線を見逃してしまうので用心していただきたい。

もう一人の石持浅海ほど、クローズド・サークルものに意欲を燃やしているミステリ作家は、ちょっと他にいないのではないか。

デビュー作『アイルランドの薔薇』は北アイルランド紛争という政治情勢を利用して、警察が介入できない〝閉鎖状況〟を巧みに作り上げた佳作であった。

つづく第二作『月の扉』は、なんとハイジャックされた飛行機の中で殺人事件が発生する本格推理。何がクローズドだといって、これほどクローズドな状況もないだろう。

この作品は宝島社の「このミステリーがすごい！ 200

4年版」で第八位、原書房の「本格ミステリ・ベスト10 2004年版」で第三位に、それぞれランクインした他、二〇〇四年度の第五十七回日本推理作家協会賞の候補作にもなった。

第三作『水の迷宮』は水族館を舞台にしたミステリ。謎の脅迫者の指示によって警察を呼ぶことができないまま、職員たちは犯人との駆け引きを余儀なくされていくのだ。初めてカッパ・ノベルス以外から刊行された第四作『BG、あるいは死せるカイニス』（東京創元社）は、すべての人間が女性として生まれてくる世界を舞台にしたSFミステリである。

今回ご紹介する第五作『扉は閉ざされたまま』（祥伝社ノン・ノベル→同文庫）は、著者が初めて挑む倒叙ミステリ（犯人の視点で進行するスタイルのミステリ）だ。

久しぶりに大学の軽音楽部の仲間たち七人が顔をそろえる同窓会。会場は安東章吾の兄がオーナーシェフを務める成城の高級ペンションだ。引き取り手のいなかった祖父の豪邸をそのまま活かして、宿泊施設にしたものである。

伏見亮輔は、この機会に後輩の新山和宏を殺害するつもりで、綿密な計画を練っていた。製薬会社に勤める伏見は花粉症の薬として新山に睡眠薬を飲ませたうえで彼の部屋に侵入、痕跡を残さぬよう細心の注意をはらってバスタブで溺死させたのである。施錠したうえにドアストッパーまで嚙ませたから、たとえ合鍵があっても扉を開けることはできない――。

初めのうちは睡眠薬が効いてよく眠っているのだろうと思っていた仲間たちも、いつまでも部屋から出てこない新山の身を案じ始める。ペンションの周囲には最新のセキュリティシステムが設置されていて、出た者も入った者もいない以上、なんらかの異変が起こったと考えるしかない……。

自殺の可能性まで言及されて伏見の計画はうまくいったかに見えたが、ただ一人、碓氷優佳《うすいゆか》だけは些細な点をついて鋭く疑問を追究していく。息詰まる心理と論理の応酬の果てに、どんな結末が待ち受けているのか――？

古くて高級すぎるため扉を破壊することができない。セキュリティシステムのために窓を壊して侵入することもできない。二つの設定が功を奏して、密室の外側から判る状況だけを材料にして犯人と探偵が対決する、という異色のミステリが成立した。

伏見の動機が最後まで明らかにされないのも、サスペンスを盛り上げる効果を果たしているが、前半部分でその伏線がきちんと張られているのも見事だ。

祥伝社ノン・ノベル（2005）

片やユーモラスかつスケールの大きな本格推理。片やシリアスかつ緻密な倒叙推理。同じ〝閉鎖状況〟を採用しながら、なんとも対照的なのが面白い。ミステリに論理ゲームとしての楽しみを求める向きには、断然お勧めの二冊である。

付記……『扉は閉ざされたまま』は年末の各種ベストテンでも上位にランクインして話題となったが、動機が弱いという指摘が多かったようで、文庫化に際してエピローグ「前夜」が加筆されている。碓氷優佳が再び探偵役を務める長篇『君が望む死に方』（08年3月／ノン・ノベル）も刊行された。

襲い来るモンスターとどう戦うか？怪物に相対した人間を描くホラー＆ＳＦ

有川浩『海の底』
飛鳥部勝則『鏡陥穽』

国産怪獣小説の元祖は、なんといっても『ゴジラ』を生み出した香山滋であろう。香山は島田一男、山田風太郎らと同時期にデビューした戦後派探偵作家の第一期生だが、謎解きものには目もくれずに、秘境小説、幻想小説、怪奇小説とロマンに満ちた作品を次々に発表した。

東宝が新しいコンセプトで作る怪獣映画の原案を香山に依頼したのは自然な成り行きで、そこから生まれたゴジラが、現在でも怪獣の代名詞として愛されているのは、皆さんご承知のとおり。

ドロシイ・Ｌ・セイヤーズ『大学祭の夜』やウィリアム・アイリッシュ『幻の女』を翻訳した黒沼健も、映画「空の大怪獣ラドン」やテレビ特撮「海底人８８２３《ハヤブサ》」に原作を提供している。

本格ミステリの重鎮・鮎川哲也にも、人喰い芋虫が街中を席巻するＳＦパニック小説「怪虫」（河出文庫『鮎川哲也名作選　冷凍人間』所収）があるほどだ。

ＳＦに目を転じると、田中光二の海洋ＳＦ『怒りの大洋《ワダツミ》』、川又千秋の秘境ＳＦ『海神の逆襲《コマンド・タンガロア》』、横田順彌の明治ＳＦ『火星人類の逆襲』と、大怪獣が登場する作品は枚挙に暇がない。

山田正紀は初期の傑作『崑崙《コンロン》遊撃隊』を筆頭に、多くの怪獣ものを手がけており、本格ＳＦ『宝石泥棒』にも砂の海を自在に泳ぎ回るクジラのような巨大怪獣バハムートを登場させている。とりわけ正統派怪獣ＳＦを目指した大長篇『機械獣ヴァイブ』のスケールは圧巻。長らく中絶してファンを心配させていたが、小説販売サイトe-NOVELSでタイトルを『未来獣ヴァイブ』と変えて、ついに完結を見た。

菊地秀行『妖神グルメ』、朝松健『凶獣幻野』、友成純一『放射能獣－Ｘ』、あるいは我孫子武丸『ディプロトドンティア・マクロプス』、芦辺拓『地底獣国《ロスト・ワールド》の殺人』と、怪獣を登場させたＳＦ、ホラー、ミステリには、無条件で読者

メディアワークス（2005）

を興奮させる魔力のようなものが備わっているようだ。

近作では、書下しの完結篇を加えて終結した田中啓文『UMA《ユーマ》ハンター馬子』全二巻（ハヤカワ文庫）が、伝奇SF、ミステリ、怪獣、ギャグの各要素がミックスされた著者ならではの傑作シリーズだった。同書の第一巻の解説で、国産怪獣小説の系譜について詳しく触れておいたので、興味をお持ちの方にはぜひ参照していただきたいと思う。

さて、その解説でタッチの差で触れられなかった最新の収穫が、有川浩の第二長篇『空の中』（メディアワークス→角川文庫）であった。第十回電撃小説大賞を受賞したデビュー作『塩の街 wish on my precious』（電撃文庫）は、塩に覆われて滅びゆく世界を舞台にしたSFファンタジーだったが、この第二作では一転して、リアルな怪獣小説に挑んでいる。

高度二万メートルの空中に漂うクラゲのような怪物。たてつづけに起こった航空事故によって、ついに彼らと人類が接触してしまう。浜辺で小さな怪物を拾った子供たちと、全力で謎の解明に当たる大人たちの物語が交錯して、ストーリーは意外な方向へと進んでいく——。

今回ご紹介する『海の底』（メディアワークス）では、航空自衛隊が活躍した前作に代わって、海上自衛隊と機動隊がモンスターに立ち向かうことになる。

米軍横須賀基地が市民に開放される春の桜祭りで、惨劇が発生した。海から大量に浮上してきた巨大なエビのような甲殻類が、人々を襲い始めたのである。

民間人は逃げ惑い、なす術もなく怪物たちに喰われていく。当初は通報を一笑に付していた機動隊も、現場に向かった警官隊が九人も殉職したと聞いて、怪物相手の総力戦を覚悟する。だが、拳銃の弾ぐらいは軽く弾き返すエビたちから市民を救出するのは、まさに命がけの難事業であった——。

海上自衛隊の問題児というべき実習幹部、夏木大和三尉と冬原晴臣三尉のコンビは、停泊中の潜水艦「きりしお」に当直中に、この事件に遭遇した。

逃げ遅れた子供たちを助けた彼らは、怪物に退路を断たれ、やむなく「きりしお」の中へ戻ることを余儀なくされてしまう。大人二人と子供十三人。米軍基地内という位置が逆に災いして、政治的に迅速な救助は望めない。怪物が周りを取り巻く海の中で、潜水艦に閉じ込められた彼らの運命は、果たして——？

とにかくスピーディーで緊張感の途切れない展開に驚かされる。怪獣ものの定石として、本物が登場するまでの間を使ってサスペンスを盛り上げる、という手があるが、本書はそんな常套に見向きもせず、開巻八ページ目で巨大エビが人を喰い始めるのだ。

陸の上では機動隊員たちが怪獣映画さながらの迫力でモンスター掃討作戦を展開し、海の中では夏木・冬原と子供たちの極限の人間ドラマが繰り広げられていく……。リーダー格の高校生・森《もり》生望《おのぞみ》と夏木との仄かなラブロマンスを絡めながら、最後まで一気に読ませる筆力は注目に値する。怪獣小説界期待の逸材の登場といっていいだろう。

もう一冊、飛鳥部勝則『鏡陥穽《かがみかんせい》』（文藝春秋）は、著者が初めて本格的に挑むモダンホラー長篇。

画家でもある著者は、第九回鮎川哲也賞を受賞したデビュー作『殉教カテリナ車輪』（創元推理文庫）で、自作のタブローを作中にあしらうという手法を開発し、ミステリ・ファンを驚かせた。

著者によれば、小説に合わせて絵を描く訳ではなく、むしろ描いた絵から発想して小説を書く方が多いというから、ますます驚きである。

この『鏡陥穽』では、自作ではなく稲垣考二の絵をカバーと口絵に使用しており、同じ絵が作中にも登場する。そういえば、折原一の近作『黙の部屋』（文春文庫）も石田黙という画家に材を採り、同氏の作品を図版として大量に収録した風変わりな美術ミステリであった。

飛鳥部作品は、タイトルどおり「鏡」を題材にした恐怖を描いている。鏡の怪談といえば、真っ先に思い浮かぶのが江戸川乱歩の名作「鏡地獄」であろう。他にも、その乱歩の「目羅博士」に材を採った竹本健治「月の下の鏡のような犯罪」、合わせ鏡を使って悪魔を捕まえた夫婦の末路を描く星新一のショート・ショート「鏡」といった作品があるが、長篇ホラーとなると珍しい。

文藝春秋（2005）

会社からの帰り道、見知らぬ男に突然襲われた麻田葉子は、抵抗した末に男を撲殺してしまう。混乱しながらも、葉子は車で死体を海に運んで捨て、事なきを得たかに思えたのだが、それは悪夢のような事件の始まりに過ぎなかった。

友人の結婚式に出席した葉子は、そこで自分が殺した男とそっくりの男に遭遇する。刑事と名乗るその男――久遠仙一は、彼女の殺人について追及を始めるのだが、なぜか彼の右手には殺した男の左手にあったのと同じ形の痣があるのだった……。

久遠によれば、被害者は彼の父親が入手した「呪われた鏡」を持っていたはずなのだという。大きな姿見と、その半分ぐらいの大きさの鏡とが一対になったものらしい。やがて彼はその鏡にまつわる、なんともおぞましい思い出話を語り始める。

ドッペルゲンガーのように同じ顔をした人たちを自在に操りながら、奇妙な事件はねじれた結末に向かって突き進んでいく。鏡が生み出した怪物を相手に、葉子は生き残ることができるのか――？

鏡文字を使った目次が、左右対称形になっているのが面白い。著者は既に『バラバの方を』（トクマ・ノベルズ）や『ラミア虐殺』（光文社カッパ・ノベルス）で、「怪物による猟奇的な殺人事件」という、極めて怪奇小説的な内容に傾斜した本格ミステリを書いているから、本書のようなホラー作品を手がけるのも自然な流れであった。

なお、七月に刊行された『鏡陥穽』は著者の第十一作に当たるが、それに先立って五月には、構成に工夫を凝らした本格ミステリ『誰のための綾織』（原書房）が刊行されている。

プロローグでは、推理作家の飛鳥部と編集者の稲毛がミステリ論を戦わせている。推理小説における「禁じ手」とは何か、というディスカッションだ。

本編に入ると、飛鳥部の教え子の女子高生・鹿取モネが実際に体験した事件の顛末を綴ったという長篇小説「蛭《ひる》女《おんな》」が、まるごと収録されている。この小説のメイン部分は、ほとんどこの作中作が占めているのだ。「蛭女」では不可能状況で殺人事件が発生し、一応の解決も提示されるが、どうも釈然としない。ここまでがいわば「問題篇」であり、再び作家と編集者の会話に戻るエピローグにおいて、伏せられていた「真の解決」が明らかにされる、という趣向である。

メイントリックには有名な先例があるものの、細部に凝らされた仕掛けの面白さで、充分にオリジナリティを感じさせる作品に仕上がっている。本格ミステリ・ファンには、こちらの作品も併せてお勧めしておきたい。

付記……有川浩は、その後、〈図書館戦争〉シリーズ（アスキー・メディアワークス）で大ブレイク。テレビアニメ化までされたのには驚いた。

ミステリのプロたちが選んだ一年間の精華！　年鑑が示す現代ミステリの最先端

日本推理作家協会編『ザ・ベストミステリーズ２００５』
本格ミステリ作家クラブ編『本格ミステリ05』

日本推理作家協会が編纂する年間ベストアンソロジー『推理小説年鑑』は、国産ミステリ最大のアンソロジーシリーズといっていいだろう。

なにしろ、同協会の前身である日本探偵作家クラブ時代の一九四九年に、「48年版」と「49年版」が同時に刊行されて以来、五十六年の歴史を持つ年度別アンソロジーなのだ。

基本的なシリーズ名は、『探偵小説年鑑』→『推理小説年鑑』だが、『探偵小説傑作選』『推理小説ベスト○（収録作品数）』『推理小説代表作選集』などの副題が、時代に応じて付されてきた。「98年版」からは、『ザ・ベストミステリーズ〈年次〉』となっている。

出版社にも変遷があり、初期には探偵小説の総本山ともいうべき「宝石」の発行元・岩谷書店から刊行された（「56年版」から同社は宝石社と改称）。親睦団体だった日本探偵作家クラブが社団法人・日本推理作家協会に改まったのを機に、「63年版」から東都書房に版元が移行。さらに「67年版」から現在の講談社が版元になっている。

その年度の傑作・秀作をできる限り収録しよう、という目的のため、とにかく分量が多いのが特徴である。上・下巻に分かれて刊行された年もあるが、一冊本でも二段組で五百ページを超えており、通常の短篇集であれば、ゆうに三冊分に相当する作品が収められている。

巻末付録も多彩だ。年度総括や前年度作品リスト、ミステリ関係の文学賞受賞作リストといった資料が載っており、愛好家にとっては貴重である。現在では考えられないことだが、初期には会員の住所録まで掲載されていた時期もある。

さすがに作家の増えてきた八〇年代以降は作品リストの掲載はなくなり、現在の付録は年度総括と受賞作リストだけとなっているが、ミステリ界の動向を俯瞰して、読み落とした作品をチェックするのに、これほど便利な本はないだろう。

講談社（2005）

編纂に当たっているのは、日本推理作家協会から委嘱された十数人の編集委員で、これは推理作家協会賞の短篇部門の予選を兼ねている。

システムは至って単純。前年度に発表されたミステリ短篇を、編集委員が手分けしてすべて読むのだ。近年では、一人あたりの担当本数が百篇を超えているから、一年間に発表されるミステリ短篇の数は千数百篇におよぶ計算になる。

選考委員は、自分の受け持ちの作品の中から特に優秀と思う作品を五〜六篇選ぶ。これが第一次予選である。そうして残った五十〜六十篇の候補作を、今度は全員が読んで採点結果を投票していく。これが第二次予選だ。

得票の多かった順から二十篇前後が年鑑に収録され、その中でもさらに上位の五〜六篇が日本推理作家協会賞の候補となる。つまり、年鑑には協会賞の候補作がすべて収録されているのである。

今年度は残念ながら受賞作なしという結果になったが、もちろん五つの候補作（朝松健「東山殿御庭」、三雲岳斗「二つの鍵」、朱川湊人「虚空楽園」、荻原浩「お母さまのロシアのスープ」、蒼井上鷹「大松鮨の奇妙な客」）が入っている。

協会の新理事長・大沢在昌は、同書の序文で、「本賞には、一切のしがらみも政治的な事情もかかわらない。純粋に作品の優劣のみによって候補作が選定され、本選考にかかるのだ。それゆえ、ベテランから無名の新人にいたるまで、候補とされる条件にまったく差はない」と述べている。

何度か選考委員を務めた経験からいえば、これはまったくそのとおりで、議論の焦点になるのは「作品の出来」だけである。どんな大家の作品であっても不出来ならば落ちるし、無名の新人の作品でも出来がよければ残る。

今年度版ならば、前出の蒼井上鷹は、小説推理新人賞を受賞して、まだ数作を発表しただけの作家だから、ほとんどの読者にとっては未知の存在だろう。しかし、ユーモラスでひねりの効いた第二作が、こうして年鑑に採られている。

伊坂幸太郎「死神と藤田」は、前年度の日本推理作家協会賞受賞作「死神の精度」と同じシリーズ。田中啓文「子は鎹《かすがい》」は落語家志望の青年を主人公にした連作の一話で、これは前年度版に同じシリーズの「時うどん」が収録されている。現在は、それぞれ『死神の精度』（文春文庫）、『ハナシがちがう！　笑酔亭梅寿謎解噺』（集英社文庫）としてまとまっているが、年鑑に二度採られるだけのことはあり、どちらも素晴らしい出来だ。

光文社文庫のテーマ別書下しアンソロジー〈異形コレクション〉から五篇が選ばれているが、そのうち四篇までが「コレクター」をテーマにした『蒐集家』から採られているのにも注目したい。

ヴィクトリア朝の怪談を得意とする北原尚彦の「愛書家倶楽部」、どんでん返しの名手・草上仁の法廷ミステリ「ディープ・キス」、先月ご紹介した飛鳥部勝則の「プロセルピナ」、昨年、事故で急逝した中島らもの「DECO-CHIN」

――。

千数百篇の中から選り抜かれた十八篇のうち四篇を占めるとは、元になった一冊の完成度の高さは、ただ事ではない。こうしてアンソロジーから短篇集へ、あるいは別のアンソロジーへと、読書の楽しみは広がっていく。

戦前の年次アンソロジーには、春陽堂の『創作探偵小説集』（25年版から28年版まで四冊）と、ぷろふいる社の『探偵小説選集』（昭和九年版、十一年版の二冊）の二種類があるが、戦後はほとんど協会の『推理小説年鑑』のみという時期がつづいていた。

親戚筋の捕物作家クラブは、年鑑として『名作捕物小説集』（岩谷書店）を出したが、これは昭和二十八年版と昭和三十年版の二冊のみ。日本冒険作家クラブは、八七年から九三年にかけて『敵！』『血！』『友！』『愛！』『幻！』『闘！』（徳間文庫）の六冊を刊行したが、これは会員による書下し作品と単行本未収録の新作を中心としたアンソロジーで、年間ベストという性格のものではなかった。

したがって、二〇〇〇年十一月に設立された本格ミステリ作家クラブの編による年度別アンソロジーは、戦後初めて現れた「第二のミステリ年鑑」といっていいだろう。

こちらは講談社ノベルスから刊行されており、タイトルはズバリ『本格ミステリ』。二〇〇一年に出た第一巻が「01」で、以後、順調に巻を重ね、今年の最新刊が「05」となる。

本格ミステリは謎解きのサプライズを重視するミステリだが、もちろん推理小説の一種には違いないので、クラブの会員は、もともと日本推理作家協会の会員でもあった人が多い。

団体名のとおり、本格ミステリ作家クラブは「本格ミステリ」に特化しているのが特徴で、年鑑『本格ミステリ』も、会員に投票で選出される本格ミステリ大賞も、「本格」としての評価に重点が置かれているのだ。

また『本格ミステリ』は、小説だけでなく、マンガや評論も対象作品としているのが面白い。「05」では高橋葉介のマンガ「木乃伊《ミイラ》の恋」と天城一の評論「密室作法〔改訂〕」が収められている。

この五年間で、協会の年鑑にも同時に採られた作品がいくつかあり、「01」では北森鴻「邪宗仏」と法月綸太郎「中国蝸牛の謎」の二篇、「04」では青木知己「Y駅発深夜バス」、法月綸太郎「盗まれた手紙」、松尾由美「走る目覚まし時計の問題」の三篇が重なっている。

今回の「05」も同時収録作品は三篇。山口雅也「黄昏時に鬼たちは」は「遊戯」をテーマにした連作の一話で、インターネットとかくれんぼを結びつけたアイデアが秀逸である。連作全体は、『play』（講談社文庫）として刊行された。

理詰めの構成が素晴らしい三雲岳斗の中篇「二つの鍵」はレオナルド・ダ・ヴィンチを探偵役としたシリーズの一作。この作品を含む連作短篇集『旧宮殿にて』（光文社文庫）と長篇『聖遺の天使』（双葉文庫）は、本格ファン必読の傑作である。

講談社ノベルス（2005）

柄刀一「光る棺の中の白骨」は、『fの魔弾』（光文社カッパ・ノベルス）や『火の神《アグニ》の熱い夏』（光文社文庫）に登場したカメラマン探偵・南美希風《みきかぜ》が、ノルウェーの地で怪事件を解決する壮大な一篇。

他にも、小林泰三の意地の悪さが炸裂する難易度Aの犯人当て「大きな森の小さな密室」、竹本健治の学園推理「騒がしい密室」、『誰もわたしを倒せない』（東京創元社）で「プロレス本格推理」という新ジャンルを開拓した伯方雪日の「覆面《マスク》」、牢につながれたマルコ・ポーロが囚人仲間に昔の体験を語る柳広司の〈百万のマルコ〉シリーズから「雲の南」、鳥飼否宇の〈逆説探偵〉シリーズから「敬虔過ぎた狂信者」と、バラエティ豊かな作品がそろっている。

二つの年鑑に収められた作品群は、現代ミステリの最先端に位置する傑作ぞろいといっていい。品質保証付きの短篇を楽しみながら、お気に入りの作家を増やして、ミステリ読書生活《ライフ》を充実させていただきたいと思う。

ヤクザの一家と二十一世紀末の若者——。クジラに挑む男たちの痛快活劇!

梶尾真治『波に座る男たち』
中島望『宇宙捕鯨船バッカス』

つい二十年ほど前までは、どこの家庭でもクジラの肉を食べていたものだ。学校給食でも、クジラの竜田揚げはお馴染みのメニューであった。その食材がお茶の間から姿を消したのは、一九八六年にIWC(国際捕鯨委員会)が商業捕鯨の全面禁止を決めてしまったからである。

実はIWCの加盟国であっても、異議申し立ては認められており、その権利を行使したノルウェーなどに対しては、この決議は拘束力を持たない。日本も当初は異議申し立てを行なったものの、八七年と八八年に段階的に撤回している。

結果としては、日本は八七年に南氷洋での商業捕鯨を中止、八八年にはミンク鯨とマッコウ鯨の沿岸捕鯨も中止して、事実上、捕鯨から撤退することになる。

現在、時たま食す機会のある鯨肉は、それ以前に冷凍保存されていたものか、調査捕鯨によって捕らえられた鯨の肉が市場に出回ってきたものだ。

捕鯨禁止運動の大きな原動力となったのが、動物愛護団体、環境保護団体の活動であることは周知の事実だが、「クジラは頭のいい動物だから、これを食べる行為は野蛮であり、罪悪である」という彼らの意見には首を傾げるしかない。生物が他の生物を捕食するのは当然の行動であり、頭のいい生物は食べてはいけない、という主張は一面的だ。食べてもよい生物の知能ラインを、誰がどうやって線引きするのか?

また、主に鯨油を取るためにクジラを乱獲して、肉は捨てていた欧米諸国と違い、日本は捕獲したクジラを余すところなく利用してきた。肉はもちろん、内臓から骨、皮に至るまで、捨てるところはまったくないという。

自らの価値観を全世界共通のものと錯覚し、他国に押しつけて恥じない大国。食文化を蹂躙されても、唯々諾々とそれに従う日本政府——。

梶尾真治の新作『波に座る男たち』(講談社)は、そんな現状に義憤を抱くヤクザの組長が、一家を率いてクジラの密猟に乗り出すという、破天荒なストーリーの海洋冒険小説である。

梶尾真治は熊本在住のベテランＳＦ作家。七一年のデビュー以来、「美亜へ贈る真珠」「百光年ハネムーン」などのリリカルな作品から、「フランケンシュタインの方程式」をはじめとするドタバタまで、幅広い作風で「短篇の名手」の名を恣《ほしいまま》にしてきた。

第十二回日本ＳＦ大賞を受賞した『サラマンダー殲滅』（光文社文庫）以降はダイナミックな長篇作品もコンスタントに手がけており、二〇〇〇年の『黄泉《よみ》がえり』（新潮文庫）が、映画化・ゲーム化されて話題を呼んだのは記憶に新しい。

講談社（2005）

最新刊の本書は、著者の長篇としては初めて、ＳＦ的な要素をほとんど含まない純粋な冒険活劇となっている。

料理屋「あばれぐい」を一人で切り盛りする麓浩二のもとに、借金の取立人がやってくる。別れた妻に頼まれて闇金融で用立てた五十万円の金が、利息で二百万円に膨れ上がっていた。取立人――博多のヤクザ・大場会の澤木は、麓を組の事務所へと連れていく。料理担当の渡瀬公彦を若頭の岩井が殴り倒してしまい、会長の食事を作る人間が必要だというのだ。

昔気質《かたぎ》の大場会長は、麻薬のような儲かる仕事に頑として手を出さないため、組の経営は火の車だという。麓のような焦げ付き気味の不良債権の回収が主な仕事で、その日も借金のカタに大きな延縄《はえなわ》漁船を押しつけられたという連絡が入る始末であった。

麓があり合わせの材料で作ったクジラ料理に感激した大場会長は、もともと捕鯨船だったという延縄漁船を使って、クジラの密猟を始めようと言い出した。

かくして任侠丸と名付けられた船に、素人たちが乗り込んで、航海への準備が始まる。岩井の恋人・玲奈が伝統的なクジラ捕りである波座師《はざし》(タイトルはここから来ている)の孫娘と判明したり、老人ホームで悠々自適の生活を送っている伝説のスナイパー・吉田源市郎翁を砲撃手として招聘したりの大騒ぎ。

一方、環境保護団体クリーンアースの急進派で、目的のためなら殺人も厭わないケンドールは、仕事で訪れた東京で、免疫学の学会を傍聴していた。最愛の息子サミュエルが奇病チャナ症候群に冒されており、ケンドールはわずかでも回復につながる情報を求めていたのだ。

チャナ症候群の特効薬の開発に取り組んでいる和久井助教授に資金援助を約束したケンドールは、やがてクジラの肉が不自然に流通しているという情報をキャッチして不審を抱く――。

同じくクジラの密猟をしていた台湾マフィアとの交戦、クリーンアースの特殊部隊との死闘を繰り広げながら、任侠丸はメフィスト（悪魔）と名付けた巨大クジラを追いつづける。

本書の冒頭には、映画監督・岡本喜八への献辞が記されているが、まさに岡本作品「独立愚連隊」シリーズを思わせるユーモラスで陽性の冒険活劇に仕上がっている。

先ほど「SF的な要素をほとんど含まない」と書いたが、架空の奇病・チャナ症候群に関する設定だけは、SFといえるかもしれない。この病気は時間SFの連作集『クロノス・ジョウンターの伝説』（朝日ソノラマ）にも登場していた。

過去に遡ると、その分に比例して起点より未来へ飛ばされるという不完全なタイムマシン「クロノス・ジョウンター」をめぐるドラマが収められているが、そのうちの一つ「鈴谷樹里の軌跡」は「この胸いっぱいの愛を」のタイトルで映画化され、十月に公開の予定である。

ちなみに創作料理「あばれぐい」の麓氏は、著者の第一短篇集『地球はプレイン・ヨーグルト』（ハヤカワ文庫）の表題作で、味覚によってコミュニケーションをとる宇宙人のために料理を作ることになる天才料理人だ。別の短篇では恐竜料理を作らされたこともある。

梶尾作品は「小説現代増刊メフィスト」に三回にわたって分載された長篇だったが、『Kの流儀　フルコンタクト・ゲーム』（講談社ノベルス）で第十回メフィスト賞を受賞した中島望の最新作『宇宙捕鯨船バッカス』（ハルキ・ノベルス）は書下し長篇である。

空手家でもある著者のデビュー作は、さまざまな格闘技の使い手たちが激闘を繰り広げるアクション小説で、推理小説の多いメフィスト賞受賞作の中では、かなりの異色作であった。

続篇『牙の領域　フルコンタクト・ゲーム』（講談社ノベルス）を経て、第三作『十四歳、ルシフェル』（講談社ノベルス）以降、サイボーグやクローン人間といったSF的な設定を何らかの形でストーリーに盛り込んでいるのが面白い。

例えば、『ハイブリッド・アーマー』（ハルキ・ノベルス）はスズメバチの能力を持つ改造人間にされてしまった高校生がミュータントと戦う「仮面ライダー」ばりのSFアクションである。

どの作品でも「格闘」という要素に重点が置かれているのが著者の特徴であったが、本書ではその得意技を封印して、直球勝負のSF冒険小説に挑んでいる。

二〇八六年三月、高校卒業を間近に控えた沖田正午は、四月から区役所に勤めることが決まっていた。家庭の事情で宇宙商船大学への進学は断念せざるを得なかったのだ。

ハルキ・ノベルス（2005）

この時代、人類は宇宙への進出を果たしていたが、それは二〇三五年に地球を訪れた宇宙人アンデローブ人によってもたらされたテクノロジーに負うところが大きかった。地球温暖化と核兵器を使ったテロで決定的に海を汚染してしまった人類にとって、宇宙への門が開かれたことは、むしろ僥倖だったといっていい。正午の住む神戸地区もかつての市街地は完全に水没し、人々は新たに建設された洋上都市で暮らしているほどなのだ。

その夜、正午は盛り場を一人出歩いていた美少女・亜衣を酔漢から救う。彼女の父・神武高虎は、宇宙クジラを捕獲する捕鯨船の船長であった。

船に乗せてほしいと頼む正午に、高虎は宇宙捕鯨が死と隣り合わせの危険な仕事であることを説明し、恐るべきテストを正午に課す。なんとか試験に合格して高虎の船バッカスのクルーとなることを許された正午は、家族と地球に別れを告げ、大宇宙への冒険の旅に出る――。

SF的な設定が細かく作り込まれているのにも驚いたが、それが非常に自然な形でストーリーに活かされているのにはもっと驚いた。下手をすれば設定を説明するだけになりかねない情報量だが、物語の進展に合わせて要所で紹介するという工夫がなされ、その弊を免れている。

何より素晴らしいのは、そうした設定の面白さが小説の眼目になっているのではなく、あくまで主人公の冒険と成長を描くための道具立てである点。本格SF、冒険小説、青春小説の要素をバランスよく備えた傑作といえるだろう。

SF作家・梶尾真治が地球の海、メフィスト賞作家・中島望が宇宙の海を舞台にして、捕鯨を題材にした小説を書いたというのが面白い。冒険小説ファンなら見逃せない二冊の登場である。

付記……『宇宙捕鯨船バッカス』はシリーズ化され、『ランデヴーは危険がいっぱい』『ベテルギウス決死圏』(いずれもハルキ・ノベルス)の二冊が刊行された。

地球環境の激変に立ち向かう人々のドラマを壮大なスケールで描くSF巨篇二作
藤崎慎吾『ハイドゥナン』
池上永一『シャングリ・ラ』

日本推理作家協会賞の受賞作リストを見ると、いくつかのSF作品が賞を受けていることが判る。

もともとSFはミステリの一分野と見なされていた時期があり、協会が編纂する『推理小説年鑑』でも、つい最近(二〇〇二年版)まで、ミステリ界の年度総括とともにSF界の総括も掲載されていたぐらいだから、両者が近しい間柄であることに不思議はない。

第二十一回の同賞を『妄想銀行』およびその他の業績で受賞した星新一は、探偵小説誌「宝石」の出身であり、ショート・ショートという用語が登場するまで、その作品はショート・ミステリーと呼ばれていた。

第四十九回の受賞作『ソリトンの悪魔』(梅原克文)は、深海の怪物との死闘を描いた大長篇で、海洋冒険小説として読むこともできる。第五十四回の受賞作『永遠の森——博物館惑星』（菅浩江）は、衛星軌道上に浮かぶ巨大博物館を舞台にした連作であり、周到な伏線が光るSFミステリの佳品であった。

そう考えると、謎解きや冒険の要素がほとんどない小松左京『日本沈没』が、第二十七回日本推理作家協会賞を受賞しているのが特異に思えるが、当時の最新データを駆使して、科学的・論理的に日本を沈めてみせた点そのものが、ミステリとして評価されたのであろう。

早川書房（2005）

藤崎慎吾の上・下巻、二千枚におよぶ大作『ハイドゥナン』（早川書房→同文庫）には、「『日本沈没』を凌ぐ傑作、遂に誕生」という惹句が付されている。凌ぐかどうかは意見の分かれるところだろうが、手法・スケールともに、『日本沈没』の後継と呼ぶに相応しい傑作であることは間違いない。

大学で心理学を研究する青年・伊波《いは》岳志は、「共感覚」という珍しい体質の持ち主であった。これは、聴覚で音を感じると同時に視覚でも色を感じるとか、嗅覚で匂いを感じると同時に味覚でも味を感じるという現象だが、岳志の場合には、その度合いが非常に強く、共感覚を研究している教養学部の吉田助教授に、実験への協力を頼まれるほどなのだ。

伊豆の漁村に出向いてダイビングを楽しんでいた岳志だったが、しばらく前から海中で「助けて……」と呼ぶ女性の声が聴こえるようになる。最初は共感覚の悪戯《いたずら》かと思っていたが、最近では朧げながら女性の姿まで見え始め、自分が狂っているのではないかと悩むのであった。

一方、大規模な地殻変動によって、八重山、宮古、沖縄を含む南西諸島に沈没の危機があることを察知した地球科学者・大森拓哉教授の提唱によって、政府は秘密機関〈先端探査技術研究推進部会〉を設立する。

しかし、住民に注意を促し、避難の際の犠牲者を少しでも減らしたいと考える大森の意向に反して、政府機関は沈没後の領土確保を最優先として動き始めてしまった……。

大森は最先端の知識を持つ自称「マッドサイエンティスツ」を招集、植物生態学者・南方洋司、微生物学者・橘香奈恵、地質学者・菅原秀明、認知心理学者・吉田隆昭、量子工学者・只見惇らが、それぞれの専門知識を駆使して極秘裡に対策を練ることとなる。

沖縄の言葉で火の神を意味する単語を取って「オペレーション・ヒヌカン」と名付けられたプロジェクト・チームは、さっそく現地に飛んで調査を行なうこととなった。

指導教官でもある吉田助教授の誘いで与那国島への調査に同行した岳志は、そこで幻の女性――後間柚《こしまゆう》と出会うことになる。彼女は祖母の後を継いで島の巫女ムヌチを務めており、頭の中に神の声が響くことがしばしばだという。

神の声は、「琉球が危ない。琉球の根を掘り起こせ」と囁き、柚に「第十四の御獄《ウンガン》」を探すよう指示していた。御獄とは祈禱を行なうための場所で、与那国島には主なものが十三あるといわれているが、十四番目の御獄がどこにあるのか、柚には見当もつかなかった。

そして神の声に責められ、苦しみながら助けを求めている時に、海中を泳ぐ青年の幻をよく見たという。何らかの原因で、柚の能力と岳志の感覚が、遠い場所を隔てて共鳴を起こしていたのだ。

柚に惹かれる岳志は、御獄探しに協力することを約束するが、それがオペレーション・ヒヌカンの成否を左右する重大な情報であるとは気付いていなかったのである……。

宇宙生物学者・ホーマー博士や深海調査艇のパイロット・武田洋平、岳志の父・伊波志郎など、多彩な人物たちの動向が、時に並行して、時に関連して語られていく。下巻に入ってから、それらの縦糸が奔流のように絡み合って意外な展開を見せるのが圧巻だ。

アメリカのメリーランド大学で海洋・河口部環境科学を専攻したという経歴の持ち主だけに、海洋――とりわけ深海の描写のスリルは群を抜いている。

また、二〇三二年という舞台設定は、第二長篇『螢女《ほたるめ》』（ハヤカワ文庫）の三十年後に当たるが、前作に登場した「自然が有機的なネットワークを形成している」というアイデアが推し進められて、宇宙規模のスケールで再提示されている点も見逃せない。

藤崎作品は沖縄を主な舞台としていたが、沖縄出身の池上永一は、第六回日本ファンタジーノベル大賞を受賞したデビュー作『バガージマヌパナス』（文春文庫）以来、一貫して沖縄を舞台にした作品を書きつづけてきた。一大呪術絵巻『風車祭《カジマヤー》』（文春文庫）、沖縄の地霊が復活する大怪獣小説『レキオス』（文藝春秋）、沖縄戦を独自の視点で描く『ぼくのキャノン』（文藝春秋）等々……。

そんな著者が沖縄を離れて、東京の未来を真っ向から描いたのが、最新作『シャングリ・ラ』（角川書店）である。

二十一世紀後半、地球を覆い尽くした温暖化現象は、人類の経済システムを根底から変えるまでになっていた。炭素の削減が全地球規模の至上命題となり、炭素の排出量によって税金が課されることになったのである。国連の監視衛星イカロスによって、世界各国の炭素排出量は厳しくチエックされていた。

ヒートアイランド現象で定期的にスコールに見舞われ、熱帯の気候に変貌した日本では、二つの大きな政策でこれに対応することになる。

一つは一層が六百五十万平米にもおよぶ超巨大建造物を建築し、生活の場を上空へと求めたこと。巨人の名を取ってアトラスと呼ばれるこの建物が、全十三層の完成を見るにはまだ数十年はかかるという。つまりアトラスは、日々、天空に向かって伸びていく塔なのだ。

もう一つは遺伝子改良した植物を大量に植えて人工の森を作り、炭素の排出量を人為的に抑えようというもの。かつて都心と呼ばれた場所は、ことごとくその対象となり、アトラスの足元にはもはや普通の人間には踏み込むことのできない奇怪なジャングルが形成されていた。

富裕層がアトラス債を購って快適なコロニーに移住する一方で、過酷な地表に取り残された人々は、スコールによって生命の危険に晒されるという二極分化が生じつつあった。地上の人々の中には、生態系を破壊してまで性急に進められる緑化政策に反対して、ゲリラ組織メタル・エイジに参加する人も多かった。

組織を束ねる老女・凪子に育てられた北条國子は、テロ行為を行なったとして二年間、女子少年院に入っていたが、帰還すると同時に凪子から全権を委ねられる。メタル・エイジの指揮を執る武彦、アトラスに移住してニューハーフパブの再建を夢見るモモコといった仲間たちに囲まれて、若きカリスマ・國子の壮絶な戦いが幕を開ける——。

角川書店（2005）

アトラスに住む少女・香凛は飛び級で大学院まで卒業した天才であった。彼女はネットワーク上に炭素経済をコントロールして莫大な利益を生むシステム「メデューサ」を構築し、世界各国に散らばる大学の仲間たちとともに運営を始める。

牛車《ぎっしゃ》に乗って移動する謎の少女・美邦《みくに》と、その補佐を務める冷酷な女官・小夜子。國子と対立する陸軍少佐・草薙など、多彩な人物たちの思惑が交錯しながら、物語は思わぬ方向へと進んでいく。政府の巨大コンピュータ「ゼウス」に隠された謎とは何か？　香凛に協力するニューヨークの男・タルシャンの正体とは？

近未来の反ユートピア《ディストピア》小説としてスタートした物語は、驚くべき形で日本の再生を示唆して終わる。主要人物の國子と美邦、二人の名前にいずれも「クニ」が付けられているのは、偶然ではないのだ。

三十年後とはいえ、基本的には現代と地つづきの世界が舞台となる『ハイドゥナン』とは対照的に、『シャングリ・ラ』の場合は、世界そのものを想像力で構築している点が面白い。

最新の科学データを駆使して、壮大なストーリーに挑んだ『ハイドゥナン』と、息苦しいまでの密度で異形の未来社会を描いた『シャングリ・ラ』、どちらも二〇〇五年の国産SFを代表する傑作といえるだろう。想像力の翼はどこまで羽ばたけるのか、ぜひご自分の目で確かめていただきたいと思う。

本格ミステリの巨匠・高木彬光。今も読み継がれる名探偵・神津恭介ものの新刊二冊

高木彬光『刺青殺人事件 新装版』
『名探偵神津恭介1 悪魔の口笛』

まさか、このコーナーで高木彬光を取り上げることができるとは、予想もしていなかった。この「ミステリ交差点」は、おおよそ二ヵ月以内に刊行されたミステリおよびその周辺書の中から、何らかの共通点を持つ二冊を選んで紹介する、という趣旨の書評欄である。

ごく稀に、一人の作家が二冊以上の新刊を近接して刊行するタイミングに当たることがあり、「同一作家の作品」という共通点で、その二冊を取り上げるケースがあった。具体的にいうと、山田正紀、横山秀夫、田中啓文、恩田陸、倉阪鬼一郎、新堂冬樹の六人で、当然のことながら旺盛に新作を発表している「旬の作家」ばかりである。

いかにビッグネームとはいえ、没後十年を迎える作家の新刊が、別々の版元から二冊同時に出るとは驚きであった。一冊は光文社文庫が刊行中の〈高木彬光コレクション〉（以下、コレクション）の『刺青《しせい》殺人事件』、もう一冊は、ポプラ社が新たに創刊した〈ポプラポケット文庫〉の『悪魔の口笛』である。

高木彬光は大正九（一九二〇）年、青森市生まれ。第一高等学校、いわゆる一高を経て京都帝大医学部薬学科に進学。後に工学部冶金科に転じた。技師として中島飛行機に入社するが、終戦で失職。いくつかの職を転々としているうちに、易者に小説を書くよう勧められ、処女作『刺青殺人事件』三百二十枚を書き上げた。

しかし、戦後の用紙難の時期で、小説雑誌すら数十ページだった時代である。無名の新人の長篇を出版してくれる版元は、どこにもなかった。高木はやはり易者の「その道の大家に原稿を送れば今年中に必ず評価される」という言葉を信じて、原稿を江戸川乱歩のもとへ送ったが、待てど暮らせど返事はこ

光文社文庫（2005）

ない。諦めかけたその年の大晦日に、乱歩から「出版に尽力したい」という手紙が届いたという出来すぎの逸話が残っている。

こうして『刺青殺人事件』は、探偵小説誌「宝石」を出していた岩谷書店から刊行されることになったが、まったくの新人ということで、単行本ではなく「宝石」の別冊として出版された。しかも、表紙には「江戸川乱歩・監修」とだけ印刷し、著者名は載っていないというトリック的出版であった。

戦後、探偵小説がようやく復活し、横溝正史の『本陣殺人事件』、角田喜久雄の『高木家の惨劇』と、本格ミステリの傑作が次々と生まれていた時期ということもあり、この処女作は当たった。雑誌形式にもかかわらず増刷を繰り返し、三万部も売れたという。

作家としてはこれ以上ない幸運かつドラマチックな門出だったといえるだろう。以後、高木彬光は、処女作に登場した法医学者・神津恭介を探偵役、友人の松下研三をワトソン役にした本格ミステリを、次々と発表する。

『呪縛の家』（49年）、『わが一高時代の犯罪』（51年）、『人形はなぜ殺される』（55年／コレクション）、『成吉思汗《ジンギスカン》の秘密』（58年／コレクション）等々。短篇にも、探偵作家クラブ例会での犯人当てとして書かれた「妖婦の宿」（49年）以下、「鼠の贄」（50年）、「原子病患者」（54年）等、傑作が多い。

高木彬光は、他にも何人もの探偵役を創造している。神津を天才的な人物に設定しすぎた、という反省を踏まえて生み出された百谷泉一郎弁護士シリーズでは、法廷ミステリに社会派的な要素を融合させる独創的な試みを成功させ、『誘拐』（61年／コレクション）、『破戒裁判』（61年／コレクション）の二大傑作を残した。

通俗味の強い作品では、侠客の末裔と称する私立探偵・大前田英策を活躍させ、近松茂道シリーズや霧島三郎シリーズでは検事を探偵役に起用している。後期の墨野隴人シリーズに至っては、探偵の設定自体にトリックが仕掛けられているという凝りようであった。

ロンドン塔を舞台にした「塔の判官」（54年）以下の、史実に材を採った一連の伝奇的ミステリもユニークだし、坂口安吾の絶筆『復員殺人事件』を書き継いで『樹のごときもの歩く』（58年）として完結させているのも記憶に残る。

またいち早くSFにも興味を示しており、『ハスキル人』（57年）は国産SF長篇としては、最初期の作品に当たる。天才的な詐欺師を主人公にした大作『白昼の死角』（60年／コレクション）は、質・量ともにわが国における犯罪小説の最高峰といっていい。

丸正《まるしょう》告発裁判では特別弁護人として法廷に立ち、邪馬台国の在《あ》り処《か》をめぐって松本清張と激しい論争を繰り広げ、一九七九年に脳梗塞で倒れてからも奇跡的な復活を遂げ、闘病記『甦える』（82年）を刊行するといった具合で、その活動は小説の世界だけにとどまらなかった。

本格ミステリを中心に、戦後ミステリ界に大きな足跡を残した高木彬光だが、いまだに熱狂的なファンを数多く持つのが名探偵・神津恭介シリーズである。なにしろファンクラブがあるのだ。作家本人ならばいざ知らず、探偵のファンクラブがあるというのは、シャーロック・ホームズ級の人気といっていい。

今回ご紹介する二冊は、いずれもその神津恭介が活躍する長篇である。まず、著者の処女作『刺青殺人事件』は堂々たるトリックの密室もの。

名人といわれた彫師・彫安《ほりやす》は、三人の子供たちに刺青を施していた。双子の姉妹である絹枝と珠枝には大蛇丸《おろちまる》と綱《つな》手姫《でひめ》を、そして後継ぎの息子・常太郎《つねたろう》には自雷也《じらいや》を――。蛇と蛞蝓《なめくじ》と蛙、いわゆる三すくみの図だ。

戦争によって兄妹は離散し、生き残った絹枝もバラバラ死体となって発見される。だが、密室状態だった現場からは、胴体だけが消え去っていたのである！

日本家屋の構造を利用した密室からの消失トリックもさることながら、終盤で神津恭介が指摘する心理的トリックの切れ味も素晴らしい。七五年の「週刊読売」ベスト20では第六位、七八年の「幻影城」ベスト99では第二位、八五年の「週刊文春」ベスト１００では第十位と、オールタイムベスト企画では常に上位にランクインするのも納得の傑作である。

ちなみに著者は、五三年に『刺青殺人事件』を大改稿している。基本的なストーリーはそのままだが、文章はすべて書き直して、枚数はなんと倍以上の六百五十枚、オリジナルでは松下研三の一人称だったものが三人称になってい

ポプラポケット文庫（2005）

るのだ。
文章の生硬さに対する批判はあったものの、探偵小説としては大変な好評を博した自身の記念すべきデビュー作に、躊躇いもなく手を入れる情熱こそが高木彬光の真骨頂であり、実際、改稿バージョンの方が、完成度が上がっている。

今回の光文社文庫版は、改稿バージョンだが、処女作特有の熱気に満ちたオリジナルの方は、扶桑社文庫から『初稿・刺青殺人事件』として刊行されている。光文社文庫を楽しまれた方は、改稿の跡を読み比べてみるのも一興だろう。

なお、今回の新刊には、とんでもないオマケがついている。未発表短篇「闇に開く窓」がそれだ。前述の短篇「妖婦の宿」の冒頭に名前だけは登場しているから、ファンの間では、いわゆる「語られざる事件」として知られていた。

これがなんと、横溝正史の遺品を収蔵・整理していた世田谷文学館で発見されたのだ。解題の山前譲氏が推測しているように、デビュー直後の高木が、どこかの雑誌に紹介してもらうために横溝に預けたものであろう。

最初期の作品らしく、「妖婦の宿」で説明されているとおりの機械的トリックを使用した密室ものだが、内部から施錠された五階の部屋の窓から、他殺死体が降ってくるというケレン味たっぷりの事件が楽しい。

幻の作品といえば、高木彬光には十冊以上のジュニア向けミステリがあり、そのほとんどに神津恭介が登場することは、あまり知られていない。七六年にソノラマ文庫に収録された『死神博士』『白蠟の鬼』の二冊を例外として、まったく文庫化されなかったのだから仕方がない。

二〇〇二年、鮎川哲也・監修、芦辺拓・編のジュニア・ミステリアンソロジー『少年探偵王』（光文社文庫）に、長篇『吸血魔』が一挙に収録され、その面白さに驚いた読者も多いのではないか。

『悪魔の口笛』は著者の少年ものでも入手難度の高い作品だが、これがわずか六百円で新刊書店に並んでいるのだから、こんなに嬉しいことはない。

誰もいない広場の真ん中で、背中を短刀で刺されて死んだ男。現場に行き合わせた神津恭介は、無気味な口笛のような音とともに現れる怪人Xの事件に乗り出すことになるが……。

ジュニアものらしい展開の速さで、二百ページの長篇もあっという間に読み終わってしまう。Xの正体は露骨に伏線が張られているものの、あまりに意外すぎて、かえって大人の方が気付きにくいかもしれない。

片や国産ミステリ・ベストテンクラスの傑作長篇、片や古書店でも入手できない超レア作品と対照的な二冊で、名探偵・神津恭介の活躍をたっぷりと堪能していただきたいと思う。

付記……ポプラポケット文庫版のジュニア向け神津恭介シリーズは、『悪魔の口笛』の後、『蝙蝠館の秘宝』（『吸血魔』）を刊行して終わってしまったが、この二冊を含めて著者のジュニア向けミステリを網羅した〈高木彬光少年小説コレクション〉を本の雑誌社から刊行する予定で編集作業を進めている。ご期待ください。

実力派作家を輩出する二つの新人賞から注目のジャンルミックス作品が登場！

西條奈加『金春屋ゴメス』
恒川光太郎『夜市』

一九八八年にスタートした日本ファンタジーノベル大賞は、不思議な文学賞だ。まず、三井不動産が文化事業の一環として創設した、という経緯が変わっている（読売新聞社との共同主催で、受賞作は新潮社から刊行）。

このため、初期の受賞作は、三井不動産の提供でテレビアニメ化されているものが多い。現在は、三井不動産に代わって清水建設がスポンサーとなっているが、出版と直接の関わりのない企業が主催するという点では一貫している。

受賞作も、『指輪物語』や『ハリー・ポッター』シリーズのようなファンタジーもののオーソドックスなスタイルからは、かけ離れた作品ばかりである。

中国風の世界を設定して法螺話と紙一重のストーリーを

新潮社（2005）

痛快なエンターテインメントに仕立て上げた酒見賢一『後宮小説』（新潮文庫）、一つの肉体を共有する双子の視点で異形の歴史を綴る佐藤亜紀『バルタザールの遍歴』（文春文庫）、沖縄の伝承をベースに奇想天外の物語を紡いだ池上永一『バガージマヌパナス』（文春文庫）と並べてみれば、その特殊性は一目瞭然だろう。

　大賞だけでなく、優秀賞受賞作や最終候補作にも、後に力量を発揮する書き手がずらりと並んでいる。

　鈴木光司は、『リング』（角川ホラー文庫）でブレイクする以前に、『楽園』（新潮文庫）で第二回優秀賞を受賞。第三回の最終候補『六番目の小夜子』（新潮文庫）は恩田陸の処女長篇だ。

　『昔、火星のあった場所』（徳間デュアル文庫）で第四回優秀賞受賞の北野勇作は、後に日本SF大賞を受賞。第五回の最終候補作『東京異聞』（新潮文庫）は、ジュニア向けのレーベルで活躍していた小野不由美の初めての一般向けの著書となった伝奇ミステリ。

　第六回の候補作である高野史緒『ムジカ・マキーナ』（ハヤカワ文庫）は幻想歴史SFの傑作。『ダブ（エ）ストン街道』（講談社文庫）で第八回の候補となった浅暮三文は、同作でメフィスト賞を受賞してデビューし、後に日本推理作家協会賞を受賞といった具合。

　近年では、『しゃばけ』（新潮文庫）で第十三回の優秀賞を受けた畠中恵の活躍ぶりが目覚ましい。

　二〇〇五年の第十七回大賞を受賞した西條奈加『金春屋《こんぱるや》ゴメス』（新潮社）も、こうした系譜に連なるに相応しい才気横溢の異色傑作である。

　大学生の佐藤辰次郎《しんじろう》は、テレビ電話で「江戸」への入国が許可されたという知らせを受けて仰天する。極端に入国者数を制限しているため、江戸入りは倍率三百倍の狭き門だというのに——。

　人類が月にまで移住を始めた二十一世紀半ば、日本には北関東から東北にまたがる国家内国家「江戸」があった。もともとは三十年ほど前に、ある実業家が江戸の町並みを忠実に再現した街を作ったのがきっかけだという。

当初は老人向けの趣向だったが、住人が増えるにつれて次々と「領地」が拡大し、ついには独立を宣言するに至った。もちろん国際社会からは認められていないが、なぜか日本政府は江戸を国として扱い、鎖国を認めているのだ。

辰次郎は江戸生まれで、五歳の時に東京に移ったというが、その頃の記憶はまるで残っていない。母が死んだ後は、母方の祖父母と暮らしていたが、消息不明だった父の辰衛が余命半年と診断されて入院していることを知る。江戸入りは、その父のたっての——そしておそらく最後の頼みなのであった。

何の予備知識もなく千石船に乗って江戸へと向かう辰次郎。乗り合わせた同期入国者は、熱狂的な時代劇オタクの松吉と、世界各国を旅行して回るのが趣味だという奈美。

松吉は深川の差配、奈美は神田の機織《はたおり》屋、辰次郎は芝の一膳飯屋・金春屋が請け人だという。だが、実は辰次郎の働き口は飯屋ではなくて長崎奉行所の出張所・裏金春だったのである——。

冷酷無比の長崎奉行として悪人から鬼のように恐れられる馬込播磨守、通称・金春屋ゴメスは、怪獣と見まごうばかりの容貌を持った巨人であった。

ゴメスに張り飛ばされながら裏金春での生活を始めた辰次郎は、やがて江戸に起こっている怪事件と、自分がここに呼ばれた理由を知る。

致死率百パーセントの奇病・鬼赤痢。ゴメスの推測では、これは人為的に作られた病原菌としか思えないという。果たして誰が、何のために、そんな菌を撒いたのか？

辰次郎は十五年前に鬼赤痢が発生した時の、唯一の生き残りであった。彼の記憶に事件解決の鍵が隠されているかもしれないと考えて、ゴメスは辰次郎の入国を許可したのであった。

自らの過去と奇病の秘密を同時に探ることになった辰次郎は、やがて驚くべき真相に突き当たるのだが……。

近未来に江戸を再現するというアイデアで、ＳＦ（ＩＦ小説）と捕物帳（時代ミステリ）を融合させてしまった作者の力業《ちからわざ》は、驚嘆に値する。主人公の辰次郎がカルチャーギャップに驚く現代青年として設定されているのも巧妙で、時代小説に慣れていない読者であっても、すんなりと物語に入っていけるだろう。
ゴメスは別格としても（序盤で明かされるその本名に爆笑、終盤で暗示されるその正体に納得）、登場人物たちの造型がハッキリしていて、首尾一貫したエンターテインメントに仕上がっている。

角川書店とフジテレビが主催する日本ホラー小説大賞は、一九九四年に創設された。それまでファン層が限られていた国産ホラー小説が、現在のようにジャンルとして一般読者に認知されるようになったきっかけは、第二回の同賞を受賞した瀬名秀明『パラサイト・イヴ』（角川ホラー文庫）と、角川ホラー文庫に入った鈴木光司『リング』の二作が、ベストセラーになったことだろう。

どちらの作品も、映画化がブレイクに一役買っているところが、メディアミックスの先駆者である角川書店らしいところだが、ホラー小説大賞の選考は、そうした大衆戦略とは対照的に、極めてハードルが高いのが特徴でもある。

なにしろ、十二回のうち大賞が半分の六回しか出ていないのだ。ちょうど偶数回のみ、一年おきに大賞が出るのが面白いが、これほど「受賞作なし」が多い賞も、滅多にない。

角川書店（2005）

前出の『パラサイト・イヴ』以下、第四回が貴志祐介『黒い家』、第六回が岩井志麻子『ぼっけえ、きょうてえ』、第八回が伊島りすと『ジュリエット』、第十回が遠藤徹『姉飼』（以上、角川ホラー文庫）と、大賞受賞作は傑作・話題作が目白押し。

長編賞・短編賞・佳作にも、坂東眞砂子、小林泰三、牧野修、朱川湊人と、錚々たるメンバーが名を連ねている。

恒川光太郎『夜市』（角川書店→同ホラー文庫）は、第十二回大賞受賞の表題作と書下し中篇「風の古道」を併せた一冊。短篇での大賞受賞は、岩井志麻子、遠藤徹につづいて三人目ということになる。

大学生のいずみは、高校時代の同級生・裕司に誘われて、岬の方で開かれているという夜市に行くことになった。だが、暗い森を抜けて市にたどり着いてみると、どうも様子がおかしい。

郵便はがき

164-0014

切手をはって下さい。

東京都中野区南台4―52―14

中野南台ビル

本の雑誌社編集部行き

郵便番号／住所

氏名　　　　（　　歳）男・女

職業

「本の雑誌」をお読みになっていますか

本の雑誌　読者カード

日下三蔵　ミステリ交差点

お買いあげの書店名

日時　　　年　月　日

本書の装丁造本価格についてご意見

本書に対するご意見

あなたが関心をもつテーマ、ライター名

当社への要望

明らかに人間ではない商人たちが、奇妙な品物をとんでもない値段で売っているのだ。黄泉《よみ》の河原の石、何でも斬れる刀、本物の首……。

やがて裕司は、子供の頃に夜市に来たことがあると告白する。その時、彼は、連れていた弟を人買いに売って、代わりに野球の才能を買ったというのだ。

元の世界に帰ってみたら、弟は最初から存在しないことになっていた。しかし、そのことを悔やみつづけていた裕司は、再び夜市を訪れて、弟を買い戻す機会を待っていたのである。

夜市には、さらに恐ろしいルールがあった。一度入った者は、何かを売買しないと絶対に元の世界に戻れない！いずみは裕司が今度は自分を売るのではないかと疑うが、裕司はそれを否定する。しかし、いずみ自身、何かを買わないと帰れないことに変わりはないのだ——。

幻想的に展開するストーリーは、前半で提示された伏線を論理的かつ意外な形で回収して、驚くべきラストへと至る。幻想小説の雰囲気、SFの設定、ミステリの意外性を兼ね備えているわけだが、読み終わってみると、やはりホラーとしての恐怖を強く感じるという、実に完成度の高い逸品である。

併録の「風の古道」も、基本的なスタイルは同様である。小金井公園から人間には入れない道に迷い込んでしまった二人の子供の体験を描いた作品だが、古道に特有の奇妙なルールと、それを守りながら、なおかつ読者の意表をついた結末が用意されているのだ。

二人の新人作家の作品は、ファンタジーだけ、ホラーだけではなく、さまざまなジャンルの手法を組み合わせているという点で共通している。ミステリ・ファンにとっても、見逃すことのできない才能の登場といえるだろう。

付記……『金春屋ゴメス』はシリーズ化され、第二作『芥子の花 金春屋ゴメス』（新潮社）が出た。

幻想美の世界を追求する二人の女流作家。その珠玉の作品集に陶酔せよ！

篠田真由美『螺鈿の小箱』
皆川博子『蝶』

篠田真由美といえば、第二回鮎川哲也賞の最終候補となった長篇推理『琥珀の城の殺人』（講談社文庫）でデビューし、全十五巻の予定で〈建築探偵桜井京介の事件簿〉シリーズ（講談社ノベルス）を書き継いでいる本格ミステリ作家というイメージが強いかもしれない。

実際に、〈建築探偵〉シリーズを中心とした本格ミステリが、その著作の半数近くを占めていることに間違いはないのだが、それでも篠田真由美の軸足は、むしろ本格推理よりも、幻想小説ないしファンタジーの方に重点が置かれているように見える。

そもそも著者は一九九二年に作家としてデビューする以前から、「幻想文学」誌や「ブックガイドマガジン」に書評を寄稿しており、八七年に刊行された『北イタリア幻想旅行』（三修社）も、そうした視点が色濃く反映された異色の旅行記であった。

ドラキュラのモデルとされるヴラド・ツェペシュ公を独自の解釈で描いた『ドラキュラ公　ヴラド・ツェペシュの肖像』（講談社文庫）、世紀末のロンドンを震撼させた殺人鬼・切り裂きジャックを主人公にした異色ホラー『ルチフェロ』（学研M文庫）、殺人鬼・青ひげとして歴史に名を残すジル・ド・レとジャンヌ・ダルクにスポットを当てた長篇『彼方より』（講談社）――。

過去のヨーロッパを舞台にした著者の一連の作品は、歴史小説の体裁を取るものであっても、オカルトやファンタジーの要素が、ふんだんに鏤められているのが特徴である。

十五世紀イタリアを舞台にした『天使の血脈』と続篇『堕とされしもの』（ともに徳間デュアル文庫）は天使をめぐる伝奇ファンタジーであり、「天の国」と「地の国」の戦いに巻き込まれた女子高生の冒険を描く『根の国の物語』全四巻（角川ビーンズ文庫）は和風ファンタジー。

不死身の吸血鬼・龍緋比古を主人公とした大河伝奇小説

東京創元社（2005）

『龍の黙示録』シリーズ（祥伝社ノン・ノベル）は、〈建築探偵〉と人気を二分するロングセラーとなっている。

本格推理と中世ヨーロッパ趣味を融合させた試みとしては、『アベラシオン』（講談社）と『すべてのものをひとつの夜が待つ』（光文社カッパ・ノベルス）があり、国内では数少ないゴシック・ミステリの収穫としてお勧めしておきたい。

ストレートな幻想小説としては、「幻想文学」誌に連載された『幻想建築術』（祥伝社）があるが、ミステリ・ファンには、短篇集『夢魔の旅人』（白泉社）の方が馴染みやすいかもしれない。

これは井上雅彦の編纂によるテーマ別書下しアンソロジー〈異形コレクション〉（廣済堂文庫、現在は光文社文庫）に発表された作品をまとめたもので、「マッド・サイエンティスト」「水妖」「ゾンビ」といったお題に応じて、どんな作品が書かれたのかを楽しむことができる。

今回ご紹介する最新作『螺鈿《らでん》の小箱』（東京創元社）は、『夢魔の旅人』の第二弾ともいうべき本で、書下しアンソロジーに発表された作品を中心に七篇を収録した幻想ミステリの短篇集である。

敬虔なキリスト教徒だった母親から血みどろの殉教物語を寝物語に聞かされて育った少女。彼女は母親の死後、後妻に収まった女性への疑いを〝フランシス〟に語りつづけるのだが……。語り手が次々と代わって無明《むみょう》の闇の中へと溶けていく「人形遊び」。

浅暮三文、笠井潔、山田正紀、皆川博子ら二十人の作家が一つのホテルを舞台にした短篇を競作するというリレー企画『黄昏ホテル』（小学館）のために書かれた「暗い日曜日」。

象牙細工で作られた精巧な手をめぐる恐怖の物語「象牙の愛人《ラ・マン》」は「玩具」、植民地時代の中国を舞台に描く「双つ蝶」は「アジア」をテーマにした〈異形コレクション〉に、それぞれ寄稿されたものである。

弟とともにお城のように豪華な館で暮らす少女の幻想を

技巧的な構成で炙り出す「ふたり遊び」はシャーリー・ジャクスン『ずっとお城で暮らしてる』、兄との幸福な生活を夢見る弟の狂気を描いた「春の獄《ひとや》」は赤江瀑「青帝の鉾《ほこ》」へのオマージュとなっている。

上海のホテルの敷地内の森に佇む西洋館・天使の家。幽霊が出るというその建物に隠された秘密とは――？　巻末の書下し作品「天使遊び」。

通常のハードカバーよりも一回り大きいA5判の造本は、濃密な幻想美に彩られた作品群をじっくりと愉しむのに相応しい。一気に読むのではなく、一篇一篇味わいながら読み進めたい一冊である。

前述した篠田真由美『アベラシオン』に推薦文を寄せているのが皆川博子だが、ミステリのみならず幻想小説の書き手としても先輩格に当たり、その技巧は当代随一といっていい。

九七年に刊行され、翌年の吉川英治文学賞を受賞した『死の泉』（ハヤカワ文庫）で皆川博子に注目した読者は、『冬の旅人』（講談社文庫）、『総統の子ら』（集英社文庫）、『薔薇密室』（講談社）といった、重厚な歴史ロマンの作家として著者を認識しているかもしれない。

あるいは直木賞受賞作『恋紅』（新潮文庫）で著者を知った人ならば、市井ものから歴史もの、伝奇ものまで多彩な作品を手がける時代小説作家として、皆川博子の名を覚えているだろう。

しかし、著者は作家活動の初期から、「狂気」をテーマにした犯罪小説に力を入れており、『トマト・ゲーム』（74年／講談社→同文庫）、『水底の祭り』（76年／文藝春秋→同文庫）、『祝婚歌』（77年／立風書房）といった作品集で、早くも恐ろしいまでの筆力を発揮しているのだ。

この志向が幻想小説へと発展していくのに、それほどの時間はかからなかった。長篇では『巫女の棲む家』（83年／中央公論社C★NOVELS→同文庫）を経て、服部まゆみ、綾辻行人らから絶賛された幻想ミステリの傑作『聖女の島』（88年／講談社ノベルス、現在は扶桑社文庫『花の旅夜の旅』に併録）が書かれている。

短篇では、国産幻想文学史上に残る超高密度の作品集『愛と髑髏と』（85年／光風社出版→集英社文庫）を皮切りに、第三回柴田錬三郎賞を受賞した『薔薇忌』（90年／実業之日本社↓集英社文庫）、『たまご猫』（91年／中央公論社↓ハヤカワ文庫）、『骨笛』（93年／集英社↓同文庫）と、一冊ごとに透明度を増して、まさに珠玉のような短篇集が着実に刊行されている。

九八年の『結ぶ』（文藝春秋）で、その幻想世界はほとんど頂点に達した感がある。表題作「結ぶ」を読めば一目瞭然だが、初期作品にあった現実社会でのストーリーの殻をすっぽりと脱ぎ捨て、純粋幻想とでも言うしかない著者独自の境地が打ち立てられているのだ。

文藝春秋（2005）

最新刊『蝶』（文藝春秋）は『猫舌男爵』（04年／講談社）以来、約一年半ぶりとなる待望の新作短篇集。九九年から二〇〇五年にかけて、「オール讀物」に発表された八篇が収められている。

生まれつき足の不自由な少女は、実家では母や姉たちに疎まれ、祖母の家に行った時だけ伸び伸びとできるのだった。優しい祖母からは、二階に上がってはいけないと固く言われていたが、急な階段の上に蟠《わだかま》る闇の中には、意外なものが潜んでいた……。（「空の色さえ」）

地獄のようなインパール戦線を生きのびて日本に帰った男は、妻が見知らぬ男と暮らしているのを発見する。ひそかに持ち帰った拳銃で二人を撃った男は、傷害罪で服役するのだった。

出所後、小豆相場で成功した男は、掘り出した拳銃を使う機会もないまま、長く孤独な戦後の「虚無」を過ごすことになる。氷原に程近い廃屋「司祭館」を買い取って暮らす彼の生活に、映画のロケ隊が闖入《ちんにゅう》してきた時――。（「蝶」）

両親を亡くし、親戚の間を転々とさせられている少女しのぶは、朽ちた栈橋で一人の青年と出会った。彼は自費出版したという詩集を彼女に渡す。しのぶはその詩集を繙きながら、栈橋に佇みつづける……。（「艀《はしけ》」）

どの作品も戦前や戦後すぐの、どことも知れない場所が舞台となっており、現実社会とは隔絶した雰囲気を漂わせながら、悠然とした筆致で語られていく。

薄田泣菫《すすきだきゅうきん》、伊良子清白《いらこせいはく》、あるいは西條八十訳のダンセイニ、堀口大學訳のポオル・フィル、上田敏訳のハイネといった先人の詩が、随所に挿入されているのが特徴で、それらの言葉のリズムを巧みに利用して、ほとんど無色透明といっても過言ではない薄靄のかかった幻想世界を織り上げていく手際は、名人芸の域に達している。

短篇小説のエッセンスを凝縮した八つの作品は、著者のテーマである「狂気」と「幻想」をガラス玉の中に封じ込めた工芸品のような佇まいで読者を陶然とさせるのである。

皆川幻想文学の精華ともいうべき短篇を、じっくりと味わっていただきたいと思う。

国産探偵小説の最初期に文豪が手がけた幻の作品が相次いで復活！

佐藤春夫『維納の殺人容疑者』
徳冨蘆花『徳冨蘆花探偵小説選』

一九二一（大正十）年に横溝正史、二二年に角田喜久雄、水谷準、二三年に江戸川乱歩、甲賀三郎らが相次いで登場し、日本探偵小説の歴史は本格的にスタートした。以後、大下宇陀児、城昌幸、夢野久作、渡辺啓助、浜尾四郎、木々高太郎、久生十蘭、小栗虫太郎といった有力作家が次々と現れ、探偵小説界はその陣容を整えていくことになる。

一八八八（明治二十一）年に黒岩涙香が翻案『法庭の美人』で大当たりを取ってから、大正初期までの間にも多くの探偵小説が書かれているが、その作者は一般的にはミステリと無縁と思われている作家がほとんどである（探偵小説専門の作家が登場する以前の作品なのだから、非専門作家によって書かれているのは当然ではあるが）。

とりわけ質の高い作品を書いた作家として、江戸川乱歩が「日本探偵小説中興の祖」と位置付けたのが、芥川龍之介、谷崎潤一郎、佐藤春夫の三人であった。

芥川には「疑惑」「開化の殺人」「藪の中」といったミステリ味横溢の短篇群があり、谷崎には「二人の芸術家の話」「白昼鬼語」「途上」「私」などのトリッキーな作品に加え、「人面疽」「柳湯の事件」などの幻想的な作品がある。

三人の中で最も積極的に探偵小説に取り組んだのが佐藤春夫である。映画のフィルムに残された指紋が犯人確定の決め手となる「指紋」、医学士が婦長を殺害するに至るまでの心の動きを丹念に描いた犯罪心理小説「陳述」、台湾の幽霊屋敷を舞台に怪異の謎を合理的に解き明かす「女誡《じょかい》扇綺譚《せんきたん》」など傑作が多い。

講談社文芸文庫（2005）

貰ってきたオウムの発する言葉と仕草から、以前の持ち主の境遇を推理していく「オカアサン」、家の中で失くした本の行方を理詰めで突き止める「家常茶飯」などは、殺人などの異常事件を排して「日常の謎」をテーマにしたミステリの先駆である。

一九二四（大正十三）年に「新青年」に発表された「探偵小説小論」では、海外の作品を幅広く渉猟したうえでの探偵小説観が披露されているが、その末尾における「要するに探偵小説なるものは、やはり豊富なロマンチイシズムという樹の一枝で、猟奇耽異《キューリオスティハンチング》の果実で、多面な詩という宝石の一断面の怪しい光芒で、それは人間に共通な悪に対する妙な讃美、怖いもの見たさの奇異な心理の上に根ざして、一面また明快を愛するという健全な精神にも相い結びついて成り立っていると言えば大過はないだろう」との分析は、現在の目で見ても判りやすい。

この部分は、簡にして要を得た探偵小説の定義として江戸川乱歩がしばしば言及しているので、ミステリ・ファンにも比較的知られていると思う。

著作としても、改造社〈日本探偵小説全集〉では第二十巻（29年6月）が芥川龍之介と佐藤春夫の合集に充てられ、戦後、「宝石」の版元である岩谷書店が刊行した探偵小説叢書〈岩谷選書〉には作品集『夢を築く人々』（50年2月）が含まれるといった具合。小山書店〈日本探偵小説代表作集〉では、黒岩涙香、江戸川乱歩、横溝正史、木々高太郎、大下宇陀児と並んで『佐藤春夫集』（56年8月）が出ているし、亡くなる直前に刊行された短篇集『光の帯』（64年2月／講談社）は推理小説の近作を集めたものであった。

こうした佐藤ミステリの代表作を網羅すべく、ちくま文庫〈怪奇探偵小説名作選〉第四巻として『佐藤春夫集　夢を築く人々』（02年5月）を編んだが、主要な短篇だけで五百ページを突破してしまい、長篇作品まではとても手が回らなかったのが心残りであった。

著者のミステリの中でも抜群の面白さを持つ長篇『維納《ウィーン》の殺人容疑者』が講談社文芸文庫に入って手軽に読めるようになったのは喜ばしい。前述の小山書店版〈日本探偵小説代表作集〉『佐藤春夫集』に収録されて以来だから、講談社『佐藤春夫全集』と臨川書店『定本　佐藤春夫全集』を除けば、実に五十年ぶりの復刊ということになる。

著者の自選による小山書店版では、二段組三百八十ページのうち、半分の百九十ページを割いてこの作品に充てていることから見ても、自信と愛着の程がうかがえるだろう。

ウィーンで実際に起こった殺人事件とその裁判の模様を資料に基づいて描いていくノンフィクション・ノベル。戦前には実話に材を採ったミステリとして、甲賀三郎『支倉事件』と山本禾太郎『小笛事件』の二大傑作があるが、『維納《ウィーン》の殺人容疑者』は、この二冊に勝るとも劣らない迫力を有した一冊だ。

一九二八年七月、ウィーンの郊外で女性の射殺死体が発見された。遺体は固形アルコールで焼かれており、身元の特定まで一年以上を要することになる。

やがて被害者がカタリナ・フェルナーという婦人であることが判明、不仲だった夫のアンドレアス・フェルナーが逮捕されるが、彼には完全なアリバイがあった。アンドレアスの供述から、カタリナと不倫の関係にあった青年実業家グスタフ・バウアーが浮上し、彼についての裁判が始まった——。

検事と弁護士の火花を散らす駆け引きを中心に、審理は圧倒的なサスペンスをともなって進行していく。ほとんど全編が法廷シーンで構成されており、法廷ミステリの先駆的な作品ともいえるだろう。

次々と登場する証人たちのあやふやな証言、人種問題に関係してくる陪審員の構成、頑強に否認をつづけるバウアーの特異なキャラクター。こうした要素が渾然となって、事実を淡々と並べているだけの構成にもかかわらず、異様なスリルが生まれているのだ。文豪の「格」を見せつける優れた作品である。

論創社の〈論創ミステリ叢書〉シリーズは、『維納《ウィーン》の殺人容疑者』にも詳細な解説を寄せている評論家の横井司氏が編者を務める意欲的な叢書だ。

この連載の第十七回で、シリーズ第一弾の『平林初之輔探偵小説選』(全二巻)をご紹介したが、その後、甲賀三郎、松本泰(全二巻)、浜尾四郎、松本恵子、小酒井不木、久山秀子(全二巻)、橋本五郎(全二巻)と順調に巻を重ねて、最新刊の『徳冨蘆花探偵小説選』が第十三巻ということになる。

小説『不如帰《ほととぎす》』や随筆『自然と人生』で知られる明治の文豪が探偵小説を書いていたことは、あまり知られていないかもしれないが、前述した黒岩涙香の翻案探偵小説の大ヒットを受けて、硯友社や民友社の文人たちも、相当数の探偵ものを手がけているのである。

徳冨蘆花もその一人で、兄・蘇峰の民友社に所属して、「国民之友」「国民新聞」に探偵小説の筆を執った。アレン・アップワード『欧州諸朝廷の秘密』を訳述したものが『外交奇譚』(1889年)として刊行され、次いで老探偵・穴栗専作の登場する七篇が『探偵異聞』(1900年)にまとめられた(『探偵異聞』の種本は特定できていないが、横井氏は解説で蘇峰がヨーロッパ土産として持ち帰った『ミカエル・デギットの手記』であろうと推定している)。

『徳冨蘆花探偵小説選』には、『探偵異聞』全話と『外交奇譚』から七話が収められており、これまでアンソロジーで数篇を読むことしかできなかった蘆花ミステリの全貌がうかがえる。

アメリカで成功して財を成した松崎五藏は、伯父が持っていた巣鴨の幽霊屋敷を受け継いでそこに住み始めた。年の瀬も押し詰まった明治二十五年十二月二十九日、折からの大雪の中、松崎邸では大人数で忘年会が開かれていた。

その席上、どこかで異様な叫び声を聞いた主人の五藏が姿を消し、次いで彼を探しに行った芸者の松代が何者かに

論創社（2006）

殺害されてしまう。警察の捜査でも、雪に降り込められた屋敷から出入りした者の形跡はないことが判明するが、五蔵の姿はいくら邸内を捜索しても見つからなかった——。（「巣鴨奇談」）

人格者として知られた大阪の豪商・松下重兵衛氏が自室で殺害された。部屋はメチャクチャに荒らされており、強盗殺人が疑われたが、盗られた物のないことから穴栗は知り合いによる突発的な犯行と推理する。

やがて発見された手文庫に隠されていた松下氏の恐ろしい秘密とは？（「身中の虫」）

密室ものあり、スパイものあり、政治的事件を扱うサスペンスありと、バラエティに富んだ内容で読者を飽きさせない。うまく舞台を日本に移せなかったためか、いくつかの作品では穴栗が外国の探偵が解決した事件を語る、という体裁になっているのはご愛嬌。

さすがに百年以上前の作品だけあって、トリックは素朴なものが多いし、偶然の要素を多用した展開も目につくが、ミステリの「定型」が共通認識として確立される以前の小説（明治時代の事件がリアルタイム！）に対して、構成の不備を言い立てても意味がないだろう。

国産探偵小説の黎明期に書かれた幻の作品が、手軽に読めるようになったことを喜びたい。

「論理」と「幻想」と「恐怖」の融合――。困難に挑む二人の異能作家の最新傑作！

稲生平太郎『アムネジア』
小林泰三『脳髄工場』

　怪奇小説、幻想小説と推理小説は、極めて近い間柄にある小説ジャンルだ。日本でも、江戸川乱歩や横溝正史は優れた怪奇小説を書いているし、探偵小説の時代には、水谷準や城昌幸、あるいは戦後の香山滋のように、ほとんど謎解きものを書かず、怪奇幻想ものだけで仲間に加わっている作家も少なくなかった。

　そうした混沌とした包容力が探偵小説の魅力でもあった訳だが、科学小説がＳＦとして独立した地位を確立したように、現在では怪奇小説、幻想小説と推理小説は、まったく別個の小説ジャンルと考えていいだろう。

　恐怖や幻想をメインに据えた小説と、論理性を重視する小説とでは、そもそも方法論からして違うのだから、これは当たり前だ。例えば横溝正史でも、「面影草紙」「かいやぐら物語」「蔵の中」などの短篇は怪奇小説だし、金田一ものの長篇『八つ墓村』『悪魔の手毬唄』などは怪奇小説的な雰囲気が濃厚でも、あくまで本筋は謎解きの部分にあるので、これは厳然と推理小説である。

　横溝正史やディクスン・カーのように、目眩《めくら》ましを兼ねて謎解きミステリに怪奇的な味付けを施すケースは、さほど珍しくない。しかし、怪奇小説や幻想小説に論理的な謎解きを組み込むのは、相当な難事であり、作例は極端に少なくなる。

　ちょっと考えてみれば、恐怖感を減じさせずに――あるいは逆に恐怖感を増すために――論理的にストーリーを展開するのは、水と油を混ぜるようなものだと解るだろう。だからこそ、それを融合する手際には、作家の力量が歴然として現れることになる。

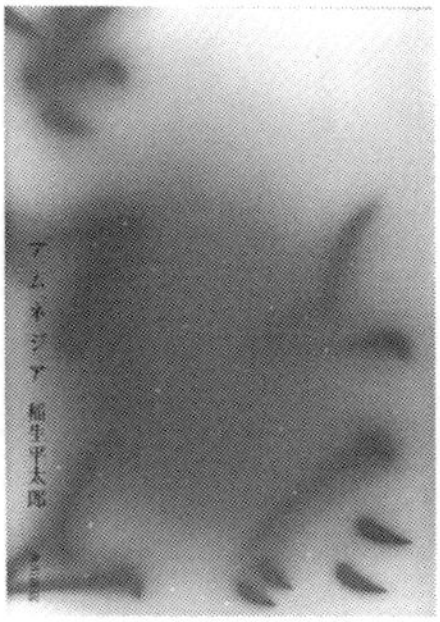

角川書店（2006）

　恐怖小説、幻想小説であると同時に、優れた推理小説でもあるという作品としては、小泉喜美子『血の季節』（文春文庫※品切れ）、都筑道夫『雪崩連太郎幻視行』『雪崩連太郎怨霊行』（合本『雪崩連太郎全集』ちくま文庫）、皆川博子『聖女の島』（扶桑社文庫『花の旅夜の旅』に併収）などが挙げられる。

綾辻行人のスプラッタ・ホラー『殺人鬼』（新潮文庫）には、大掛かりな叙述トリックが仕掛けられているし、倉阪鬼一郎の一連のホラー・ミステリも、両者を高いレベルで融合させることに成功した例といえるだろう。

一九九〇年に刊行された稲生平太郎『アクアリウムの夜』（書肆風の薔薇→角川スニーカー文庫）は、高校生を主人公にした青春ミステリでありながら、ホラー小説としても一級品という傑作であった。

稲生平太郎、本名・横山茂雄は英米文学の研究者だが、怪奇幻想文学、オカルティズム、民俗学などにも造詣が深く、幅広い分野で評論活動を行なっている。評論・ノンフィクションの著書としては『聖別された肉体――オカルト人種論とナチズム』（90年／書肆風の薔薇／横山茂雄名義）、『何かが空を飛んでいる』（92年／新人物往来社／稲生平太郎名義）、『異形のテクスト――英国ロマンティック・ノヴェルの系譜』（98年／国書刊行会／横山茂雄名義）がある。「幻想文学」誌の読者には、連載エッセイ「不思議な物語」の著者として馴染みが深いかもしれない。

書下し新作『アムネジア』（角川書店）は、小説としては実に十五年ぶりとなる第二長篇である。

物語の舞台は、八〇年代初頭の大阪。社長を含めてわずか四人という小さな編集プロダクションに勤める僕――島津伶は、ある新聞記事に目をひかれた。泥酔した老人が路上で死亡しているのが見つかったが、警察が身元を調べたところ、男は戸籍上は数十年も前に死亡したことになっていた、というのだ。

これだけならば、一人の老人の数奇な運命を想像して終わっていたところだが、僕は徳部弘之という男の名前に見覚えがあった。現在、神戸にある華僑系の商社・神王商事の依頼で社史を編纂しているのだが、クライアントから項目を削除するように申し入れのあった部分に、その名前が含まれていたのだ。果たして同一人物なのか、それとも同姓同名の別人か……。

恋人の理絵の紹介で、徳部の変死事件を調べているという新聞記者・澤本に接触した僕は、闇金融に関わっていたという彼の前歴から、社史に名前の出てきた男と変死した男は同一人物であると確信する。

どうにも好奇心を刺激されて仕方のない僕は、仕事のついでに徳部の家の近くまで来たのを幸い、保険の調査員と偽って徳部夫人から話を聞く。彼女は夫の詳しい前歴は知らないようだが、仕事仲間だという金融コンサルタント・倉田重蔵の連絡先を教えてもらった。どうやら彼らは、ある発明（発電器らしい）をタネに、巨額の儲け話を企んでいたようなのだが……。

四百億円という金に群がる現実世界の人々の欲望を追っていたはずの素人探偵の調査行は、どんどんねじれた方向へと向かっていき、やがて旧満州にまで話がおよぶ奇妙な展開を見せ始める。

現実と妄想が渾然となり、自分の記憶すら当てにならない（なにしろ一人称の語り手である「島津伶」自身が信用できないのだ！）という幻想世界は、読者に解決を提示しないまま幕を閉じるが、与えられた伏線からいくつかの解釈を導き出すことは可能である。

鬼才が縦横に罠を張り巡らせた幻想ミステリの逸品。ぜひ、じっくりと腰を据えて味わっていただきたい。

小林泰三は、九五年に「玩具修理者」で第二回日本ホラー小説大賞の短篇賞を受賞。デビューの経緯と、その後の作品傾向から、グロテスクな描写に定評のあるホラー作家として認識している人が多いかもしれないが、小林泰三の特質は、実は徹底した論理性にある。

デビュー作とカップリングで単行本化された書下し中篇「酔歩する男」（角川ホラー文庫『玩具修理者』所収）は、複雑な構成を見事に描ききったタイムスリップSFで、ロバート・A・ハインライン「時の門」、小松左京「時の顔」、広瀬正『マイナス・ゼロ』といった同テーマの古典と比較しても遜色のない傑作であった。

第一長篇『密室・殺人』（角川ホラー文庫）は、意欲的なトリックを駆使した本格ミステリだったし、SF短篇集『海を見る人』（ハヤカワ文庫）は、想像力豊かな世界設定と論理的なストーリー展開が高いレベルで一体となった傑

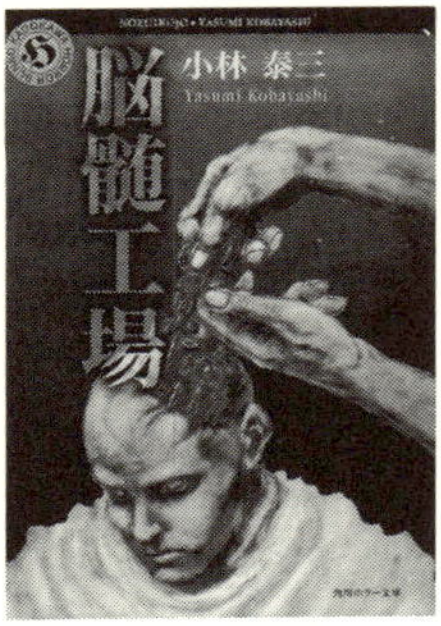

角川ホラー文庫（2006）

作ぞろいで、ミステリ・ファンにも断然お勧めの一冊である。

トリッキーなサイコ・サスペンス「獣の記憶」が日本推理作家協会編の『推理小説年鑑　ザ・ベストミステリーズ1999』（講談社）、意地の悪い犯人当て「大きな森の小さな密室」が本格ミステリ作家クラブ編の『本格ミステリ05　2005年本格短編ベスト・セレクション』（講談社ノベルス）、二つの年間ベストアンソロジーに採られていることからも、著者の小説作法がミステリ向きであることは明白だろう。

最新刊の『脳髄工場』（角川ホラー文庫）は、『玩具修理者』『人獣細工』『肉食屋敷』『家に棲むもの』（以上、角川ホラー文庫）、『海を見る人』『目を擦る女』（以上、ハヤカワ文庫）につづく著者七冊目の短篇集である。

書下しの表題作が最も長く、読み応えがある。犯罪者の矯正が目的で開発された人工脳髄。機械的な刺激によって感情の動きを抑制して、均衡の取れた思考を保つということの装置は瞬く間に普及し、今やほとんどの人が頭に「脳髄」を装着するようになっていた。

脳髄装着手術を受けていない者は「天然脳髄」と呼ばれ、装着者に比べて社会的な信用がない。感情を制御できない可能性があるからだ。

主人公の少年は、脳髄をつけると自らの意志が消えてしまうのではないかという危惧を抱いており、なかなか装着に踏み切れない。級友たちが次々と脳髄をつけていく中で、少年は悩みつづける。

中盤における少年とガールフレンドのディスカッションが、まずこの作品のヤマ場である。自分の意志とは何か？　考えるというのはどういうことか？　人間にとって脳とは何か？　夢野久作が『ドグラ・マグラ』で提示した「脳髄はものを考える場所にあらず」という命題に、科学的・論理的なアプローチを試みたような対話は、圧巻の面白さだ。

終盤、ついに脳髄をつけることになった少年は、脳髄を作っている工場へと向かうのだが、そこで明かされる脳髄の正体は、極めて論理的であるが故に果てしなく恐ろしい。

他に、ドッペルゲンガーと対話する少年の孤独を描いた「友達」、クトゥルー神話に材を採った「C市」、書簡体にトリックを仕掛けた「タルトはいかが？」など、ショート・ショートを含む十一篇を収録。

逆説論理が導く著者ならではの恐怖の世界を、たっぷりと堪能していただきたい。

付記……横山茂雄氏とは国書刊行会『日影丈吉全集』の編集で一緒に仕事をさせていただいたが、氏の手になる全巻解題の精緻なことには驚くばかりであった。毎回、見本が届くたびに、直ちに解題を熟読するのが何よりの楽しみだった。

黎明期の作品群と異能作家の最新作。新旧二冊に伝奇小説八十年の進化を見る

国枝史郎『国枝史郎歴史小説傑作選』
宇月原晴明『安徳天皇漂海記』

国枝史郎は、大正末期から昭和初期にかけて活躍した作家である。この頃から日本の小説に「大衆文学」という概念が生まれ始め、時代小説では、中里介山、白井喬二、林不忘、直木三十五、吉川英治、探偵小説では江戸川乱歩、大下宇陀児、甲賀三郎、海野十三といった人たちの作品が、広く娯楽として読まれるようになった。

国枝は大正十（一九二一）年から伝奇小説を中心に夥しい数の作品を発表しているが、昭和十八（四三）年に五十五歳の若さで亡くなってからは再刊の機会に恵まれず、戦後の出版界からは忘れられた存在となってしまった。

状況が変わるのは、昭和四十三（六八）年に桃源社から初期の傑作『神州纐纈城《しんしゅうこうけつじょう》』が復刊されたことによる。

この作品は血染めの布をめぐってさまざまな人物が入り

作品社（2006）

乱れる怪奇趣味横溢の伝奇ロマンだが、クライマックスの直前で中絶して未完に終わっている。そのため、戦前には上巻しか刊行されなかった「幻の作品」だったが、桃源社版は掲載誌から未収録分を増補しており、発表から実に四十年以上を経て、初めて読者の前に全体像を現したことになる。

この出版が契機となって、出版界にリバイバルブームが巻き起こる。戦前から戦後初期にかけての埋もれた大衆小説が、大歓迎をもって迎えられたのだ。

桃源社は引きつづき、小栗虫太郎、野村胡堂、海野十三、橘外男、香山滋といった作家を次々と紹介したが、他にも三一書房から『夢野久作全集』『久生十蘭全集』、講談社から『江戸川乱歩全集』『横溝正史全集』、薔薇十字社から『大坪砂男全集』、立風書房から『新青年傑作選』『日本伝奇大ロマン・シリーズ』、番町書房から『日本伝奇名作全集』などが続々と刊行され、国産大衆小説初期の財産に光が当たったのである。

角川文庫を中心とした横溝正史ブームや探偵小説専門誌「幻影城」の創刊も、この流れから生まれてきたものだ。松本清張以後の推理小説界で「過去の人」となっていた横溝が復活して新作長篇をいくつも発表したのも、「幻影城」から泡坂妻夫、連城三紀彦、栗本薫、竹本健治らが登場して、一九八〇年代末の新本格ムーブメントの下地を作ったのも、大本をたどれば『神州纐纈城』のリバイバル出版が源流だったといっていい。

国枝作品は各社から復刊されたが、昭和五十一（七六）年に講談社から刊行された『国枝史郎伝奇文庫』（全二十八巻）が、代表作を網羅した決定版となった。九二年から講談社版の収録作品をすべて含む形で大部の全集が出ている。未知谷『国枝史郎伝奇全集』（全六巻、補巻一）がそれで、これは現在でも入手可能だ。

昨年八月に作品社から刊行された『国枝史郎探偵小説全集』（全一巻）は、この全集から漏れた現代ものの長・短篇を集大成した一冊だった。

国枝作品の大半を占めるのが時代伝奇小説であることは

間違いないが、現代ものの恋愛小説や探偵小説も、かなりの数が書かれている。

江戸川乱歩、小酒井不木らとともに合作組合「耽綺社」を設立して、『空中紳士』などの長篇ミステリの執筆に参加したり、イー・ドニ・ムニエ作、国枝史郎訳という体裁で探偵小説『沙漠の古都』（現在は光文社文庫『幻の探偵雑誌7 「新趣味」傑作選』に収録）を発表したりしているのだ。

編者の末國善己氏は、戦前の初出誌に当たって、丹念に未収録作品を集めているが、その労苦が結実した充実の一冊である。実は当欄としては、こちらが出た時にぜひご紹介したかったのだが、うまく交差する作品がなくて、諦めざるを得なかった。

前著の好評を受けて新たに編まれたのが、『国枝史郎歴史小説傑作選』（作品社）だ。今回も長篇二作、中・短篇十五作、エッセイ・評論十一作が収められて、二段組で五百ページを超えるボリュームだが、いずれも全集未収録。長篇『先駆者の道』のように昭和四十年代の国枝復刊ブームからも漏れたものは、初出発表あるいは初刊以来、実に六十数年ぶりの再刊ということになる。

タイトルは「歴史小説」となっているが、これは現在使われている意味での歴史小説ではなく、初期作品のような奔放な空想的設定の出てこない、リアルな時代小説を指す。戦時下で発表された作品群であることが理由だろうが、末國氏の詳細な解題では、こうした国枝の作風の変遷が分析されていて興味深い。

拾遺集ではあるが、「参勤交代」「名刀売り」など完成度の高い短篇も相当含まれており、国枝ファンならずとも充分に楽しめるだろう。

なお、巻末の広告によれば、その他の短篇作品を網羅した『国枝史郎伝奇短篇小説集成』（全二巻）の刊行が今秋に予定されているようで、こちらも楽しみである。

国枝史郎、白井喬二、角田喜久雄らが確立した「時代伝奇小説」というジャンルは、戦後、山田風太郎を経て、半村良、さらに隆慶一郎へと受け継がれ、現在も多くの作家によって新作が書かれつづけている。

宇月原晴明は寡作ながら、奔放な想像力と緊密な構成力を兼ね備えた傑作を連発しており、国枝史郎の資質を最良の形で受け継いだ現代作家の一人といえるだろう。

第十一回日本ファンタジーノベル大賞を受賞したデビュー作『信長　あるいは戴冠せるアンドロギュヌス』（新潮文庫）は、織田信長を古代シリアの暗黒太陽神の系譜に連なる両性具有者として描いた奇想横溢の傑作。

第二作『聚楽　太閤の錬金窟《グロッタ》』（新潮文庫）は、聚楽第の地下深くに大空間が造られているという奇抜な設定である。「殺生関白」とあだ名される秀次は、伴天連《バテレン》の錬金術を駆使して何をしようとしているのか？　史実の間隙を奇想でつなぎ合わせて山本周五郎賞の候補となった。「国枝史郎『神州纐纈城』の衝撃が再来！」というキャッチコピーが大げさに思えない一作だ。

第三作『黎明に叛くもの』（中公文庫）は、梟雄《きょうゆう》・松永弾正久秀を主人公に描く豪華絢爛の戦国絵巻。斎藤道三と松永久秀が、ペルシャの暗殺教団の秘術を体得している兄弟弟子という設定に、まず驚かされる。信長による天下統一という時代の趨勢に反逆を挑んだ男の戦いの行方は――。

最新作『安徳天皇漂海記』（中央公論新社）は、これまで主に戦国時代を舞台にしてきた著者が、初めて鎌倉時代に材を採った作品である。

中央公論新社（2006）

目次を見ると、「第一部　東海漂泊――源実朝篇」、「第二部　南海流離――マルコ・ポーロ篇」の二部構成であることが判る。壇ノ浦で入水《じゅすい》した幼帝・安徳天皇と、実朝、マルコ・ポーロでは、数十年ずつ時代がずれている。果たして著者は、どんな奇想の糸でこの三者を結びつけるつもりなのか……。

第一部の語り手は、源実朝に永年仕えてきた老翁である。建暦元（一二一一）年、『方丈記』を書いた鴨長明入道が鎌倉を訪れ、実朝の前で平曲を披露する。平家滅亡からわずかに二十六年後。まだ壇ノ浦の合戦が同時代の出来事として記憶に残っている頃のことであった。

長明によると、何年か前から天竺丸《てんじくまる》という怪賊が都を騒がせているが、彼はわずか八歳で壇ノ浦の海に沈んだ安徳天皇の近習《きんじゅう》だったらしい。

やがて姿を現した天竺丸に誘われ、実朝は江ノ島の洞窟へと足を踏み入れる。そこには、もう一組の三種の神器の一つ「真床追衾《まとこおうふすま》」に封じられて往時のままの姿を保つ安徳帝の玉体があった。

十二歳で征夷大将軍となった実朝は、安徳帝に自らの境遇を重ね、その意志を継ごうとするが……。

第二部では、クビライ・カーンの治める元国で、マルコ・ポーロがその不思議な物語を聞く。一方、真床追衾に封じられたまま大陸へと流れ着いた安徳帝は、自らと境遇を同じくする南宋の少年皇帝と出会う……。

『古事記』『日本書紀』『吾妻鏡』から『東方見聞録』まで、実在の文献の記述をストーリーに自在に援用しながら、次次と読者の意表をついた展開を見せるのは圧巻。驚異の完成度を誇る傑作の誕生である。

国枝史郎の場合、風呂敷を広げるのに熱中するあまり、畳むことを考えていない作品が少なくない（未完の『神州纐纈城』が代表作と見なされているように、それは必ずしも欠点ではないが）。

これに対して宇月原作品は、そんなに風呂敷を広げて大丈夫なのか、と思わせるような展開であっても、要所に置いた伏線を回収して、見事な幕切れを迎えるのだ。

二人の作家を並べてみることで、プリミティブなパワーに満ちた草創期の時代伝奇小説が、現代のエンターテインメントとして成熟してきた過程が見えてくるだろう。

Ⅲ

Ⅲ

国家と個人の関わりを背景に骨太な物語を描く！　冒険小説の最新形態を示す二冊

垣根涼介『ゆりかごで眠れ』
福井晴敏『Ｏp.ローズダスト』

ミステリも現代のエンターテインメントである以上、時代の空気から無縁では居られない。ことさらに「社会派推理」などと銘打たずとも、その作品内容は時代を映して刻々と変化していくのが常である。

冒険小説（活劇小説）も、その例外ではない。以前、冒険小説の定義を「主人公が危険に立ち向かう小説」としたが、「危険」の種類や「危険」との闘い方、スタンスの取り方は、ずいぶんとバリエーションが増えてきている。

山岳や海洋で大自然の猛威と闘う、熊や虎といった猛獣と闘う、あるいは敵対する個人や組織と闘う、といった基本パターンから一歩進んで、「民族」や「国家」というファクターが加わったことが、多様化の一因といえるだろう。

中央公論新社（2006）

もちろん、スパイ小説や国際謀略小説の分野では、国家や政治が重要な要素であったことはいうまでもない。古くは中薗英助に『密書』『密猟区』『拉致』といった作品があるし、『〈移情閣〉ゲーム（→龍の議定書《プロトコル》）』『聖夜の越境者』『密約幻書』といった多島斗志之の初期作品群も、政治的な背景をミステリに巧みに活かした傑作ぞろいである。

冒険小説としては、森詠と船戸与一の登場が一つの転機だったように思われる。

森詠はポリティカル・フィクション大作『燃える波濤』（82〜90年）を軸に、ベトナム戦争に材を採った『雨はいつまで降り続く』（85年）、戦場特派員を主人公にした『午後の砲声』（86年）などを書いて、冒険小説に政治の要素を取り入れてみせた。

一方、船戸与一はデビュー作『非合法員』（79年）から濃厚に政治的背景を描いている。少数民族をめぐる革命と復讐のドラマは冒険小説界に新風を送り込み、『神話の果て』（85年）、『伝説なき地』（88年）、『砂のクロニクル』（91年）と作品内容もスケールアップしていく。『蝦夷地別件』（95年）では時代小説に挑んでアイヌ問題にも切り込んでみせた。

船戸は作家デビュー以前のルポライター時代に、豊浦志朗名義でノンフィクション『叛アメリカ史』（77年／現在はちくま文庫）を刊行しているほどで、「正史」に対する「稗史《はいし》」——すなわち政治的敗者の視点で見た歴史を描くことに、情熱を傾けつづけている。

逢坂剛も作家デビュー以前からスペイン現代史を研究しており、出世作『カディスの赤い星』（86年）のみならず、『斜影はるかな国』（91年）、『幻の祭典』（93年）、『燃える地の果てに』（98年）と、スペインものに傑作が多い。

そもそも、一九八〇年代末からの社会情勢の動きはあまりに大きい。冷戦終結、ソ連崩壊から同時多発テロ、イラク戦争まで、現代の冒険小説はこうしたリアルタイムの変化に影響されて当然だし、また時代の空気を作品に活かすのも作家の腕の見せ所なのである。

垣根涼介のデビュー作『午前三時のルースター』（文春文庫）は、ベトナムで姿を消した少年の父親を探すように頼まれた主人公たちの冒険行を描いたそつのないミステリで、二〇〇〇年の第十七回サントリーミステリー大賞と読者賞をダブル受賞した。

第二作『ヒートアイランド』（文春文庫）は、渋谷のストリートギャングが主人公だ。裏金専門の強盗団がヤクザの経営するカジノから奪った大金をめぐって、三つ巴の攻防戦が繰り広げられるハイテンションの犯罪小説。

第三作『ワイルド・ソウル』（幻冬舎文庫）は、外務省の失策の犠牲となった南米移民の子供たちの日本政府への凄絶な復讐の物語。密度の濃い傑作で、第六回大藪春彦賞、第二十五回吉川英治文学新人賞、第五十七回日本推理作家協会賞受賞の三冠に輝き、著者のブレイクのきっかけとなった。

最新作『ゆりかごで眠れ』（中央公論新社）の主人公リキ・コバヤシ・ガルシアも、コロンビアで生まれた日系移民の二世である。

彼が生まれたのは、正規軍と反政府ゲリラによる血で血を洗う抗争の真っ最中。ゲリラ狩りの部隊に両親を殺されたリキは、現地の女性に引き取られるが、やがて義兄のギャング団で才覚を現し、麻薬組織の中核メンバーへと上り詰める。

受けた屈辱は絶対に返す激烈さの一方で、いかなる犠牲を払っても決して仲間を見捨てることのないリキは、部下たちから畏敬の念を受ける存在であった。

物語は、元浮浪児の少女カーサを連れて、リキが日本にやってくるところから幕を開ける。彼の所属するコロンビア・マフィアは日本にも支部を置き、積極的に活動しているのである。

だが、パパリト（小鳥）とあだ名される組織の殺し屋カルロスが、日本の警察に勾留された。敵対する組織の密告によるものであった。

パパリトの取調べに当たる新宿北署の武田警部。かつての部下で武田と男女の関係にあった元刑事・若槻妙子。日本におけるリキの数少ない友人である竹崎老人――。

多彩な人物たちの思惑が交錯しながら、リキのパパリト奪還作戦は静かに進行していく。だが、血と硝煙の宴の果てには凄惨な結末が待ち受けていた……。

九百枚の書下し作品だが、犯罪小説、冒険小説としての本筋だけを追うならば、おそらく半分の枚数で済んだだろう。だが、垣根涼介はリアルタイムで進行するドラマの至るところに、登場人物たちが抱えてきた「過去の物語」を、それに倍するボリュームで挿入していくのである。

縦方向にのびるストレートなストーリーが、「歴史」という横方向のベクトルを与えられることによって、恐ろしいほどに厚みを増していく。この作劇法は濃密なドラマを生み出すための著者の工夫に他ならないだろう。

車や銃のスペックといった細部の描写にこだわることで、登場人物の個性を印象付ける手法は大藪春彦を彷彿させる。大藪春彦や船戸与一の系譜に連なる活劇小説の書き手として、垣根涼介への期待は高まるばかりである。

同じ冒険小説の書き手でありながら、アプローチの方法がサントリーミステリー大賞出身の垣根涼介と対照的なのが、江戸川乱歩賞出身の福井晴敏である。

九八年の第四十四回江戸川乱歩賞を受賞した福井のデビュー作『Twelve Y.O.』（講談社文庫）には、コンピュータ

・ウィルスを使ったサイバー・テロリストが登場するが、福井はこのあと一貫して、テロ――さらには戦争に直面した人々のドラマを描きつづけている。

テロリストに乗っ取られた最新鋭イージス艦をめぐる海洋冒険小説の傑作『亡国のイージス』（講談社文庫）は、第二回大藪春彦賞、第十八回日本冒険小説協会大賞、第五十三回日本推理作家協会賞をトリプル受賞。

第二次大戦末期の昭和二十年を舞台に謎の新型特殊兵器ローレライの正体を探る大作『終戦のローレライ』（講談社文庫）は、第二十一回日本冒険小説協会大賞、第二十四回吉川英治文学新人賞をダブル受賞。この二作はいずれも昨年映画化されて話題となった。

福井晴敏は群像劇というスタイルで、有無を言わさずに壮大なストーリーを読者に提示してみせる。非常に映画的な手法であり、福井作品と映画の相性がいいのは極めて自然だ。小説としては、ミステリよりもむしろ『復活の日』や『日本沈没』における小松左京の作劇法を彷彿させる書き方である。

半村良の代表作をリメイクした『戦国自衛隊１５４９』のストーリーを担当し、シノプシスを刊行しているが、長篇小説としては『終戦のローレライ』以来、ほぼ三年ぶりとなるのが最新作『Ｏｐ．《オペレーション》ローズダスト』（文藝春秋）である。

インターネットで財を成したアクトグループの重役を標的とした爆破テロが相次ぐ。その実行犯は入江一功に率いられた五人のテロ集団ローズダストであった。

捜査に当たった防衛庁の丹原朋希は、ローズダストの正体が彼のかつての仲間たちであることを知る。防衛庁の秘密部隊ダイスのメンバーとして北朝鮮に潜入していた彼らは、自分たちを見捨てた上官に復讐すべく、テロリストとなって戻ってきたのだ。

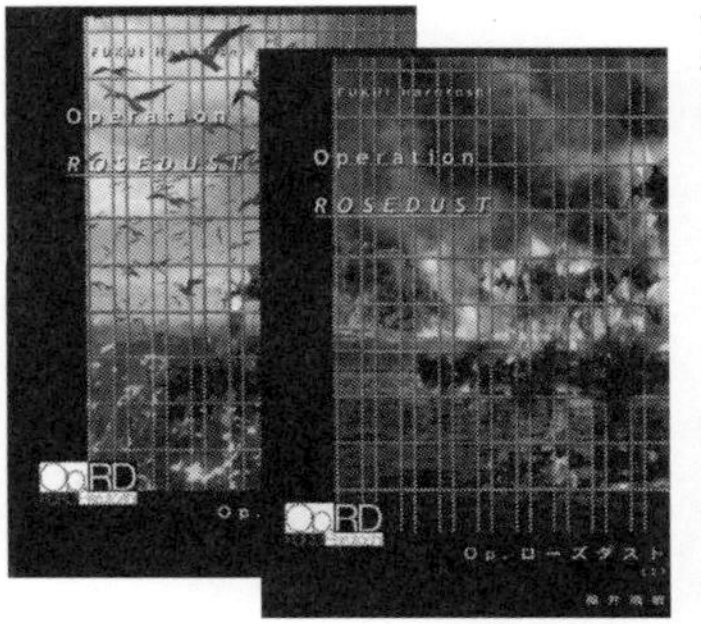

文藝春秋（2006）

敵と味方に分かれた二人の青年のドラマを軸に、警察官とテロリストの虚々実々の頭脳戦が始まる。さらには日本、アメリカ、北朝鮮の国家的な駆け引きが絡んで、ストーリーは臨海副都心を炎に包むクライマックスまで一気に突き進んでいく——。

最終計画の発動直前で「週刊文春」の連載が終了し、読者を心配させていた作品だが、連載分に八百枚（長篇小説一冊分！）の完結篇が新たに加筆され、二千三百枚の大長篇として、ついにその姿を現した。

垣根涼介と福井晴敏、冒険小説としてのスタイルはまったく違うが、どちらの作品にも「国家」が重要な要素として登場してくるのが面白い。現代の空気を作中に取り込んだ国産冒険小説最新の収穫といえるだろう。

第一線の人気作家が、趣向を凝らして読者に挑戦するオリジナル・アンソロジー！

犯人当て『気分は名探偵』
テーマ競作『川に死体のある風景』

本格ミステリにおいては、終盤までに手がかりが作中に出てきているのが理想とされる。探偵と同じ材料を与えられれば、読者も論理的に謎を解くことができるはずだからだ。

この制約を推し進めて、エラリイ・クィーンは「読者への挑戦」を解決篇の前に挿入してみせた。作者と読者の知恵比べという本格推理の側面を強調する、遊び心に満ちた演出である。

このスタイルは一種のパターンとして踏襲され、数多くのミステリに挑戦状が付されてきた。

日本では、横溝正史『蝶々殺人事件』（角川文庫）、坂口安吾『不連続殺人事件』（創元推理文庫／日本探偵小説全集10『坂口安吾集』所収）、高木彬光『呪縛の家』『人形は

なぜ殺される』（いずれも光文社文庫）、都筑道夫『七十五羽の鳥』（光文社文庫）、島田荘司『占星術殺人事件』（講談社文庫）、有栖川有栖『双頭の悪魔』（創元推理文庫）と、オールタイムベスト級の傑作がズラリと並ぶ。

短篇集でも、鮎川哲也『薔薇荘殺人事件』（→集英社文庫『ヴィーナスの心臓』と改題）、土屋隆夫『九十九点の犯罪』（光文社文庫）、綾辻行人『どんどん橋、落ちた』（講談社文庫）と、一冊まるごと挑戦小説という本を出している作家もいるぐらいだ。

徳間書店(2006)

オリジナル・アンソロジーとしては、江戸川乱歩の編による『推理教室』（59年／河出書房新社→同文庫）が最も早い。鮎川哲也、佐野洋、仁木悦子、多岐川恭、土屋隆夫といった面々が一篇二十枚の挑戦小説を書き下ろしたものである。

犯人当ての番組はラジオやテレビでも人気があり、推理作家も原案を数多く提供している。放送台本を元にしたアンソロジーもファンには見逃せないところだろう。

ラジオ番組「素人ラジオ探偵局」からは日影丈吉、山村正夫、大河内常平らの作品を収めた『素人探偵局』（60年／三笠書房）、テレビ番組「私だけが知っている」からは鮎川哲也、佐野洋、藤村正太らの『私だけが知っている』（61年／早川書房）、同じくテレビ番組「あなたは名探偵」からは加納一朗、草野唯雄、海渡英祐らの『あなたは名探偵』（72年／青樹社）が生まれた。

これらはシナリオを元にしたノベライズのアンソロジーだが、「私だけが知っている」は後に台本をそのまま収録した本も出ている。『私だけが知っている』全二巻（93年／光文社文庫）がそれで、島田一男、鮎川哲也、笹沢左保、夏樹静子、戸板康二といった豪華メンバーのシナリオを一挙に収録した貴重なものだ。

日本探偵作家クラブでは、一九四九年から新年会で書下しの犯人当てを朗読するのが恒例の行事となっていた。出題者も挑戦者も第一線の探偵作家ばかりという訳だ。第一回の高木彬光「妖婦の宿」（扶桑社文庫『初稿・刺青殺人事件』所収）以下、数々の傑作が生まれたのも当然だったといえるだろう。

中でも鮎川哲也「達也が嗤《わら》う」（出版芸術社／鮎川哲也コレクション〈挑戦篇1〉『山荘の死』所収）は、朗読形式であることすらトリックに組み込んだ傑作中の傑作。この朗読用のテキストから選んだアンソロジーが『死角』（72年／双葉社）である。

文藝春秋の雑誌「漫画読本」は推理作家による懸賞付きの犯人当てを連載していた。『ホシは誰だ？』（80年／文藝春秋）は、その傑作選だ。

徳間書店から刊行された『気分は名探偵』は、二〇〇五年に「夕刊フジ」に連載された懸賞ミステリ「犯人をさがせ!!」のために書かれた六篇を収めるオリジナル・アンソロジー。懸賞募集の際の「正解率」が各篇のトビラに記されているのが面白い。

私立探偵の俺のもとに大学時代の友人が訪ねてくる。ストーカー被害に遭っているという彼女の頼みで身辺警護に当たったが、公園で殴られて昏倒しているうちにストーカーが何者かに刺殺されてしまった！　犯人と凶器はどこへ？　有栖川有栖「ガラスの檻の殺人」は正解率11％。

ベストセラー作家・吉祥院のもとに後輩の刑事・桂島が持ち込んだ事件は、貸別荘で起こった殺人事件。五人で宿泊した劇団の間で殺人が起こり、最後に残った犯人が自殺または事故死したと見られるが……。『被害者は誰？』（講談社文庫）のコンビが再登場する貫井徳郎「蝶番《ちょうつがい》の問題」は、驚異の正解率1％。

大学の研究室で発生した殺人事件。容疑者の姉から捜査を依頼された木更津悠也が、科学者たちの証言から導き出した驚くべき真実とは？　麻耶雄嵩「二つの凶器」は正解率22％。

新幹線の洗面室でアロハシャツを羽織った男が昏倒していた。喧嘩早い男らしく何人かの乗客・乗務員とトラブルを起こしていたが、彼を殴ったのは誰か？　またその凶器は？　霧舎巧「十五分間の出来事」は正解率6％。

浜辺で救助されたライフジャケットの男は記憶をなくしていた。手帳の記述によれば、島に渡った芸能プロダクション一行の間で殺人事件が起こり、彼はその生き残りであるらしい……。犯人当てならぬ人物当て、我孫子武丸「漂流者」は正解率8％。

墓地で発見された他殺死体。被害者の部屋は何者かに荒らされていた。彼はヒラド・ノブユキという名の人物について調べていて、逆に殺されてしまったようだ。三人のヒラドのうち、殺人を犯したのは誰か？　法月綸太郎「ヒュドラ第十の首」は正解率28％。

巻末に執筆者たちがウラ話を語る座談会が収録されているが、これが覆面座談会になっているのが楽しい。発言内容から作者名を当てる懸賞募集があり、挑戦小説のアンソロジーに相応しい洒落た趣向といえるだろう。

ミステリ専門誌「ミステリーズ！」も〇三年の創刊号から懸賞付きの犯人当てを連載しており、昨年、七篇を収めたアンソロジー『あなたが名探偵』（東京創元社）として刊行された。

同誌はさらにe-NOVELSとの連動企画として、「川と死体」というテーマの競作を連載、それをまとめたのが今回ご紹介する『川に死体のある風景』（東京創元社）である。

ホラーはともかく、ミステリでは同一テーマのオリジナル・アンソロジーは、あまり例がない。

吉永小百合をイメージ・キャラクターにした書下しアンソロジー『サユリ　マイ　ミステリー』（85年／講談社）、デビュー以前に若竹七海が遭遇したという事件に対する「解答」を集めた『競作　五十円玉二十枚の謎』（93年／東京創元社→同文庫）、密室、アリバイなど十一人の作家が十一のテーマに挑んだ『新世紀「謎」倶楽部』（98年／角川書店→同文庫）ぐらいか。

e-NOVELSは、これまでにも『エロチカ』（講談社）、『黄昏ホテル』（小学館）といったテーマ競作をプロデュースしてきたが、本格ミステリの企画はこれが初めてとなる。

玉川上水を流れる死体。事件と思われたが、それは高校生による悪戯であった。呆れたことに彼らはその模様をインターネットで中継していたが、岸辺で実況を担当していた二人の少年が、刺殺体となって発見される――。（歌野晶午「玉川上死」）

軽トラックが長良川に転落したとの通報を受けて川底に潜った救助隊員は、さらに二台の車を発見する。死体の状況から一台は四日前、もう一台は二週間ほど前に転落していたらしい。だが、三人の被害者の間には、意外なつなが

東京創元社（2006）

りがあった……。（黒田研二「水底の連鎖」）

枕木岳で遭難事故が発生、警備隊はたまたま登山していた緑山会の協力を得て、捜索活動に当たった。遭難者は無事に救助されたものの、一人で山小屋に残った緑山会のリーダー・白井が沢で遺体となって発見される。彼はなぜ死んだのか？　大倉崇裕「捜索者」は山を舞台にしたトリッキーな異色作。

評論家・佳多山大地の初の創作「この世でいちばん珍しい水死人」は、なんと南米が舞台である。伯父の行方を探してコロンビアに来た「僕」は、かつて彼が関わった奇怪な事件の話を聞く。川を流れる銃殺死体と刑務所脱走事件に隠された意外な真相とは？

朝の散歩をしていたミステリ作家が、深蔭川に浮かぶ死体を発見。引き揚げられた女性は顔に何本もの線が引かれた異様な姿であった。悪霊にとりつかれていたという彼女はなぜ死んだのか……。綾辻行人「悪霊憑き」はオカルト・タッチ。

有栖川たち推理研の溜まり場に、創設メンバーの石黒が訪ねてきた。友人の部屋で、高校時代に水死した級友の死に顔の写真を発見したというのだ。彼女は自殺したことになっていたのだが……。有栖川有栖「桜川のオフィーリア」は心理の綾にスポットを当てた青春ミステリ。

以上、二冊で十二篇、スタイルも味わいも異なった作品を味わえるのがアンソロジーの楽しみである。それぞれの作家の個性に注目しながら存分に堪能していただきたい。

サスペンス横溢の筆致で現代社会の暗部に鋭く切り込むハードボイルド派の力作二冊

香納諒一『贄の夜会』
東直己『墜落』

ハードボイルドとはもともとは固茹で卵を意味する言葉だが、「厳しい」「非情な」といったイメージから転じて、行動的でタフな主人公が活躍するミステリの俗称として用いられるようになった。

一九二〇年に創刊されたアメリカのパルプ雑誌「ブラック・マスク」が、その発祥といわれている。ダシール・ハメットのコンチネンタル・オプを筆頭にしたタフガイ探偵が、同誌から次々と生まれたのである。

レイモンド・チャンドラーもその一人で、彼の長篇第一作『大いなる眠り』(39年)は、現在でも高い人気を誇る私立探偵フィリップ・マーロウのデビュー作品となった。

こうしたミステリの新しい流れは、戦後の日本でも注目されることになる。翻訳出版の解禁を受けて「別冊宝石」は五〇年から翻訳特集号を定期的に刊行するが、その一冊目はディクスン・カー特集、二冊目はチャンドラー特集であった。五三年にスタートしたハヤカワ・ミステリの第一巻もミッキー・スピレーン『大いなる殺人』である。

日本作家で初めて意識的なハードボイルドを書いたのは大坪砂男だろう。やくざの抗争をスピーディーな筆致で描いて五〇年の第三回日本探偵作家クラブ賞を受賞した傑作短篇「私刑《リンチ》」がそれ。

「メリケン風のハードボイルドを、私は荒涼たるセンチメンタリズムと評しているのだが、この〝私刑〟はそのハードボイルドの日本版として、東洋的なバックボーンにセンチメンタルな肉づけを試みたつもりなのである」
(鱒書房『推理小説集1』55年)

大坪砂男の弟子筋に当たる都筑道夫は大坪の定義を敷衍《ふえん》したうえでハードボイルドを「歪められたロマン文学」と位置付けて、「近代社会の要求する人間の組織化に対して、圧迫された個性があげる絶望的な反抗の叫び」(ロス・マ

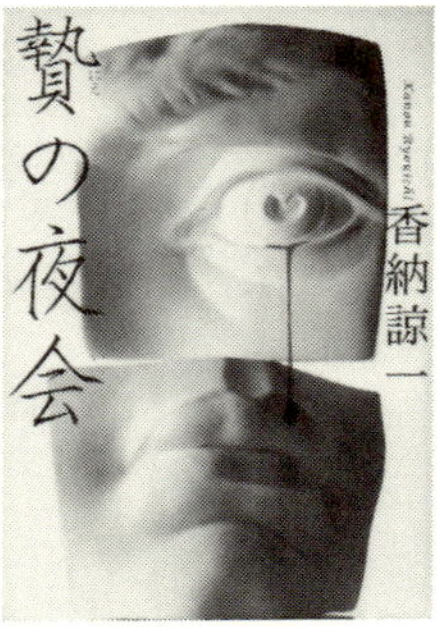

文藝春秋（2006）

クドナルド『犠牲者は誰だ』早川書房版解説）と表現している。

ある意味では、ハードボイルドは時代の暗部を映す鏡として必然的に生まれてきた形式であり、大下宇陀児や鷲尾三郎が戦後の「無軌道な若者《アプレゲール》」にスポットを当てた一連の作品も、日本流のハードボイルドと見ることができるだろう。

アクション派としては五八年に大藪春彦が登場して人気を博したものの、高城高、河野典生らをわずかな例外として、日本にはハードボイルド専門作家はなかなか現れなかった。

早川書房の編集者だった生島治郎は、日本ミステリの書下しシリーズでハードボイルドの巻を引き受けてくれる書き手がいなかったため、退職して作家に転身した。六七年の『追いつめる』で第五十七回直木賞を受賞し、ハードボイルドの知名度を上げることに成功している。

結城昌治『暗い落日』（65年）、仁木悦子『冷えきった街』（71年）、都筑道夫『くわえ煙草で死にたい』（78年）といった専門外作家の秀作を得たものの、国産ハードボイルドがジャンルとして定着するのは八〇年代以降のことになる。

七九年に大沢在昌、船戸与一、八〇年に逢坂剛、八一年に志水辰夫、北方謙三と有力な作家たちが踵を接して登場。その後も佐々木譲、藤田宜永、原尞、風間一輝、稲見一良らが次々と現れて、ハードボイルドは活況を呈した。

生島治郎の第二作『死者だけが血を流す』（65年）は地方政治の腐敗を背景としていたが、こうした設定は北方謙三の初期傑作『眠りなき夜』（82年）にも見られ、少なくとも八〇年代前半まではリアルな「悪」であったことが判る。

ハードボイルドの主人公が対峙する悪も、時代に応じて変化を遂げていることは当然であり、警察組織の暗部から外国人犯罪まで多岐にわたる。

今月ご紹介するのは九〇年代に登場した二人のハードボイルド作家の最新作だが、それぞれのアプローチで現代ならではの「悪」を描いているのが興味深い。

香納諒一『贄《にえ》の夜会』（文藝春秋）はサイコ・スリラーと警察小説に謎解きの要素もたっぷりと盛り込んだ高密度のサスペンス長篇だ。

《犯罪被害者家族の集い》に出席した二人の女性が、何者かによって惨殺された。ハープ奏者の木島喜久子は両手首を切り取られ、その犯人を目撃した目取真南美は後頭部を石段に何度も叩きつけられた無残な姿で発見される。

捜査に当たった刑事の大河内は、遺体の確認に現れた南美の夫・目取真渉が指紋を残すのを避けているのに気付いて不審を覚えるが、渉はその日のうちに住居から完全に姿を消してしまう。

一方、《犯罪被害者家族の集い》からも容疑者が浮上。集会にパネラーとして出席した中条弁護士は、十九年前の中学生時代に同級生の首を斬って世間を震撼させた猟奇殺人事件の犯人だったのだ。だが中条には、ほぼ鉄壁といえるアリバイがあった——。

中条が「透明な友人」と呼ぶ人物は果たして実在するのか？　いるとすれば警察内部の情報に通暁しているとしか思えない彼の正体は誰なのか？　警察上層部からの圧力を受けた大河内は、退職を覚悟で姿なき犯人を追いつづける。

警察やマスコミの前から完全に姿を消した目取真渉は、狙撃を得意とするプロの殺し屋であった。彼もまた、妻を殺した相手に復讐するため、犯人の行方を追い求めていた。

長い旅路の果てに、殺し屋と刑事が対峙することになる真犯人の邪悪さは際立っている。ギリギリまで正体が伏せられているため犯人の心理描写は少なく、どんな過去がその狂気を育ててきたのかは大部分が読者の想像に委ねられることになるが、かえってそれが不気味である。

終盤、犯人に拉致されて死の恐怖を味わうことになる心理学者の田宮恵子は、第二章で大河内に「透明な友人」のプロファイリングを披露してみせるが、後から振り返るとこれがすべて的中していて、犯人特定の重要な手がかりになっているのは心憎いまでの上手さだ。

犯罪被害者の苦悩、警察組織の腐敗、少年犯罪の刑罰といった現代的なテーマを随所に取り入れているが、ストーリー自体は「見えない犯人」の追跡に照準が固定されているので、サスペンスが途切れることがない。千四百枚を超える大長篇だが、読み始めたら止められないノンストップの傑作である。

　札幌出身、札幌在住の東直己は、ほとんどの作品で北海道を舞台にしている。九二年のデビュー作『探偵はバーにいる』（ハヤカワ文庫）以降のススキノの便利屋シリーズしかり、今回ご紹介する私立探偵の畝原浩一シリーズしかり。

　畝原はかつては北海道日報の記者であったが、道警と暴力団の癒着を取材している過程で幼女強姦の濡れ衣を着せられ逮捕された。疑いはすぐに晴れたものの職は失い、妻とも離婚。一人娘の冴香を育てながら、高校時代の同級生だった横山の探偵事務所に入ったのである。

　第一作『渇き』（96年）のハルキ文庫版は、冴香を預けている学童保育所で畝原がデザイナーの姉川明美と初めて出会う短篇「待っていた女」を併収。

　以後、『流れる砂』（98年／ハルキ文庫）、『悲鳴』（01年／ハルキ文庫）、『熾火《おきび》』（04年／角川春樹事務所→同文庫）とつづいて、新作『墜落』（角川春樹事務所）は、シリーズ第五長篇ということになる。

角川春樹事務所（2006）

　畝原は建築士の藤丈富雄の妻・敏江の依頼で、中学生になる娘の瑠美奈の行動を調べていた。瑠美奈は十一年前に首吊り自殺した先妻の娘だが、父が敏江と再婚して一年ほどで家を空けるようになり、テレクラなどで売春をしているらしい。

　敏江とともに売春の現場に踏み込んで瑠美奈を連れ戻した畝原だが、それは事件の始まりに過ぎなかった。

　藤丈家の二軒隣の幾治家に届けられた「中傷の手紙《ポイズン・ペン・レター》」、猫の首を斬る異常者の犯行。他人に対する想像力を持ち合わせない幼い悪意に満ちた若者たちの間をたどって、畝原は驚愕の真実を垣間見ることになる——。

　前作『熾火』を経て、ついに明美と結ばれた畝原は、明美の娘で大学生の真由、高校三年生となり受験勉強に勤しむ冴香に加え、『熾火』事件で保護した少女・幸恵を養女に迎えて、三人の娘を持つことになったようだ。

横山の息子・貴、SBC札幌放送番組制作局局長の祖辺嶋といったレギュラー陣に加えて、本書ではパソコンの知識を活かした真由が強力な助っ人として活躍する。

ロス・マクドナルドの長篇『魔のプール』が作中のキーとして登場しているのが暗示的だ。畝原もリュウ・アーチャーと同様に、依頼人の家庭の悲劇を暴きながら傍観するしかない主人公なのである。

もちろん「悲劇」の内容は、時代を映して大きく変化しており、その意味でも本書はまさに「現代」のハードボイルドといえる一冊になっているだろう。

遺伝子が導く驚愕の真相！ 推理作家の想像力が最先端科学と切り結ぶ異色傑作
北川歩実『運命の鎖』
柴田哲孝『TENGU』

推理小説は「謎」と「論理」に重点を置いた小説であるが、その材料として科学知識が用いられることが少なくない。もちろん犯罪捜査を扱う場合、ある程度の科学知識が必要となってくることはいうまでもないが、ここではそれがメインの謎解きと密接に絡んでいるケースを考えたい。

塚原少年が活躍する〈少年科学探偵〉シリーズ（論創社『小酒井不木探偵小説選』所収）を書いた小酒井不木は、同書の序文にこう記している。

「現代は科学の世の中でありまして、科学知識がなくては、人は一日もたのしく暮らすことができません。しかし、科学知識を得るには、何よりもまず科学の面白さを知らねばならぬのでありまして、その科学の面白さを知ってもらうために、私はこの小説を書いたのであります」

不木は少年向けの連作を通じて、科学知識の啓蒙・普及だけでなく、論理的思考力の涵養《かんよう》も企図していた。謎に対する好奇心で読者を惹きつける探偵小説は、その目的にうってつけであった。

啓蒙とまでいかずとも、ミステリと最新科学の相性がいいことは間違いない。医学者でもあった木々高太郎はデビュー作「網膜脈視症」以降、専門知識の精神分析を取り入れた作品を数多く手がけているし、海野十三も戦前の作品で原子爆弾の登場を正確に予想している。

最近の作品でいえば、『探偵ガリレオ』『予知夢』（文春文庫）の東野圭吾〈探偵ガリレオ〉シリーズや、『殺意は砂糖の右側に』『幽霊船が消えるまで』（祥伝社文庫）などの柄刀一〈天才・龍之介がゆく！〉シリーズなどは、謎解きのキーポイントに科学知識を据えて成功した例といえるだろう。

今月ご紹介する北川歩実も、一風変わった視点から科学ミステリへのアプローチをつづけている作家の一人である。

東京創元社（2006）

北川は年齢・性別とも一切非公開の覆面作家だが、話題を呼んだ一九九五年のデビュー作『僕を殺した女』（新潮文庫）以降、一貫して「個人のアイデンティティ」をテーマにミステリを書きつづけている。ちなみにデビュー作のストーリーは、大学生の青年が目覚めると女になっており、しかも五年後にタイムスリップしていた、というもの。このSF風の謎に、現実的・論理的な解決がもたらされるのである。

チンパンジーが人間の言葉を理解できるかどうかを徹底的に考察する『猿の証言』（新潮文庫）、幼児に特殊な教育を施して人工的に天才児を作り出す実験をめぐるミステリ『金のゆりかご』（集英社文庫）、交通事故で前向性健忘症となった脳科学者が同じ一日の記憶だけを繰り返す『透明な一日』（創元推理文庫）、クローン技術の可能性をめぐって連続殺人が発生する『影の肖像』（祥伝社）……。

どの作品にも、息苦しくなるほど幾重にもどんでん返しが仕掛けられているのが特徴だが、この手法が「個人」とは何か、「人格」とは何か、を突き詰めていくストーリーと合致して、読者に不安感を覚えさせずにはいない。

この著者が現代最先端の個人特定方法であるＤＮＡ鑑定に着目するのは、ある意味では当然であっただろう。既に『真実の絆』（幻冬舎文庫）において、百億円の遺産相続人として名乗り出てきた人たちの真贋を判定するために、この方法が効果的に使われていた。

最新刊の『運命の鎖』（東京創元社）は、このアイデアの発展形ともいうべき作品で、遺伝子異常に翻弄される子供たちの姿を、さまざまな角度から描く連作ミステリである。

理論物理学の天才的な研究者として活躍していた志方清吾は、自分の父がアキヤ・ヨーク病であったことを知る。中年期に発症して、身体能力、知的能力が衰えていき、十年ほどで死に至るという不治の病である。

アキヤ・ヨーク病は遺伝病で、ある遺伝子によって引き起こされることまでは判っており、親から子への遺伝確率は五十パーセント。二分の一の確率で研究者としての未来が絶望的であることを知った志方は精神のバランスを崩して被害妄想となり、自分の遺伝子を特定する痕跡をすべて抹消して姿を消したという。

だが、彼は業者を通じて精子バンクに自らの精子を登録していた。そして病気のことを知らぬまま、人工授精で彼の遺伝子を受け継いだ子供たちが誕生していたのである――。

本書は、青年期にさしかかった志方の「子供」たちのドラマをオムニバス形式で描いていく。ある者は受験、ある者は出産と、それぞれ人生の岐路に立った彼らは、自らに遺伝病の可能性があることを知らされて何を思うのか？　また、彼らを取り巻く人たちの織り成す意外性抜群のドラマとは？

子供たちの発病の可能性が二十五パーセントという設定が、絶妙のバランスになっている点に注目したい。今すぐ将来を悲観するほどではないが、かといって楽観もできない。ＤＮＡ検査を行なえばアキヤ・ヨーク病の遺伝子があるかどうかは判明するが、進んで悪い可能性を確定させる気にもなれない……。

　本物と偽物、虚と実が入り乱れて読者を幻惑する子供たちのストーリーと並行して、志方自身の過去に隠された秘密が徐々に明かされていくという構成も秀逸で、どんでん返し連発の北川マジックをたっぷりと堪能できる一冊である。


　もう一冊の著者である柴田哲孝は、スポーツ、競馬、釣りなど主にアウトドア系のノンフィクションで活躍してきた作家だが、二〇〇五年に刊行した『下山事件　最後の証言』（祥伝社→同文庫）では、第五十九回日本推理作家協会賞（評論その他の部門）と第二十四回日本冒険小説協会大賞（実録賞）を受賞している。

　ミステリ長篇としては、アウトドア雑誌に連載された『KAPPA』（91年／CBS・ソニー出版→徳間書店）がある。

　茨城県の牛久沼で、怪物が人を喰うという怪事件が発生。目撃者の証言を総合すると、犯人は想像上の生物である河童としか思えないのだが……。

　ルポライターの有賀、牛久署の刑事・阿久沢、川漁師の源三らが自らの知識と経験を活かして、次第にその正体へと迫っていく。

祥伝社（2006）

　明かされる真相は、生物学的にも充分納得がいくもので、昨今ようやく社会問題として認知されつつある危険生物に十年以上も先駆けて注目した慧眼には驚くしかない。魅力的な登場人物、スリリングなストーリー展開、意外な犯人と三拍子そろった快作だったが、あまり話題にならなかったのは残念であった。

　今回ご紹介する『TENGU』（祥伝社→同文庫）は、そんな著者が実に十五年ぶりに放つＵＭＡ（未確認動物）ミステリの第二弾である。

　七四年の秋、群馬県の寒村で奇怪な連続殺人事件が発生した。猟銃を捻じ曲げ、成人男性の顔面を片手で握りつぶし、犬を殺してその肉を喰い、足跡も残さずに消える……。

　犯人は、いつしか地方に伝わる伝説から「天狗」と称されるようになったが、クマともゴリラともいわれたその正体は明らかにならぬまま、事件は迷宮入りとなった。

　時は流れて二〇〇〇年の暮れ。ひと月足らずで二十一世紀を迎えようという冬に、中央通信の記者・道平慶一は久しぶりに沼田市を訪れた。新米記者時代に天狗事件の取材で通い詰めて以来、実に二十六年ぶりにこの地へ来たのは、沼田署の鑑識課員だった大貫に呼び出されたからであった。

　癌に冒されて死期を悟った大貫は、事件の資料を道平に託したいという。当時は判らなかった事件の真相が、現在の科学捜査を使えば見えてくるのではないかというのだ。

　実は道平は、取材中に「天狗」に遭遇して九死に一生を得ていた。その時に彼の体毛を手に摑んでいたのである。道平は遺伝子研究所に天狗のDNA解析を依頼するが、その結果は驚くべきものであった。それは人間でも、他のどの類人猿のものでもなかったのだ――！

　過去の出来事と現在の再調査の様子が交互に描かれ、事件の全容が徐々に姿を現していく様は実にスリリング。天狗の正体とは果たして何者か？　事件の裏に見え隠れするアメリカ政府は何を隠蔽しようとしているのか？

　最後に提示される真相は、前作における河童の正体に比べると空想的だが、科学的にあり得ないとは言い切れないレベルのものであり、SFの領域には踏み込んでいない。細部の検証の確かさが作品全体に堅牢なリアリティを与えている点は、ノンフィクションで培った技量の現れというべきだろう。終盤、道平に協力するルポライターとして前作の主人公・有賀がゲスト出演しているのも楽しい趣向だ。

　次回作は十五年といわず、なるべく早く読ませてほしいと切望する。


　付記……その後、柴田哲孝は『ダンサー』（07年7月／文藝春秋）、『悪魔は天使の胸の中に』（08年4月／徳間書店）と着実なペースで新作を発表。今後の活躍にも期待したい。

絶妙の話術が日常に穿つ巨大な穴——。実話怪談の名手が拓く恐怖小説の新地平！

平山夢明『独白するユニバーサル横メルカトル』
福澤徹三『ピースサイン』

現在では、ホラーやSFはミステリとは別個のジャンルとして認識されているが、かつては怪奇小説、幻想小説、科学小説として探偵小説の枠内に包括されていた。

ミステリの元祖といわれるエドガー・アラン・ポーが、そのいずれのジャンルに属する作品も手がけていることからも判るように、これらは同じ根から派生してきたものと見なすことができる。

ホラーの源流をさらにたどっていくなら、中国の「志怪」（怪異の記録）や日本の「説話文学」に行き着くだろう。人間は古くから〝怖いもの〟に大きな関心を寄せてきたのである。

ミステリ評論家の中島河太郎は、『日本推理小説辞典』（85年／東京堂出版）の「怪奇・幻想小説」の項で、江戸川乱歩のエッセイ「怪談入門」を紹介し、自らの分類についてこう述べている。

「私は怪談と怪奇小説は別だと考える。日本では近世以後、怪談という名称がもてはやされて、妖怪変化も幽霊も超自然や神秘その他も、一切を包括してしまった。私は怪談は語り手が見聞して事実として伝えようとした物語をさすもので、怪奇小説は作者の筆で妖異の世界を読者の眼前に展開させたもの、そこには作者自身の体験とか、怪異に対する信不信を問わないものと解している」

怪談は実話、怪奇小説は創作という分類であり、これは一つの指標として解りやすい。中島分類では『今昔物語集』『宇治拾遺物語』の怪異譚は「怪談」、上田秋成『雨月物語』は「怪奇小説」ということになる。

もちろん、両者はそこまで明確に区分できるものではないだろう。明治から大正期にかけて膨大な数の実話怪談を残した田中貢太郎の作品にも創作が混じっているし、逆に近代的な怪奇小説を数多く手がけた岡本綺堂に実話を下敷きにした作品が相当数あるといった具合である。

いずれにしても、「怖いもの見たさ」という原初的な欲求に根ざした恐怖小説は、実話怪談をルーツとして発展を遂げてきたと考えていい。

江戸後期の巷説奇聞『耳袋』（根岸鎮衛）から現代の恐怖譚を集めた〈新耳袋〉シリーズ（木原浩勝、中山市朗）まで、このジャンルは幅広い層の支持を集めている。ホラーマンガでも「本当にあった怖い話」「あなたの体験した怖い話」など専門誌ができているほどだ。

今回ご紹介する二冊は、この実話怪談で鳴らした名手が、腕によりをかけて紡いだ恐怖小説集である。

光文社（2006）

平山夢明はデルモンテ平山名義で映画評論家としてデビューした後、一九九三年から実話怪談を書き始め、〈「超」怖い話〉シリーズ（ケイブンシャ文庫→竹書房文庫）、〈東京伝説〉シリーズ（ハルキ文庫→竹書房文庫）、〈怖い本〉シリーズ（ハルキ・ホラー文庫）などで活躍してきた。九四年のノンフィクション『異常快楽殺人』（角川ホラー文庫）を経て、九六年の『Sinker―沈むもの』（トクマ・ノベルズ）で作家としてもデビュー。ホラー長篇に『メルキオールの惨劇』（00年／ハルキ・ホラー文庫）がある。

井上雅彦の編になるテーマ別の書下しホラー小説アンソロジー〈異形コレクション〉（廣済堂文庫→光文社文庫）にも頻繁に寄稿し、今年二〇〇六年には、『魔地図』に発表された「独白するユニバーサル横メルカトル」で、第五十九回日本推理作家協会賞短編部門を受賞している。

著者の第一創作集となる『独白するユニバーサル横メルカトル』（光文社）は、〈異形コレクション〉発表作品を中心に八篇を収めた作品集だ。

表題作の語り手には唖然とさせられる。なんとタイトルのとおり、一冊の地図帖の一人称でストーリーが進行していくのである！「彼」（？）によると地図族は長命で、同族の記憶を受け継ぐことができる。また、持ち主の意識に干渉して最適と思われるルートをそれとなく提示するのが最上の喜びだというのだ。

馬鹿丁寧な口調で綴られる「彼」の告白によれば、尊敬する持ち主のタクシー運転手が、ふとしたことから客の女性を殺めて以来、人殺しの快楽にとりつかれてしまう。そして「彼」に被害者を「埋葬」した場所の印をつけていく。やがて持ち主が事故で命を落とし、所有権がその息子に移ると、さらなる惨劇が起こるのだった……。

全篇が地図の一人称であるため、殺人鬼の内面描写が皆無で、その狂気は読者が想像で補うしかない。それがまた怖さを倍増させるという仕掛けである。

理不尽ないじめに遭っている少年と、湖畔のテントに住むホームレスの老人の交流を寓話的なタッチで描きながら、人間の心に潜む暴力衝動を抉り出す「$C_{10}H_{14}N_2$（ニコチン）と少年――乞食と老婆」、義父の暴力に怯え、連続殺人鬼に救いを求める少女の凄惨な物語「無垢の祈り」、一攫千金を求めて東南アジアのジャングルへ潜り込んだ男たちを襲う恐怖「すまじき熱帯」など、過剰なまでのグロテスクな描写で容赦なく狂気の実相を描くストーリーは圧巻。

死体処理のためにマンションの一室に飼われている体重四百キロ超の大男オメガの世話係を命じられた主人公の数奇な運命を描く「Ω《オメガ》の聖餐」、第三次世界大戦を経て芸術が唾棄されるようになった未来社会を舞台に、芸術愛好家を摘発する捜査官の苦悩を描く「オペラントの肖像」などでは、極めて巧みな伏線と大掛かりなドンデン返しが用意されており、謎解きもののファンも感嘆必至のテクニシャンぶりが確認できる。

実話怪談では（当然のことながら）日常を背景にした作品を書いている著者だが、本書では思い切って日常的リアリティを排除し、SFやファンタジーに近い作品がメインとなっている。

だが、そうした諸篇が荒唐無稽の弊を逃れて作品内でのリアリティを獲得し得ているのは、実話怪談で鍛えた強靭なデッサン力の故であろう。想像力を極限まで駆使して描く恐怖小説の傑作の登場である。

福澤徹三もまた、実話怪談に並々ならぬ手腕を見せる名手の一人である。

二〇〇〇年、書下しの恐怖短篇集『幻日』（ブロンズ新社→幻冬舎文庫『再生ボタン』）で彗星のように登場した著者は、『怪の標本』（01年／ハルキ・ホラー文庫）、『廃屋の幽霊』（03年／双葉社→同文庫）、『死小説』（05年／幻冬舎）といった質の高い作品集をまとめる一方で、『怪を訊く日々』（02年／メディアファクトリー→幻冬舎文庫）でいち早く実話怪談にも手を染めているのだ。

長篇では『亡者の家』（05年／光文社文庫）やホラー映画のノベライズ『オトシモノ』（06年／角川ホラー文庫）といった恐怖小説だけでなく、『真夜中の金魚』（03年／集英社）、『壊れるもの』（04年／幻冬舎）でリアルな犯罪小説とサスペンスに挑戦しているのが意外だが、「実話」をキーワードにして考えると、作風の広がり方が納得できる。

七篇を収めた最新短篇集『ピースサイン』（双葉社）は、極彩色の悪夢ともいうべき平山作品とは対照的に、徹底的にリアルなトーンで人生の恐怖を描き出してみせる。

娘の里奈が友達の母親に撮ってもらった写真を見て、早紀子は激しく動揺する。そこにはピースサインをした娘の姿があったからだ。早紀子の学生時代に、ピースをして写真に写ると不幸になるという迷信が流行ったことがあり、実際に彼女は親友を一人亡くしていた……。（表題作）

スナックの女性に入れ込んで借金を重ね、間近に迫った破滅に脅えながら日々の生活を送る男。女性が男に電話で告げた意外な言葉とは――？（「嗤う男」）

仕事を辞めてパチンコで食いつないでいる「おれ」は、ギャンブル仲間の谷口から奇妙な確率論を聞かされる。だが競馬で大勝ちしたはずの谷口は、首吊り自殺を遂げてしまい……。（「夏の収束」）

デパートの広告部で無能な上司の要求に耐えながら、過酷な労働を強いられる男。社内で怪しい気配を感じた彼は、それが屋上に設置された神社と関係があることに気付くのだが……。（「憑かれたひと」）

どの作品の主人公も、圧倒的な閉塞感をもって終わりなき日常を生きつづけているのが特徴である。あくまでリアルに彼らを狂気の淵へと追い詰めていく筆致は、恐怖実話の蒐集を通して社会の裏面を知り尽くした著者ならではのものといえるだろ

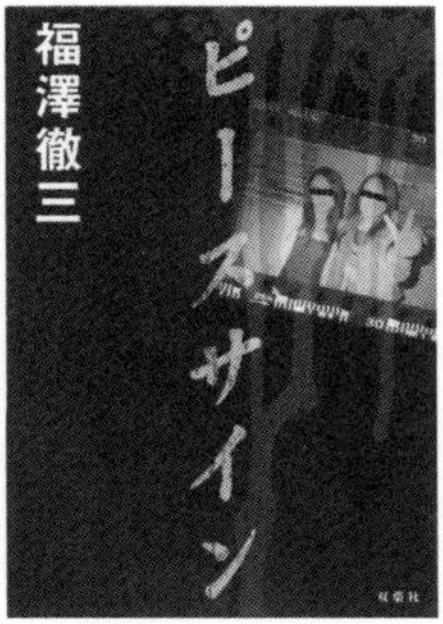

双葉社（2006）

う。

　どの作品でも、その日常が一転して悪夢の世界が顔を覗かせることになるのだが、その反転の瞬間を読者に容易に悟らせないのが、福澤マジックの真骨頂なのだ。

　今回ご紹介した二冊は、実話怪談のテクニックが創作に応用されることで、強固なオリジナリティを備えた傑作となっている。「怖い話」を愛好する向きには、絶対の自信をもってお勧めする次第である。


付記……『独白するユニバーサル横メルカトル』は幅広い投票者の支持を得て、その年の「このミステリーがすごい！　2007年版」国内部門第一位となった。私も票を投じたが、まさか一位になるとは思わなかったのでビックリした。でも、「このミス一位」というだけで手にとった読者は、もっとビックリしただろうなあ。

どこにでもいる人の悪意と欲望をユーモラスな筆致で描く新鋭・蒼井上鷹の最新作

蒼井上鷹『出られない五人』『二枚舌は極楽へ行く』

　双葉社の雑誌「小説推理」は、国産推理小説の専門誌としては最長の歴史を誇っている。

　なにしろその前身である「推理ストーリー」が創刊されたのが、一九六一年十二月なのだ。「週刊大衆」の別冊から派生した雑誌のため、小説誌としては珍しく週刊誌サイズのB5判であった。六九年九月から「推理」と改題、さらに七三年一月から「小説推理」と改題し、この時に現在と同じA5判になっている。

「推理ストーリー」時代にも新人公募の双葉推理賞が設けられ、石沢英太郎（第一回受賞）、中町信（第四回受賞）らが入選を果たしているが、小説推理新人賞として現在の形での賞がスタートするのは七九年のことであった。

　歴代の受賞者は、以下のとおり。

第1回（79年）感傷の街角　大沢在昌
第2回（80年）該当作なし
第3回（81年）第九の流れる家　五谷翔
第4〜6回（82〜84年）該当作なし
第7回（85年）カウンターブロウ　長尾健二
　　　　　　手遅れの死　津野創一
第8回（86年）該当作なし
第9回（87年）湾岸バッド・ボーイ・ブルー　横溝美晶
第10回（88年）グラン・マーの犯罪　相馬隆
第11回（89年）該当作なし
第12回（90年）夜の道行　千野隆司
第13回（91年）ハミングで二番まで　香納諒一
第14回（92年）雨中の客　浅黄斑
第15回（93年）砂上の記録　村雨貞郎
第16回（94年）眠りの海　本多孝好
第17回（95年）ボディ・ダブル　久遠恵
第18回（96年）隣人　永井するみ
第19回（97年）退屈解消アイテム　香住泰
第20回（98年）ツール＆ストール　円谷夏樹
第21回（99年）見知らぬ侍　岡田秀文
第22回（00年）影踏み鬼　翔田寛
第23回（01年）風の吹かない景色　山之内正文
第24回（02年）過去のはじまり未来のおわり　西本秋
第25回（03年）真夏の車輪　長岡弘樹
第26回（04年）キリング・タイム　蒼井上鷹
第27回（05年）竜巻ガール　垣谷美雨
第28回（06年）消えずの行灯　誉田龍一

　ハードボイルドの大沢在昌、香納諒一はいうまでもなく、時代ミステリで活躍している千野隆司、岡田秀文、翔田寛、青春推理の書き手として人気の本多孝好、異色短篇の名手・浅黄斑、バイオレンスものの横溝美晶と多士済々の顔ぶれである（円谷夏樹は、現在の大倉崇裕）。

　今回は、九月に第一長篇、十月に第二短篇集をたてつづけに刊行した蒼井上鷹の作品をご紹介しよう。

　六八年、千葉県に生まれた著者は、二〇〇一年に勤めていた会社を辞め、ミステリ作家への道を志した。

祥伝社ノン・ノベル（2006）

インターネットの小説投稿サイトで腕を磨き、毎月採用されるまでになった。当初、ペンネームは青井上隆だったが、姓名判断の結果、読み方はそのまま漢字を変えて、現在の表記に改められた。

新人賞受賞作の「キリング・タイム」は、課長につかまって居酒屋に入る羽目になった男の物語。話の展開とともに隠された人間関係が次々と明らかになっていき、課長は主人公を殺そうとする。いったい何故――？

つづいて発表された第二作「大松鮨の奇妙な客」には、鮨を注文しておいてとんでもない食べ方をする男が登場する。男を尾行するように頼まれていたミステリ好きの古書店員は、その行動の真意をあれこれと推測するが、やがて恐ろしい真相に行き当たることになる……。

この作品は〇五年の第五十八回日本推理作家協会賞短編部門の候補となり、協会が選んだ年間ベストアンソロジー『ザ・ベストミステリーズ２００５』（講談社）にも収録された。

この二作を含む著者の第一短篇集が、〇五年十一月に刊行された『九杯目には早すぎる』（双葉ノベルス）である。五本の短篇の間に四本のショート・ショートを配置した構成も洒落ているが、ほとんどの作品に何らかの形で「酒」が登場するためか、全体の造本が酒にちなんだものになっているのが素晴らしい。

目次はメニューを模したものだし、各作品のタイトルページにはグラスが描かれ、その数が一つずつ増えていく。表題作はハリイ・ケメルマンの名作「九マイルは遠すぎる」とチャンドラー『長いお別れ』の台詞「ギムレットには早すぎる」をもじった題名の書下しショート・ショートだが、酒に見立てた九作品のうち八番目に置かれているのも芸が細かい。

著者は「ミステリマガジン」〇六年十一月号のインタビュー（「ミステリアス・ジャム・セッション」村上貴史）で、その意図をこう語っている。

「九篇入るなら九にちなんだ題名にしようということに。続いて考えたのは、短篇集では表題作から読まれることが多いわけで、それが掌篇なら立ち読みをしてもらえるのではないかと。そして、それが面白ければ買ってもらえるだろうと」

そんな著者が放つ最初の長篇が、ビルの地下にあるバーを舞台にした『出られない五人』（祥伝社ノン・ノベル）である。

東京郊外の雑居ビル、吉良《きら》ビルが全面改装されることになった。地下に入っているバー〈ざばずば〉は、酩酊作家として親しまれた故・アール柱野が通っていたバーとして、ファンの間では有名な存在。

店はマスターの死後、閉鎖されていたが、アール柱野のファンサイトで、ビルの工事が始まる前の夜を、〈ざばずば〉で過ごそうという提案がなされた。

当日、店に集まってきた五人は、さまざまな思惑を抱えながら酒を飲み始めるが、店の片隅に積まれた木箱の中から死体が出てきて困惑することになる——。

警察を呼ばれては具合の悪い者は、なんとか理屈をつけて通報を阻止しようとする。だが、そもそもビルの持ち主が朝にシャッターを開けに来てくれるまで、携帯電話の電波も届かないようなのだ。果たして彼らの運命は……？

意外な展開の連続は、よくできた一幕劇を見ているかのようだ。章ごとに語り手が代わって、彼らの抱える事情が少しずつ明らかになっていくのだが、タネを明かす順番に工夫が凝らされているため、読者の予想が少しずつずらされていくのである。それでいて伏線はプロローグから大胆に張り巡らされているので、注意しながら読み進めていただきたい。

双葉ノベルズ（2006）

第二短篇集『二枚舌は極楽へ行く』（双葉ノベルズ）は短篇六本とショート・ショート六本を収録。作品数が同じなので前作のようにきれいに交互に配置されている訳ではないが、通して読んだ時に緩急がつくように考え

Ⅲ

られているのは同様である。

題名にある「極楽」からの連想か、なんと目次のレイアウトは香典袋。各篇のタイトルページにも香典の絵があしらわれ、一作ごとにその数が増えていくというブラックなユーモアを漂わせている。

大学以来の付き合いの五人のうち、沼村と結婚した玉恵が交通事故で死んだ。一年後、沼村が残ったメンバーを集めて驚くべき告発を始める。このうちの誰かが玉恵に毒を飲ませたというのだ。果たして事件の真相は——?(「野菜ジュースにソースを二滴」)

十七年後に、同じ店で同じ酒を飲もうと約束した二人。時は流れて、男はその店で相手を待ちつづけた。今日現れるか、明日現れるか。逆転の発送が冴える緊迫のドラマ。(「待つ男」)

扼殺された男の死体はバスルームで冷たいシャワーを浴びていた。死亡推定時刻のアリバイと容疑者の証言の食い違いに隠されていた哀しい真実とは?(「冷たい水が背筋に」)

他に、誘拐犯人の意外な要求とその正体を描いた「値段は五千万円」、バーに入った俳優の一人語り「天職」など、ひねりの効いたミステリがズラリと並んでいる。それぞれの短篇は独立したストーリーなのだが、内容が少しずつリンクしているという趣向も面白い。

前作でもいくつかの作品の末尾に〈参考〉として、着想の元になった本が挙げられていたが、本書ではすべての収録作にこれが付されている。クリスティ「オリエント急行の殺人」や広瀬正の長篇SF「ツィス」などはまだしも、「ハムレット」「巌窟王」から夏目漱石「三四郎」、太宰治「新釈諸国噺」とくると、いったいどう料理すればミステリになるのか、興味をそそられずにはいられない。

どこにでもいる普通の人の会話をユーモラスに描きながら、巧みに謎を構築してみせる蒼井上鷹。注目の新人作家の登場である。

青春時代の空気を鮮やかに描く新鋭作家の学園ミステリ二冊！

佐竹彬『七不思議の作り方』
村崎友『たゆたいサニーデイズ』

日本の推理小説には、学校を舞台にした「学園ミステリ」ともいうべき作品の系譜がある。学校を舞台として、主な登場人物が学生と教師に限定されるもので、味付けは本格推理からホラー・タッチまで幅広いが、総じて青春小説としての要素を備えているといっていい。

古いところでは、名探偵・神津恭介の若き日の事件が描かれる高木彬光「わが一高時代の犯罪」（ハルキ文庫『わが一高時代の犯罪』所収）や、悪童たちのいたずらの顛末を抱腹絶倒の筆致で綴る山田風太郎「天国荘奇譚」（光文社文庫『天国荘奇譚』所収）、本格派の雄・岡田鯱彦が幾重にもドンデン返しを仕掛けた傑作「噴火口上の殺人」「四月馬鹿の悲劇」（河出文庫『岡田鯱彦名作選　噴火口上の殺人』所収）といった作例がある。

松本清張が高校生向けの雑誌に連載した『高校殺人事件』（文春文庫）はサスペンス横溢の傑作。多岐川恭の乱歩賞受賞作『濡れた心』（講談社文庫／江戸川乱歩賞全集）は、女学生の同性愛をテーマに描くトリッキーな異色作だ。

乱歩賞といえば、戦時中の中学を舞台にした本格推理『透明な季節』（講談社文庫／江戸川乱歩賞全集）の梶龍雄を忘れるわけにはいかない。『リア王密室に死す』『若きウエルテルの怪死』『金沢逢魔殺人事件』（いずれも講談社ノベルス※絶版）では、旧制高校を舞台に青春小説と本格ミステリを高いレベルで融合してみせた。

辻真先『仮題・中学殺人事件』『盗作・高校殺人事件』『改訂・受験殺人事件』（いずれも創元推理文庫）の三部作は、一九七〇年代に早くもメタ・ミステリの趣向に先鞭をつけた先駆的傑作。

電撃文庫（2006）

赤川次郎の最初の本はヤング向けの学園ミステリ『死者の学園祭』（角川文庫）であり、〈悪魔〉シリーズ（光文社文庫）

を筆頭に多くの作品が書かれているのは周知のとおり。東野圭吾も乱歩賞受賞作『放課後』（講談社文庫／江戸川乱歩賞全集）以下、『魔球』『同級生』〈浪花少年探偵団〉シリーズ（いずれも講談社文庫）と学園ものを数多く発表している。

樋口有介には、サントリーミステリー大賞読者賞を受賞したデビュー作『ぼくと、ぼくらの夏』（文春文庫）の他に、『ともだち』（中公文庫）という学園ミステリの佳作がある。自殺した少年の父が中学に隠された謎を追う岡嶋二人の日本推理作家協会賞受賞作『チョコレート・ゲーム』（講談社文庫）も、変則的な学園ミステリといっていいだろう。

いわゆる新本格以降の作家に目を転じると、法月綸太郎のデビュー作『密閉教室』（講談社文庫）が真っ先に思い浮かぶ。綾辻行人の〈囁き〉シリーズ（講談社文庫）は、ホラー・タッチのサスペンスだ。

恩田陸のデビュー作『六番目の小夜子』（新潮文庫）は、地方の高校に伝わる秘密のゲームをめぐる学園ホラーの傑作。若竹七海『スクランブル』（集英社文庫）は、構成に工夫を凝らした連作形式の学園ミステリである。

霧舎巧の〈私立霧舎学園ミステリ白書〉シリーズ（講談社ノベルス）は、ラブコメ＋本格推理というキワモノ的な連作だが、広告ページや目次など造本自体にトリックを仕掛けるという意欲的な実験作でもある。

実験作といえば、鯨統一郎『ミステリアス学園』（光文社文庫）、『パラドックス学園』（光文社カッパ・ノベルス）は、ミステリの歴史自体を題材に描くメタ・ミステリであった。東川篤哉『学ばない探偵たちの学園』（実業之日本社ジョイ・ノベルス）は探偵部の面々が活躍（？）するユーモラスな本格推理。

このところ一般向け作品でも注目を集め始めた米澤穂信は、角川学園小説大賞の出身だ。デビュー作『氷菓』（角川スニーカー文庫→角川文庫）以降の〈古典部〉シリーズ、『春期限定いちごタルト事件』『夏期限定トロピカルパフェ事件』（創元推理文庫）などで、ライトノベルと一般向けという区分を超えて読者を獲得している。

ライトノベルはファンタジー、コメディ、恋愛ものが主流であるが、ここ数年はミステリもコンスタントにリリースされている。富士見ミステリー文庫という専門レーベルも出来たほどで、小野不由美、上遠野浩平、乙一らを輩出していることを思えば、ミステリ・ファンとしても無視できるものではない。

佐竹彬は電撃文庫でシャープな学園ミステリを書きつづけている新鋭である。二〇〇五年のデビュー作『飾られた記号 The Last Object』以下、『三辺は祝祭的色彩 Thinkers in Three Tips』『開かれた密室 Being As Unfixed』とつづく〈φ〉シリーズは、情報学専門学校パスカルの生徒・朝倉渚と日阪道理が、奇妙な事件に挑む連作だ。バーチャル・リアリティあり、叙述トリックあり、客船を密室に見立てた洋上の事件ありと、ミステリとしての道具立ては申し分ない。

人物造型と文体に森博嗣の影響が強すぎるのが気になるところだったが、初のノンシリーズ作品となる最新刊『七不思議の作り方』では、コメディ色を強めて先行作品の影響からの脱却を図っている。

小・中・高一貫のマンモス学校である桐ヶ谷学園には、二十年ほど前の創立当初から奇妙な噂があった。「七不思議」である。

学校に七不思議は付き物だが、この学園が変わっているのは、不思議が高校だけに限定されていること。その不思議を人為的に演出し、管理しているグループがあるらしい、ということであった。

Six Administrators of Wonders「六人の不思議管理者」――通称「ＳＡＷ」と呼ばれる彼らの正体と目的は、果して何なのか？

高校からの転入組でクラスに馴染めない少女・春日未春とそのクラスメート・秋月千秋。ＳＡＷの正体究明に情熱を傾ける新聞部の部長・森岳詩《たけし》と二年生部員・氏原明菜、ちょっと頼りない生徒会長・矢田是人《これひと》と彼をサポートする書記の百瀬麻未《まみ》。そして騒動が何より好きな二年生・真鍋和馬――。

七人の主要キャラクターたちが遭遇するのは、「幽霊」「人の消える教室」「開かずの間」といった七不思議の数々。誰が、どんなトリックを用いて不思議を演出しているのか。そして「欠番」とされる七番目の不思議とは……。

最後には意外な犯人と洒落た真相が抜かりなく用意されており、コメディ・タッチのミステリとしても、高校生活を生き生きと描く青春小説としても、充分に成功を収めている。

　村崎友は『風の歌、星の口笛』（角川書店）で第二十四回横溝正史ミステリ大賞を受賞した新人。デビュー作が未来の人工惑星を舞台にしたSFミステリだったから、第二作となる新刊『たゆたいサニーデイズ』（角川書店）が高校生を主人公に描く学園ミステリだったのには意表をつかれた。

角川書店（2006）

　晶嶺館《しょうれいかん》高校に通う「わたし」――葉音《はおと》梢は合唱部員。三年の先輩が卒業してしまい、四月からは新三年生の宮本さんと二人だけのクラブになってしまう。新入生歓迎会で頑張って勧誘しないと……。

　春休みのある日、そんなことを考えながら音楽室に向かった「わたし」は、入り口の脇に常備してある新入生用のノートに新しい名前が書き込まれているのに気がついた。

「中村雫」――。

　新入生はまだ学校に来ていないはずだし、二年生にも三年生にもそんな名前の人はいない。卒業アルバムを繰って卒業生の名前を調べ始めた「わたし」に宮本さんが告げた「中村雫」の意外な正体とは？（「春のしずく」）

　クラス対抗の合唱コンクールもなんとか終わり、テスト期間に入ったその日、アルバム委員の顧問である名達《なだち》先生を追いかけて部室棟に向かった「わたし」は、野球部の部室が滅茶苦茶に荒らされている現場に遭遇する。野球部のエース・渡来くんは、何も盗られていないようだというけれど……。（「夏のにおい」）

　文化祭のために映研の有志が製作した自主映画『透明オオカミ男』が、ついに完成した。でも上映当日、鍵がかかっていたはずの視聴覚準備室から映画のDVDが消えてしまう。誰が、どうやって――？（「秋のとばり」）

　野球部の部室が今度は火事に！　OBの中条選手のサインを守ろうと窓を破って部室に飛び込んだ渡来くんが、消火器で火を消し止めたものの、煙を吸って入院することに……。（「冬のむこう」）

　いったん解決したと思った事件が後の方で別の意味を持ってくるあたり、連作の強みを充分に活かした構成となっている（自信満々で「××」と断言したのに……と憤る梢に、「間違いだった」と悪びれない探偵役の宮本が可笑しい）。

渡来くんに対する梢の淡い想いが、一年を通して丁寧に描かれているのも印象的で、学生時代への郷愁を誰もが感じずにはいられないだろう。

謎解きの妙を味わいながら、若い主人公たちの一喜一憂に己の青春時代への思いを馳せる――。そんなミステリ・ファンならではの楽しみに満ちた二冊である。

付記……村崎友は成城大学ミステリ研の出身で、学生時代からかれこれ二十年近い付き合いになる友人である。『風の歌、星の口笛』の文庫解説で杉江松恋氏も書いているが、ミス連（全日本大学ミステリ連合）ではジョニーと呼ばれる無類の好青年であった。横溝賞を獲って作家デビューしたのには驚いたが、今後も腰を据えて、じっくりといい作品を発表してくれることを期待したい。

作品分析と蘊蓄紹介――。ミステリ評論の二つの軸の先端に位置する最良の収穫！

巽昌章『論理の蜘蛛の巣の中で』
小鷹信光『私のハードボイルド』

ミステリの歴史を振り返ってみると、小説作品と並行して数多くの評論が書かれていることに気付く。ミステリには作品を読むだけでなく、読んだ本についてあれこれと批評する楽しみもあるからだろう。

ひとくちにミステリ評論といっても、種類はさまざまである。新刊の内容を紹介する「書評」、ある時期の傾向を総括する「時評」、ミステリについての「エッセイ・コラム」、文庫本の「解説」、作品データを研究する「書誌」等々、ここではミステリについて書かれた文章を広く含めてミステリ評論と位置付けたい。

そうした中で、一般的に文芸評論という言葉からイメージされるような、作品を分析・批評する文章は、むしろ少数派といっていい。ミステリ作品の構造を詳細に検討する

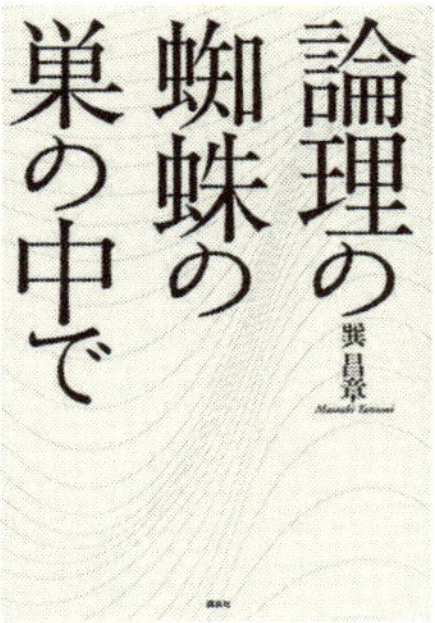

講談社（2006）

には、どうしてもトリックや犯人に触れざるを得ないので、取り上げる作品を既に読んでいる読者に対象が限定されてしまうからだ。

逆に、書評ではトリックを明かす訳にはいかない。限られた字数で作品のポイントをうまくまとめ、なおかつ読者の興味をそそるように紹介する技術が要求される訳だ。

どちらにしても評論家には、「古今のミステリに対する幅広い知識・見識」と「それを読者に的確に伝えるセンス」が必要である。「独自の発想・着眼点」があれば、さらに申し分ない。

戦前のミステリ評論家としては、井上良夫、野上徹夫らの名前が挙げられるが、やはりなんといっても江戸川乱歩の存在が大きかった。海外のミステリを原書で蒐集するコレクターであり、蔵書を整頓して分類目録を作るメモ魔でもあった乱歩は、数多くの海外作家を日本に紹介し、詳細な「類別トリック集成」を作成してマニアぶりを発揮している。

多くのミステリ作家は、ミステリ好きが嵩じて作家への道をたどるものだから、作家が優れた評論を手がける例は少なくない。都筑道夫『黄色い部屋はいかに改装されたか？』（75年／晶文社）、佐野洋〈推理日記〉シリーズ（76年～／講談社文庫）あたりから、近年の法月綸太郎『謎解きが終わったら』（98年／講談社文庫）、北村薫『ミステリは万華鏡』（99年／集英社文庫）、有栖川有栖『迷宮逍遥』（02年／角川文庫）まで、ミステリ・ファン必携のサブテキストばかりだ。

戦後初の本格的な評論集『探偵小説の郷愁について』（49年／不二書房）を刊行した白石潔には、碧川浩一名義の創作集『美の盗賊』（60年／桃源社）があるし、山口雅也、野崎六助、五條瑛、馳星周のように、書評家から作家に転身した人もいて、実作者と評論家の境界は曖昧である。

主なミステリ評論家と代表的な著作を挙げてみると、書誌的な研究を背景に幅広く活躍した中島河太郎『探偵小説辞典』（98年／講談社文庫／江戸川乱歩賞全集1）、ハードボイルドから本格推理までミステリ全般に造詣の深い権田萬治『日本探偵作家論』（75年／双葉文庫／日本推理作家協会賞受賞作全集30）、縦横無尽の筆致で海外作品を紹介した植草甚一『ミステリの原稿は夜中に徹夜で書こう』（78年／双葉文庫／日本推理作家協会賞受賞作全集39）、古典から最新作まで海外ミステリを独自の視点で明快に論じた瀬戸川猛資『夜明けの睡魔』（87年／創元ライブラリ）といったあたりか。

文庫解説でお馴染みの新保博久、山前譲の両氏は江戸川乱歩邸の書庫の整理という難事業をこなし、蔵書目録『幻影の蔵』（02年／東京書籍）で第五十六回日本推理作家協会賞を受けた。

ハードボイルド・冒険小説の北上次郎、井家上隆幸、ホラーの東雅夫、少年小説研究の二上洋一、黒岩涙香研究の伊藤秀雄、香山滋研究の竹内博と、それぞれ得意な専門分野を持った評論家もいれば、『江戸川乱歩賞と日本のミステリー』（00年／マガジンハウス）の関口苑生や『日本ミステリー最前線』（94年／双葉文庫）の香山二三郎のように、オールラウンド・プレイヤーの書評家もいる。

先述したように、作品を分析して一般読者が気付かないような意外な「読み方」を提示するタイプのミステリ評論は多くない。評論家が提示する独自の「読み方」は、対象作品を元にした「創作」に近いものがあり、意図的にこの方向での評論を手がけているのは笠井潔ぐらいだろう。

笠井潔の唱えた「大量死理論」は仮説としては抜群に面白かったが、定説としてミステリ史に適用するには説得力に欠ける憾みがある。常識から飛躍しつつ、説得力のある「読み方」をいかに提示するか。分析型評論の難しさと面白さが、ここにある。

分析型の評論で今年の収穫というのみならず、オールタイムベスト級の傑作が登場した。巽昌章『論理の蜘蛛の巣の中で』（講談社）だ。

「小説現代」増刊の「メフィスト」に、一九九八年から二〇〇六年まで連載された同タイトルのミステリ時評全二十三回分をまとめた一冊。京都大学推理小説研究会のＯＢで、綾辻行人や我孫子武丸の先輩に当たる論客・巽昌章、初の評論集である。

基本的に二冊乃至三冊のミステリを対比して、その共通点を論ずることで、さまざまな問題点をあぶり出していく、というスタイルが採られている。

本書の第一の特徴は取り上げる本の幅の広さ。共通点があるなどとは読者が予想もしない作品同士を、軽々と結びつける発想がまず凄い。

第一回「操りを越えて」では花村萬月『ゲルマニウムの夜』と京極夏彦『塗仏の宴　宴の始末』、第六回「部分と全体」では笳健二『殉霊』と若竹七海『依頼人は死んだ』と宮部みゆき『ぼんくら』、第十七回「解釈の地獄」では、江戸川乱歩の作品を媒介にして船戸与一『金門島流離譚』と桐野夏生『残虐記』を論じるといった具合である。

もう一つの特徴は、そうして導かれた結論が単に個々の作品の分析にとどまらず、ミステリ史全体や現代ミステリを取り巻く状況の中でどういう意味を持つのか、という点にまで言及されていることだ。

これによって本書は、リアルタイムの時評でありながら、分析型の評論としても高いレベルに達した稀有な評論集となり得ている。

取り上げられた作品のすべてを読んでいなくても、本書を楽しむのに差し支えはないと思うが、その回で言及されている本のうち少なくとも一冊は読んでおいた方が望ましいだろう。

巽はアマチュア時代に津町湘二名義で創作も手がけており、私家版の『津町湘二作品集』（京都大学推理小説研究会）は素晴らしい出来であった。推理作家・津町湘二の活動がないのは残念だが、ミステリ界にとっては代わりに評論家・巽昌章を得た幸運を喜びたい。

もう一冊、『私のハードボイルド　固茹で玉子の戦後史』（早川書房）は、ハードボイルド評論の第一人者・小鷹信光が久々に放つミステリ論集だ。

三六年生まれの著者はワセダ・ミステリ・クラブに所属していた五〇年代末から評論活動を開始。『パパイラスの舟』（75年／早川書房）、『ハードボイルド以前』（80年／ちくま文庫）、『アメリカン・ヒーロー伝説』ちくま文庫）、『アメリカ語を愛した男たち』（85年／ちくま文庫）などで何度も日本推理作家協会賞の候補となっているベテラン中のベテランである。

一般の読者には、松田優作主演のテレビドラマ「探偵物語」の原作者といった方が判りやすいかもしれない。

評論、翻訳、アンソロジー編纂、創作と、あらゆる面でハードボイルドとともに歩んできた著者の、集大成ともいうべき一冊は、戦時中から終戦直後のアメリカ文化との出会いから悠然と語り起こされる。

　西部劇映画への耽溺を経て、戦後の翻訳出版の状況が語られ、高校時代のレイモンド・チャンドラーとのファースト・コンタクトに至る流れは、ミステリ・ファンならずとも大いに興味をひかれるに違いない。

　日本版「マンハント」の創刊、評論家、翻訳家としての活動開始、「探偵物語」との関わり、ハメット『マルタの鷹』の新訳……。

　豊富な一次資料と、著者と直接交友のあった作家、評論家、翻訳家たちの証言を自在に引用しながら、小鷹信光とハードボイルドの五十年が生き生きと綴られているのは驚異的だ。

早川書房（2006）

　いや、むしろ自らの半生記が、そのまま日本におけるハードボイルドの歴史になっている著者の存在そのものが驚異である、というべきか。

　ハードボイルドの語源の考察、海外ハードボイルド史、内外の主要作家・作品リスト、小鷹信光自身の詳細な著作リストと、百五十ページにおよぶ巻末付録の充実ぶりも圧巻である。

　『私のハードボイルド』は、著者自身の知識、体験、所有する資料などを紹介していくタイプの評論集だが、余人の知り得ない情報をここまで濃密に蓄積してきたこと、正確かつ誠実な筆致でそれを読者に開陳していることで、他に類のない高峰となっているのである。

付記……この年の第六十回日本推理作家協会賞評論その他の部門は、この二冊の同時受賞であった。後に小鷹信光さんから「受賞の前に二冊まとめて書評したのは慧眼だったね」とお褒めの言葉をいただいたが、この二冊の質が突出しているのは誰の目にも明らかなので、ことさらに自慢できるようなことではない。

日本ミステリ屈指のストーリーテラーの代表作と超レア作品が登場！

横溝正史『犬神家の一族』『横溝正史翻訳コレクション』

ミステリに特に興味がなくとも、名探偵・金田一耕助とその生みの親である横溝正史の名を知らぬ人はいないだろう。いまだに旧作が相次いで復刊されるばかりか、映画化、ドラマ化、マンガ化と、メディアミックス展開も華やかである。

現在、四十代以上の方ならば、一九七〇年代の半ばに起こった国民的フィーバーともいうべき横溝ブームをご記憶だろうと思うが、著者の経歴を振り返ってみると、そこに至るまでの道のりは死線をさまよう大喀血あり、引退同然の休筆期間ありと、決して平坦なものではなかった。

横溝正史は一九〇二（明治三十五）年五月二十四日、神戸に生まれた。本名は「正史」と書いて「マサシ」と読む。

小学生の時に三津木春影『呉田博士』（オースチン・フリーマン〈ソーンダイク博士〉シリーズの翻案短篇集）や、同じく春影がモーリス・ルブラン『８１３』を訳した『古城の秘密』などに触れて探偵小説の虜となる。

出版芸術社（2006）

神戸二中時代には、友人の西田徳重とともに古書店で外国の探偵雑誌を渉猟するほどであった。

二〇年に中学を卒業して第一銀行神戸支店に勤務。この頃、徳重の早逝によって、その兄でやはり探偵小説マニアの西田政治と知り合い、その影響で「新青年」に投稿を始めるようになる。

二一年、「恐ろしき四月馬鹿」が同誌の懸賞に入選。乱歩よりも二年早くデビューを飾るが、この時はまだ市井のアマチュア投稿家に過ぎなかった。

同年、大阪薬学専門学校（現在の大阪大学薬学部）に入学、二四年に卒業して家業の薬局を手伝うが、その間も創作や翻訳を発表している。

二五年、森下雨村や江戸川乱歩と知り合い、同人グループ「探偵趣味の会」の創設に参加。翌二六年には、早くも最初の短篇集『広告人形』が聚英閣から刊行されている。

この年の秋、乱歩の勧めにより上京。「新青年」の版元である博文館に入社して、編集者としても活躍することになる。二七年から「新青年」、二八年から「文芸倶楽部」、三一年から「探偵小説」と、各誌の編集長を歴任しているが、モダニズムを強調して「新青年」黄金時代の礎を築いたのは、編集者・横溝の功績であった。

また、「探偵小説」では長篇翻訳を呼び物にしたが、クイーン『和蘭陀靴の秘密（オランダ靴の秘密）』、メイスン『矢の家』、ベントリー『生ける死美人（トレント最後の事件）』、ミルン『赤屋敷殺人事件（赤い館の秘密）』、クロフツ『樽』と、今日でも名作として読み継がれている作品が目白押しで、その選択眼の確かさがうかがえる。

自らもさまざまなペンネームを使って創作・翻訳の筆を執っており、ミステリのみならず、ユーモア小説、怪奇小説、コントまで、多彩な作品を発表している。

三二年に博文館を退社して作家専業となる。三三年、「面影双紙」で耽美サスペンスという新境地を開拓するが、直後に肺結核のため喀血。信州上諏訪への転地療養を余儀なくされた。

三五年、憎み合う従兄弟同士の数奇な運命を迫力ある筆致で描いた傑作「鬼火」でカムバックを果たし、再び旺盛な執筆活動に入る。

「蔵の中」「かいやぐら物語」「蠟人」など、この時期に発表された耽美サスペンスは、横溝正史の全作品群の中でも最良のものといって過言ではない。

私立探偵・由利麟太郎と新聞記者・三津木俊助が活躍するスリラーものには、『真珠郎』『夜光虫』『仮面劇場』などがあり、戦後の本格ミステリ志向への萌芽がうかがえる。

三七年から捕物帳の執筆も開始。当初はさまざまな主人公を起用していたが、三八年にスタートした『人形佐七捕物帳』の大ヒットによって、以後は佐七ものが執筆の中心となる。

戦時中は規制によって探偵小説の発表が難しくなるが、この時期、横溝はディクスン・カーの作品を原書で読み、怪奇趣味で装飾を施した本格推理小説の執筆に意欲を燃やしていたのである。

四五年、岡山に疎開した横溝は、そこで終戦を迎えることになる(金田一ものに岡山を舞台にした作品が多いのは、そのためだ)。

四六年、探偵小説専門誌「宝石」の四月創刊号から連載された『本陣殺人事件』は、戦時中の横溝の構想を具現化した本格推理の傑作で、四八年に創設された探偵作家クラブ賞(現在の日本推理作家協会賞)の第一回長篇賞を受賞している。

やや遅れて「ロック」四六年五月号から連載された『蝶々殺人事件』は由利・三津木コンビが活躍する最後の長篇となったが、戦前の作品とは違った堂々たる本格ものであった。

以後、『本陣殺人事件』の探偵役・金田一耕助を起用した本格推理を次々と発表、『獄門島』(49年)、『八つ墓村』『犬神家の一族』(51年)、『悪魔が来りて笛を吹く』(54年)、『悪魔の手毬唄』(59年)と、戦前からのベテランでありながら昭和三十年代までの探偵小説界を牽引しつづけた。

六〇年代に入ると社会派ミステリの台頭にともなって作量が減少。六四年を最後に、新作の発表は途切れてしまう。「推理小説」の時代になって、「探偵小説」を代表する横溝は過去の作家となりつつあったのだ。

しかし、六八年、影丸穣也による『八つ墓村』のマンガ版が「週刊少年マガジン」に連載され、怪奇とロマンと推理が一体化した作風が、若者から熱い注目を集めるようになる。

七〇年には講談社から『横溝正史全集』(全十巻)が刊行され、翌七一年には角川文庫に『八つ墓村』が収録された。以後、角川文庫はたてつづけに横溝作品を刊行、未曾有の横溝ブームが巻き起こるのである。

このブームを受けて齢七十を超えていた横溝は新作の執筆を開始。『仮面舞踏会』(74年)、『病院坂の首縊りの家』(78年)、『悪霊島』(80年)と大長篇を次々と完成させて読者を驚かせた。八一年十二月二十八日に永眠するまで、新作の構想を練りつづけていたという。生涯現役の探偵作家であった。

その作品は大半が九十冊におよぶ角川文庫と春陽文庫

『人形佐七捕物帳全集』（全十四巻）に収められているが、出版芸術社の〈横溝正史時代小説コレクション〉（全六巻）と〈横溝正史探偵小説コレクション〉（全三巻）は、そこから洩れた作品を一気にフォローする企画であった。

　これにつづいて刊行されたのが著者生前のセレクトに従って構成された〈横溝正史自選集〉（全七巻）である。

　各巻の収録作品は1『本陣殺人事件／蝶々殺人事件』、2『獄門島』、3『八つ墓村』、4『犬神家の一族』、5『悪魔が来りて笛を吹く』、6『悪魔の手毬唄』、7『仮面舞踏会』。

　作品としてはお馴染みの代表作ばかりだが、巻末に収められた付録が凄い。連載当時の「著者のことば」、初刊本「あとがき」、エッセイでその作品に触れた部分などが網羅されているのだ。

扶桑社（2006）

　例えば第四巻『犬神家の一族』では、連載時、最終回の直前に行なわれた犯人当て懸賞募集の文面から、七六年版の映画パンフレットに著者が寄せた文章、初出誌「キング」の担当編集者・斎藤稔氏のインタビューまで、資料の充実ぶりは驚異的だ。

　もう一冊、扶桑社文庫からも驚愕の一冊が刊行された。ウィップル『鍾乳洞殺人事件』とヒューム『二輪馬車の秘密』の二長篇を合本にした『横溝正史翻訳コレクション』である。前述のように、横溝は戦前の一時期、翻訳も手がけていたが、これはその代表的な二作の復刊だ。

　D・K・ウィップルは今となっては経歴すら不明の作家であるが、『鍾乳洞殺人事件』は横溝ファンの間では有名な作品である。というのも、鍾乳洞の中を舞台にした連続殺人劇、というアイデアが、『八つ墓村』の構想の原点となっているからなのだ（『八つ墓村』には主人公がかつて読んだ探偵小説として『鍾乳洞殺人事件』と思しき本が登場する）。

　ファーガス・ヒューム『二輪馬車の秘密』は一八八〇年代にロンドンでベストセラーとなったスリラーもの。新潮文庫の完訳版と比較すると横溝が大胆に原作をカットしていることが判るが、ミステリとして見た場合、むしろその演出の方が効果的であるのには脱帽するしかない。

一九二八年の「新青年」連載版と三〇年の単行本版では結末に大幅な異同があるため、付録として連載時のテキストが収録されているのも嬉しい配慮だ。

さすがに二作とも、推理小説としては古びている観があるのは否めないが、横溝の闊達な訳文のおかげで、著者自身の小説を読んでいるのとほとんど変わらぬ興奮が味わえるはずだ。ファンにとっては、またとない珍品のプレゼントといえるだろう。

極上の料理と謎解きの融合！　二人の異色作家が丹精込めた美食とミステリの競演！

松田美智子『天国のスープ』
芦原すなお『わが身世にふる、じじわかし』

ミステリと食べ物は相性がいい。娯楽として発達してきたミステリは一種の嗜好品であるから、作者は細かい情報を盛り込むことに工夫を凝らすものだが、美味しい食べ物は贅沢品の最たるものだからであろう。

海外では、レックス・スタウトの生んだ巨漢探偵ネロ・ウルフが食通として描かれている。なにしろお抱えのコックを雇っているほどの美食家なのだ。

小鷹信光の編んだ『とっておきの特別料理』（83年／大和書房→河出文庫『美食ミステリー傑作選』と改題）もバラエティに富んだ好アンソロジーであった。

A・H・Z・カー「お代は舌で」、ヘンリー・スレッサー「コック長に脱帽」、スタンリー・エリン「デザートの報い」、O・ヘンリー「感謝祭の二人の紳士」など、短篇の名手の作品がずらりとそろっている。各篇の扉ページに登場する料理の解説が載っているのも洒落た趣向だ。

　エリンにはミステリ史に残る傑作「特別料理」（早川書房『異色作家短篇集2　特別料理』所収）もあるが、食べ物をテーマにした短篇は、それこそ枚挙に暇がない。

　ロード・ダンセイニ「二壜のソース」（創元推理文庫『世界短編傑作集3』所収）のように不気味なものから、ロアルド・ダール「おとなしい凶器」（ハヤカワ・ミステリ文庫『あなたに似た人』所収）、『ヨット・クラブ』（晶文社）で注目を集めたデイヴィッド・イーリイの「グルメ・ハント」（晶文社『大尉のいのしし狩り』所収）まで、ひねりの効いた作品が目白押しだ。

文藝春秋（2007）

　最近では、〈グルメ探偵〉シリーズを生んだピーター・キングがおり、『グルメ探偵、特別料理を盗む』『グルメ探偵と幻のスパイス』（いずれもハヤカワ・ミステリ文庫）の二冊が刊行されている。

　国内に目を転じてみると、真っ先に思い浮かぶのは宇能鴻一郎が匿名の嵯峨島昭名義（作者を「サガシマショウ」の洒落）で発表した〈酒島警視〉シリーズだ。「酒島警視の食道楽犯罪簿」と銘打たれた連作『デリシャス殺人事件』（82年／カッパ・ノベルス→光文社文庫『グルメ殺人事件』と改題、以下同様）を筆頭に、『美食倶楽部』（84年→『美食倶楽部殺人事件』）、『「活けじめ美女」殺人事件』（93年／光文社文庫）など、料理と推理と官能を融合させた著者ならではのトリッキーなシリーズだ。

　長篇『グルメ刑事』（87年／カッパ・ノベルス→光文社文庫）では西郷刑事と平東刑事が活躍するが、短篇集『ラーメン殺人事件』（91年／光文社文庫）では酒島警視と平東刑事が顔を合わせているのも楽しい。

　栗本薫には意外な動機が印象的な現代サスペンス『グルメを料理する十の方法』（86年／カッパ・ノベルス→光文社文庫）があり、第一回サントリーミステリー大賞を受賞した鷹羽十九哉には、食通として知られる大田南畝（蜀山人）を探偵役にしたグルメ時代推理『板前さん、ご用心』

（89年／文藝春秋）がある。

最近の作家では、北森鴻の食へのこだわりが群を抜いている。第五十二回日本推理作家協会賞を受賞した『花の下にて春死なむ』（98年／講談社→同文庫）は、三軒茶屋のビアバー「香菜里屋」を舞台にした連作だが、毎回登場する料理が読みどころの一つとなっている。

同じシリーズに『桜宵』（03年／講談社→同文庫）と『螢坂』（04年／講談社→同文庫）があるが、他にも料理名人の探偵が料理を作りながら謎を解く連作『メイン・ディッシュ』（99年／集英社→同文庫）など、料理を作中にあしらった作品を得意としている。


松田美智子の書下し長篇『天国のスープ』（文藝春秋）は、料理にまつわるミステリアスな人間模様を描いた作品だ。内容が内容だけに紛らわしいが、作者は同姓同名の料理評論家ではなく、犯罪ノンフィクションで活躍している松田美智子である。

『少女はなぜ逃げなかったのか』（94年／恒友出版→幻冬舎アウトロー文庫『女子高校生誘拐飼育事件』と改題）、『福田和子はなぜ男を魅了するのか』（99年／幻冬舎→第一部のみ幻冬舎アウトロー文庫『整形逃亡　松山ホステス殺人事件』と改題）、『カプセル　新潟少女監禁事件　密室の3364日』（02年／主婦と生活社）と、代表的な著作のタイトルを見れば、誰もが「あの事件か」と思い当たるだろう。

連作『迷宮の女』（00年／光文社文庫）、『秘密の地下室』（02年／同）など、実在の事件に材を採ったドキュメント小説も手がけているが、ミステリ・ファンにはむしろ、死体修復師を主人公にした〈EM（エンバーミング）〉シリーズ（幻冬舎ノベルズ）の作者、雨宮早希の名義の方が馴染みがあるかもしれない。

『天国のスープ』には、二人の主人公が登場する。それぞれのストーリーが交互に語られていき、やがて交差することになるのだ。

レストラン「スープの店」で働くコックの岡本亮介は、二年前に四歳の息子・直樹を事故で亡くしていた。幼稚園の園児の列に、二人乗りのオートバイが突っ込んできたのである。

悲しみに暮れて荒んでいた亮介は、オーナーシェフの元山修蔵に誘われて現在の店で働くようになり、ようやく落ち着きを取り戻していた。

しかし、直樹の件で妻の美樹との間には見えない罅《ひび》が入り、美樹からは離婚を要求されていた――。

特許事務所に勤める杉村結子は、毎日毎日時間の許す限り、スープを食べ歩いていた。一年前に婚約者に裏切られ、自ら死を選んだ姉のために。かつて姉があるレストランで出されたという心づくしのスープを探すつもりなのだ。だが、手がかりはあまりにも少なく、外食をつづけるには経済的な負担も大きすぎた。

やがて結子は「スープの店」にたどり着くことになる。事情を知った亮介は、断片的な情報から幻のスープのレシピを再現しようと試みるのだが……。

ストーリー上の必然として、スープを中心としたさまざまな料理の描写が作中に盛り込まれており、大いに食欲をそそられる。亮介も結子も、肉親を失った悲しみを背負った陰のある人物だから、物語はどちらかというと重い雰囲気に包まれているのだが、それ故にかえって、最後に判明する「幻のスープ」の意外な調理法が読む者の心に残るのである。

殺人事件や奇抜なトリックとは無縁でストーリーとしては普通小説だが、ミステリ・ファンを満足させる意外性を備えた一冊といえるだろう。

芦原すなお『わが身世にふる、じじわかし』（創元推理文庫）は、『ミミズクとオリーブ』『嫁洗い池』（いずれも創元推理文庫）につづく〈台所探偵〉シリーズの第三作。

前二作は「オール讀物」に連載されて一九九六年と九八年に、それぞれ文藝春秋から刊行されたが、これが創元推理文庫に収められたために、掲載誌が同社の「ミステリーズ！」に移り、文庫オリジナル短篇集として登場した。

創元推理文庫（2007）

語り手の「ぼく」は八王子の郊外に住む作家だ。友人の河田警部がしばしば彼の家を訪ねてくる目的は、奥さんの手料理を味わうためだけではなく、事件の謎を奥さんに解き明かしてもらうことにある。料理名人の奥さんは、とんでもない推理力を持った名探偵でもあったのだ……。

とぼけた会話が持ち味のユーモラスなシリーズだが、いわゆる「安楽椅子探偵《アームチェア・ディテクティブ》」ものの定型を踏まえた堂々たる本格ミステリの連作でもある。

最新刊には、奇妙な詩を残して殺された詩人の死の意外な真相「ト・アペイロン」、研修でニューヨークに赴いた河田警部が遭遇した難事件「NY・アップル」、「ぼく」の少年時代の記憶が事件と結びつく「さみだれ」など、六篇を収録。

表題作は二人の老人が行方不明になるという事件だが、かどわかしならぬ爺《じじ》わかし、駆け落ちならぬ爺落ちだ、というのがタイトルの由来だから人を喰っている。

わずかな手がかりから意外な真相を見破る奥さんの名推理もさることながら、毎回登場する料理の描写が大いに読書欲を刺激する。

芦原すなおは映画化もされた『青春デンデケデケデケ』（91年／河出書房新社→同文庫）で、第二十七回文藝賞、第百五回直木賞を受賞しており、普通小説の作家というイメージが強かったが、『ミミズクとオリーブ』の連作以外にも、長篇本格ミステリ『月夜の晩に火事がいて』（99年／マガジンハウス→創元推理文庫）と連作ハードボイルド『ハート・オブ・スティール』（00年／小学館→創元推理文庫『雪のマズルカ』と改題）を刊行しており、いずれも普通作家の余技のレベルにとどまらない完成度を示している。

力量ある作家のミステリ界への進出を大いに歓迎したいと思う。

四十年にわたって第一線で活躍するベテランが熟練のテクニックを見せる最新作二冊

佐野洋『歩け、歩け』
夏樹静子『四文字の殺意』

戦前から昭和三十年代にかけて、ミステリは探偵小説と呼ばれていたが、作家の絶対数も少なく、現在ほどポピュラーな小説ジャンルではなかった。なにしろ戦前は探偵小説を専門に手がける作家が三十人もいなかったのだ。

戦後は次々と創刊された「ロック」や「宝石」といった専門誌から新人が登場して作家の数も倍以上に増えるが、まだまだマイナーなジャンルだったといっていい。

ミステリが現在のようにエンターテインメントの中心となるきっかけは、昭和三十二（一九五七）年十一月に刊行された仁木悦子の『猫は知っていた』（講談社）がベストセラーになったことだろう。この作品は初めて一般公募を行なった第三回江戸川乱歩賞の受賞作であった。

つづいて翌年二月には松本清張『点と線』（光文社）、十月には大藪春彦『野獣死すべし』（講談社）が出て、それぞれベストセラーとなる。特に松本清張作品は社会現象ともいうべき一大ブームとなり、推理小説の大衆化に大きく貢献した。

この年から数年の間に、佐野洋、結城昌治、笹沢左保、三好徹、陳舜臣、都筑道夫、生島治郎といった海外作品の洗礼を受けた有力作家が次々と登場し、国産ミステリは急速にその陣容を整えていくことになるのである。

昭和三十年代から現在に至るまで現役で活動している作家は、土屋隆夫、辻真先、西村京太郎、斎藤栄など数えるほどしか残っていないが、佐野洋はその中でもとりわけ息の長い存在である。

光文社文庫（2007）

読売新聞社在職中の昭和三十三（五八）年、「週刊朝日」と「宝石」が合同で行なった懸賞募集に「銅婚式」が入選してデビュー。以後、旺盛な執筆活動に入る。

なにしろ昭和三十四

（五九）年には『一本の鉛』（4月／東都書房）、『高すぎた代償』（6月／和同出版社）、『第4の関係』（11月／東都書房）と三冊の書下しを刊行、昭和三十五（六〇）年には、『賭の季節』（2月／新潮社）、『脳波の誘い』（3月／講談社）、『透明な暗殺』（4月／東都書房）、『二人で殺人を』（5月／光文社カッパ・ノベルス）、『貞操試験』（6月／東都書房）、『未完の遺書』（7月／浪速書房）、『ひとり芝居』（12月／桃源社）と七冊もの長篇を刊行しているのだ。

このうち「宝石」に連載された『貞操試験』以外は書下しで、その他にも大量の短篇作品を雑誌に発表しているのだから凄い。

佐野洋は後に都筑道夫との間で交わされたいわゆる「名探偵論争」で、超人型のシリーズ探偵に否定的な立場を表明しているだけに、その作品は「どこにでもいる普通の人物が奇妙な事件に巻き込まれる」というタイプの洒落たサスペンスが多い。

佐野洋は推理小説を現代的なゲームとして捉えており、プロットから小見出しに至るまで作品には遊び心が満ち溢れている。「小説推理」で三十年以上にわたって連載されている名物時評〈推理日記〉で、しばしば「そこまでこだわるのか」と驚くほど細かい指摘を見せるのも、ゲームだからこそ細部をおろそかにしないという姿勢が反映されているからであろう。

特筆すべきは短篇の質の高さと多彩さである。日本推理作家協会の年間アンソロジーでは、一九六〇年版から一九九七年版まで連続収録という前人未到の記録を打ち立てており、年鑑に採られた作品だけを集めて『尾行』『盗難車』『最後の夜』『こわい伝言』（いずれも光文社文庫）と四冊の短篇集が編まれているほどだ。

永年にわたって執筆活動をつづけていると、どうしても短篇集に収録される機会を逸したまま埋もれる作品が出てくるものだ。佐野洋の新刊『歩け、歩け』（光文社文庫）は、九九年以降の近作五篇に六〇年代の一篇と七〇年代の三篇を加えた単行本未収録作品集である。

最も古い「お望みどおり」は六四年の作品。男がある朝目覚めると、妻の姿が消えており、「あなたを愛しています。だから、あなたのお望みどおりにいたします」という書き置きが残されていた。前夜、寝る前に軽い口論をしたのが原因なのか？　妻は男が何を望んでいると考えて姿を消したのか？　ショッキングなラストに肌が粟立つ一篇である。

七二年の「透明な仮面」では、パートナーとなる女性をオークションにかけて選ぶという秘密パーティーに参加した男が、会場のホテルで起こった殺人事件の謎を追うことになる。パーティー参加者が仮面を着用しているという設定を利用してひねりを加えた一篇。

七七年の「高給家庭教師」では、月給二十五万円、成功報酬三百万円という破格のアルバイトに応じた大学生を待ち受ける恐ろしい運命が描かれる。広告記事、面接記録、新聞記事といった記録だけを並べる形で進行する洒落たスタイルの作品だ。

七九年の「十五年目の子」は、それまで子供は要らないと言っていた夫に、突然子供を作ろうと言い出されて戸惑う妻が主人公である。推理小説を読みなれた読者であればその真相は半ばで予想がつくだろうが、その幕引きには意表をつかれる。

九九年の「古い虹」では、虹が二重に見えるのは性的な興奮を覚えた時だ、と妻に言われたことから男がその由来を探り、二〇〇〇年の「赤い骨」では、中学時代の教師が亡くなったことから当時の秘められた行為が明らかになる。

〇一年の「ミス・ショット」では、妻に失踪された男がゴルフでミスを連発したことから意外な真相が暴かれ、同年の「銀座の空襲」では、戦時中に防空壕の中で年上の女性に性の手ほどきを受けたというエピソードが意外なオチにつながる。

〇五年の表題作では、父から教わった古い歌がきっかけとなって、戦時中からの意外な人間関係が示唆されることになる。

こうして年代順に見ていくと、初期には殺人や誘拐といった事件にひねりを加えて意外なラストを演出していたものが、次第に犯罪以外の素材を用いるようになり、近作ではちょっとした謎の真相を推理する過程を悠然と楽しむというスタイルへと変遷しているのが判って面白い。

夏樹静子も昭和三十年代から活動をつづけるベテランの

一人である。後に自身も推理作家としてデビューする実兄・五十嵐均の影響でミステリ・ファンとなり、慶應義塾大学在学中の昭和三十五（六〇）年、第六回江戸川乱歩賞に投じた『すれ違った死』（五十嵐静子名義）が最終候補に残る。

これがきっかけとなってNHKの人気番組「私だけが知っている」のレギュラー・ライターとなる。昭和三十七（六二）年には夏樹しのぶ名義で「宝石」に短篇「ガラスの鎖」を発表。翌年にも数本の短篇を発表するが、結婚して執筆活動を休止。

昭和四十四（六九）年、夏樹静子名義で第十五回江戸川乱歩賞に投じた『天使が消えていく』が再び最終候補となり活動を再開。この作品は翌年に講談社から刊行されて本格的なデビューを飾った。

短篇集『見知らぬわが子』（71年／講談社）をはじめとして、初期には母と子をテーマにしたトリッキーな作品が多く、書下しの第二長篇『蒸発』（72年／カッパ・ノベルス）で早くも翌年の第二十六回日本推理作家協会賞を受賞している。

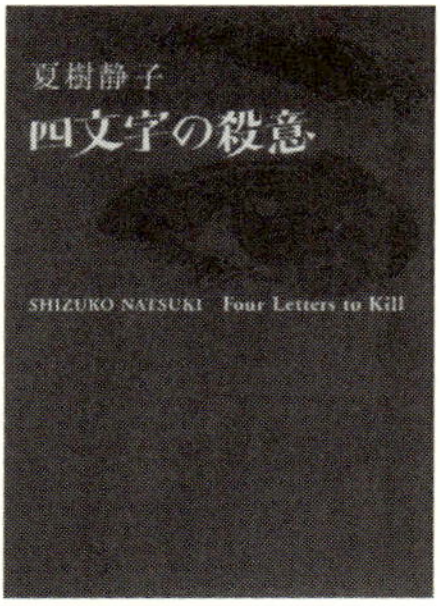

文藝春秋（2007）

リアルな人間ドラマを描きつつ、巧みなミスディレクションで意外性を演出する正統派の推理作家といえるだろう。腰痛に悩まされて作量が落ちた時期もあったが、これを克服した九八年からは、再びコンスタントに作品を発表しつづけている。

最新刊『四文字の殺意』（文藝春秋）は、〇三年から〇六年にかけて「オール讀物」に発表された六篇を収める新作短篇集。表題は収録作品のタイトルが、いずれもひらがな四文字で統一されていることによる。

伊豆で暮らす母が何者かに殺されたことから、母の意外な秘密が明らかになる「ひめごと」、不機嫌な夫に対するあてつけで穴のあいた靴下を履かせたことから思わぬ事件に遭遇する妻を描いた「ほころび」。

散歩の途中で当て逃げに遭って死亡した義父。その身体には犬の毛が付着していた。（「ぬれぎぬ」）

代議士の秘書だった男が自宅で殺害された。犯人は裏口から侵入したようなのだが……。（「うらぐち」）
鎌倉の住宅街で発生した殺人事件は強盗の仕業なのか？（「やぶへび」）
オーケストラで発生した殺人の意外な真相とは？（「あやまち」）
いずれもタイトルに二重の意味《ダブル・ミーニング》を込めたうえで、読者の予想を覆すどんでん返しが仕掛けられているのはさすがだ。余裕たっぷりの語り口で推理の面白さを満喫させるベテランならではの一冊である。

日本SFのパイオニアの生涯を描く本格評伝と翻訳怪奇小説出版の仕掛人の回想記

最相葉月『星新一　一〇〇一話をつくった人』
紀田順一郎『幻想と怪奇の時代』

今月はミステリの周辺ジャンルであるSFと怪奇幻想小説についての素晴らしいノンフィクションが刊行されているのでご紹介しよう。

戦前から昭和三十年代にかけて、ミステリがまだ探偵小説と呼ばれていた時代には、怪奇小説やSF（科学小説）も内包する混沌としたジャンルであった。

日本SFの父と位置付けられる海野十三も、怪奇掌篇を得意とした城昌幸も、秘境や怪生物の描写に情熱を傾けた香山滋も、みな探偵作家としてカテゴライズされていた。

そもそも当時の探偵小説の代名詞ともいうべき江戸川乱歩からして、「二銭銅貨」「D坂の殺人事件」といった本格推理を書く一方で、「人間椅子」「鏡地獄」「押絵と旅する男」「人でなしの恋」など怪奇小説の傑作を数多く発表しているのだ。

それまで、いわば探偵小説の庇を借りていたSFが、ジャンルとして独立するきっかけはなんだったか。現在の目で振り返ってみると、星新一の登場こそが最大のエポックであったことが判るはずだ。

昭和三十二（一九五七）年、日本最初のSF同人誌「宇宙塵」の第二号に発表した「セキストラ」が江戸川乱歩の編集する「宝石」に転載されてデビュー。

以後、原稿用紙で二十枚以内の洒落た作品を次々と発表。従来のコントや掌篇小説に比べてはるかに洗練された独自の作風で、当初は「ショート・ミステリー」「科学ファンタジー」などと銘打たれていたが、一九五九年に「ショート・ショート」という名称が紹介されて、たちまちその第一人者と目されることになる。

六〇年にはショート・ショート六篇が第四十四回直木賞の候補になり、翌年には第一作品集『人造美人』（新潮社）刊行。六八年には『妄想銀行』と過去の業績によって、第二十一回日本推理作家協会賞を受賞した。

八三年にショート・ショート千一篇を達成して休筆宣言をするまで、『悪魔のいる天国』（61年／中央公論社）、『宇宙のあいさつ』（63年／早川書房）、『おせっかいな神々』（65年／新潮社）、『ノックの音が』（65年／毎日新聞社）、『妄想銀行』（67年／新潮社）など三十数冊の作品集を刊行している。

新潮社（2007）

九七年に亡くなってから十年が経過した現在でも、文庫本は軒並み版を重ね、児童向けの新たな作品集がほとんど途切れることなく刊行されつづけている。

最相葉月の『星新一　一〇〇一話をつくった人』（新潮社）は、豊富な資料と綿密な取材によって、人気作家の生涯を丹念にたどった高密度のノンフィクションである。『絶対音感』（98年／小学館）、『青いバラ』（01年／小学館）といった科学ノンフィクションを手がけてきた最相葉月が星新一の本格的な評伝に取り組むきっかけとなったのは、「科学と幸福」というテーマの連載エッセイで星作品を取り上げたことによる。

『あのころの未来　星新一の預言』（03年／新潮社）としてまとめられた連載で星新一のショート・ショートに登場する未来技術を分析した著者は、やがて作家本人へと興味の対象を広げ取材を始めたのだという。

著者は手つかずだった遺品を整理して、大量の資料を発掘した。星新一は日記や創作メモの類をほとんど捨てていなかったようで、学生時代の記録からデビュー当時の下書き原稿までが出てきた。

百三十人を超える関係者への取材も徹底しており、本書によって初めて一般に公開される事実も少なくない。

星新一は星製薬の創始者・星一の息子（本名は親一）。母方の祖母・小金井喜美子は森鷗外の妹である。財界と政府が結託して新興企業の星製薬を潰しにかかる顚末を描いた異色の実録小説『人民は弱し 官吏は強し』（67年／文藝春秋）、あるいは喜美子の夫で解剖学・人類学の泰斗だった小金井良精《よしきよ》の生涯を綴った伝記『祖父・小金井良精の記』（74年／河出書房新社）といった著作のおかげで、こうした星新一の出自はファンには広く知られている。

父の死後、社長の座を継いだものの、東大農学部を出たばかりの御曹司が海千山千の債鬼たちと渡り合えるはずもなく、会社は人手に渡ることになる。その頃、つらい現実を忘れるために日本空飛ぶ円盤研究会に参加。同会を母体に誕生した科学創作クラブの会誌「宇宙塵」に作品を発表して作家となるのは前述したとおりである。

星新一はこの間の心境をほとんど書き記していないので、出来事だけを見るとうまく作家に転身したようにも思えるのだが、最相葉月は関係者の証言、新一の当時の日記、裁判資料までを駆使して、この「空白の六年間」の実態に迫っていく。この章が本書の第一の山場である。

作者はつづいて新一のデビューから人気作家への道のりを丁寧にたどっていく。この部分でも関係者による新証言が数多く紹介され、日本SF黎明期の裏面史としても興趣が尽きない。

創作の実態やアイデア発想法などを、新一自身のメモを元に詳しく紹介した部分も、星ファンにはたまらない面白さだが、作品数が八百篇を超えてから千一篇に到達するまでの壮絶ともいえる過程は鬼気迫る迫力であり、本書の第二の山場といえる。

SFとミステリを専門に研究している身から言わせてもらえば、事実関係や歴史認識についてほとんど誤りがないのは驚異的であった。終始、冷静に筆を運んで、判りやすく事実を紹介しているのも、星新一の評伝には相応しいスタイルだったといえるだろう。

この本の第九章で、当時の状況を示す資料として挙げられているのが、紀田順一郎『戦後創成期ミステリ日記』(松籟社)である。

紀田順一郎は現代思想史から読書論まで幅広い分野で活躍する評論家だが、慶應義塾大学推理小説同好会の最初期メンバーの一人であり、文筆家としての出発点は推理小説にあった。

古書店主が探偵を務める『幻書辞典』(82年/三一書房→短篇「無用の人」、長篇『夜の蔵書家』との合本で創元推理文庫『古本屋探偵の事件簿』)以降、『鹿の幻影』(89年/東京創元社→同文庫『古本街の殺人』)、『第三閲覧室』(99年/新潮社→創元推理文庫)と、書籍や古書についての専門知識を活かした推理小説を何冊も手がけているほどだ。

『戦後創成期ミステリ日記』は著者がアマチュア時代に発表したミステリ関係の評論を集大成したもので、今年度の本格ミステリ大賞評論・研究部門の候補にもなった。この好評を受けて、怪奇小説関係の論考をまとめたのが新刊『幻想と怪奇の時代』(松籟社)である。

紀田は推理小説同好会に所属していたが、ミステリだけでなく怪奇小説・幻想小説にも深い関心を持っており、商業ベースでの出版企画については、むしろ怪奇小説のアンソロジストとして活躍したといっていい。一つには市場が確立していたミステリと違って、専門の評論家どころか翻訳者さえいない怪奇小説は、自分たちで本を出さなければ始まらないという事情もあっただろう。

『怪奇幻想の文学』全四巻(69~70年/新人物往来社→全七巻に増補/荒俣宏と共編)、『ブラックウッド傑作集』(72年/創土社)、『M・R・ジェイムズ全集』(73年/創土社)、「幻想と怪奇」(73~74年/三崎書房→歳月社)、『現代怪奇小説集』全三巻(74年/立風書房/中島河太郎と共編)、『世界幻想文学大系』全四十五巻(75~84年/国書刊行会)、『現代怪談傑作集』(81年/双葉社)、『現代怪談集成』全二巻

（82年／立風書房／中島河太郎と共編）と、紀田の翻訳・編集になるアンソロジー、単行本、雑誌の数々は、わが国における怪奇幻想小説出版の礎を築いたといっても過言ではない。

本書の第一部を占める「幻想書林に分け入って」は、二〇〇五年十月三十日に徳島県の創世ホールで行なわれた同題の講演を元にした書下しである。

少年時代に江戸川乱歩や海野十三に読み耽った原体験から、後に「少年マガジン」のグラビア構成や怪獣図鑑で一世を風靡する大伴昌司との鮮烈な出会い、大伴とともに翻訳の師というべき平井呈一を訪ねるエピソードなどが、生き生きと綴られている。

会社勤めの傍ら怪奇小説の編集に精力を傾けていた紀田が、まだ大学生だった博覧強記のマニア・荒俣宏と対面するくだりは、達人と達人の試合を思わせる迫力で息を飲む。

松籟社（2007）

第二部には評論九篇を収録。六二年の「宝石」に発表された「恐怖小説講義」は、現在でも充分に通用する圧倒的な内容の濃さに驚かされること請け合い。他にもゴシック・ロマンスの解説から、ポー、シェリー夫人、ブラックウッドらの作家論、国産ホラーの歴史をたどる「日本怪奇小説の流れ」まで、ぜひとも目を通しておきたい論考ばかりである。

本人による回想と他者による評伝という違いはあるが、今回ご紹介した二冊はいずれもジャンル草創期の熱気を読者に伝える出色のノンフィクションといえるだろう。強くお勧めする次第である。

付記……翌年の第六十一回日本推理作家協会賞評論その他の部門は、この二冊の同時受賞であった。前年同様、素晴らしい二冊が近接して刊行され、この連載で取り上げる機会を得たのは幸運だった。

姿を消した大切な人を追う二人の女性。現代の女探偵は自らの力で人生を切り開く!

永井するみ『カカオ80%の夏』
柴田よしき『回転木馬』

女性探偵ものの系譜を振り返ってみると、私立探偵コーデリア・グレイが活躍するP・D・ジェイムズ『女には向かない職業』が、一つのエポックだったように見える。

もちろん、ミス・マープルやブロンクスのママのように、本格ミステリの探偵ならば女性も少なくなかったが、私立探偵小説やハードボイルドの探偵役を女性が務めるのは珍しかった。

その後、サラ・パレツキーのV・I・ウォーショースキー、スー・グラフトンのキンジー・ミルホーンといった人気キャラクターが生まれて、現在では女性探偵ものは確実に一つの勢力を形成している。

日本でも、海野十三の風間探偵シリーズ、高木彬光の川島竜子シリーズなど、女性探偵ものがないではなかったが、本格的に作品が出そろい始めるのは一九九〇年代に入ってからのことである。

桐野夏生の村野ミロシリーズ、若竹七海の葉村晶シリーズ、太田忠司の藤森涼子シリーズと、個性的なキャラクターが次々と登場した。

今月は女性が探偵役を務めるミステリの最新の収穫二冊をご紹介しよう。

永井するみ『カカオ80%の夏』(理論社)は、若者向けの新叢書〈ミステリーYA!〉の一冊。講談社の〈ミステリーランド〉より少し高めの年齢層を狙ったシリーズのようだ。

折原一『タイムカプセル』、山田正紀『雨の恐竜』、篠田真由美『王国は星空の下』、柳広司『漱石先生の事件簿 猫の巻』と、既に本書を含めて五冊が刊行されているが、挟み込みの広告によると二十二冊ものタイトルが予告されていて壮観である。

芦辺拓、田中芳樹、牧野修、皆川博子、北森鴻、海堂尊と、新鋭からベテランまでそろったラインナップには期待が持てる。

永井するみは九〇年代半ばのデビューだから、このメンバーの中では中堅といえるだろう。九五年、第二回創元推理短編賞に応募した「瑠璃光寺」が最終候補に残り、アンソロジー『推理短編六佳撰』（創元推理文庫）に収録される。

翌年、「マリーゴールド」で第三回九州さが大衆文学賞、「隣人」で第十八回小説推理新人賞、『枯れ蔵』で第一回新潮ミステリー倶楽部賞と、たてつづけに受賞を果たしてデビューを飾った。

理論社（2007）

第一長篇『枯れ蔵』（新潮文庫）では農業、第二長篇『樹縛』（新潮文庫）では製材業、第三長篇『ミレニアム』（双葉文庫）ではコンピュータ二〇〇〇年問題、近作『ビネツ　美熱』（小学館）ではエステ業界と、特異な題材をテーマに選びながら、題材の面白さに寄りかかることなく謎解きを中心に据えたストーリーを構築できる実力の持ち主である。

音楽ミステリ『大いなる聴衆』（創元推理文庫）、ボランティアをテーマにした連作『ボランティア・スピリット』（光文社文庫）、オフィスを舞台にした『ランチタイム・ブルー』（集英社文庫）、『歪んだ匣』（祥伝社）と、多彩な作品を手がけてきた著者が、この新作ではハードボイルドに挑んでいる。

三浦凪は十七歳。同世代の女の子たちはグループを作って行動するのが大好きだが、彼女は群れることが苦手なのだ。そして一人でいる自分が嫌いではない。

母親の美貴は大学の助教授だが、研究者の夫が日本と海外を行ったり来たりの生活なのに耐えられず、凪が九歳の時に離婚した。

福祉学科を志望している笠原雪絵は、そんな凪の数少ない友達の一人である。雪絵に服を選ぶのを手伝ってほしいと頼まれた凪は、表参道でショッピングに付き合うことになる。

明日から夏休みという終業式の夜、雪絵の母親から凪に電話がかかってきた。「合宿のようなもので一週間ほど出かけてくるから心配するな」という内容の奇妙な書き置きを残して、雪絵の姿が消えたのだという。

彼氏ができて一緒に出かけたにしては様子がおかしい。失踪は雪絵の意思なのか、そうでないのか？　服を買う時に話していた「バイト」とはどんなものなのか？　「合宿のようなもの」とは、果たして何か？　手探りのまま調査を開始した凪の前に、次々と意外な事実が現れてくる――。

代官山のカフェバー〈ズィード〉のマスター、母の研究室にいたジェイク、インターネットで知り合った紀穂子とモデルのミリ。さまざまな人たちの助けを借りながら雪絵の行方を追う凪は、やがて少し苦い真実に行き当たることになる。彼女の好きなビターチョコレートよりも苦い真実に……。

失踪人調査はハードボイルド・ミステリの基本パターンだが、その定型を踏まえながら一週間足らずの物語の中で、凪の心の成長を見事に描いているのが素晴らしい。魅力的なキャラクターが目白押しで、シリーズ化が期待される一冊である。

作品の多彩さでは、〈ミステリーYA！〉に『吸血鬼ミユウの決心』でエントリーしている柴田よしきも負けてはいない。この近刊は、女吸血鬼探偵メグが活躍する『Vヴィレッジの殺人』（祥伝社文庫）、『クリスマスローズの殺人』（原書房）の系列に属するものだろう。

九五年に第十五回横溝正史賞を受賞したデビュー作『RIKO―女神《ヴィーナス》の永遠―』（角川文庫）以降の村上緑子シリーズで、警察小説に新機軸を打ち立てたかと思うと、『炎都』（徳間文庫）以降の一連の作品では大河伝奇SFに挑戦。『少女達がいた街』（角川文庫）や『紫のアリス』（文春文庫）のようなトリッキーな本格推理があるかと思うと、人情ミステリ『ふたたびの虹』（祥伝社文庫）あり、青春ミステリ『桜さがし』（集英社文庫）あり。宇宙SF三部作『星の海を君と泳ごう』『時の鐘を君と鳴らそう』『宙の詩を君と謳おう』（光文社文庫）まであるのだから、手がけるジャンルの幅広さは現代作家の中では群を抜いている。

そんな著者の新作『回転木馬』（祥伝社）は、女探偵・下澤唯が登場する連作『観覧車』（祥伝社文庫）の続篇である。

京都で探偵事務所を開いていた唯の夫・下澤貴之は、ある日、失踪した。変わった様子もなく、身の回りのものすら持たず、姿を消してしまったのである。唯は夫が戻ってきた時のために事務所を引き継ぎ、私立探偵として働き始める――。

前作『観覧車』は、唯が探偵となって三年目から十年目までの事件を描いた連作であった。大学の同期で京都府警に勤める兵頭風太、同業の厳しい先輩・川崎多美子といった仲間の助けを借りながら、唯は「探偵」という職業を必死につづけていく。

連作の終盤、調査で佐渡に赴いた唯が貴之の姿を見かけたことから、彼が生きていること、渋川雪という女性と行動をともにしているらしいこと、彼の失踪は京都で発生したホームレスの変死事件に関係がありそうなことなどが判ってくる。

だが、謎は明らかにならないまま、唯が夫の帰りを待つのではなく、行方を探し出そうと決心するところで、ストーリーはいったん幕を下ろした。

本書はそのストレートな続篇であり、すべての謎が明かされる完結篇だが、構成はまったくストレートではない。

第一章「添う人」は、唯ではなく香住笙子という女性の視点で幕を開ける。病院で彼女と同室だった佐野明子は、渋川雪の母親である渋川さわ子からの手紙を笙子に託して世を去った。かつて妻のある男性と関係を持ったことのある笙子は、その手紙を女探偵に見せるかどうか迷うことになる……。

前作では、それぞれの話で殺人やアリバイといったミステリの定型が充分に意識されていたが、本書にはそうした要素はほとんど出てこない。ではミステリ味が薄いのかというとそんなことはなく、唯の捜査に関係する人物たちの心理と過去を丹念に描くことによって、作者は大きな驚きを読者に与えることに成功している。

これはつまり、使いやすいガジェットに頼らなくてもミステリは充分に書けるのだという作者の自信の現れであろう。前作の表題作「観覧車」は横溝賞受賞第一作短篇、即ちプロとして初

祥伝社（2007）

めての依頼原稿だったが、そこから十二年を経た本書は、著者自身の成長を示す一冊でもあるのだ。

貴之と雪の足取りを追って信州に向かった唯は、そこで貴之とそっくりの目をした美少女・小松崎ゆいに出会う。夫は本当に自分を裏切っていたのか――？

真実を追い求める唯の調査は、最後の最後まで意外な展開の連続で息苦しくなるほどだ。人生をかけて夫を愛しつづけた女探偵の物語は、読者の心を打たずにはいないだろう。

片や高校生の素人探偵、片や四十代の職業探偵と二作のヒロインは対照的だが、作中で悩み、成長していく姿は共通している。その奮闘の結末をぜひ見届けてあげていただきたいと思う。

付記……『カカオ80％の夏』はシリーズ化が決まり、第二弾として『レッドマスカラの秋』のタイトルが予告されている。二〇〇八年秋の刊行が楽しみである。

二冊のオリジナル・アンソロジーで参加作家たちの技巧の冴えを堪能する！

日本推理作家協会監修『小説　こちら葛飾区亀有公園前派出所』
小山正編『バカミスじゃない!?　史上空前のバカミス・アンソロジー』

以前、年間ベストアンソロジー『ザ・ベスト ミステリーズ〈推理小説年鑑〉』をご紹介したが、日本推理作家協会が編纂しているアンソロジーは他にもたくさんある。

大きなところでは、光文社カッパ・ノベルスでおよそ三年に一度、その期間に発表された作品を対象にした全三巻のアンソロジーを作っている。

一九六九年の〈現代ミステリー傑作選〉、七一年の〈最新ミステリー選集〉、七四年の〈ベスト・ミステリー〉、七七年の〈最新ベストミステリー〉、八〇年の〈現代ベストミステリー〉、八四年の〈現代ミステリー傑作選〉、八六年の〈最新傑作ミステリー〉、八九年の〈ミステリー・ベストセレクション〉、九二年の〈日本ベストミステリー「珠玉集」〉、九五年の〈「傑作推理」大全集〉、九八年の〈最新

日本推理作家協会監修『小説 こちら葛飾区亀有公園前派出所』／小山正編『バカミスじゃない!?』

集英社（2007）

「珠玉推理」大全〉とつづいたシリーズは、年鑑とは違った角度から現代推理小説の最新の動向を反映してきた貴重な記録である。

二〇〇一年からは副題を〈最新ベスト・ミステリー〉に統一し、テーマ別の編集を試みている。〇一年版は「シリーズ探偵」「トラベルミステリー」「その他」、〇四年版は「シリーズ探偵」「ホラー&サスペンス」「その他」となっており、例年どおりならば、今年の秋にも新たな三冊が登場するはずである。

七八年には『ショート・ミステリー傑作選』（講談社）、八一年には『日本ミステリー傑作選』全四巻（徳間文庫）、九七年には昭和二十〜三十年代の作品を対象にした傑作選『探偵くらぶ』全三巻（カッパ・ノベルス）などがあり、〇一年には講談社文庫の〈ミステリー傑作選〉（『推理小説年鑑』の文庫版）の特別編として、『自選ショート・ミステリー』全二巻が編まれている。

〇三年から翌年にかけて刊行された『推理作家になりたくて』全六巻（文藝春秋）はローレンス・ブロック編『巨匠の選択』（ハヤカワ・ミステリ）の顰《ひそみ》に倣って、作家が自選の短篇と自分が最も好きな他の作家の短篇を並べて収める、という趣向のアンソロジーであった。

今回ご紹介する『小説 こちら葛飾区亀有公園前派出所』（集英社）は、こうした推理作家協会のアンソロジーの中でも、変わり種の一冊といえるだろう。

「週刊プレイボーイ」に〈「こち亀」ミステリー〉として連載された短篇をまとめたこの本は、タイトルのとおり、秋本治が「週刊少年ジャンプ」で三十年以上にわたって連載をつづけている名物マンガ「こちら葛飾区亀有公園前派出所」（以下「こち亀」）を、当代一流の推理作家七人が小説化したものなのである。

大沢在昌「幼な馴染み」では、新宿鮫こと鮫島警部が恋人のロックシンガー・晶《しょう》にせがまれて浅草寺に初詣に行くことになる。浅草出身だという鑑識課員・藪を誘った鮫島らは、仲見世通りで初老の男が外国人スリ集団の犯行を見咎める場面に遭遇。参拝を終えて藪の勧める佃煮屋に向かうと、そこには意外な人物の姿があった……。

石田衣良「池袋⇔亀有エクスプレス」では、〈池袋ウエストゲートパーク〉シリーズでお馴染みのトラブルシューター・マコトのもとに原始人のような顔をした男が現れる。ヤクザだと思ったら、警察学校で同期だった池袋署の吉岡刑事の紹介だという。その警官の依頼は、池袋のＩＴ企業経営者と名乗って女の子を騙しているらしい男を捜すことだった――。

警察小説の名手・今野敏の「キング・タイガー」は、警視庁を退官して故郷の葛飾区に戻ってきた元警視が主人公である。かねてからの念願だったプラモデル作りに挑戦しようと地元の模型屋を訪れた彼は、そこに展示されている見事な模型を作ったのが、両さんと呼ばれる派出所のお巡りさんだと聞いて驚く。彼は両さんの作品を手本にしてプラモデルの作製に没頭するが……。

フィギュア製作を趣味とする著者の薀蓄が、「こち亀」・の世界とマッチした絶妙の一篇。

柴田よしき「一杯の賭け蕎麦」では、『フォー・ディア・ライフ』などで活躍する保育士探偵・花咲慎一郎が登場。園児の小鞠の祖父が無銭飲食で捕まった。小鞠の付き添いで亀有公園前派出所に連れてこられた花咲は、四百円の代金のために両津勘吉と激辛蕎麦の早食い競争をする羽目になる。

京極夏彦「ぬらりひょんの褌」では、なんと大原部長の若い頃の事件が描かれる。鍵のかかった密室状態の部屋で食料を食い荒らし、汚れた褌を遺して消えた妖怪の正体とは？『どすこい。』の南極夏彦ばかりか坂の上で古本屋を営んでいるという老人まで登場するサービス満点の一篇。

逢坂剛「決闘、二対三！の巻」では、梢田刑事と斉木警部補の凸凹コンビが活躍するユーモアたっぷりの警察小説〈御茶ノ水警察署〉シリーズの舞台に、秋本麗子と両津勘吉の二人が研修にやってくる。五本松小百合刑事を加えた御茶ノ水署の三人は、十五万円を賭けて公園前派出所の二人と拳銃摘発の勝負をすることになるが――。

東野圭吾「目指せ乱歩賞！」では、賞金の額に目がくらんだ両さんが江戸川乱歩賞を狙って推理小説を書き上げる。破天荒な手段で首尾よく自作を最終選考に残すことにこれはそんな編者の呼びかけに応えてわざわざバカミスを持ち寄った九人の作家の力作を集めたアンソロジーである。

ベテラン・辻真先の「長篇　異界活人事件」では、ホテルのルームサービスのフグに当たって命を落とした大学教授と女子学生の不倫カップルが、死後の世界に行ってしまう。その世界の法則とは、果たして――？　人を喰ったオチに呆然必至。稚気横溢の一篇。

山口雅也の「半熟卵《ソフトボイルド》にしてくれと探偵《デイツク》は言った」は、典型的なハードボイルドのようだが、周到にどんでん返しが仕掛けられている。読了後にタイトルをもう一度見直すべし。

ホームズ研究の第一人者で、自らも膨大な資料を駆使して『シャーロック・ホームズの栄冠』（論創社）という翻訳アンソロジーを編んだばかりの北原尚彦は、贋作ホームズ譚「三人の剝製」で参加。原典の「三人の学生」を読み返しておくと面白さ倍増の一篇である。

かくたかひろ「警部補・山倉浩一　あれだけの事件簿」はナンセンスなショート・ミステリ。

成功した両さんだったが……。

『超・殺人事件』などでミステリ業界の内幕を徹底的に茶化してみせた著者ならではの一篇だ。

大沢在昌があとがきで、遊びだからこそ真剣に取り組み、「伝家の宝刀ともいえる自身の人気キャラクターを惜しげなく投入したのだ」と述べているとおり、これだけのメンバーが「こち亀」の世界観を尊重しつつ、自分の作風との融合を試みようとしているのは壮観である。

もう一冊のアンソロジー、小山正の編になる『バカミスじゃない!?　史上空前のバカミス・アンソロジー』（宝島社）も投入されたアイデアの豊富さ・豪華さでは負けてはいない。

「バカミス」とは、宝島社のムック「このミステリーがすごい！」の企画ページで小山正が提唱した概念で、トリックやストーリーに常軌を逸した過剰さが感じられる作品を指す。真面目な読者ならば「馬鹿馬鹿しい」の一言で斬り捨てるような作品も、バカミスとして楽しんでしまおうというのだ。

宝島社（2007）

新潮ミステリー倶楽部賞出身の戸梶圭太「悪事の清算」は、場面を実際にモデルに演じさせた写真を原稿として使用した写真小説だ。

船越百恵「乙女的困惑《ガーリー・パズルメント》」では、奇妙な連続現金強奪事件が発生する。現金輸送車を襲撃した犯人はいくら札束があっても一億円までしか盗まないのだ。女子高生と変態爺さんと強奪犯人が入り乱れるクライマックスのドタバタ劇はナンセンスの極致。

鳥飼否宇「失敗作」では、烏餌杏字のミステリ『失敗作』の書評を書いた碇有人が何者かに撲殺される。その犯人と理由は……。まさにこのアンソロジーでなければ発表できない究極のバカ・トリックには感動すら覚える。

鯨統一郎「大行進」では、古今東西の名探偵たちがそろって行進しながらビッグバンの謎を解き明かす。

霞流一「ＢＡＫＡＢＡＫＡします」では、土砂崩れと熊（！）によって外部から遮断された寒村で密室殺人事件が発生する。犯行時刻に聴こえた「バカバカ」という音はなんだったのか……。自らバカミス作家を標榜する著者だけに、設定の奇抜さは群を抜いているが、その異常な枠組みの中で論理的な解決を提示してみせる手際のよさはさすがというしかない。

どちらのアンソロジーも、実力ある作家たちが真剣に遊びに取り組んだことによって、たいへん読み応えのある本となっている。各作家のファンならずとも読んでソンのない収穫といえるだろう。

一夏の〝魔〟に魅入られた子供たち。ライトノベル界のベテランが放つ幻想推理！

早見裕司『満ち潮の夜、彼女は』
小林めぐみ『魔女を忘れてる』

以前、ジュニア・ミステリを取り上げた際、一九八〇年代以降、ジュニア小説と一般向けの小説の間には垣根ができて、作家も読者も相互の交流が途絶えていた、と述べたが、ここ数年でその垣根はかなり低くなってきたようだ。

まず、講談社の児童向け叢書〈ミステリーランド〉によって、島田荘司、有栖川有栖、竹本健治、綾辻行人、法月綸太郎、山口雅也といった一線級のミステリ作家たちが、相次いでジュニア・ミステリを手がけた。

逆に、ジュニア小説で活躍していた力量ある作家たちは一般の読者に「発見」されて、作品発表の舞台を次々と広げ始めている。

小野不由美〈十二国記〉シリーズ（講談社X文庫ホワイトハート）や、はやみねかおる〈名探偵夢水清志郎事件ノート〉シリーズ（講談社青い鳥文庫）は、通常の講談社文庫からも刊行されたし、『さよなら妖精』（創元推理文庫）でブレイクした米澤穂信の『氷菓』『愚者のエンドロール』は、角川スニーカー文庫から一般の角川文庫に装丁が変わっている。

富士見ミステリー文庫の『砂糖菓子の弾丸は撃ちぬけない』で注目を集めた桜庭一樹は、『赤朽葉家の伝説』（東京創元社）で第六十回日本推理作家協会賞を受賞。同作品で直木賞の候補にもなり、『砂糖菓子〜』はハードカバーの単行本として再刊された。

パニックSF『空の中』『海の底』や〈図書館戦争〉シリーズ（アスキー・メディアワークス）で人気の有川浩も、電撃文庫のデビュー作『塩の街』が短篇を増補してハードカバーで刊行されている。

理論社（2007）

ジュニア小説は、老舗のソノラマ文庫、コバルト文庫の時代から、八〇年代後半、富士見ファンタジア文庫、角川スニーカー文庫の参入によって、テレビゲームやマンガのノベライズを内包しつつ、SF・ファンタジーを中心とした発展を遂げた。

九三年の電撃文庫創刊以降は、その傾向がますます強まり、近年ではマンガのイラストが添えられたジュニア小説を総称して「ライトノベル」と呼ぶようになっている。

毎月、膨大な点数が出版されるライトノベルはまさに玉石混交だが、前述したように大人の読者が読んでも充分に楽しめる作品も少なくない。

児童書の大手・理論社が新たに創刊した〈ミステリーYA！〉は、講談社〈ミステリーランド〉よりも、やや高めの年齢層を意識した叢書のようだ。

既に、折原一『タイムカプセル』、山田正紀『雨の恐竜』、永井するみ『カカオ80%の夏』、鯨統一郎『ルビアンの秘密』といった力作が刊行されており、予告されているラインナップも、田中芳樹、皆川博子、柴田よしき、北森鴻、芦辺拓、あさのあつこと、気になる名前が目白押しである。

今月ご紹介する『満ち潮の夜、彼女は』の著者・早見裕司は、ライトノベル界のベテラン作家だ。

八八年にアニメージュ文庫の『夏街道〈サマーロード〉』でデビューしてから、ホラー、アクション、ミステリ、ノベライズと多彩な作品を発表している。

近作ではハードな少女アクション『メイド刑事《デカ》』（GA文庫／既刊七冊）も好調だが、自ら奇談小説家と称するように、〈異形コレクション〉（光文社文庫）に寄稿している一連の幻想ホラーには、強烈な個性があふれている。最新刊の本書は、そんな著者が書き下ろした学園ホラーの傑作である。

前を渓谷、後ろを海に挟まれたガラリヤ学園は、寄宿制の女子高である。かつては歴史あるミッションスクールだったが、現在では問題児を専門に集めて、外界から隔絶した生活を送らせる収容所の役割を果たしている。

夏休みの初日、二年生の糸魚未佳子《いといみかこ》は生徒たちを乗せたバスを見送った。大半の生徒が実家に戻るのに、とびきりの問題児が集められた未佳子の部屋の五人は、夏休みの間も学園で過ごさなければならないのだ。

いつもコンパクトを片手にメイクに余念のない桂亜佐

美。ボーイッシュで頭も切れるが飲酒と喫煙の常習者である湯田江利。他人とコミュニケーションをとるのが苦手な高無碧は、机の上に箱を置いて何かを作っている。気が弱い篠山《ささやま》衣良は盗癖の持ち主で、叱られると海辺で泣くのが常であった。

病的なまでに規律に厳しい蓼科先生と学園唯一の男性職員である保健医の山辺先生の監督のもと、室長の未佳子は四人の仲間たちと夏休みを過ごすはずだった。

例によって姿を消した衣良を探しに浜辺に向かった未佳子は、そこで謎めいた転校生・伊塚《いつかみ》見渚に出会う。学園と海に囲まれた浜辺に、渚はどうやって現れたのか。海を渡ってきたとしか思えないのだが……。

結局、衣良は見つからず、渚を加えた五人での生活が始まるが、今度は激しい怯えを見せていた碧が学園を飛び出してしまう。

外界へ通じる唯一の道である吊り橋の底板が外され、完全に孤立した学園の中で、一人また一人と生徒が消えていく。外から侵入した変質者の仕業なのか、それとも――？

幻想的なタッチで綴られるストーリーは、少女たちの繊細な心の動きを描いて間然するところがない。聖書からの引用や暗示が随所に盛り込まれているのも効果的で、作品のトーンを支配する作者の計算は行き届いている。

ホラーとしては、ことさらに渚の正体を隠そうとはせず、同系統の名作映画のシークエンスが意図的に使用されているほどだが、ミステリとしては、容疑者がほとんどいなくなってしまう終盤にまで意外性のある解決が用意されているのが凄い。

デビュー作『夏街道〈サマーロード〉』も〝夏〟という季節の魔性を封じ込めたような抒情的なホラーだったが、同じく夏を背景にした本書は、それよりもはるかに高い完成度を有しており、作家的成熟を見せつけた形といえるだろう。

前述の有川浩を筆頭に、〈キーリ〉シリーズ（電撃文庫）の壁井ユカコが『NO CALL NO LiFE』（メディアワークス）、〈魔術士オーフェン〉シリーズ（富士見ファンタジア文庫）の秋田禎信が『カナスピカ』（講談社）と、ライトノベル作家の四六判への進出が目立ってきている。

富士見書房（2007）

マンガの表紙だと手にとりづらいが単行本なら買う、という読者層も満足させられるだけの「質」がともなっていると、版元が判断したためであろう。

「ドラゴンマガジン」、富士見ファンタジア文庫、富士見ミステリー文庫を擁する富士見書房も、新たにソフトカバーの単行本シリーズ〈Style-F〉をスタートさせた。小林めぐみ『魔女を忘れてる』は、その創刊ラインナップの一冊である。

著者は九〇年に『ねこたま』で第二回ファンタジア長編小説大賞を受賞してデビュー。以後、ファンタジックな作品を中心に活躍。近作『食卓にビールを』（富士見ミステリー文庫／全六巻）は高校生主婦を主人公にしたＳＦホームコメディだったから、本書のようにシリアスな幻想ミステリを出してくるとは意外であった。

埼玉県の北部にある涌井町で、連続殺人事件が発生した。夏休みのその日、高校一年生の永田路洋のもとに一本の電話がかかってくる。小学校の同級生だったという福井伸也は、「魔女が帰ってきたんだ」と言う。

封印されていた四年前の記憶が甦る。小学校の研究発表で地域の噂を調べることになった路洋たちのグループは、佐場の森に住むという「魔女」を探しに行ったのだ。

路洋の親友の建部朗人、朗人の幼馴染み古屋佐保と菜保の双子姉妹、それに岸本啓次と福井伸也の六人は、森の中の小屋から汚れた髪の女が出てくるのを見る。やがて彼らは「魔女」に願い事をするのだが……。

魔女は死んだはずだ。いや、あの魔女は単なる浮浪者だったのではなかったか。忌まわしい記憶を掘り起こされた路洋だが、伸也が何者かに惨殺されたという知らせを受けてショックを受ける。

路洋、朗人に双子を加えた四人は事件の真相を探ろうとするが、それはさらなる恐怖への入り口であった——。

家庭に問題のある子供たちの現実を容赦なく描いて、息苦しいまでのサスペンスを感じさせる作品だ。

四年前の彼らが本当の子供だったのに対して、高校生の彼らは大人になりかかっている。その対比も面白い。

孤立した学園を舞台にしたホラー・タッチの早見作品と、地方都市を舞台にしたサスペンス・タッチの小林作品。ライトノベル界の二人のベテランが、大人の読者をも物語に引き込む筆力を見せつけた読み応え充分の二冊である。

新旧作家の巧緻極まる短篇集とアイデア満載の大長篇で密室トリックの快楽に浸れ！

鮎川哲也『消えた奇術師』
柄刀一『密室キングダム』

本格ミステリの用語として、最もポピュラーなものの一つが「密室」だろう。内側から施錠されて出入りのできなくなった空間のことで、被害者が密室の内部で発見された場合、犯行自体が不可能だったと考えざるを得ない奇妙なシチュエーションとなる。

もちろん、解決篇で壁を通り抜ける超能力者が登場したのでは読者は納得しないから、密室の犯罪には何らかのトリックが仕掛けられていることになる。そこで古今東西のミステリ作家たちは、創意あるトリックの案出に情熱を傾けてきたのである。

そもそも推理小説の元祖とされるE・A・ポーの「モルグ街の殺人」が密室殺人を扱った作品だったし、コナン・ドイルのホームズもの「まだらの紐」やガストン・ルルー

光文社文庫（2007）

『黄色い部屋の秘密』といった古典を経て、密室はミステリ・ファンの間に広く浸透していった。

　密室トリックにはさまざまなパターンがあり、秘密の抜け穴があったという類のものから、実は自殺だったというもの、犯人が機械的な装置で密室を作るものもある。機械的密室は「糸と針の密室」などと呼ばれて、古くさい手法と見なされているが、バリエーションは豊富で、雪や氷を利用して閂《かんぬき》を落とすもの、磁石、水車、掃除機、その他を使うものと作例に事欠かない。

　一歩進んで実際には密室でないのに、目撃者や証人を心理的に誘導して密室だったと誤認させるトリックも開発された。こちらの応用例も数多い。

　奇抜な密室トリックを考案することだけが競われた時期もあったが、どんなに意外なトリックであっても、犯人がなぜそんな策を弄したのかが説明されなければ、作中でのリアリティは消滅してしまうことになる。
わざわざ苦労してトリックを実行する必要がない、あるいは工作を行なったためにかえって犯人が特定されてしまう、といった作品は、完成度が低いと見なされても仕方がないだろう。

　現代のミステリ作家は、ただ単に「こんなトリックを思いついたから」というだけでなく、「なぜそのトリックを使う必要があったのか」という点にまで、気を配る必要があるのだ。

　日本では、戦前に江戸川乱歩の「D坂の殺人事件」などが書かれているが、基本的に鍵のかからない日本家屋は密室ものには不向きであるとされていた。戦後推理小説の口火を切った横溝正史『本陣殺人事件』や高木彬光のデビュー作『刺青殺人事件』は、その特性を逆手に取った傑作である。

　密室テーマの作品を集めたアンソロジーとしては、鷲尾三郎「悪魔の函」、天城一「高天原の犯罪」などを収めた中島河太郎・編『密室殺人傑作選』（74年／サンポウ・ノベルス）が最も早い。

次いで、甲賀三郎「蜘蛛」、小栗虫太郎「完全犯罪」、天城一「不思議の国の犯罪」、鮎川哲也「赤い密室」などを収めた渡辺剣次・編『13の密室』（75年／講談社→同文庫）が編まれた。質の高さでこれを超えるセレクトは望めないと思われるハイレベルの一冊である。

一冊につき十三篇を蒐めた渡辺アンソロジーは、『13の暗号』『13の凶器』とつづき、一九七六年には高木彬光「妖婦の宿」、楠田匡介「妖女の足音」などを収めた『続・13の密室』（いずれも講談社）が刊行されている。

アンソロジストとしても活躍していた鮎川哲也も『鮎川哲也の密室探求』（77年／講談社）で、大阪圭吉「灯台鬼」、飛鳥高「二粒の真珠」、山沢晴雄「扉」といった傑作を紹介した。

つづけて宮原龍雄「三つの樽」、天城一「冬の時代の犯罪」を含む第二集を編んだが、こちらはその時には陽の目を見ず、後に第一集が文庫化された際、文庫オリジナル（84年／講談社文庫）として刊行されている。

本格ミステリの第一人者だった鮎川哲也は、アリバイものを中心としたリアルな作品では警視庁の鬼貫警部を、密室ものを中心とした古典的な作品では貿易商の星影龍三を、それぞれ探偵役として起用した。

星影龍三が登場する中・短篇は十四篇あり、『赤い密室』『青い密室』（96年／出版芸術社）の二冊にすべて収録されているが、光文社文庫から出た『消えた奇術師』『悪魔はここに』は、そのうちの十篇を再編集したものである。

中篇「呪縛再現」は〈甦る推理雑誌〉シリーズの『「密室」傑作選』に、「朱の絶筆」短篇版は同題長篇の付録として光文社文庫に既に収録されているため、割愛されたのだろう。

六篇を収めた『消えた奇術師』は「赤い密室」「白い密室」「青い密室」の三部作がまとめて巻頭に配置されている。中でも法医学教室の中でバラバラ死体が発見される「赤い密室」は、国産ミステリの中でもベスト級の一作なので、まだ読んだことがないという方は、この機会にぜひどうぞ。

四篇を収めた『悪魔はここに』も読み応え充分。ピエロの扮装をした犯人がトンネルの中で消失してしまう「道化師の檻」は、アリバイと密室を融合させた力作だし、犯人当て小説として発表された「薔薇荘殺人事件」は、読者への挑戦状にまでトリックが仕掛けられた稚気横溢の傑作である。

社会派の時代を経て、密室トリックはパロディの対象でしかなくなったと見る向きもあるようだ。確かに折原一のデビュー作『五つの密室』（88年／東京創元社→同文庫版では作品を増補して『七つの密室』と改題）のような作例もあるが、これは本格ミステリの多様化の現れであって、密室自体が時代遅れになったということではないだろう。

二階堂黎人は定評ある名作と現役作家の書下し新作を併せて『密室殺人大百科』（00年／原書房→講談社文庫）という大部のアンソロジーを編んでいるし、笠井潔の矢吹駆シリーズ『哲学者の密室』（92年／光文社→創元推理文庫）、芦辺拓の森江春策シリーズ『時の密室』（01年／立風書房→講談社文庫）、瀬名秀明のSFミステリ『デカルトの密室』（05年／新潮社→同文庫）といった年度を代表する傑作が次々と生まれているのだから、工夫次第でまだまだ密室トリックにも新手はあるはずなのだ。

現役のミステリ作家の中で、最も密室トリック創案に意欲的な作家といえば柄刀一だろう。

光文社（2007）

一九九四年、アマチュア時代に鮎川哲也が選者を務めていた公募アンソロジー『本格推理』（光文社文庫）の第三巻に採用された作品が「密室の矢」、翌年、同じく光文社文庫の『孤島の殺人鬼』に発表したのが「逆密室の夕べ」であり、九八年のデビュー長篇は『３０００年の密室』（原書房→光文社文庫）である。

孤島で密室殺人が発生する『マスグレイヴ館の島』（00年／原書房→光文社文庫）を経て、デビュー前の二作を含む密室だらけの連作『ＯＺの迷宮　ケンタウロスの殺人』（03年／カッパ・ノベルス→光文社文庫）が刊行される。

これは各話が不可能犯罪を扱った連作であるだけでなく、一冊を通して構成にトリックが仕掛けられた極上の一冊であった。

『OZの迷宮』で登場した南美希風《みきかぜ》は、心臓病というハンデを抱えた名探偵で、その後、『火の神《アグニ》の熱い夏』（04年／光文社文庫）、『fの魔弾』（04年／カッパ・ノベルス）でも探偵役を務めているが、最新刊『密室キングダム』（光文社）は、彼が学生時代に遭遇した「最初の事件」である。

一九八八年八月、札幌市民中央会館で「壇上のメフィスト」と呼ばれた天才奇術師・吝《やぶさか》一郎の復帰公演が行なわれていた。右腕の神経が麻痺するという病を克服して奇術師となった吝は、再び発病して休業に追い込まれたが、十年以上のブランクを経て見事にカムバックを果たしたのである。

抽選で選ばれた五十人の客は吝邸で行なわれる第二部に招待されることとなり、吝は後ろ手に縛られたまま棺に入れられ自宅へと戻ってくる。

だが、舞台部屋に運び込まれた棺の中で、吝一郎は胸に杭を打ち込まれて絶命していたのだ。屋敷、部屋、棺と三重の密室の中で、誰がどうやって、何のために――？

吝の奇術スクールの生徒である南美希風は、知力を尽くして悪魔のような殺人犯と対決することになるのだが……。

千七百枚におよぶ大長篇を通して、畳み掛けられるように配された密室、密室、また密室の連打は圧巻。そして密室の謎に幻惑されていると、慎重に隠された意外な犯人を見逃すことになるのだ。密室トリックに淫した構成が一種のミスディレクションになっているという恐るべき作品である。

名匠の定評ある傑作選と現役の実力派が趣向を凝らした大長篇で、密室ミステリの面白さを存分に味わっていただきたい。

「捕物帳」というスタイルで時代小説と本格ミステリの融合を目指した先人の名作

都筑道夫『新　顎十郎捕物帳』
林不忘『林不忘探偵小説選』

時代小説と推理小説を融合させた「捕物帳」という形式は、現在ではすっかり定着して、一つのジャンルといえるほどポピュラーなものになっているが、このスタイルの創始者は〈半七捕物帳〉を書いた岡本綺堂である。

一九一七（大正六）年に発表された第一作「お文の魂」で、半七は「彼は江戸時代に於ける隠れたシャアロック・ホームズであった」と紹介されているように、これは原書でコナン・ドイルのホームズものを読んだ綺堂が、舞台を江戸に移しかえようとする試みであった。

〈半七捕物帳〉は、横溝正史や江戸川乱歩が登場するより早く書かれており、はっきりと本格推理小説を意図して書かれた日本で最初の連作ミステリといえるだろう。国産ミステリの源流は、捕物帳だったのである。

講談社ノベルス（2007）

綺堂の創始したこの形式は多くの追随者を生んで、推理作家と時代作家の双方によって無数の作品が書かれてきたが、時代小説と本格ミステリを組み合わせる、という綺堂の意図に反して、推理小説として高い完成度を示したものは少なかった。

久生十蘭の〈顎十郎捕物帳〉（創元推理文庫『日本探偵小説全集8　久生十蘭集』に全篇収録）や坂口安吾の『明治開化　安吾捕物帖』（ちくま文庫『坂口安吾全集』第十二巻、第十三巻に収録）のようなトリッキーな連作をわずかな例外として、捕物帳は「謎解きの風味のある時代小説」として発展を遂げることになるのである。

評論家の白石潔は、評論集『探偵小説の郷愁について』（49年／不二書房）所収「軍閥と闘った『捕物帳』」の中で、さまざまな捕物帳から江戸の風俗・文化を描写した箇所を抜粋したうえで、こう述べている。

誰れしもこれは『歳時記』というであろう。『捕物帳』はそのバックに「季」を持って始めて成立する。永い伝統と平和と自然を愛する精神こそ「季」の精神とするならば『捕物帳』こそ「季の文学」であるといえる。

捕物帳を「季の文学」と位置付けたことで有名なこの評論は、探偵小説が弾圧された戦時中にあって、捕物帳は軍部の検閲に抵抗する文学だったとするなど、今日から見ると首をかしげる部分もあるが、郷愁に満ちた江戸の世界を描いているために大衆から支持されたという指摘は卓見だろう。

失われつつある江戸の風物詩を小説という形で後世に残すというのも、綺堂が〈半七捕物帳〉を執筆した狙いの一つには違いない。

ただ、捕物帳は江戸風俗小説と本格推理小説の二つの要素を複合した新ジャンルとして誕生したにもかかわらず、前者だけが大きくクローズアップされて、後者がなおざりにされつつあったことは否めない。その点に異議を唱えたのが都筑道夫である。

六八年にスタートして晩年まで書き継がれた連作〈なめくじ長屋捕物さわぎ〉（全十一巻／光文社文庫）は、「捕物帳というジャンルを、『半七捕物帳』まで逆もどりして、江戸時代を舞台にした推理小説にしよう」（『都筑道夫自選傑作短篇集』所収「私の推理小説作法」）という意図のもとに、本格ミステリとしての面白さに重点を置いたシリーズであった。

これはつまり、ミステリ・サイドから捕物帳の原点へと回帰する試みだったといえるだろう。〈なめくじ長屋〉が池波正太郎によって編まれた『捕物小説名作選』（80年／集英社文庫）には採用されず、寝たきりの病人が座敷の中で巨岩の下敷きになって死んでいるという怪事件に論理的な解決が提示される傑作「小梅富士」が、『推理小説代表作選集　推理小説年鑑1971年版』（72年／講談社）やエラリー・クイーン編『日本傑作推理12選　第3集』（82年／光文社カッパ・ノベルス）といった推理小説のアンソロジーに採られているのは象徴的である。

七〇〜八〇年代の時点では、謎解きを重視したこのシリーズは、捕物帳としてはむしろ異端であったということだ。

　都筑道夫が〈半七捕物帳〉と並んで、推理小説として高く評価していたのが、久生十蘭が三九（昭和十四）年から「奇譚」に六戸部力名義で連載した〈顎十郎捕物帳〉だ。都筑は三一書房版『久生十蘭全集』では、〈顎十郎捕物帳〉を全篇収録した第四巻の構成を担当し、独自に収録順を決めたばかりか、異本と突き合わせて校訂まで行なうほどの惚れ込みようであった。

　そんな著者が十蘭の遺族の許可を正式に受けて八〇年から書き継いだ贋作（パスティッシュ）シリーズが『新 顎十郎捕物帳』（講談社ノベルス）なのである。

　都筑は翻訳家時代にも、自ら翻訳したカート・キャノン（エド・マクベイン）の『酔いどれ探偵街を行く』（ハヤカワ・ミステリ文庫）の贋作として『酔いどれ探偵』（新潮文庫）を連載しているが、この時期に〈顎十郎捕物帳〉を手がけようと思ったのは、ミステリのシリーズ探偵を題材にしたパロディ連作『名探偵もどき』（80年／文藝春秋）を書いたからではないか。

　ここで簡単にシリーズの設定をご紹介しておこう。

　北町奉行所の例繰方・仙波阿古十郎は顔の半分が顎という異相の持ち主で、顎十郎とあだ名されている。叔父の筆頭与力・森川庄兵衛の命令で嫌々勤めているのだが、とんでもない推理力でどんな事件もたちどころに解決してしまうのだ。

　手下のひょろ松や庄兵衛の娘の花世、彼をライバル視する南町奉行所の与力・藤波友衛といった面々を脇役に配した傑作捕物帳である。

　十蘭の原典では、最後の数話で顎十郎は職を辞して、なんと駕籠《かご》舁《か》きになってしまうが、都筑版〈新 顎十郎捕物帳〉はまだ奉行所に勤めていた頃の事件を描いたものとなっている。

　ちなみに前述のパロディ連作の第二弾『捕物帖もどき』（82年／文藝春秋）の「顎十郎もどき」には、駕籠舁きの顎十郎が登場する。

　『新 顎十郎捕物帳』は、芝居の最中に児雷也が舞台で人を殺して姿を消したという不可能興味満点の事件「児雷也昇天」以下、原典で顎十郎に捕らえられた大盗賊・伏鐘の重三郎が再登場する「浅草寺消失」、イギリス領事館で起こった時計紛失事件にミステリ・ファン驚愕のオチが待つ傑作「えげれす伊呂波」など七篇を収めて、八四年五月に講談社ノベルスから刊行された。

　八五年十一月に「三味線堀」以下の六篇が『新　顎十郎捕物帳2』としてまとまった後にも、「がらがら煎餅」「蚊帳ひとはり」の二篇が発表されたが、これは第三集が刊行される目処が立たなくなったため、〈なめくじ長屋〉ものに改稿されて『さかしま砂絵』（97年／光文社）に収録された。

　このたび、講談社ノベルス二十五周年を記念して綾辻行人と有栖川有栖のセレクトによる名作復刊が企画されたが、そのラインナップ十二冊の中に、『新　顎十郎捕物帳』の第一集が選ばれた。読んだことがないという方は、十蘭の原典ともども、この機会にぜひ手にとっていただきたい。

論創社（2007）

　都筑道夫が「『半七捕物帳』と『右門捕物帖』をつなぐもの」（河出書房新社『一人三人全集Ⅰ』所収「半七と右門のあいだ」）と指摘したのが、林不忘〈釘抜藤吉捕物覚書〉である。

　作者はいうまでもなく、林不忘名義で『丹下左膳』、牧逸馬名義で怪奇実話シリーズ、谷譲次名義でめりけんじゃっぷものを書いた戦前の大流行作家だが、今回、〈論創ミステリ叢書〉から二つの捕物帳を完全収録した『林不忘探偵小説選』（論創社）が刊行された。

　〈釘抜藤吉捕物覚書〉は従来の単行本では十三篇しか収められていなかったが、本書では初出誌から未収録の一篇を加えている。〈早耳三次捕物聞書〉全四篇とエッセイ五本を併せて、時代ミステリにおける不忘の業績が一望できるようになっているのが嬉しい。

　専門誌「探偵文藝」で連載がスタートしただけに、初期作品は殊に推理味が濃いが、掲載誌が「苦楽」に移ると、自身の怪奇実話や怪奇小説の古典的名作「猿の手」（W・W・ジェイコブズ）などを種本に使いながら、事件の怪奇性で読者を惹きつける方向に変わっていくのが、発表順に配列された本書を通読することによって、はっきりと判るだろう。

ジャンル草創期の作品だけに、「時代小説と本格ミステリの融合」という綺堂の試みが完全に継承・達成されているとは言いがたいが、筋立ての面白さはさすがに「昭和文壇のモンスター」といわれた流行作家で、時代的な意義を考えずとも楽しく読めるシリーズに仕上がっている。

こうしたジャンルの流れを踏まえて書かれている現在の捕物帳に触れる余裕がなくなってしまったが、これは別の機会に譲ることにして、まずは先人の残した傑作を存分に楽しんでいただきたいと思う。

死体すら弄ぶ背徳の筆が容赦なく描く人間の〝真実〟！　狂気の傑作を見逃すな！

飯野文彦『バッド・チューニング』
池端亮『あるゾンビ少女の災難』

映画、マンガ、ゲームなど、小説以外のメディア作品を小説にすることを「ノベライズ」という。最も手軽なメディアミックスの手法として、古くからお馴染みのスタイルだろう。

ノベライズは原作のファンが対象であるから、なるべく原作に忠実にストーリーをそのまま文章にすればいい、という考え方がある一方で、原作をあくまで素材、叩き台として、小説独自の面白さを付け加えるべきだ、という考え方もある。どちらが正解ということはないが、小説読者が手にとって楽しいのは明らかに後者である。

例えば、二見書房から刊行されている「刑事コロンボ」の小説版は、元になる台本はあっても訳者が自由に脚色している場合が多い。瀬戸川猛資（藤崎誠名義）の『二枚のドガの絵』、小泉喜美子の『毒のある花』、小鷹信光の『死のクリスマス』『秒読みの殺人』、朝松健の『大当りの死』、大倉崇裕の『殺しの序曲』（円谷夏樹名義）と『死の引受人』などは、それぞれのファンにとっても見逃せない作品だろう。

文春文庫から出た〈ヤング・インディ・ジョーンズ〉（全十四巻）は、タイトルのとおりインディ・ジョーンズの若き日の冒険を描いたテレビシリーズのノベライズだが、これも訳者の翻案に近い内容であった。友成純一『戦下の別離』、横田順彌『東洋の秘術』、川又千秋『硝煙の詩』、梶尾真治『笑うバルセロナ』と、SF・ホラー系のベテラン作家が多数参加したラインナップが目をひく。

早川書房（2007）

牧野修が初期に手がけたホラー系ゲームのノベライズも、著者の持ち味が存分に活かされた作品ぞろいで、『クロックタワー2』『ウイルス―紫の花』（アスペクト・ノベルス）といった著書を探しているファンも多い。

ゲームといえば、『不夜城』でデビューする以前の馳星周が古神陸名義で発表した格闘ゲームのノベライズ『アルティメット・ブレイド』（小学館スーパークエスト文庫）も、ほぼオリジナルの内容であった。

最近では、西尾維新による人気マンガ『DEATH NOTE』のスピンオフ長篇『アナザーノート　ロサンゼルスBB連続殺人事件』（集英社）が、ミステリとしても出色の出来だったのが記憶に新しい。

飯野文彦はノベライズの職人というべき作家の一人である。一九八四年の『新作ゴジラ』（講談社X文庫／野村宏平と共著）の小説版を皮切りに、アニメ、特撮、ゲーム、マンガのノベライズを大量に手がけ、別名義まで含めると五十冊近い作品を発表しているのだ。

「原作を知らない人でも楽しめる作品」を目指しているというだけあって、元のストーリーをただ文章にしました、というタイプの作品はほとんどなく、小説版独自の雰囲気を備えているのが飯野ノベライズの特徴であり、魅力でもある。

そんな著者だが、これまでに発表したオリジナル短篇はほぼすべてホラーという、まったく別の一面を持っている。

朝日ソノラマの小説誌「獅子王」に発表された短篇は、「ゾンビ・アパート」「深夜の舞踏会」「わたしはミミ」など、バラエティに富んだ良質のホラーばかりで唸らされたが、井上雅彦の編による書下しアンソロジー〈異形コレクション〉（廣済堂文庫→光文社文庫）に参加するようになってから、独自の語り口に磨きがかかってきた観がある。

『チャイルド』の「愛児のために」、『幽霊船』の「深夜、浜辺にて」、『酒の夜語り』の「痴れ者」、あるいは朝松健・編のクトゥルーものアンソロジー『秘神──闇の祝祭者たち』（アスペクト・ノベルス）の落語ホラー「襲名」と傑作を連発。一人称の語りで読者を作品世界に引きずり込む技術にかけては、他の追随を許さないといっていい。

その恐ろしいまでの膂力《りょりょく》が初めて一般読者の目に触れたのは、酔っ払いの一人称（！）で描く酩酊ホラー『アルコォルノヰズ』（ハルキ・ホラー文庫）であろう。

ハンマー状の物体で被害者を叩き潰して回る殺人鬼の意外な凶器に唖然とするしかないスプラッタ・ホラーの怪作『ザ・ハンマー』（スクウェア・エニックス）、百物語形式で土俗的な恐怖の世界を描く技巧的な連作『怪奇無尽講』（双葉社）を経て刊行された新作『バッド・チューニング』（早川書房）は、『アルコォルノヰズ』のスタイルを継承・発展させた異形のホラー・ミステリである。

敏腕ならぬBワン探偵を自称する「私」──仰木拓馬は、泥酔して帰ってきた住居兼事務所のマンションで、とんでもないモノを発見する。女の死体だ。

ひと月ほど前に新宿のピンクサロンで知り合った源氏名「加奈子」という女。互いに店での抱擁では満足できず、このマンションに連れ込んで激しい性行為におよんだ女が、なぜか私の部屋で死んでいたのだ。しかも顔を残して全身の皮膚を剝ぎ取られた無残な姿で──。

いったい誰がこんなことをしたのか？　警察に通報しようと思った私は、警視庁時代の経験から自分こそが最大の容疑者であることに気付いて躊躇する。刑事たちに疑いの目を向けられるのは確実で、その容疑を霽《は》らすのは至難の業だろう。

同僚だった刑事の小原に相談しようかとも考えたが、彼が妻の葉子に浮気相手がいるらしいと疑っていたことを思い出した。確かに葉子と寝たのは事実だが、浮気ではなかったと説明しても小原は納得するまい。

私の出した結論は、自分で事件を解決するしか助かる道はない、というものであった。チューニングの狂った回路を修正すべく奮闘する私がたどり着いた驚くべき真相とは——？

典型的な私立探偵小説の骨格を持った小説であるが、淫語・卑語を連発する語り手のために、血液と糞尿と精液と吐瀉物にまみれた凄まじいストーリーが展開されることになる。

気の弱い読者なら卒倒しかねない描写もあるが、どうせ人間は誰でもすけべなものだと嘯く「私」の感覚は真理を衝いていて、語り手自身を含めた登場人物たちの欲望を見事なまでに描き出しているのだ。

本書は今年度の第十四回日本ホラー小説大賞の最終候補に残った作品だが、結果は「受賞作なし」であった。選考委員座談会（「野性時代」八月号）によると、（おぞましい現実社会の事件を反映して）「現状よりも濃い色をつけただけの小説」と評されているが、これは本書が出来が悪いことを示すものではなく、飯野文彦の個性が、日本ホラー小説大賞の捉える「ホラー」の間口に合致していなかったというだけであろう。

いうまでもなく小説に「書いてはいけないこと」など存在しない。既存のモラルを踏みにじり、背徳に突き抜けた先にしか描き得ない物語もあるわけで、飯野文彦は本書でそれに挑んで成功を収めている。見逃せない傑作の登場である。

二〇〇一年、角川スニーカー文庫の『みんなの賞金稼ぎ』でデビューした池端亮は、四冊のライトノベルを発表した後、同文庫でアクション・ホラーアニメ『ＢＬＯＯＤ＋』のノベライズ（全四巻）を手がけている。最新刊『あるゾンビ少女の災難』（角川書店）は、そんな著者の初めての一般向け単行本である。

その年の夏休み、菊花大学の学生寮に残っていた五人の大学生たちは、旧日本軍の金塊が隠されているかもしれないという都市伝説を真に受けて、大学の地下資料室に忍び

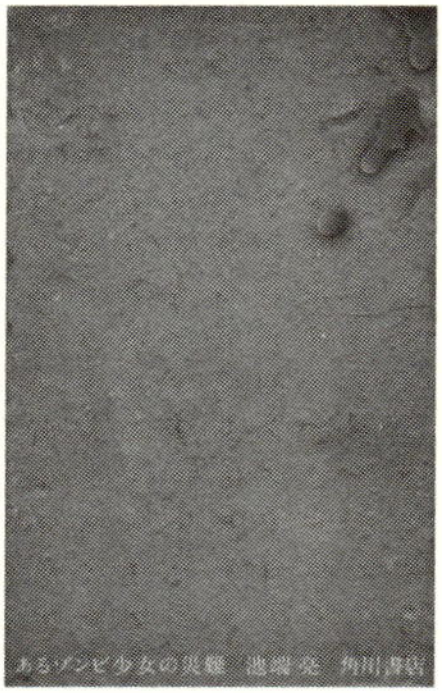

角川書店（2007）

込んだ。

　彼らはそこで見つけた少女の剥製に埋め込まれていた石を盗むが、イタリア生まれのその少女は剥製ではなく、三百年前から死なない体となったゾンビだったのである――。

　百年ぶりに目覚めたゾンビ少女ユーフロジーヌは、付き人の人造生命アルマ・Ｖとともに大学の図書室に潜入し、自分が極東の島国・日本にいることを知る。そして学生たちが面白半分に自分の体から秘石を持ち去ったことと、それを取り返さなければ肉体が維持できないということも……。

　かくして閉鎖された大学内を舞台に、ゾンビ少女と学生たちの血みどろの死闘が始まる。果たして勝利を収めるのはどちらなのか――？

　怪力の持ち主で不死身のゾンビであるユーフロジーヌだが、性格はおとなしく臆病であるというのが面白い。毒舌家のメイドのアルマに尻を叩かれて渋々学生たちを追うが、とにかく力が強いのでちょっと握っただけで人間の腕は軽くもげてしまうのだ。

　ユーフロジーヌが繰り広げるゾンビならではの肉弾戦（？）は意外性と迫力に満ちていて、アクション小説としても上々の出来映えである。

　凄惨な死闘をユーモラスな筆致で描いた異色のホラーだが、死なない（というか、死ねない）者の哀しみが背後にあって、単純なエンターテインメントには終わっていない。

　不死身のゾンビを主人公にすることで、逆説的に「生きること」の意味を考えさせるというのも、ホラーという形式が多様な発展を遂げた現代ならではのアプローチといえるのではないだろうか。

大家が戦前に発表した知られざる探偵小説が、時を超えて今よみがえる！

山本周五郎『シャーロック・ホームズ異聞』
木々高太郎・海野十三・大下宇陀児『風間光枝探偵日記』

山本周五郎は時代小説を中心として、大衆に愛される小説を数多く発表してきた。『正雪記』『樅ノ木は残った』『赤ひげ診療譚』『さぶ』等々、その作品はいまだに文庫本として読まれつづけている。

黒澤明監督も山本作品を愛し、「椿三十郎」（原作『日日《にちにち》平安』）、「赤ひげ」（原作『赤ひげ診療譚』）、「どですかでん」（原作『季節のない町』）を作っているし、死後に制定された山本周五郎賞は優れたエンターテインメントに与えられる文学賞として親しまれている。

山本周五郎は「新青年」一九四六年十二月号から四八年一月号にかけて、人情味あふれる連作ミステリ『寝ぼけ署長』（新潮文庫）を、覆面作家名義で発表しているが、時代小説にもハードボイルドやサスペンスの手法を取り込んだ作品が少なくない。

代表作『樅ノ木は残った』では本編の合間に挿入される「断章」が抜群の効果を発揮していたし、ミステリアスな時代小説『五瓣《ごべん》の椿』は、ウールリッチ『黒衣の花嫁』のストーリーを下敷きにしたものである。晩年の短篇「ひとごろし」では、臆病な侍が奇想天外な方法で仇討ちを行なうのだ。

そんな周五郎が時代作家として有名になる以前、少年ものを中心に夥しい数の推理小説を書いていたことは、あまり知られていないのではないか。

稀代のコレクターだった島崎博が、膨大な蔵書から埋もれた探偵小説の名作を紹介する目的で創刊した雑誌「幻影城」は、七五年九月号で「山本周五郎探偵小説集」と題した特集を組んで、本格ミステリ「出来ていた青」、怪奇小説「猿耳」、スパイ小説「火の紙票」、捕物小説「小法師の勝ちだ」の四篇を

作品社（2007）

再録している。

　この特集には周五郎研究の第一人者・木村久邇典による解説「山本周五郎のミステリー」が添えられているが、木村はそこで「猫目石殺人事件」「木乃伊《ミイラ》の殺人」「亡霊ホテル」「怪人呉博士」など、三十八篇もの作品タイトルを挙げている。

　こうした作品群は、「無名時代に生活のために書いたもの」として、これまでほとんど再刊の対象となってこなかったが、このたび、作品社から『山本周五郎探偵小説全集』として、その大半がまとめられることになった。

　実は筆者も以前、同じ趣旨の本を作ろうと思って調べたことがあるのだが、掲載誌の大半が公共図書館にも所蔵されていない少年向けの雑誌であるため、肝心のテキスト入手が困難で、やむなく諦めた経験がある。

　この連載の第四十五回で、やはり作品社から出た『国枝史郎歴史小説傑作選』を紹介したが、編者の末國善己氏は、散逸甚だしい戦前の初出誌を丹念に調査して、『国枝史郎探偵小説全集』『国枝史郎伝奇短篇小説集成』(全二巻)、『国枝史郎伝奇浪漫小説集成』、『野村胡堂探偵小説全集』をまとめてきた。今回のシリーズも、その一連の研究の成果である。

　各巻三百五十ページを超える作品が収録されているが、現代ミステリだけで全六巻、別巻として時代伝奇小説がまとめられるとのこと。原稿用紙にして四千五百枚におよぶ作品群で、若干の未確認作品があるとはいえ、これだけの分量を発掘した末國氏の豪腕には感服するしかない。

　十月に刊行された第一巻『少年探偵・春田龍介』は、タイトルのとおり、天才と呼ばれた少年探偵が活躍するシリーズ作品を中心とした一冊である。

　周五郎が初めて発表した現代ミステリ「危し!!　潜水艦の秘密」では、春田龍介少年が父・春田博士の発明した潜水艦の設計図を狙う軍事探偵と対決する。暗号あり、アクションありの娯楽篇だ。

　春田少年は、他に「黒襟飾《ネクタイ》組の魔手」「幽霊屋敷の殺人」「骸骨島の大冒険」「謎の頸飾事件」の四短篇とスパイ小説的な長篇「ウラルの東」で活躍する。

　ノンシリーズ短篇「殺生谷の鬼火」「亡霊ホテル」「天狗岩の殺人魔」「劇団「笑う妖魔」」の四作を併録。少年向けの雑誌に発表されたものばかりなので、少年が探偵役を務めるものが多い。

第二巻『シャーロック・ホームズ異聞』はタイトルに採られた長篇「シャーロック・ホームズ」が圧巻である。なにしろ本物のシャーロック・ホームズが日本に来て活躍するのである！

浮浪児の凡太郎が遭遇した殺人事件は、被害者に傷あとのない奇怪なものであった。警視庁の村田刑事課長は、変名で来日していた世界的名探偵シャーロック・ホームズに出馬を要請、調査に赴いたホームズは現場の痕跡から凶器が吹き矢であると看破する。そして犯人は日本人でも支那人でも西洋人でもないというのだが……。

雑誌「新少年」の別冊付録として発表されたこの作品は、初出ではコナン・ドイル原作、山本周五郎訳述と表記されていたそうだが、もちろんドイルがこんな話を書いている訳はなく、ストーリーは周五郎のオリジナルである。

とはいえ、浮浪児たちを集めたベイカー・ストリート・イレギュラーズの代わりに凡太郎少年をホームズの助手に配したり、軽井沢で敵の奸計にはまったホームズが滝に転落したりと、原典を踏まえたシークエンスも多い。終盤では短篇「まだらの紐」のエピソードが、そのまま使われているなど、興味の尽きない作品である。

山本周五郎がホームズのパスティッシュを書いていたとは知らなかったが、ストーリー展開が巧みで、最後までテンションが落ちないのはさすがである。ミステリ・ファンならば絶対に楽しめる珍品といえるだろう。

他に「出来ていた青」「猫眼石殺人事件」「怪人呉博士」「失恋第五番」「失恋第六番」の五短篇を併録。

以下、第三巻『怪奇探偵小説』、第四巻『海洋冒険譚』、第五巻『スパイ小説』、第六巻『軍事探偵小説』、別巻『時代伝奇小説』と刊行予定。周五郎の若き日のストーリーテラーぶりを堪能できる注目の企画である。

戦前の埋もれた探偵小説を精力的に発掘・紹介しているのが、横井司氏が編纂する〈論創ミステリ叢書〉である。

この連載の第十七回で第一巻『平林初之輔探偵小説選』、第四十三回で第十三巻『徳冨蘆花探偵小説選』をご紹介したが、その後も順調に巻を重ねて、最新刊の『風間光枝探偵日記』は第三十一巻となる。

論創社（2007）

本書の半分以上を占める〈風間光枝探偵日記〉は、木々高太郎、海野十三、大下宇陀児の三人が参加した連作（リレー小説）である。といってもストーリーにつながりはなく、各作家が順に女探偵・風間光枝が登場する作品を三篇ずつ執筆したもので、リレー小説というよりは競作に近い企画であった。

　このうち木々と海野の担当分は、それぞれの短篇集に収められたことがあるが、大下の担当した三篇は今回が初の単行本化である。もちろん全九篇が初出の順にまとめられるのも、初めてということになる。

「離魂の妻」「赤はぎ指紋の秘密」「金冠文字」の木々高太郎は光枝の恋愛を描き、「什器破壊業《ものをこわすのがしょうばい》事件《じけん》」「盗聴犬」「痣のある女」の海野十三はユーモラスな味付けを試み、「危女保護同盟」「慎重令嬢」「虹と薔薇」の大下宇陀児は時事風俗とトリックの融合を図るといった具合に、各作家の個性がうまく現れているのが面白い。

海野の担当回では、自身のシリーズ探偵・帆村荘六がゲスト出演しているのもファンには嬉しい趣向だ。ちなみに帆村のネーミングは、シャーロック・ホームズの発音をあしらったものである。

　海野十三は後に女探偵・風間三千子を主人公にした〈科学捕物帳〉シリーズを発表しており、本書にはその四篇「鬼仏洞事件」「人間天狗事件」「恐怖の廊下事件」「探偵西へ飛ぶ！」も収められている。

　風間光枝と風間三千子は名前が違うだけでまったく書き分けがされておらず、「恐怖の廊下事件」に至っては、探偵役を風間光枝に改めたうえでアンソロジーに再録されているほどだから、海野としては同一のシリーズのつもりで書いていたと思われる。

　以上は戦前から戦中にかけて発表されたもので、〈科学捕物帳〉の最終話「探偵西へ飛ぶ！」などは完全にスパイ小説になっているほどだ。本書では海野が戦後に発表した女性探偵もの〈蜂矢風子探偵簿〉三篇をさらに収録している。

　時代を反映して女性に対する人権意識が低い作品も見受

けられるが、そうした時代背景の中で描かれてきた女性探偵像の変遷に注目すべきだろう。

女性探偵、少年探偵からシャーロック・ホームズまで、個性的な探偵たちが活躍する話ばかりだが、ほとんどが戦前に発表されているだけあって、フェアな描写や一貫した構成をともなっていない作品もないではない。しかし、各篇に横溢する探偵小説特有の野放図な稚気は、それを補って余りある魅力で、読む者の心を捉えて離さないはずだ。

個人と組織。国家と犯罪——。現代社会の最先端を描く警察小説の秀作！

誉田哲也『国境事変』
堂場瞬一『長き雨の烙印』

年末恒例のミステリ・ベストテン「このミステリーがすごい！　2008年版」（宝島社）で国内部門第一位となったのは、親子三代にわたる警察官の一家を通して戦後民主警察六十年の歴史を描いた佐々木譲『警官の血』（新潮社）だったが、今年（二〇〇七年）はこの作品を筆頭に、近年稀に見る警察小説の当たり年であった。

キャリア警察官を主人公にして話題を呼んだ傑作の続篇、今野敏の『果断　隠蔽捜査2』（新潮社）、大阪の暴力団担当刑事を迫力満点に描く黒川博行『悪果』（角川書店）、警視庁と神奈川県警の対立を背景にある事件で消えた十二億円の行方を探す笹本稜平『越境捜査』（双葉社）と、力作が目白押し。

警察小説というジャンルの定義は曖昧だが、一人の刑事

中央公論新社（2007）

が探偵役として事件の謎を解くのではなく、警察全体の集団捜査を描いた作品と考えればいいだろう。ハードボイルドやサスペンスのスタイルを採ることが多いが、謎解きを重視したトリッキーな作品もあり、多様な可能性を内包した形式である。

海外ではなんといってもエド・マクベインの87分署シリーズが代表格といえるが、他にもJ・J・マリックのギデオン警視シリーズ、ヒラリー・ウォー『失踪当時の服装は』、夫婦合作作家シューヴァル＆ヴァールーの〈マルティン・ベック〉シリーズ、マイケル・Z・リューインの〈パウダー警部補〉シリーズ、R・D・ウィングフィールドの〈フロスト警部〉シリーズと、人気のある作品が多い。

国内で最も早い作例は、多彩なシリーズ・キャラクターを次々と創造した島田一男の一連の作品だろう。監察医や鉄道公安官といった一風変わった主人公を好んで描いたが、一九七〇年代から晩年まで書き継がれた捜査官シリーズは、本格的な警察小説の試みといえる。

五〇年代末から六〇年代にかけて、生島治郎、大藪春彦、河野典生らが相次いで登場して国産ハードボイルドの基礎が築かれたが、警察小説はむしろ結城昌治の悪徳警官もの『夜の終る時』（双葉文庫／日本推理作家協会賞受賞作全集）や北海道を舞台にした佐野洋の連作『巡査失踪』（新潮文庫）といったあたりが先行していた。

七〇年代末から、船戸与一、志水辰夫、北方謙三らが登場して、ハードボイルド・冒険小説の作家が出そろってくるが、この時期の作品で警察小説として注目されるのは逢坂剛の公安シリーズだろう。第一長篇『裏切りの日日』（集英社文庫）から出世作となった『百舌の叫ぶ夜』（集英社文庫）を経てシリーズ化されたトリッキーなサスペンスである。

一つのエポックとなったのは、九〇年に刊行された大沢在昌『新宿鮫』（光文社文庫）で、ハードボイルドの立場から現代的な警察小説を描くことに成功し、高い評価を受けた。シリーズ化されて現在も書き継がれているのは、皆さんご存知のとおり。

九〇年代には、合田雄一郎警部補が登場する髙村薫の一連の作品や、第十五回横溝正史賞を受賞した柴田よしき『ＲＩＫＯ―女神《ヴィーナス》の永遠―』（角川文庫）以降の村上緑子シリーズ、乃南アサの第百十五回直木賞受賞作『凍える牙』（新潮文庫）以降の音道貴子シリーズと、女性作家による警察小説も次々と登場した。

さらなるエポックとなったのが、横山秀夫『陰の季節』『動機』（いずれも文春文庫）の二冊である。捜査刑事ではなく警察署の内勤にスポットを当てて警察小説の枠を広げ、重厚な人間ドラマと本格的な謎解きを融合させた作風は、読者に新鮮な驚きを与えた。『顔 FACE』（徳間文庫）、『第三の時効』（集英社文庫）、『臨場』（光文社文庫）といった傑作を連発して警察小説に新生面を拓いた横山秀夫の功績は大きい。

こうした流れを受けて、八〇年代から警察小説を書いてきたベテランと、九〇年代後半以降に登場した新鋭が、競って意欲的な作品を発表している。

ベテラン組では、佐々木譲が『うたう警官』（ハルキ文庫で『笑う警官』と改題）、『制服捜査』（新潮社）、『警察庁から来た男』（ハルキ文庫）を書き、安積警部補シリーズや警視庁科学特捜班シリーズの今野敏が『隠蔽捜査』（新潮文庫）を刊行。

新鋭組では、日明恩《たちもりめぐみ》の第二十五回メフィスト賞受賞作『それでも、警官は微笑《わら》う』（講談社文庫）や、劇場型犯罪ならぬ劇場型捜査というアイデアで話題となって映画化もされた雫井脩介『犯人に告ぐ』（双葉文庫）などが印象に残る。

今回そろって書下し長篇を刊行した二人も、意欲的に警察小説に取り組んでいる新鋭である。

誉田哲也は伝奇アクション『ダークサイド・エンジェル紅鈴』（03年／学研ウルフ・ノベルス）で第二回ムー伝奇ノベル大賞優秀賞、アクション・ホラー『アクセス』（04年／新潮社→同文庫）で第四回ホラーサスペンス大賞特別賞を、それぞれ受賞。

時代小説『吉原暗黒譚』（学研M文庫）から青春小説『疾風ガール』（新潮社）まで幅広い作品を発表しているが、〇五年から翌年にかけて刊行した『ジウ　警視庁特殊犯捜査係』三部作（中央公論新社C★NOVELS）以降、警察小説に力を入れている。

　姫川玲子警部補が登場する『ストロベリーナイト』『ソウルケイジ』（光文社）の二冊を経て、最新作『国境事変』（中央公論新社）では公安警察を登場させて国際的な事件を描いている。

　長崎県の対馬は九州本土まで百三十キロ以上あるのに対して、韓国釜山までは五十キロ足らずという国境の島である。この島の対馬南署に単身赴任している桑島刑事は、クラゲ避《よ》けの網に奇妙な物体がかかったという報告を受ける。

　それは薄く切り裂かれた分厚いゴムであった。何者かがゴムボートでこの島に密入国し、痕跡を消そうとしたのであろうか。

　一方、新宿では貿易会社を経営する在日朝鮮人の呉吉男《オギルナム》が殺害されるという事件が発生。警視庁の東《あずま》警部補は被害者の弟に事情を訊くが、彼は公安部外事二課が既にマークしていた人物であった。

　公安部の川尻と東警部補は、互いに対立しながらも、事件の背後に潜むある国防上の秘密に迫っていく。それぞれの立場で職務を遂行しようとする刑事たちは、やがて対馬へと集まることになるのだった――。

中央公論新社（2007）

　国家的なスケールの事件を扱ったダイナミックなサスペンスでありながら、スポットは常に捜査に当たる男たちの心情に据えられており、その対比が作品に奥行きを与えている。

　堂場瞬一はメジャーリーグに挑戦する男を描いたスポーツ小説『8年』（01年／集英社→同文庫）で第十三回小説すばる新人賞を受賞したが、第二作『雪虫』（01年／中央公論新社→同文庫）で早くも警察小説に着手した。

　以後、『マスク』（集英社文庫）、『キング』（実業之日本社）、『二度目のノーサイド』（小学館）、『いつか白球は海へ』（集英社）といったスポーツ小説と並行して、『雪虫』

に登場した刑事・鳴沢了を主人公にしたシリーズを着実に書き継いでいる。

ミステリ系統の作品では、サスペンス『約束の河』（中央公論新社）やコン・ゲーム小説『バッド・トラップ』（幻冬舎）がある他、『焔 The Flame』（中公文庫）や『神の領域』（中央公論新社）ではスポーツ小説とミステリの融合にも挑んでおり、極めて意欲的な書き手といえるだろう。

最新作『長き雨の烙印』（中央公論新社）は地方都市を舞台に描くノンシリーズの警察小説である。

県警捜査一課の刑事・伊達は、かつて友人の庄司が幼女暴行殺人事件の犯人として連行されるのを目の当たりにしていた。

あれから二十年。刑期を終えて出所した庄司は、警察の暴力的な取調べによる冤罪事件だったと訴えて話題となるが、再び同じ手口での幼女暴行事件が発生し、汐灘市は異様な雰囲気に包まれる。

二つの事件の犯人は果たして庄司なのか？　冤罪事件に関与して名前を売りたい弁護士・有田、庄司を性犯罪者と決めつけて強引に捜査を進める脇坂刑事、かつての事件の被害児童の父親で庄司に恨みを抱く桑原。彼を取り巻く人々のドラマは恐るべき破滅に向かって着々と進行していく……。

要所要所に真犯人のものと思しきモノローグが挿入されているのが効果的で、最後まで真相を悟らせずに高いテンションを保つことに成功している。

派手な展開を見せつつ国家と個人を対比してみせた誉田作品と、地味な心理描写を積み重ねて人間の心の闇を描き出した堂場作品。なんとも対照的な二冊だが、いずれも現代における警察小説の可能性を示しており、注目に値する力作といえるだろう。

ミステリ作家が優れたマンガから生み出した二つのオリジナル・ストーリー！

乙一『The Book—jojo's bizarre adventure 4th another day』

二階堂黎人『小説 鉄腕アトム 火星のガロン』

ミステリ作家とマンガの関係は、おおよそ三つのタイプに分類できる。まず一つ目は、既に発表されている小説作品がマンガ化される場合。秋田書店「サスペリアミステリー」など、ミステリ・マンガ専門誌の掲載作は、ほとんどがこのカテゴリに属する作品である。

赤川次郎、西村京太郎、内田康夫、山村美紗といったベストセラー作家から、宮部みゆき、横山秀夫、東野圭吾ら人気作家、泡坂妻夫、連城三紀彦、鮎川哲也などのベテラン・巨匠に至るまで、驚くほど幅広い作品がマンガになっている。

小説のストーリーを忠実に絵にした作品が主流であるから、原作を読んでいるミステリ・ファンにとっては新味を感じないケースが多いが、中にはマンガ単体で迫力や完成度を高め、話題を呼んだものもあるから侮れない。

横溝正史が活動をほとんど休止していた一九六八年、「週刊少年

集英社（2007）

マガジン」に連載された『八つ墓村』（影丸譲也・画）は、圧倒的な迫力で読者から大きな反響があったという。原作小説に対する問い合わせの多さが講談社からの『横溝正史全集』（70年）の刊行、ひいては角川文庫版作品集（71年〜）による空前の横溝ブームにつながるのだから、日本ミステリの歴史を変えた一冊といって過言ではない。

山田風太郎の忍法帖第一作『甲賀忍法帖』を、せがわまさきがマンガ化した『バジリスク〜甲賀忍法帖〜』は、著者没後の二〇〇三年から「ヤングマガジンアッパーズ」に連載された。奇怪な技を駆使する忍者同士の死闘をシンプルかつスピーディーに描いた原作の面白さを、ほとんど損なわずにビジュアル化して、〇四年には第二十八回講談社漫画賞を受賞、〇五年にはテレビアニメ化もされている。

二つ目のカテゴリは、ミステリ作家がマンガ家にオリジナルの原作を提供する場合である。

新興ジャンルでマンガというメディアとの相性のよかったSFでは、桑田次郎・画『8マン』（63～65年／週刊少年マガジン）、坂口尚・画『ウルフガイ』（70～71年／週刊ぼくらマガジン）などでマンガ原作者としても活躍した平井和正を筆頭に、福島正実・作、石森章太郎・画『アースマン』（65年／少年画報）、光瀬龍・作、竹宮恵子・画『アンドロメダ・ストーリーズ』（80～82年／マンガ少年→DUO）と作例は豊富だ。

ミステリの分野では、都筑道夫が堀江卓と組んだ『スパイキャッチャーJ3』（65～66年／ぼくら）が目立つ程度で、七〇年代までの作例は少ないが、八〇年代からは注目すべき作品がかなりある。

気弱な青年を主人公にした志水辰夫・作、沖一・画『ひつじが一匹』（87年／コミックモーニング）、花村萬月・作、市東亮子・画のハードボイルド連作『竜胆《りんどう》―道玄坂探偵事務所』（92～94年／ヤングチャンピオン）、吉原を舞台にした北森鴻・作、智中天・画の時代ミステリマンガ『鬼が疾る』（97年／ヤングアニマル）、あるいは船戸与一が外浦吾郎名義でシナリオを執筆したさいとう・たかを『ゴルゴ13』（68年～／ビッグコミック）のエピソードなども、その作家のファンにとっては見逃せないだろう。

横山秀夫は「週刊少年マガジン」にいくつかの作品を発表している。新聞記者の経歴を活かした『事件列島ブル』（93年／奥谷みちのり・画）、後に一般向けの小説としてリメイクされた戦争秘話『出口のない海』（96年／三枝義浩・画）、『クライマーズ・ハイ』の原点ともいえる山岳マンガ『PEAK』（00年／ながてゆか・画）、いずれも小説作品と密接に関係のある内容で興味深い。

本格ミステリの分野では、高田崇史が高田紫欄名義で望月玲子と組んだ『麿の酩酊事件簿』（01～02年／Ｋｉｓｓ）、綾辻行人が『動物のお医者さん』の佐々木倫子と組んだ『月館の殺人』（05～06年／月刊ＩＫＫＩ）などが注目作品。

我孫子武丸は、河内実加・画『半熟探偵団』（96～98年／きららセーズ）、藤谷陽子・画『スライハンド』（04～05年／コミックブレイド MASAMUNE）、中山昌亮・画『迷彩都市』（06年／近代麻雀）、坂本あきら・画『探偵になるための８９３の方法』（07年〜／ヤングガンガン）とコンスタントにオリジナル原作を発表している。中でも麻雀マンガ誌に連載された『迷彩都市』は現場に麻雀牌が残される連続殺人の謎を追うトリッキーなサスペンスであった。

第三のカテゴリは、これまでの二つのパターンとは逆に、ミステリ作家が既成のマンガのノベライズを手がける場合である。そのままのストーリーで小説化するのではなく、小説オリジナルのストーリーとして発表されるものが多い。

ＳＦには、川又千秋が安彦良和の劇画『アリオン』を小説化した『アリオン異伝』（86年／徳間書店）、山田正紀が押井守監督の映画「イノセンス」の前日譚に当たるストーリーを描いた『イノセンス After the Long Goodbye』（05年／徳間書店）などの作例がある。

ミステリとしては、西尾維新が「週刊少年ジャンプ」に連載された推理サスペンス『DEATH NOTE』の小説版オリジナル・ストーリー『DEATH NOTE アナザーノート　ロサンゼルスＢＢ連続殺人事件』（集英社）を〇六年に刊行している。

この欄でもご紹介した『小説　こちら葛飾区亀有公園前派出所』（07年／集英社）は日本推理作家協会と「週刊プレイボーイ」のコラボレート企画で、大沢在昌、石田衣良、今野敏、柴田よしき、京極夏彦、逢坂剛、東野圭吾の七人が、それぞれ秋本治の人気マンガ「こち亀」を小説化したものであった。

今回ご紹介する二冊も、こうした流れを受けて刊行されたもので、執筆を担当した作家のファンと原作マンガのファンの双方を満足させる作品となっている。

乙一は〇二年の連作『ＧＯＴＨ リストカット事件』（角川書店→同文庫版は二分冊）で翌年の第三回本格ミステリ大賞を受賞した注目の新鋭作家だが、九六年のデビュー作『夏と花火と私の死体』（集英社→同文庫）は、少年ジャンプが主催する第六回ジャンプ小説・ノンフィクション大賞の受賞作であった。

そんな著者が自ら執筆を申し出て、五年前から何度も推敲を重ねてきたのが荒木飛呂彦のマンガ『ジョジョの奇妙な冒険』（87〜04年／週刊少年ジャンプ）の小説版『The Book—jojo's bizarre adventure 4th another day』（集英社）

である。

原作マンガは戦いのアイデアに工夫を凝らしたアクション・ホラーで、十九世紀末のイギリスを舞台にした第一部ではジョナサン・ジョースター、第二次世界大戦直前のアメリカを舞台にした第二部ではその孫ジョセフ・ジョースターといった具合に、ジョースター家の血を引きジョジョというあだ名をもつ主人公が、それぞれの時代で奇怪な敵と死闘を繰り広げるのだ。

登場するキャラクターは、それぞれ固有の超能力が実体化したスタンドと呼ばれる分身を使って戦う。現代における風太郎忍法帖の最も正統な後継者というべき傑作マンガである。

本書は、東北の地方都市・杜王町《もりおうちょう》を舞台にした第四部の後日譚。主人公の東方仗助《ひがしかたじょうすけ》は、ジョセフの隠し子という設定だ。原作の事件が終わり、二〇〇〇年に年が改まって三日目。仗助の友人である広瀬康一は、マンガ家の岸辺露伴とともに血まみれの猫に遭遇する。それが新たなる事件の幕開けだったのだ……。

ビルの隙間に閉じ込められたまま一年も生きていたという女性。あらゆる記憶を本の形にして記録するスタンド「The Book」を使う少年の登場。原作のキャラクターやエピソードが随所に挿入されているだけでなく、作品全体が見事に「ジョジョ」の雰囲気を再現しているのに驚かされる。才能と才能のぶつかり合いが生んだ異形の傑作というべき一冊だ。

もう一冊、二階堂黎人による『小説　鉄腕アトム　火星のガロン』（講談社）も原作の再現度が高い。

手塚治虫の原作マンガでは、誤って地球に送り込まれた惑星改造用のロボット・ガロンをアトムも破壊することができず、宇宙へ放り出したところで終わっていたが、本書はその続篇となっている。

講談社（2007）

宇宙を漂って火星にたどり着いたガロンによって人類の火星基地が壊滅。アトムはお茶の水博士らとともにロボット宇宙艇で救助に向かうが、果たして無敵のガロンを倒す術はあるのだろうか――？

本格ミステリのイメージの強い著者だが、学生時代にはファン・クラブの会長も務めたという筋金入りの手塚治虫マニアでもある。徳間デュアル文庫の企画アンソロジー『手塚治虫COVER　タナトス篇』には手塚の二大シリーズを融合させたパスティッシュ「火の鳥　アトム編」を発表しているし、水乃サトルシリーズの長篇『稀覯人《コレクター》の不思議』（光文社カッパ・ノベルス）は手塚コレクターの間で殺人が起こるという異色ミステリだった。

小学館のPR誌「本の窓」には豊富な資料を駆使した評論エッセイ『僕らが愛した手塚治虫』を連載、一冊分が同社から単行本化されても連載はまだ継続中であり、手塚作品のノベライズ担当作家としては、これ以上ないほどの適任者といえるだろう。

本格ミステリというスタイルが鮮やかに描き出す青春の苦さと成長の痛み！

道尾秀介『ラットマン』
三雲岳斗『少女ノイズ』

推理小説――とりわけ本格ミステリに対する批判として、しばしば耳にするのが、「人間が描けていない」という文句である。

近いところでは、一九八八年の綾辻行人のデビューを契機として次々と登場した新人たちによる、いわゆる「新本格」ムーブメントの作品群に対して、こうした常套句が用いられた。

推理小説といえども「小説」である以上、「人間を描く」ことに主眼が置かれているべきだ、という意見だ。これに対して、本格ミステリは論理の遊戯であり、登場人物は作者が創造したゲームの駒なのだから、むしろ人間が描けていない方がいいのだ、と反論する作家もいた。

どちらの立場も理解できなくはないが、ミステリにおいても「人間を描く」ことこそが第一義であるとか、ミステリにおいては「人間を描く」必要はまったくない、などというのは極論であって、バランスのうまく取れた作品が書かれるに越したことはないだろう。

実は、こうした議論は昨日今日に始まったことではなく、日本に創作ミステリが根付いて間もない昭和初期から、幾度となく繰り返されてきたものである。

甲賀三郎は連載評論「探偵小説講話」の第四講「探偵小説の鑑賞」において、こう述べている。

一、探偵小説には探偵的要素と小説的要素がある。（中略）一の系　探偵的要素の皆無、又は稀薄なものは、探偵小説とは呼べない。

二、探偵小説の二要素のうち、探偵的要素は小説的要素よりも、より重要である。

三、探偵小説の二要素は渾然融和すべきものであり、実際に於ても、いい探偵小説は必ずそうなっている。

現代の目で見ても、かなりの程度納得できる定義といえるだろう。

探偵小説的要素がある限り、探偵小説は一般的な文芸作品とは区別して鑑賞されるべきだ、とする甲賀三郎に対して、「探偵小説は、論理的思索と、芸術的創造とが、完全に結合した時に、その最も高き作品となり得る」（「探偵小説芸術論」）と主張したのが木々高太郎である。

両者を中心に戦わされたやり取りは、「探偵小説芸術論争」と呼ばれている。戦後、江戸川乱歩は、探偵小説を芸術とするのは困難だが、凡俗の遊びだった俳諧を芭蕉が芸術へと高めたように、革命的天才児が登場すれば不可能とはいえない（「一人の芭蕉の問題」）とした。

土屋隆夫はこの文章を読んで発奮し、「一人の芭蕉たらん」と志して探偵小説の筆を執ったという。

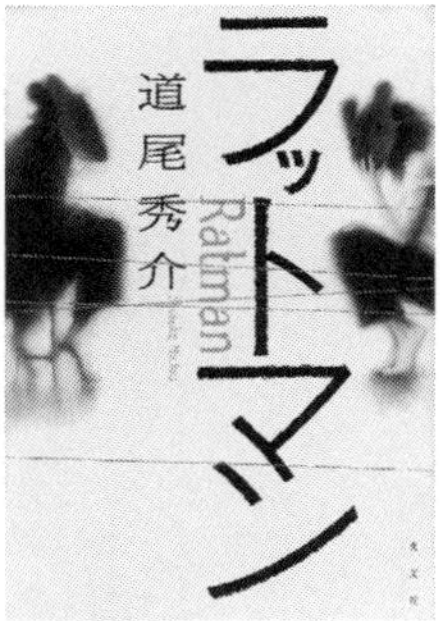

光文社（2008）

ミステリにおける遊戯性と文学性の両立は、このように古くから課題とされてきたが、現代的なアプローチでこの難問のクリアに挑む若手作家が登場している。本格ミステリは「人間を描く」のに最も適したジャンルだ、という道尾秀介は、その筆頭である。

二〇〇四年、『背の眼』（幻冬舎文庫）で第五回ホラーサスペンス大賞特別賞を受賞。翌年の『向日葵の咲かない夏』（新潮社）で注目を集め、〇六年の第六回本格ミステリ大賞にノミネートされる。

〇六年には、デビュー作につづく心霊探偵・真備庄介シリーズ第二弾『骸《むくろ》の爪』（幻冬舎）と、少年を主人公にしたトリッキーな長篇『シャドウ』（東京創元社）を刊行。後者によって翌年の第七回本格ミステリ大賞を受賞した。

〇七年の『片眼の猿』（新潮社）では私立探偵小説と叙述トリックを効果的に組み合わせ、『ソロモンの犬』（文藝春秋）では青春小説にトリッキーな要素を配している。

最新作『ラットマン』（光文社）は、そんな著者が技巧の粋を尽くして構築した高密度の本格ミステリである。

Sundowner は姫川亮、竹内耕太、谷尾瑛士、小野木ひかりの四人が、高校時代に結成したロックバンドだ。それから十四年が経ち、皆は社会人としてそれぞれの人生を歩んでいるが、趣味の演奏活動はいまだにつづいていた。

二年前にドラムのひかりが抜けて、代わりに妹の桂《けい》がメンバーに加わったが、ひかりも彼らが練習に使用しているスタジオで働いているので、縁が切れてしまったわけではない。

学生時代から使っていたスタジオが年内一杯で営業を終えることになり、最後の練習になるはずだった冬の日、事件が起きる。ひかりが倉庫の中で、重たいアンプの下敷きになって死んでいたのである。果たして事故か、それとも殺人か。殺人だとしたら犯人は——。

ひかりの恋人だった姫川は、小学生の頃に姉を亡くしていた。警察は二階からの転落事故として処理したが、彼は誰にもいえないある疑惑を抱えていた。姉の死後、後を追うように父が亡くなった今となっては、その疑問が解かれることはないはずだったが、今回の事件をきっかけに意外な真相が明らかとなる。

同書の六三ページに図版が掲げられているが、タイトルのラットマンとは、心理学で用いられる多義図形のこと。動物の絵と一緒に見せられるとネズミに見え、人の顔の絵と一緒に見せられると人の顔に見えるというものだ。

Aと見せてB、というのは推理小説で意外性を演出する基本的なテクニックだが、この作品では「一つの現象に二つの解釈を可能にして」「読者には片方と誤認させる」という構図が徹底している。

慎重に札を配置することによって、終盤におけるどんでん返しの連続が非常に効果的になっていることはいうまでもないが、Aだと思い込んでいた人物の心理が実はBだったと判明することで、彼（または彼女）の内面が読者の眼前にクローズアップされる技巧に注目したい。

まさにこれは「本格推理のテクニックで人間を描く」ことに挑戦した作品であり、謎解きの面白さと小説としての余韻が一体となった傑作なのだ。

三雲岳斗の連作短篇集『少女ノイズ』（光文社）も、両者の融合に成功した近年の収穫の一つである。

三雲岳斗は九八年に『コールド・ゲヘナ』（電撃文庫）で第五回電撃ゲーム小説大賞、九九年に『M.G.H. 楽園の鏡像』（徳間デュアル文庫）で第一回日本SF大賞新人賞、『アース・リバース』（角川スニーカー文庫）で第五回スニーカー大賞特別賞を受賞と、たてつづけに三つの新人賞を受賞した。

電撃文庫と角川スニーカー文庫の受賞作はシリーズ化され、主に若者向けのライトノベルの分野で活躍してきたから、一般のミステリ・ファンには馴染みがないかもしれないが、SF新人賞の受賞作は宇宙ステーション内での墜死事件の謎を解くSF本格ミステリ、つづく『海底密室』（徳間デュアル文庫）は深海の実験施設を舞台にした殺人という具合に、本格推理にも意欲的な作家なのだ。

レオナルド・ダ・ヴィンチを探偵役にした長篇『聖遺の天使』（双葉文庫）は、ダ・ヴィンチの発明と関わりの深い装置を使って大掛かりな器械トリックを試みた傑作。つづくダ・ヴィンチものの短篇集『旧宮殿にて　15世紀末、ミラノ、レオナルドの愉悦』（光文社文庫）も、意外性抜群の秀作ぞろいであった。

『少女ノイズ』は『ラットマン』と同じく「ジャーロ」に掲載された「予備校事件ノート」をまとめた一冊。

大学生の高須賀克志は、特任准教授の皆瀬梨夏から大手予備校・雙羽塾でのアルバイトを押しつけられる。専任講師というと聞こえはいいが、実際は一人の問題児の面倒を見るだけの仕事であった。

光文社（2008）

彼の生徒、斎宮瞑《いつきのみやめい》は学校では生徒会長まで務める優等生だが、塾では屋上などの立ち入り禁止区域に入り込み、巨大なヘッドフォンをつけて放心していることが多い。抜群の成績などいくつかの理由があってその行動は黙認されており、高須賀は彼女の世話係として雇われたのだ。

殺人現場の写真を撮る、という悪趣味な嗜好を持った高須賀は、恐るべき洞察力を備えた瞑がさまざまな事件を解決するのを目の当たりにする。

高須賀自身のトラウマの意味が明かされる「Crumbling Sky」、死体の一部が持ち去られる連続殺人の意外極まる真相「四番目の色が散る前に」、自殺未遂をした少女にかけられた呪いの逆説的正体「Fallen Angel Falls」、ストーカー被害に遭った少女をめぐる隠された人間模様「あなたを見ている」、予備校の試験会場で殺人事件が発生し高須賀が容疑者となる「静かな密室」の五篇。

瞑は事件の概要を聞いただけで真相を看破してしまうから、安楽椅子探偵ものの変形ともいえるが、やはり注目すべきはライトノベルで培われたキャラクター造型の妙と、トリッキーな謎解き要素との融合だろう。

伏せられていた謎が明かされることで登場人物の内面が照射される、という点で、『少女ノイズ』も『ラットマン』と同様、本格ミステリというスタイルを活用しきった傑作なのである。

なお、『ラットマン』には『背の眼』や『シャドウ』、『少女ノイズ』には『レベリオン』や『i.d.』（いずれも電撃文庫）とリンクする趣向があり、既刊作品の読者であれば、より楽しめるだろう。

付記……『ラットマン』は雑誌掲載時には問題なかったエアロスミスの歌詞の使用が、単行本化の段になって突然許可できないとの通達を受けた。歌詞がストーリーと密接に関わっているため、一時は出版自体が危ぶまれたが、著者はその部分をすべてオリジナルの歌詞に書きかえるという大改稿を敢行。結果的に、より完成度の増した形で予定どおり刊行されたのはさすがであった。

一千年の未来社会と大戦前夜のベルリン――。対照的な舞台に展開するSF大作

貴志祐介『新世界より』

野阿梓『伯林星列（ベルリン・コンステラティオーン）』

現在では、SFとミステリは別のジャンルとして認識されているが、前者が科学小説、後者が探偵小説と呼ばれていた時代には、それほど明確な区分がなされていなかった。

戦前の海野十三、蘭郁二郎、戦後の香山滋、丘美丈二郎など、積極的にSFの筆を執った作家たちは、同時に探偵小説も書き、探偵作家に分類されていたのである。

科学小説がジャンルとして独立できるほど、作家と作品の数が充分でなかったことと、探偵小説そのものが、本格ミステリだけでなく、犯罪小説、怪奇小説、幻想小説までを含む混沌としたジャンルであったことが、その理由として考えられる。

探偵作家クラブの中では、矢野徹、都筑道夫、今日泊亜

講談社（2008）

蘭らが、海外のSFを踏まえて独自の作品を書き始めていたが、SFがジャンルとして独立するきっかけとなったのは、一九五七（昭和三十二）年の星新一の登場であった。

六〇年に「SFマガジン」が創刊されると、短篇コンテストから小松左京、光瀬龍、眉村卓、筒井康隆、平井和正、半村良といった作家が次々と登場し、たちまちのうちに一つのジャンルを形成することになる。

小松左京の長篇『日本沈没』（73年）がベストセラーになって、SFというジャンルの知名度は一気に上がり、七八年に映画「未知との遭遇」「スター・ウォーズ」が公開されたことで、メディアの枠を超えたSFブームが巻き起こった。

筒井康隆は七五年に「SFの浸透と拡散」という概念を提示したが、マンガや映画といった別メディアに広くSF作品が浸透したことで、八〇年代の半ばからしばらくの間、SF小説の存在感が相対的に薄くなったことは否めない。

九〇年代の半ばから再びSFを手がける作家の数が増え、今世紀に入ってからは注目すべき作品がコンスタントに生まれているが、新規のSF作家には、大きく分けて二つの流れがある。

一つはジュニア向けの、いわゆるライトノベル出身作家だ。筒井康隆『時をかける少女』、眉村卓『ねらわれた学園』に代表されるように、SFとジュブナイルはもともと相性がよく、現在のライトノベルでもSF作品は大きな柱となっている。

野尻抱介、小川一水、古橋秀之、冲方丁《うぶかたとう》らは現代SFの中核をなす書き手だが、いずれもライトノベルでデビューした作家たちである。

もう一つは日本ファンタジーノベル大賞、日本ホラー小説大賞など、周辺他ジャンルの文学賞出身作家だ。日本ファンタジーノベル大賞からは酒見賢一、佐藤亜紀、恩田陸、北野勇作、高野史緒、日本ホラー小説大賞からは瀬名秀明、小林泰三、貴志祐介らが登場している。

　ＳＦの新人賞がない時期だったこと、複数のジャンルにまたがって活動するスタイルが当たり前になったことなどが、理由として考えられる。

　例えば本格推理とＳＦ、それぞれのジャンルの要点を抽出すると、本格推理は「謎解き（意外性）の面白さを読者に提供する小説」、ＳＦは「その時点の科学知識では起こり得ないとされている現象が作中で起きる小説」と定義できるが、この二つは特に相反しないので、両者の性質を併せ持った作品は少なくない。

　三年半ぶりの新作長篇『新世界より』（講談社）を刊行した貴志祐介は、ジャンルを横断するエンターテインメント作家の一人である。

『十三番目の人格―ISOLA―』（96年／角川ホラー文庫）で第三回日本ホラー小説大賞長編賞佳作、『黒い家』（97年／角川書店↓同ホラー文庫）で第四回の同賞を受賞してベストセラーとなる。

つづく『天使の囀り』（98年／角川書店↓同ホラー文庫）『クリムゾンの迷宮』（99年／角川ホラー文庫↓角川書店）はホラーだったが、『青の炎』（99年／角川書店↓同文庫）では倒叙ミステリに挑んで成功を収め、密室殺人を扱った本格推理『硝子のハンマー』（04年／角川書店↓同文庫）では、第五十八回日本推理作家協会賞を受賞している。

『新世界より』は早くから刊行が予告されており、九九年の年末に出た「このミステリーがすごい！　２０００年版」（宝島社）には、「次の書き下ろしは初のＳＦで、未来世界を舞台にしたディストピア小説になる予定です」とのコメントが寄せられている（ディストピアは反《アンチ》ユートピアを意味するＳＦ用語）。

　作品自体の構想はさらに古く、八六年の第十二回ハヤカワＳＦコンテストに岸祐介名義で投じられて佳作となった中篇「凍った嘴」が、その原型である。

　当時の選評では、「これだけの工夫にもかかわらず、提示された未来のユートピアに具象性が欠けていた」（伊藤典夫）と指摘されており、著者自身も「ＳＦマガジン」二〇〇八年四月号のインタビューで「さすがにこのテーマで百二十枚というのは無茶もいいところで（笑）。本当に駆け足のあらすじになっちゃってますね」と述べている。

原型作品の十五倍以上の分量となった『新世界より』では、ユートピアのディテールが徹底的に描写され、指摘された欠点が完全に払拭されている。

人間が「呪力」と呼ばれる念動力を身につけた世界。神《かみ》栖《す》66町に生まれた渡辺早季《さき》は、真理亜、瞬《しゅん》、覚《さとる》といった仲間たちと楽しい幼年時代を過ごしていた。

八丁標《はっちょうじめ》と呼ばれる注連縄《しめなわ》で囲われた郷《さと》の中には、巨大な蛞蝓《なめくじ》のようなミノシロ、牛に寄生するフクロウシ、人語を理解し人間に服従するバケネズミなどの奇妙な生物がおり、八丁標の外には「悪鬼」や「業魔《ごうま》」という恐ろしい怪物がいると伝えられている。

呪力を身につけ、小学校から全人学級へと進学した早季たちは、夏季キャンプで利根川を遡り、謎の生物・ミノシロモドキの捕獲を企てる。だが、それが世界を揺るがす事件の始まりであった——。

それまで和風のイメージで超能力のある世界を描写するファンタジーと見えた物語が、ミノシロモドキの正体が明らかになる一六二ページから、たちまち本格ＳＦになっていくのが凄い。

バケネズミの群れからの脱出、業魔の哀しい真実、そして悪鬼との凄絶な戦いと、一貫して手に汗握る展開を見せながら、随所に伏線が張られ、理想郷のように見えた世界の恐ろしい真実が暴かれていくのは圧巻。ＳＦならではの楽しさに満ちた傑作の登場である。

野阿梓の実に十五年ぶりの新作長篇『伯林星列《ベルリン・コンステラティオーン》』（徳間書店）も、早くから刊行が予告されていた作品だ。著書としても作品集『ソドムの林檎』（早川書房）から数えて六年半ぶりの新刊ということになる。

一九三六年二月、北一輝は軍事クーデターを企てた村中元大尉に対して綿密なアドバイスを与える。これによって二・二六事件は成功し、北一輝は内閣参議となった。北は元衆議院議員の黒澄幻洋に独ソ関係の調査という任務を与え、欧州へと送り込んだ。

ベルリンに留学していた十六歳の青年・伊集院操青《みさお》は、事故に巻き込まれて傷を負うが、死亡した同乗者と間違われて戸籍を失った。

ドイツの日本大使館に勤務し操青の後見人でもある叔父の伊集院継央《つぐちか》は、かつて義理の姉である操青の母に思いを寄せていたが、この事故を契機として操青を邪悪な欲望の対象とする。

娼館で調教を受け、ありとあらゆる性技を教え込まれた操青のたどる意外な運命とは——？

『月光のイドラ』（93年／中央公論社）、『緑色研究』（93年／中央公論社）、『ミッドナイト・コール』（96年／角川ルビー文庫）などで、耽美的な美少年愛の世界を追求してきた著者だけに、本書においても性描写のパートはハード・ポルノとしても通用するほどに容赦がない。

一方、歴史改変ＳＦとしては、現実からの飛躍は「二・二六事件が成功した世界」という一点だけであるが、この一石が当時の欧州情勢に静かな波紋となって広がっていき、無気味なサスペンスを生み出している。

徳間書店（2008）

野阿梓はもともと、革命家レモン・トロツキーなどテロリストを主人公にした一連の作品でも、虚々実々の政治的駆け引きを描いて意外性抜群のストーリーを構築するのを得意としており、ミステリ作家としてのセンスも並外れていた。

スパイたちが暗躍する権謀術数の世界と背徳の世界に堕ちた美少年の物語を融合させた本書は、野阿梓の特質が遺憾なく発揮された異形のエンターテインメントということができるだろう。

なお、二月には八六年に刊行された著者初期の傑作長篇『兇天使』がハヤカワ文庫から復刊されている。『伯林星列』で野阿梓の濃密な世界に初めて触れたという方は、ぜひこちらにも手をのばしていただきたいと思う。

あとがき

昨年（二〇〇七年）の十一月に、初めての単著『日本ＳＦ全集・総解説』（早川書房）をようやく出せたが、一年もしないうちに二冊目を出してもらえることになるとは、まったく思っていなかった。

前書きにも記したように、本書は「小説現代」に連載した時評をまとめたものだが、そもそも企画の生みの親は、同誌編集部にいた佐藤辰宣さんである。佐藤さんから、「共通点のある新刊を二冊、関連付けた書評コーナーを」というお話をいただいて、すぐにタイトルは「ミステリ交差点」に決まった。出された条件は、第一回に講談社の新刊二冊を取り上げてくれ、ということだけ。というか、東野圭吾と真保裕一両氏の新刊の共通点の多さから、佐藤さんはこの企画を発想したのではないかと思う。

一人でも多くの作家を紹介したいから、「同じ作家の本は二度取り上げない」というルールを自分で勝手に作って連載スタート。途中、佐藤さんの異動で連載も終わりかと思ったが、この縛りだらけの書評コーナーを面白がって担当を引き継いでくれた今井秀美さんのおかげで、なんとか五年半の長丁場を完走することができた。佐藤さん、今井さん、本当にありがとうございました。

新刊時評という性質上、どうしてもタイミングが合わずに取り上げられない作家が何人もいた。泡坂妻夫、連城三紀彦、北方謙三、大沢在昌、宮部みゆき、若竹七海……。数え上げたらキリがないが、返す返すも残念である。

うまく交差する新刊が出るか、共通点をきちんと紹介できるか、毎月毎月、薄氷を踏む思いの連載だったが、自分では大いに楽しんで書いていた。ただ、連載中は反応がほとんど皆無で、果たして読んでくれている人がいるのか不安だった。ほとんど唯一の反応が、横山秀夫の回に対する「本の雑誌」の北上次郎さんの新刊評で、作品に対する評価が違うという話ではあったが、この時は嬉しかった。数年たって、本の雑誌社から、この本を出してもらうことに、少々因縁を感じている。

新保博久さんからは、雑談の席やメールで、しばしば内容についてのご意見をいただき、勉強になるとともに、大いに励まされた。また、新刊時評は本にならないものというイメージがあったので、探偵小説研究会の蔓葉信博さんに単行本化を勧めてもらわなかったら、出版社に売り込もうという考え自体、思い浮かばなかったかもしれない。新保さん、蔓葉さん、ありがとうございました。

SFセミナーで旧知の若い友人・タカアキラくんこと浦高晃くんが、本の雑誌社に入社したと聞いて、手土産代わりに連載のコピーを渡したところ、たちまちのうちに出版の企画を通してくれたのには驚いた。初めての書籍編集なのに、こんな書影だらけで索引が十数ページも付くめんどくさい本に当たってしまって、本当に申し訳ない。

最後にこの本でも、取り上げた本を書かれた作家の皆さんと、ますます増殖する息子の本に耐えてくれている我が両親に、感謝を捧げたいと思います。

二〇〇八年七月三十一日　　日下三蔵

麻耶雄嵩　122、130、157、214
眉村卓　76、308
マリック、J・J　294
真梨幸子　147
三雲岳斗　157、167、169、302、305
水谷準　58、82、192、197
道尾秀介　302～304
三津木春影　244
光瀬龍　299、308
三橋一夫　68
碧川浩一　240
皆川博子　98、188～190、198、262、272
宮野叢子　67、80
宮原龍雄　277
宮部みゆき　83、90、242、298
三好徹　253
ミルン、A・A　245
村枝賢一　19
村上貴史　41、232
村崎友　235、238、239
村雨貞郎　135、231
村山由佳　74
メイスン、A・E　245
モール、ウィリアム　152
望月玲子　299
森詠　70、208
森鷗外　108、259
森下雨村　245
もりたなるお　90
森奈津子　61
森博嗣　122、147、237
森雅裕　56
諸星大二郎　30

や

安彦良和　300
柳広司　169、262
矢野徹　19、69、307
矢作俊彦　130
山上たつひこ　48
山川惣治　19
山口雅也　23、25、26、121、169、240、269、271
やまさきもへじ　127、128
山沢晴雄　277
山田風太郎／山田誠也　18、29、56～59、73、77、78、108、161、203、235、298
山田正紀　14、15、17、18、70、92、94、98、119、139、161、179、189、262、272、300
山中峯太郎　69
山之内正文　231
山前譲　67、182、241
山村正夫　56、67、109、139、213
山村美紗　92、298
山本周五郎　289、291
山本禾太郎　194
唯川恵　44
結城昌治　74、77、130、218、253、294
夢野久作　23、77、78、192、200
夢枕獏　44、116、118、120
横井司　195、291
横田順彌　109、161、285
横溝正史　17
横溝美晶　231
横山茂雄　198、201
横山秀夫　31～34、179、295、298、299
吉川英治　201
吉永小百合　215
米澤穂信　236、271

ら

蘭郁二郎　67、307
リューイン、マイケル・Z　294
隆慶一郎　203
ルブラン、モーリス　244
ルルー、ガストン　275
レッドフォード、ロバート　94
連城三紀彦　23、39、53、66、78、93、143、202、298

わ

若竹七海　105、152、215、236、242、262
鷲尾三郎　218、276
和田慎二　48
渡辺啓助　80、139、192
渡辺剣次　277
ワーグマン、チャールズ　111

西村京太郎　74、77、89、112、157、253、298
西本秋　231
ニューマン、ポール　94
楡周平　94、97
貫井徳郎　52、53、109、214
根岸鎮衛　227
野阿梓　307、310、311
野上徹夫　240
野崎六助　240
野尻抱介　308
乃南アサ　295
野村宏平　285
野村胡堂　81、202
法月綸太郎　121～124、130、131、168、169、215、236、240、271

は

ハイネ　192
ハインライン、ロバート・A　199
伯方雪日　169
橋本五郎　79、195
馳星周／古神陸　148、240、285
畠中恵　184
畑正憲　69
服部真澄　136
花村萬月　148、242、299
浜尾四郎　38、77、192、195
ハメット、ダシール　217
林不忘／谷譲次／牧逸馬　201、280、283
はやみねかおる　74、76、125、126、271
早見裕司　271、272
バラード、J・G　62
原尞　124、130～132、218
バリンジャー、ビル・S　151
パレツキー、サラ　262
坂東眞砂子　186
半村良　27、30、62、119、139、203、211、308
日影丈吉　67、77、88、213
東川篤哉　156、157、236
東野圭吾　10、13、89、90、157、222、236、268、298、300
東雅夫　241
東山彰良　48、49
樋口有介　236
久生十蘭／六戸部力　77、82、192、280、282
久遠恵　231
久山秀子　195
ヒューム、ファーガス　247
平井和正　76、299、308
平石貴樹　90
平井呈一　261
平林初之輔　78、79
平山夢明／デルモンテ平山　226、227
広瀬正　199、234
フィニイ、ジャック　48
フィル、ポオル　192
福井晴敏　70、208、210、212
福澤徹三　226、228
福島正実　299
福永武彦／加田伶太郎　52
藤岡真　151、154
藤崎慎吾　174、175、177
藤谷陽子　299
藤田宜永　70、89、143、144、218
藤村正太　213
二上洋一　241
フットレル、ジャック　48
船越百恵　270
船戸与一／外浦吾郎／豊浦志朗　70、95、208～210、218、242、294、299
冬木荒之介　79
ブラックウッド、アルジャノン　261
フリーマン、オースチン　244
古橋秀之　308
フレミング、イアン　69
ブロック、ローレンス　267
ベンスン、ベン　48
ベントリー、E・C　245
ヘンリー、O　248
ポー、エドガー・アラン　226、275
星新一　56、139、163、174、258～260、308
星一　259
堀江卓　299
堀口大學　192
本多孝好　231
誉田哲也　293、295
誉田龍一　231

ま

舞城王太郎　147
前田絢子　142
牧野修　61、186、262、285
マクドナルド、ロス　124、131、217、221
マクベイン、エド　282、294
松尾由美　142、145、169
マッカレー、ジョンストン　21
松田美智子　248、250
松本恵子　195
松本清張　74、77、121、123、181、202、235、253
松本泰　195
松本零士　19

セシル、ヘンリイ　48、94
瀬戸川猛資／藤崎誠　151、241、284
瀬名秀明　186、278、309
千街晶之　25
草野唯雄　213
相馬隆　158、231
蘇部健一　76

た

ダール、ロアルド　249
高垣眸　21
高木彬光　24、73、77、109、179、180、182、212、213、235、262、276、277
高田崇史／高田紫欄　299
高野史緒　184、309
高橋克彦　17、27、28、53、83、95、109、134
高橋泰邦　90
高橋葉介　168
高畑京一郎　47
鷹羽十九哉　249
高村薫　295
多岐川恭　74、109、213、235
竹内博　241
竹久夢二　135
竹宮惠子　299
竹本健治　23、26、66、130、163、169、202、271
多島斗志之　35、39、208
橘外男　202
日明恩　295
巽昌章／津町湘二　239、241～242
田中光二　70、161
田中貢太郎　226
田中純　135
田中哲弥　61
田中啓文　60、62、64、162、167、179
田中芳樹　23、262、272
谷甲州　69、71
谷恒生　70
谷崎潤一郎　77、193
ダンセイニ、ロード　192、249
千野隆司　231
チャンドラー、レイモンド　130、217、243
陳舜臣　77、253
柄刀一　169、222、275、278
辻真先　24、74、235、253、269
土屋隆夫　52、56、77、213、253、303
筒井康隆　24、53、61、76、308
都筑道夫　17、24、52、56、69、74、77、82、92、112、124、126、129、130、139、198、213、217、218、240、253、254、280～283、299、307
恒川光太郎　183、186
津野創一　231
角田喜久雄　77、82、180、192、203
椿八郎　80
津原泰水／津原やすみ　142、144
テイ、ジョセフィン　109
手塚治虫　301、302
天藤真　24、74、89、126
戸板康二　53、104、213
ドイル、コナン　82、275、280、291
堂場瞬一　293、296
戸梶圭太　270
戸川昌子　77
戸川安宣　109
徳冨蘇峰　195
徳冨蘆花　192、195
戸松淳矩　90、108、109、130
友成純一　23、161、285
豊田有恒　76
鳥飼否宇　169、270

な

直木三十五　201
永井豪　64
永井するみ　231、262、263、265、272
中井英夫　23、24
長岡弘樹　231
長尾健二　231
中里介山　201
中島河太郎　66、109、226、240、260、261、276
中島望　172
中島らも　95、167
中薗英助　208
中津文彦　135
ながてゆか　32、299
中町信　89、230
中村うさぎ　44
中山市朗　227
中山昌亮　299
長山靖生　65、67
夏樹静子／夏樹しのぶ　213、253、255、256
南條範夫　108
ニーリィ、リチャード　152
二階堂黎人　122、278、298、301
仁木悦子　76、77、126、213、218、253
西尾維新　147、285、300
西澤保彦　122、157
西田政治　244
西田徳重　244

国枝史郎　27、67、201、203、205
倉阪鬼一郎　112、113、115、179、198
倉知淳　105、122、157
グラフトン、スー　262
クリスティ、アガサ　156
栗本薫　23、24、66、78、98、135、202、249
黒岩涙香　77、142、192、194、195、241
黒川博行　95、134、136、293
黒澤明　289
黒田研二　216
黒沼健　161
桑田次郎　299
ケメルマン、ハリイ　232
小池真理子　143、144
小泉喜美子　139、197、285
甲賀三郎　77、82、192、194、195、201、277、303
幸徳秋水　142
河野典生　130、218、294
小金井喜美子　259
小金井良精　259
小酒井不木　73、77、125、195、203、221
五條瑛　240
小杉健治　90
小鷹信光　239、242、243、248、285
谺健二　242
古処誠二　147、157
小林桂樹　80
小林信彦　94、98
小林めぐみ　271、274
小林泰三　61、140、169、186、197、199、309
小松左京　62、76、175、199、211、308
小森健太朗　89、90
権田萬治　240
今野敏　268、293、295、300

さ

西條奈加　183、184
最相葉月　257～259
西條八十　192
斎藤栄　74、126、253
斎藤純　56、135、144
さいとう・たかを　299
斎藤稔　247
佐伯泰英　135
三枝義浩　31、299
坂口安吾　77、82、108、180、212、280
坂口尚　299
坂本あきら　299
桜庭一樹　271
酒見賢一　27、29、30、184、308
佐々木譲　19、20、22、70、218、293、295
佐々木倫子　299
笹沢左保　77、83、213、253
笹本稜平　69、70、293
佐竹彬　235、237
サッカレー　37
佐藤亜紀　184、308
佐藤春夫　77、104、192、193
智中天　299
佐野洋　56、74、77、89、213、240、253、254、294
ジェイコブズ、W・W　283
ジェイムズ、P・D　262
シェリー、メアリー　261
雫井脩介　90、295
市東亮子　299
篠田真由美　74、188、190、262
篠原央憲　118
柴田哲孝　221、224、225
柴田よしき　144、157、262、264、268、272、295、300
島崎博　289
島田一男　58、67、73、77、80、156、161、213、294
島田荘司　23、56、58、59、74、91、213、271
志水辰夫　130、218、294、299
シューヴァル＆ヴァールー　294
朱川湊人　167、186
殊能将之　74、147
翔田寛　108、110、111、231
城昌幸　58、83、139、192、197、257
ジョバンニ、ジョゼ　48
白井喬二　201、203
白石潔　240、280
不知火京介　90
新堂冬樹　147、149～151、179
新保博久　93、241
真保裕一　10、11、13、70、95、140
末國善己　203、290
菅浩江　175
鈴木光司　184、186
薄田泣菫　192
スタウト、レックス　248
ストリブリング、T・S　113
スピレーン、ミッキー　217
スレッサー、ヘンリー　248
セイヤーズ、ドロシイ・L　161
清涼院流水　122、147
せがわまさき　298
関口苑生　241
関口芙沙恵／関口ふさえ　92

82、87、102、104、105、125、141、163、179、180、192 〜 194、197、201、203、213、226、240 〜 242、245、257、258、261、276、280、303
エリン、スタンリー　248
遠藤徹　186
逢坂剛　19、70、95、124、130、132、209、218、268、294、300
大倉崇裕／円谷夏樹　216、231、285
大河内常平　67、213
大阪圭吉　53、68、277
大沢在昌　130、167、218、231、267、269、294、300
大下宇陀児　73、77、192、194、201、218、289、292
太田忠司　125、128、262
大田南畝／蜀山人　249
大多和伴彦　113
大坪砂男　217
大伴昌司　261
大藪春彦　77、148、210、218、253、294
岡嶋二人　89、90、157、236
岡田光治　93
岡田鯱彦　235
岡田秀文　231
丘美丈二郎　307
岡本綺堂　77、82、226、280
岡本喜八　172
小川一水　308
沖一　299
荻原浩　167
奥谷みちのり　31、299
小栗虫太郎　23、77、192、202、277
押井守　300
押川春浪　69、109
乙一　47、74、237、298、300
小野不由美　44、74、109、140、184、237、271
小山正　266、269
折原一　52、54、121、163、262、272、278
恩田陸　53、98、99、179、184、236、308

か

カー、A・H・Z　248
カー、ディクスン　197、217、245
海堂尊　262
海渡英祐　53、108、112、213
垣根涼介　208、211
垣谷美雨　231
かくたかひろ　269
影丸穣也　246
景山民夫　70
笠井潔　23、91、92、139、189、241、278
カサック、フレッド　151
梶尾真治　170、171、174、285
梶龍雄　235
香住泰　231
霞流一　270
佳多山大地　216
上遠野浩平　43、45、73、237
加納一朗　213
加納朋子　104、106
香納諒一　217、219、231
壁井ユカコ　273
茅田砂胡　43、46、73
香山滋　58、67、161、197、202、241、257、307
香山二三郎　241
柄澤齊　136
川崎のぼる　19
川田弥一郎　83
河内実加　299
川原正敏　19
川又千秋　161、285、300
かんべむさし　73、75
木々高太郎　58、77、192、194、222、289、292、303
菊地秀行　19、44、138、140、161
貴志祐介　186、307、309
北方謙三　130、218、294
北上次郎　241
北川歩実　221、222
紀田順一郎　257
北野勇作　184、309
北原尚彦　167、269
北村薫　35、37、38、78、82、104、105、121、240
北森鴻　53、95、134、137、168、250、262、272、299
木原浩勝　227
木村久邇典　290
キャノン、カート　282
京極夏彦　78、81、84、90、122、242、268、300
今日泊亜蘭　307
霧舎巧　214、236
桐野夏生　242、262
キング、ピーター　249
クィーン、エラリイ　124、152、156、212、245
空海　116 〜 119
草上仁　167
鯨統一郎　116 〜 118、236、270、272
楠田匡介　49、277
楠木誠一郎　76、138、141

作家名索引

あ

アーチャー、ジェフリー　94
アイリッシュ、ウィリアム　161
蒼井上鷹　167、230～232、234
青井夏海　90、104、105
青木知己　169
赤川次郎　24、74、78、121、139、157、235、298
赤城毅　94、96
秋田禎信　273
秋本治　267、300
芥川龍之介　77、142、193
浅黄斑　231
浅暮三文　147、184、189
あさのあつこ　272
朝松健　19、21、22、161、167、285、286
芦原すなお　248、251、252
芦辺拓　81、83、161、182、262、272、278
飛鳥高　40、58、277
飛鳥部勝則　135、157、161、163、167
東直己　217、220
我孫子武丸　61、121、151、152、161、214、241、299
安部譲二　19
天樹征丸　157
天城一　168、276、277
雨宮早希　250
綾辻行人　23、25、53、58、78、121、122、130、157、190、198、213、216、236、241、271、283、299、302
鮎川哲也　24、52、56、59、62、73、77、79、80、126、156、157、161、182、213、214、277、278、298
阿由葉稜　70
新井素子　44
荒木飛呂彦　300
荒俣宏　260、261
有明夏夫　83
有川浩　161、162、165、271、273
有栖川有栖　56、73～75、121、157、213、214、216、240、271、283
有馬頼義　89
泡坂妻夫　23、24、53、56、66、78、83、90、93、118、143、202、298
安東能明　92
飯野文彦　284、285、287
イーリイ、デイヴィッド　249
五十嵐貴久　48、50
五十嵐均　256
生島治郎　69、130、131、218、253、294
生垣真太郎　39、42
池上永一　174、177、184
井家上隆幸　241
池上冬樹　33
池波正太郎　281
池端亮　284、287
伊坂幸太郎　39、42、43、167
井沢元彦　53、118、152
石川英輔　76
石沢英太郎　80、230
石田衣良　268、300
石田黙　163
石森章太郎　299
伊島りすと　186
石持浅海　156、158
泉鏡花　141
五谷翔　231
伊藤秀雄　241
乾くるみ　144、147、152
井上ひさし　28
井上雅彦　61、65、139、189、227、286
井上靖　79
井上良夫　240
稲生平太郎　197、198、
伊良子清白　192
岩井志麻子　186
ヴァン・ダイン、S・S　16、142
ウィップル、D・K　247
ウィングフィールド、R・D　294
ウールリッチ　289
植草甚一　241
ウェストレイク、ドナルド・E　94
上田秋成　226
上田敏　192
ウォー、ヒラリー　294
歌野晶午　89、92、115、121、215
内田康夫　298
内村鑑三　142
宇月原晴明　201、203、205
宇能鴻一郎／嵯峨島昭　249
冲方丁　308
梅原克文　174
海野十三　68、69、73、77、201、202、222、257、261、262、289、292、307
江戸川乱歩　38、49、56、58、73、77、78、

「私刑」　217
『竜胆―道玄坂探偵事務所』（マンガ）　299
『ルチフェロ』　188
『ルパンの消息』　31
『ルビアンの秘密』　272
『ルピナス探偵団の当惑』　144
「瑠璃光寺」　263
『瑠璃の契り』　134、137、138
〈霊験お初捕物控〉 83
『黎明に叛くもの』　204
『RED』（マンガ）　19
『レッドマスカラの秋』　266
『レディ・ガンナーと二人の皇子』　47
『レディ・ガンナーと宝石泥棒』　43、46
『レディ・ガンナーの大追跡』　46
『レディ・ガンナーの冒険』　46
『レベリオン』　306
『旋風伝』　17、21、22
『陋巷に在り』　27、29、30
『聾瞽指帰』　116
「蠟人」　245
『ろくでなし』　148
『六番目の小夜子』　99、184、236
『ロシア幽霊軍艦事件』　59
『地底獣国の殺人』　161
「ロック」（雑誌）　67、246、253
『「ロック」傑作選』　67
『ロミオとロミオは永遠に』　99、100
『論創ミステリ叢書8　小酒井不木探偵小説選』　126
〈論創ミステリ叢書〉　78～80、126、195、283、291
『ロンド』　136
『倫敦暗殺塔』　109
『論理の蜘蛛の巣の中で』　239～241

わ

〈YA! ENTERTAINMENT〉　140
「Y駅発深夜バス」　169
『ワイルド・ソウル』　209
『わが一高時代の犯罪』　180、235
『若きウェルテルの怪死』　235
〈若さま侍捕物帳〉　83
「わがデビューの頃」　16
『我輩はカモである』　94
『わが身世にふる、じじわかし』　248、251
『惑星CB－8越冬隊』　71
『忘れ雪』　149
「私」　193
『私が殺した少女』　131
「私だけが知っている」（テレビ）　213、256
『私だけが知っている』（アンソロジー）　213
『私という名の変奏曲』　93、143
〈私と円紫師匠〉　105
「私の推理小説作法」　281
『私のハードボイルド　固茹で玉子の戦後史』　239、242、243
「わたしのベッキー」　37
「私はかうして死んだ！」　79
「わたしはミミ」　286
『私を猫と呼ばないで』　18
「嗤う男」　229
『わらう警官』　295
『笑うバルセロナ』　285
「湾岸バッド・ボーイ・ブルー」　231
『ワンダーランド in 大青山』　114

『モナリザの微笑』 135
「什器破壊業事件」 292
『模倣密室』 52、55
『樅ノ木は残った』 289
『森鷗外の事件簿』 141
「モルグ街の殺人」 275
「問題小説」（雑誌） 119

や

〈館〉 122、123
『館島』 156～158
『約束の河』 297
『夜光虫』 245
「野菜ジュースにソースを二滴」 234
『夜叉沼事件』 128
『野獣死すべし』 253
『八つ墓村』 197、246、247
『八つ墓村』（マンガ） 246、298
「柳湯の事件」193
『矢の家』 245
「藪の中」 193
「やぶへび」 257
『邪馬台国の秘密』 109
『邪馬台国はどこですか?』 117
『山田風太郎育児日記』 60
〈山田風太郎全集〉 17、85
〈山田風太郎明治小説全集〉 108
〈山田正紀コレクション〉 16
『山猫の夏』 70
「山吹町の殺人」 79
〈山本周五郎探偵小説全集〉 290
「山本周五郎のミステリー」 290
「闇に光る目」 63
「闇に開く窓」 182
『闇の貴族』 148
『闇のなかの赤い馬』 130
「ヤングアニマル」（雑誌） 299
〈ヤング・インディ・ジョーンズ〉 285
〈ヤング・ヴァン・ヘルシング〉 139
「ヤングガンガン」（雑誌） 300
「ヤングチャンピオン」（雑誌） 299
「ヤングマガジンアッパーズ」（雑誌） 298
『誘拐』 180
『誘拐児』 111
『誘拐の果実』 13
『夕潮』 88
『ユージニア』 102
『夕萩心中』 143
〈UMAハンター馬子〉 62、64、162
『UMAハンター馬子１　湖の秘密』 63
『UMAハンター馬子　完全版』 64
『UMAハンター馬子　闇に光る目』 60、61、63
「幽霊ストーカー事件」 127
『幽霊船』〈異形コレクション〉 286
『幽霊船が消えるまで』 222
「幽霊屋敷の殺人」 290
『歪んだ匣』 263
『ゆきの山荘の惨劇』 157
『雪のマズルカ』 252
『雪密室』 124
『雪虫』 296
『雪よ荒野よ』 20
『指輪物語』 183
『弓形の月』 143
『夢の陽炎館』 109
〈夢野久作全集〉 86、202
〈夢野久作著作集〉 86
「夢の中の顔」 67
『夢見の家』 115
『夢を築く人々』 193
「ユリアは笑う」116
『ゆりかごで眠れ』 208、209
『夜明けの睡魔』 151、241
『夜市』 183、186
『妖怪博士』 125
『「妖奇」傑作選』 67
『妖奇切断譜』 109
『陽気なギャングが地球を回す』 39～41
「妖女の足音」 277
『妖神グルメ』 161
『妖星伝』 27、119
『妖都』 144
「妖婦の宿」180、182、213、277
『妖変！箱館拳銃無宿』 22
『欲望』 144
『横綱に叶う』 90
〈横溝正史自選集〉 244、247
〈横溝正史時代小説コレクション〉 247
〈横溝正史全集〉 17、85、202、246、298
〈横溝正史探偵小説コレクション〉 247
『横溝正史翻訳コレクション』 244、247
『吉原暗黒譚』 295
『吉原蛍珠天神』 15
「予審調書」 79
『予知夢』 222
『ヨット・クラブ』 249
「予備校事件ノート」 305
『黄泉がえり』 171
『甦る』 181
〈甦る「幻影城」〉（アンソロジー） 66
〈甦る推理雑誌〉 66、67、277
『嫁洗い池』 251
『頼子のために』 124
『夜の終わる時』 294
『夜の処刑者』 88
『夜の蟬』 104
『夜の蔵書家』 260
『夜は楽しむもの』 88
「万朝報」（日刊紙） 142
『42.195 すべては始めから不可能だった』 112、113、115
「四番目の色が散る前に」 306
『四万人の目撃者』 89
『四文字の殺意』253、256

ら

『ラーメン殺人事件』 249
『楽園』 184
『拉致』 208
「落下する緑」 62
『ラッシュライフ』 39
『ラットマン』 302～306
『螺鈿の小箱』 188、189
『迷宮　Labyrinth』 114
『ラミア虐殺』 157、164
『ランチタイム・ブルー』 263
『ランデヴーは危険がいっぱい』 174
『リア王密室に死す』 235
『リカ』 50
『六色金神殺人事件』 154
『RIKO―女神の永遠―』 264、295
「離魂の妻」 292
『離愁』 35、38
『強奪箱根駅伝』 92
『龍の黙示録』 189
『「猟奇」傑作選』 66
『緑色研究』 311
『リング』 184、186
『臨場』 295
「隣人」 263

『マックス・マウスと仲間たち』 146
『マッチメイク』 90
「待っていた女」 220
『学ばない探偵たちの学園』 157、236
『魔のプール』 221
「魔の山へ飛べ」 63
『魔法飛行』 107
『幻！』（アンソロジー） 168
『幻の女』 161
『幻の祭典』 209
『幻の探偵作家を求めて』 56
〈幻の探偵雑誌〉（アンソロジー） 66、203
「幻の街」 80
『真夜中の金魚』 229
『真夜中の神話』 140
「マリーゴールド」 263
『マリオネットの罠』 24
『マリ子の肖像』 136
『マルタの鷹』 243
〈マルティン・ベック〉 294
『磨の酩酊事件簿』（マンガ） 299
「マンガ少年」（雑誌） 299
「漫画読本」（雑誌） 214
「満月夫人」 80
「饅頭軍談」 88
「満洲だより」 80
〈まんだら探偵 空海〉 116、117、120
「マンハント」（雑誌） 243
「美亜へ贈る真珠」 171
「木乃伊の恋」 168
「木乃伊の殺人」 290
『ミカエル・デギットの手記』 195
『未完の遺書』 254
『三毛猫ホームズの騎士道』 157
『巫女の棲む家』 190
『見知らぬわが子』 256
「湖の秘密」 63
「ミス・ショット」 255
『水霊 ミズチ』 62
『ミステリアス学園』 236
「ミステリーゲーム」 127、128
〈ミステリー傑作選〉（アンソロジー） 267
「ミステリーズ！」（雑誌） 215、251
〈ミステリー・ベストセレクション〉（アンソロジー） 266
〈ミステリーランド〉 73、74、262、271、272
〈ミステリーYA！〉 262、264、272
『ミステリオーソ』 131
『ミステリ・オペラ』 14
『ミステリの原稿は夜中に徹夜で書こう』 241
『ミステリは万華鏡』 240
「ミステリマガジン」（雑誌） 41、130、232
『水の翼』 144
『水の迷宮』 159
『乱れからくり』 24
『満ち潮の夜、彼女は』 271、272
「未知との遭遇」（映画） 308
『密室キングダム』 275、278、279
『「密室」傑作選』（アンソロジー） 67、277
『密室・殺人』 199
『密室殺人傑作選』（アンソロジー） 276
『密室殺人大百科』（アンソロジー） 278
「密室作法〔改訂〕」 168
『密室に向かって撃て！』 157
『密室の鍵貸します』 157
「密室の人」 32
「密室の矢」 278
『密書』 208
「三つの樽」 277
『ミッドナイト・コール』 311
『密閉教室』 121、236
『密約幻書』 208
『密猟区』 208
『緑の幻影』 114
『水底の祭り』 190
「水底の連鎖」 216
『見なれぬ顔』 88
『ミミズクとオリーブ』 251、252
『耳袋』 227
『未来獣ヴァイブ』 161
『ミレニアム』 263
『千年紀末古事記伝 ONOGORO』 117
『弥勒の掌』 151、152
『みんなの賞金稼ぎ』 287
『昔、火星のあった場所』 184
『麦の海に沈む果実』 100、101
「無垢の祈り」 228
『骸の爪』 304
『無間地獄』 148
『無言劇』 114
『ムジカ・マキーナ』 184
『結ぶ』 191
『無伴奏』 144
『夢魔の旅人』 189
「無用の人」 260
『紫のアリス』 264
『迷宮逍遥』 56、240
『迷宮の女』 250
『迷彩都市』（マンガ） 299
『名作捕物小説集』（アンソロジー） 168
『明治開化 安吾捕物帖』 82、108、111、280
『明治・大正・昭和 日米架空戦記集成』 65、67、68
『明治断頭台』 108
『明治ドラキュラ伝１』 138 ～ 140
『MAZE』 100
『名探偵夏目漱石の事件簿』 141
『名探偵は九回裏に謎を解く』 109
『名探偵は最終局に謎を解く』 110
『名探偵は千秋楽に謎を解く』 90、109
「名探偵は誰？」 54
『名探偵もどき』 17、282
〈名探偵夢水清志郎事件ノート〉 76、127、271
「名刀売り」 203
『メイド刑事』 272
『鳴風荘事件—殺人方程式 II—』 122
『迷路館の殺人』 122
『メイン・ディッシュ』 250
「目指せ乱歩賞！」 268
「メゾンは崩れる」 116
「メフィスト」（雑誌） 172、241
「目羅博士」 163
『メルキオールの惨劇』 227
『目を擦る女』 200
『亡者の家』 229
『妄想銀行』 174、258
「網膜脈視症」 222
『燃える地の果てに』 209
『燃える波濤』 208
「目撃者は誰？」 54
『黙の部屋』 163
『木曜組曲』 100
『文字禍の館』 114
『百舌の叫ぶ夜』 294
『百舌姫事件』 129
〈もどき〉 17
『戻り川心中』 53、143

〈覆面作家〉 105
『富豪刑事』 24、53
「不思議な物語」 198
「不思議の国の犯罪」 277
『ふしぎの国の犯罪者たち』 94、98
『ふたたび赤い悪夢』 124
「ふたたび地獄城」 48
『ふたたびの虹』 144、264
「双つ蝶」 189
「二つの鍵」 167、169
「二つの凶器」 214
「二粒の真珠」 277
「二壜のソース」249
「ふたり遊び」 190
『二人で殺人を』 254
「ふたりの思い出」 129
「二人の芸術家の話」 193
『ふつうの学校』 76
『復活の日』 211
「ブックガイドマガジン」(雑誌) 188
『物体X』 15
『不夜城』 285
『冬の伽藍』 144
「冬の時代の犯罪」 277
『冬の旅人』 190
「冬のむこう」 238
『武揚伝』 20
『無頼の船』 70
『フラグメント』 157
『ブラックウッド傑作集』 260
『ブラック・エンジェル』 145
「ブラック・マスク」(雑誌) 217
『ブラッド』 114
「フランケンシュタインの方程式」 171
『フランス白粉の謎』 152
「古い虹」 255
『古本街の殺人』 260
『古本屋探偵の事件簿』 260
『play』 169
『フレームアウト』 39、42
『不連続殺人事件』 77、212
〈フロスト警部〉 294
「プロセルピナ」 167
「ぷろふいる」(雑誌) 66
『「ぷろふいる」傑作選』 66
「噴火口上の殺人」 235
「文芸倶楽部」(雑誌) 245
『文章魔界道』 118
『文福茶釜』 95、136
『閉塞回路』 53
『平和の芽』 31
『北京原人の日』 117
「別冊文藝春秋」(雑誌) 37
「別冊宝石」(雑誌) 67、217
『「別冊宝石」傑作選』 67
『ベテルギウス決死圏』 174
『ペニス』 144
『ベルゼブブ』 62
『伯林星列』 307、310、311
『伯林——八八八年』 108
「中傷の手紙」 220
『放課後』 236
『忘却の船に流れは光』 60、63、64
『亡国のイージス』 70、211
『放射能獣－X』 161
「宝石」(雑誌) 58、66、67
『「宝石」傑作選』 67
〈宝石傑作選集〉 66
〈宝石推理小説傑作選〉 66
『宝石泥棒』 14、161
『法廷外裁判』 48
『法庭の美人』 192
『葬られた遺書』 53
「亡霊ホテル」 290
『北斎殺人事件』 95、134
『北辰群盗録』 20
「北斗星の密室」 55
『ぼくと、ぼくらの夏』 236
『ぼくと未来屋の夏』 74
『僕の行く道』 147、149、150
「ぼくら」(雑誌) 299
『僕らが愛した手塚治虫』 302
『ぼくらの時代』 24
「ぼくらマガジン」(雑誌) 299
『僕を殺した女』 222
「ほころび」 256
『星新一 一〇〇一話をつくった人』 257、258
『星の海を君と泳ごう』 264
『星の国のアリス』 62
『ホシは誰だ？』(アンソロジー) 214
『星降り山荘の殺人』 157
〈星へ行く船〉 44
『墓石の伝説』 130、132、133
『細い赤い糸』 40
『螢』 130、157
『螢女』 176
『螢坂』 250
『ぼっけえ、きょうてえ』 186
『坊っちゃんは名探偵！』 76、142
『不如帰』 195
『ポトラッチ戦史』 75
『骨笛』 191
『焔 The Flame』 297
〈ポプラポケット文庫〉 179、182
『ボランティア・スピリット』 263
『ホワイトアウト』 70
『本格推理』(アンソロジー) 62、278
『本格推理2 奇想の冒険者たち』 62
『本格ミステリ』(アンソロジー) 165、168、169、200
『本格ミステリー館』 58
『本格ミステリー館にて』 58
『本格ミステリー宣言』 58
『本格ミステリー宣言II ハイブリッド・ヴィーナス論』 58
『本格ミステリ・クロニクル300』 23、26
〈本格ミステリコレクション〉 49
「本格ミステリ・ベスト10」 159
『ぼんくら』 242
『ポンコツタイムマシン騒動記』 76
「本陣殺人計画——横溝正史を読んだ男」55
『本陣殺人事件』 17、180、246、247、276
「本の窓」(雑誌) 302

ま

『マイナス・ゼロ』 199
『魔界転生』 29
『魔界都市〈新宿〉』 44
『禍記(マガツフミ)』 61
『魔球』 89、236
〈魔獣狩り〉 120
〈魔術士オーフェン〉 273
「魔女狩り」 34
『魔女の死んだ家』 74
『魔女を忘れてる』 271、274
『魔神の遊戯』 59
「覆面」 169
『マスク』 296
『マスグレイヴ館の島』 278
〈魔大陸の鷹〉 96
「又聞き」 34
『まだ、名もない悪夢。』 15
「まだらの紐」 275、291
『魔地図』〈異形コレクション〉 227
『街の灯』 35、37、38
「待つ男」 234

「舶来幻術師」　67
『はぐれ古九谷の殺人』　135
『白蠟の鬼』　182
「破獄教科書」　49
『匣の中の失楽』　23 〜 25
『葉桜の季節に君を想うということ』　93
「艀」　191
『バジリスク〜甲賀忍法帖〜』（マンガ）　298
「走る目覚まし時計の問題」　169
『ハスキル人』　181
『puzzle』　100
『813』　244
「八人目の男」　80
『８年』　296
『８の殺人』　121
〈蜂矢風子探偵簿〉　292
『爬虫館事件』　66
『発火点』　10 〜 12
「バック・スペース」　107
『BAD』　114
『バッド・チューニング』　284 〜 286
『バッド・トラップ』　297
『鳩が来る家』　115
『ハナシがちがう！　笑酔亭梅寿謎解噺』　167
『花の下にて春死なむ』　138、250
『花の旅夜の旅』　190、198
「パノラマ島奇談」　102
『パパイラスの舟』　242
「パピヨン」（映画）　48
『バベル消滅』　135
『ハポン追跡』　133
『ハマースミスのうじ虫』　152
〈浜尾四郎全集〉　86
『ハムレット』　234
『林不忘探偵小説選』　280、283
〈早耳三次捕物聞書〉　283
『薔薇忌』　191
『パラサイト・イヴ』　186
『薔薇荘殺人事件』　52、213、278
『パラドックス学園』　236
『薔薇の女』　91
『バラバの方を』　164
『薔薇密室』　190
〈ハリー・ポッター〉　183
『ハリウッド・サーティフィケイト』　59
『バルーン・タウンの殺人』　145
『遙かなり神々の座』　71
『バルタザールの遍歴』　184
「春のしずく」　238
「春の獄」　190
『春信殺人事件』　134
『叛アメリカ史』　209
『半落ち』　31 〜 34
「半七と右門のあいだ」　283
〈半七捕物帳〉　82、85、280 〜 282
「『半七捕物帳』と『右門捕物帖』をつなぐもの」　283
『半熟探偵団』（マンガ）　299
『犯人に告ぐ』　295
『吸血鬼ハンター“D”』　140
「PEAK」（マンガ）　32、299
『ＢＧ、あるいは死せるカイニス』　159
『ピースサイン』　226、229
『ヒートアイランド』　209
『冷えきった街』　218
『被害者は誰？』　52 〜 54、214
『日影丈吉全集　第４巻』　85、88
「東山殿御庭」　167
『光の帯』　194
『光の帝国』　99
『艶紅』　144
『光る風』　48
「光る棺の中の白骨」　169
『尾行』　254
『非合法員』　208
『久生十蘭集』　82
〈久生十蘭全集〉　86、202、282
「美少女戦士セーラームーン」（テレビ）　29
『美食倶楽部』　249
『美食倶楽部殺人事件』　249
『美食ミステリー傑作選』　248
『秘神——闇の祝祭者たち』　286
『陽だまりの迷宮』　104、105
『ビッグゲーム』　89
「ビッグコミック」（雑誌）　299
『ビッグブラザーを撃て！』　70
『ひつじが一匹』（マンガ）　299
「ヒッチコックマガジン」（雑誌）　94
「人消し村の人消し城」　127
『炎と氷』　150
「ひとごろし」　289
「人でなしの恋」　257
『一人三人全集Ｉ』　283
『ひとり芝居』　254
「一人の芭蕉の問題」　303
「人間を二人も」　67
『ビネツ　美熱』　263
「火の紙票」　289
『美の盗賊』　240
「火の鳥　アトム編」　302
『ピピネラ』　145
『向日葵の咲かない夏』　304
『秘密』　11
『秘密の地下室』　250
『悲鳴』　220
「ひめごと」　256
『百万ドルをとり返せ！』　94
『百物語異聞』　115
「白蓮の寺」　143
『百鬼譚の夜』　113
「百光年ハネムーン」　171
『緋友禅』　96、137
「ヒュドラ第十の首」　215
『病院坂の首縊りの家』　24
『氷菓』　236、271
『秒読みの殺人』　285
「漂流者」　214
『開かれた密室　Being As Unfixed』　237
『平林初之輔探偵小説選Ｉ・II』　77 〜 79、195、291
「蛭女」　164
『広重殺人事件』　95、134
〈φ〉　237
『FIRE in the SHADOW　爛熟の娼獣』　60
『不安な童話』　99
『Ｖヴィレッジの殺人』　264
『フェイク』　94、97
『フェルメールの闇』　135
『フォー・ディア・ライフ』　268
「Fallen Angel Falls」　306
『フォックス・ストーン』　70
『深追い』　31、33、34
『不可解な事件』　114
『不可思議アイランド』　15
『ブギーポップ・イントレランス　オルフェの方舟』　47
『ブギーポップ・クエスチョン　沈黙ピラミッド』　47
『ブギーポップ・スタッカート　ジンクス・ショップへようこそ』　43、44 〜 46
『ブギーポップ・バウンディング　ロスト・メビウス』　47
『ブギーポップは笑わない』　45
『復員殺人事件』　180
『福田和子はなぜ男を魅了するのか』　250

『とむらい機関車』 53
『友！』（アンソロジー） 168
「友達」 201
『ともだち』 236
『ドラキュラ公　ヴラド・ツェペシュの肖像』 188
「ドラゴンマガジン」（雑誌） 274
「虎の牙」 87
『捕物小説年鑑　昭和三十年度版』 81
『捕物帳もどき』 282
「トロイの密室」 55
『永遠も半ばを過ぎて』 95
〈とんち探偵一休さん〉 117、120
『とんち探偵一休さん　金閣寺に密室』 117
『とんち探偵一休さん　謎解き道中』 117
『どんどん橋、落ちた』 53、213

な

『内宇宙への旅』 114
『長い家の殺人』 121
『長いお別れ』 130、232
『長き雨の烙印』 293、296、297
『流れる砂』 220
『謎解きが終わったら』 240
「謎の女」 79
「謎の頸飾事件」290
『雪崩連太郎怨霊行』 198
『雪崩連太郎幻視行』 198
『雪崩連太郎全集』 198
『懐かしい未来　甦る明治・大正・昭和の未来小説』 68
『夏と花火と私の死体』 300
「夏の収束」 229
「夏のにおい」 238
『ななつのこ』 105、107
『七つの棺』 54
『七つの密室』 278
『七不思議の作り方』 235、237
『何かが空を飛んでいる』 198
〈浪花少年探偵団〉 236
〈なにわの源蔵事件帳〉 83
『生首に聞いてみろ』121、123～125、130、131
『波に座る男たち』 170、171
〈なめくじ長屋捕物さわぎ〉 82、281、283
『なめくじに聞いてみろ』 69、124
「ナメクジは嘆く」 116
「倣雛心中」 137
「奈落闇恋乃道行」 110
『贄の夜会』 217～219
「苦い狐」137
『肉食屋敷』 200
「$C_{10}H_{14}N_2$（ニコチン）と少年——乞食と老婆」 228
『２時間７分の身代金』 92
「虹と薔薇」 292
『虹果て村の秘密』 73～75
『21世紀本格宣言』 56、58、59
『24時間の男』 95
「二銭銅貨」 257
「日日平安」 289
『日蝕の鷹、月蝕の蛇』 113
『二度目のノーサイド』 296
『二の悲劇』 124
『鈍い球音』 89
「日本怪奇小説の流れ」 261
『日本書紀』205
〈日本推理作家協会賞受賞作全集〉 40、56
『日本推理小説辞典』 226
『日本探偵作家論』 241
〈日本探偵小説全集〉 78、79、82、193、212、280
〈日本探偵小説代表作集〉 193、194
『日本沈没』 175、211、308
『日本伝奇大ロマン・シリーズ』 202
『日本伝奇名作全集』 202
〈日本ベストミステリー「珠玉集」〉（アンソロジー） 266
『日本ミステリー傑作選』（アンソロジー） 267
『日本ミステリー最前線』 241
『二枚舌は極楽へ行く』 230、233
『二枚のドガの絵』 284
「ＮＹ・アップル」 252
「女人禁制の密室」 91
『二輪馬車の秘密』 247
「楡の木荘の殺人」 80
「人形遊び」 189
『人形館の殺人』 122
『人形佐七捕物帳』 245、247
『人形はなぜ殺される』 180、212
「人間椅子」 257
「人間天狗事件」 292
『人間臨終図巻』 57
「盗まれた手紙」 169
「ぬらりひょんの褌」 268
『塗仏の宴　宴の始末』 242
「ぬれぎぬ」 256
『濡れた心』 235
『猫舌男爵』 191
『ねこたま』 274
『猫は知っていた』 77、253
『猫丸先輩の推測』 105
「猫目石殺人事件」 290、291
『ねじの回転』 99、100
「鼠の贄」 180
「ネタ元」 32
「値段は五千万円」 234
『根の国の物語』 188
『ネフィリム　超吸血幻想譚』 140
『寝ぼけ署長』 289
『眠りなき夜』 218
『眠る絵』 135
『ネメクモア』 139
『ねらわれた学園』 76、308
「脳光速　サイモン・ライト二世号、最後の航海」 61
『脳髄工場』 197、200
『脳波の誘い』 254
『NO CALL NO LiFE』 273
〈ノーザン・トレイル〉 21、22
『後巷説百物語』 81、84
『ノックの音が』 258
『信長　あるいは戴冠せるアンドロギュヌス』 204
『野村胡堂探偵小説全集』 290

は

『ハート･オブ･スティール』 252
『ハードボイルド以前』 242
『パーフェクト・ブルー』 90
『廃屋の幽霊』 229
『ハイカラ右京探偵全集』 89
『ハイカラ右京探偵譚』 88
『ハイドゥナン』 174、175、178
『背徳のレクイエム　凶の剣士グラート』 60
『バイバイ、エンジェル』 23
『ハイブリッド･アーマー』 173
〈パウダー警部補〉 294
『バガージマヌパナス』 177、184
『破戒裁判』 180
「BAKABAKAします」 270
『バカミスじゃない!?　史上空前のバカミス･アンソロジー』 266、269、270
『吐きたいほど愛してる。』 150
『白亜館事件』 128
「白昼鬼語」 193
『白昼の死角』 181

「中国蝸牛の謎」 168
『蝶』 188、191
『超革命的中学生集団』 76
〈「超」怖い話〉（アンソロジー） 227
『超・殺人事件』 269
『超人騎士団リーパーズ』 76
『鳥人計画』 90
『蝶々殺人事件』 212、246
「蝶番の問題」 214
「長篇　異界活人事件」 269
『チョコレート・ゲーム』 236
「陳述」 193
〈陳舜臣全集〉 86
『沈黙の土俵』 90
『ツィス』 234
『墜落』 217、220
〈痛快 世界の冒険文学〉 140
「憑かれたひと」 229
『月館の殺人』（マンガ） 299
『月の裏側』 100
「月の下の鏡のような犯罪」 163
『月の扉』 158
『憑き者』（アンソロジー） 113
『月夜の晩に火事がいて』 252
『蔦葛木曽棧』 27
〈都筑道夫コレクション〉 139
『都筑道夫自選傑作短篇集』 281
〈都筑道夫少年小説コレクション〉 129
『繋がれた明日』 14
〈角田喜久雄全集〉 86
「椿三十郎」（映画） 289
『つぶての歌吉』 19
『津町湘二作品集』 242
「冷たい水が背筋に」 234
「つるばあ」 80
「D坂の殺人事件」 257、276
「ディープ・キス」 167
『貞操試験』 254
「帝都〈少年少女〉探偵団ノート」 142
〈帝都探偵物語〉 96
『ディプロトドンティア・マクロプス』 161
『定本　佐藤春夫全集』 194
「手遅れの死」 231
『手紙』 14
『デカルトの密室』 278
『敵！』（アンソロジー） 168
「出来ていた青」 289、291
「出口のない海」（マンガ） 31、32
「DECO-CHIN」 167
「デザートの報い」 248
「手錠のままの脱獄」（映画） 48
『DEATH NOTE』（マンガ） 285、300
『DEATH NOTE アナザーノート ロサンゼルスBB連続殺人事件』 285、300
『手塚治虫 COVER　タナトス編』 302
『哲学者の密室』 278
『デビルマン』（マンガ） 64
「DUO」（雑誌） 299
『出られない五人』 230、232、233
『デリシャス殺人事件』 249
『デルフィニア戦記』 46、47
『デルフィニアの姫将軍』 46
『TENGU』 221、224
「天狗岩の殺人魔」 290
『天空への回廊』 70
『天国荘奇譚』 235
『天国のスープ』 248 ～ 250
〈天才・龍之介がゆく！〉 222
「天使遊び」 190
『天使が消えていく』 256
『天使たちの探偵』 131
『天使の血脈』 188
『天使の囀り』 309
「天職」 234
『電人M』 125
『伝説なき地』 209
『天動説』 139
〈天藤真推理小説全集〉 86
『点と線』 77、253
「ト・アペイロン」 252
『Twelve Y.O.』 210
『動機』 32、33、295
『同級生』 236
〈東京伝説〉 227
『東京異聞』 109、184
「道化師の檻」 277
『慟哭の城XXX』 62
「銅婚式」 253
『同日同刻』 57
『凍樹』 144
『凍樹の森』 71
『塔上の奇術師』 125
「灯台鬼」 277
「盗聴犬」 292
『盗難車』 254
「塔の判官」 180
『動物記』 150
『動物のお医者さん』（マンガ） 299
『東方見聞録』 205
『逃亡作法　TURD ON THE RUN』 49
『透明な暗殺』 254
『透明な一日』 222
「透明な仮面」 255
『透明な季節』 235
『透明人間の納屋』 74
『東洋の秘術』 285
『遠きに目ありて』 126
「時うどん」 167
『トキオ』 10、11
「時の顔」 199
『時の鐘を君と鳴らそう』 264
『時の幻影館』 109
『時の渚』 70
『時の密室』 278
『時の娘』 109
「時の門」 199
『時をかける少女』 308
『徳冨蘆花探偵小説選』 192、195、196、291
『毒のある花』 285
『独白するユニバーサル横メルカトル』 226、227、230
「特別料理」 249
『ドグラ・マグラ』 23
「独立愚連隊」（映画） 172
『髑髏検校』 138、139
『時計館の殺人』 122
『どこまでも殺されて』 143
『閉じ箱』 26
「途上」193
〈図書館戦争〉 165、271
『図書室の海』 101
『どすこい。』 90、268
『どすこい（仮）』 90
『どすこい（安）』 90
『とっておきの特別料理』 248
「トップシークレット」 127、128
「どですかでん」（映画） 289
「届かない声」 106
〈鳥羽ひろし君の推理ノート〉 126
「土俵爆殺事件」 91
『土俵を走る殺意』 90
「扉」277
『扉は閉ざされたまま』 156、159、160
『溝鼠』 149
『トマト・ゲーム』 190
『ドミノ』 100

〈銭形平次捕物控〉 81
『背の眼』 304、306
『背広の下の衝動』 150
『戦下の別離』 285
『先駆者の道』 203
『戦国自衛隊1549』 211
『戦後創成期ミステリ日記』 260
『占星術殺人事件』 23、91
「浅草寺消失」 283
『戦中派動乱日記』 57、59
『戦中派不戦日記』 57
『戦中派復興日記』 59
『戦中派虫けら日記』 57
『戦中派焼け跡日記』 57
『戦中派闇市日記』 56
『戦闘員ヴォルテ』 71
『旋風』 90
「象牙の愛人」 189
〈創元クライム・クラブ〉 110
〈創元ミステリ'90〉 110
『蒼煌』 134 ～ 136
「捜索者」 216
『創作探偵小説集』（アンソロジー） 168
『僧正殺人事件』 16、17
『僧正の積木唄』 16、17
『漱石先生の事件簿　猫の巻』 262
『双頭の悪魔』 157、213
『総統の子ら』 190
『象と耳鳴り』 53
『蒼白の城ＸＸＸ』 62
『総門谷』 28、29
『総門谷Ｒ』 27、29、30
『ソウルケイジ』 296
〈ソーンダイク博士〉 244
『続巷説百物語』 85
『続・13の密室』（アンソロジー） 277
「そして思い出は……」 129
『そして誰もいなくなった』 156
『そして扉が閉ざされた』 157
『そして夜は甦る』 130、131
『ソドムの林檎』 310
『祖父・小金井良精の記』 259
「半熟卵にしてくれと探偵は言った」 269
『空飛ぶ馬』 104、121
「空の色さえ」 191
『宙の詩を君と謳おう』 264
「空の大怪獣ラドン」（映画） 161
『空の中』 162、271
「空行かば」 68
『ソリトンの悪魔』 174
『それでも、警官は微笑う』 295
『ソロモンの犬』 304
「ゾンビ・アパート」 286

た

『ダークサイド・エンジェル紅鈴』 295
『大尉のいのしし狩り』 249
『大学祭の夜』 161
『大鬼神』 115
「大行進」 270
『第三閲覧室』 260
『第三の時効』 295
「対戦力士連続殺人事件」 91
「大脱走」（映画） 48
〈台所探偵〉 251
『タイトルマッチ』 90
『太平洋の薔薇』 69、70
『大菩薩峠の要塞』 22
「大松鮨の奇妙な客」 167、232
『タイムカプセル』 262、272
〈タイムスリップ探偵団〉 142
『タイム・リープ』 47
『大誘拐』 24
『第４の関係』 254
『ダ・ヴィンチ殺人事件』 135
〈高木彬光コレクション〉 179
〈高木彬光長編推理小説全集〉 85
『高木家の惨劇』 180
『高すぎた代償』 254
「高天原の犯罪」 276
『誰彼』 124
「黄昏時に鬼たちは」 169
『黄昏のベルリン』 143
『黄昏の百合の骨』 98、99、101
『黄昏ホテル』（アンソロジー） 189
「たちあな探検隊」 80
『脱獄九時間目』 48
『脱獄囚』 49
「脱獄を了えて」 49
『奪取』 95
「達也が嗤う」 214
『ダブ（エ）ストン街道』 184
『ダブル・スチール』 90
「玉川上死」 215
『たまご猫』 191
『たゆたいサニーデイズ』 235、238
『樽』 245
「タルトはいかが？」 201
『誰のための綾織』 164
『誰もわたしを倒せない』 169
「断崖」 87
『丹下左膳』 283
『ダンサー』 225
『團十郎切腹事件』 53
『DANCING in the SHADOW 喉を鳴らす神々』 60
『探偵異聞』 195
『探偵ガリレオ』 222
『探偵くらぶ』（アンソロジー） 267
『「探偵クラブ」傑作選』 67
『「探偵倶楽部」傑作選』 65、67
『「探偵」傑作選』 67
『探偵作家江戸川乱歩の事件簿』 141
『「探偵実話」傑作選 67
『「探偵趣味」傑作選』 66
『「探偵春秋」傑作選』 66
「探偵小説」（雑誌） 245
「探偵小説芸術論」 303
『探偵小説傑作選』 165
「探偵小説講話」 303
『探偵小説辞典』 240
『探偵小説年鑑』 165
「探偵小説の鑑賞」 303
『探偵小説の郷愁について』 240、280
「探偵小説の定義と類別」 104
「探偵小説小論」 193
「探偵西へ飛ぶ！」 292
『探偵になるための 893 の方法』 299
「探偵は誰？」 54
『探偵はバーにいる』 220
「探偵文藝」（雑誌） 66、283
『「探偵文藝」傑作選』 66
「探偵物語」（ドラマ） 242
『丹波家殺人事件』 55
『血！』（アンソロジー） 168
「智恵の一太郎」 87
〈近松茂道〉 180
『地球軍独立戦闘隊』 15
『地球はプレイン・ヨーグルト』 172
『地底の鰐、天上の蛇』 113
『血塗られた神話』 147、148
『血の季節』 139、198
「地の声」 31
『血のスープ』 139
『地の果ての獄』 108
『魑魅』 113
『チャイルド』〈異形コレクション〉 286

266、267、300
『小説 鉄腕アトム　火星のガロン』 298、301
『鍾乳洞殺人事件』 247
〈少年科学探偵〉 125
「少年画報」(雑誌) 299
「少年倶楽部」(雑誌) 125
『少年探偵王』(アンソロジー) 182
『少年探偵ジャーネ君の冒険』 126
〈少年探偵団〉 73、125、129
『少年探偵・春田龍介』 290
『少年トレチア』 144
『少年名探偵 虹北恭助の新・新冒険』 127
『少年名探偵 虹北恭助の新冒険』 127
『少年名探偵 虹北恭助のハイスクール☆アドベンチャー』 125～127
『少年名探偵　虹北恭助の冒険』 127
『蒸発』 256
「笑歩」 154
〈昭和ミステリ秘宝〉(叢書) 98
『ショート・ミステリー傑作選』(アンソロジー) 267
「女誡扇綺譚」 193
『食卓にビールを』 274
『初稿・刺青殺人事件』 182、213
『女子高校生誘拐飼育事件』 250
『ジョジョの奇妙な冒険』(マンガ) 300
「児雷也昇天」 282
〈私立霧舎学園ミステリ白書〉 236
「痴れ者」 286
「白い密室」 277
『白い館の惨劇』 114
『素人探偵局』(アンソロジー) 213
「素人ラジオ探偵局」(ラジオ) 213
『屍蠟の街』 152
『白き嶺の男』 71
『白の恐怖』 156
「白旗の誓い」(マンガ) 31
『新 顎十郎捕物帳』 280、282、283
『新 顎十郎捕物帳2』 283
『Sinker—沈むもの』 227
『成吉思汗の秘密』 180
『蜃気楼・13の殺人』 92
『蜃気楼博士』 126
『新作ゴジラ』 285
『真実の絆』 223
『紳士同盟』 94、98
『紳士同盟ふたたび』 94、98
『新釈諸国噺』 234
『紳士遊戯』 96、97
『神州纐纈城』 201、202、205
『人獣細工』 200
『新宿鮫』 294
『「新趣味」傑作選』 67
『神獣聖戦』 14
『真珠郎』 245
「新少年」(雑誌) 291
『新世紀「謎」倶楽部』(アンソロジー) 215
「新青年」(雑誌) 66、193、244、245、248、289
〈新青年傑作選〉 66、202
〈新青年傑作選集〉 66
『新青年ミステリ倶楽部』 66
『新世界より』 307～310
「新鮮なニグ・ジュギペ・グァのソテー　キウイソース掛け」 61
『人造美人』 258
『新宝島』 87
「身中の虫」 196
「慎重令嬢」 292
〈新版横溝正史全集〉 85
『人民は弱し官吏は強し』 259
「人面疽」 193
「深夜の舞踏会」 286
「深夜、浜辺にて」 286
『親鸞の不在証明』 120
『神話の果て』 209
『水車館の殺人』 122
「水晶の夜、翡翠の朝」 101
「水棲人」 67
「水中からの挑戦」 63
「酔歩する男」 199
「推理」(雑誌) 230
『推理教室』(アンソロジー) 213
『推理作家になりたくて』(アンソロジー) 267
『推理小説作法』 56
『推理小説集1』 217
『推理小説常習犯』 56
『推理小説代表作選集』 165
『推理小説年鑑』(アンソロジー) 65、165、168、174、200、281
『推理小説ベスト』 165
「推理ストーリー」(雑誌) 230
『推理短編六佳撰』(アンソロジー) 263
〈推理日記〉 56、240、254
「推理文学」(雑誌) 109
『推理文壇戦後史』 56
「睡蓮」 101
「巣鴨奇談」 196
『スクランブル』 236
『スケバン刑事』 48
「鈴谷樹里の軌跡」 172
「スター・ウォーズ」(映画) 308
『スタジアム　虹の事件簿』 90、105
『ずっとお城で暮らしてる』 190
「スティング」(映画) 94
『ストックホルムの密使』 70
『ストロベリーナイト』 296
『砂のクロニクル』 209
『スパイキャッチャーJ3』(マンガ) 299
『スパイ小説』 291
『スペース』 104、106、107
『すべてがFになる』 147
『すべてのものをひとつの夜が待つ』 189
『墨田川幽霊グラフィティ』 109
〈墨野隴人〉 180
『スライハンド』(マンガ) 299
『スラム・ダンク・マーダーその他』 90
『すれ違った死』 256
『聖遺の天使』 169、305
『整形逃亡　松山ホステス殺人事件』 250
『聖殺人者』 147、149
『青春デンデケデケデケ』 252
『聖女の島』 190、198
『清談佛々堂先生』 136
「青帝の鉾」 190
『青銅の魔人』 87、125
『制服捜査』 295
『聖別された肉体——オカルト人種論とナチズム』 198
『聖夜の越境者』 208
「セーラームーンR」(テレビ) 29
『世界幻想文学大系』 260
『世界最強虫王決定戦』 150
『世界短編傑作集』(アンソロジー) 48、249
「世界・わが心の旅」(テレビ) 140
「セキストラ」 258
「殺生谷の鬼火」 290
『絶対音感』 258

『三億を護れ！』 151
『三角館の恐怖』 87
『三月は深き紅の淵を』 99 ～ 102
『残虐記』 242
「参勤交代」 203
『三教指帰』 116
『三四郎』 234
『3000年の密室』 278
「山荘の絞刑吏」 156
『山荘の死』〈鮎川哲也コレクション〉 214
『サンタクロースのせいにしよう』 105
『三丁目が戦争です』 76
「三人の学生」 269
「三人の剝製」 269
『三百年のベール』 109
『三辺は祝祭的色彩—Thinkers in Three Tips』 237
『参謀本部の密使』 108
「C市」 201
『ジウ　警視庁特殊犯捜査係』 295
『ジェシカが駆け抜けた七年間について』 89、92、115
『The end』 115
「ジェントルマン・ハラキリ事件」 111
『塩の街』 162、271
『紫苑の絆』 69、72
『紫骸城事件』 45
『死角』（アンソロジー） 214
「四月馬鹿の悲劇」 235
『鹿の幻影』 260
『時間砲計画』 76
『屍鬼』 140
「事件記者」 80
「事件列島ブル」（マンガ） 31、32
『地獄時計』 88
「地獄風景」 102
「獅子王」（雑誌） 21、109、286
『死者だけが血を流す』 218
『死者の学園祭』 74、235
『死小説』 229
「静かな密室」 306
『刺青殺人事件』 179 ～ 181、276
「視線」 80
『自選ショート・ミステリー』（アンソロジー） 267
『自然と人生』 195
「時代」 88
『時代伝奇小説』 291
『シタフォードの秘密』 156
『七十五羽の烏』 212
「七人みさき」 85
『失踪当時の服装は』 294
「失敗作」 270
『疾風ガール』 295
「失恋第五番」 291
「失恋第六番」 291
「死神と藤田」 167
『死神の精度』 167
『死神博士』 182
『死の泉』 190
『死の影』 114
『死のクリスマス』 285
『死の引受人』 285
『渋谷一夜物語』 14、16、18
「死亡した宇宙飛行士」 62
「締め出し」 34
『下山事件　最後の証言』 224
「指紋」 193
『斜影はるかな国』 133、209
『斜光』 143
「邪宗仏」 168
『シャドウ』 304、306
『SHADOWS in the SHADOW 陰に棲む影たち』 60
『しゃばけ』 184
「ジャパン・パンチ」（雑誌） 111
「三味線堀」 283
『シャム双生児の秘密』 156
『写楽殺人事件』 27、95、134
『邪恋』 144
『シャングリ・ラ』 174、177、178
『ジャーネくんの赤いひみつ』 126
『ジャーネくんの寒いぼうけん』 126
「ジャーロ」（雑誌） 305
「シャーロック・ホームズ」 291
『シャーロック・ホームズ異聞』 289、291
『シャーロック・ホームズの栄冠』 269
「週刊朝日」（雑誌） 253
「週刊少年ジャンプ」（雑誌） 19、74、267、300
「週刊少年マガジン」（雑誌） 31、32、74、246、261、299
「週刊大衆」（雑誌） 230
「週刊プレイボーイ」（雑誌） 267、300
「週刊文春」（雑誌） 31、181、212
「十五年目の子」 255
「十五分間の出来事」 214
「十三号独房の問題」 48
『13人目の探偵士』 25
『13人目の名探偵』（ゲームブック） 25
『13の暗号』（アンソロジー） 277
『13の凶器』（アンソロジー） 277
『十三の黒い椅子』 114
『13の密室』（アンソロジー） 277
『十三番目の人格— ISOLA —』 309
『十字路に立つ女』 133
『終戦のローレライ』 211
『十二階の柩』 141
〈十二国記〉 44、74、271
『十人の戒められた奇妙な人々』 112、115
『終末曲面』 15
「襲名」 286
『十四歳、ルシフェル』 173
『重力ピエロ』 43
「朱夏」（雑誌） 80
『樹下の想い』 144
『祝婚歌』 190
『十角館の殺人』 23、121
『手天童子』（マンガ） 64
「朱の絶筆」 24、277
『樹縛』 263
「呪縛再現」 277
『呪縛の家』 180、212
『「シュピオ」傑作選』 66
『呪文字』 116
『聚楽—太閤の錬金窟』 204
『修羅の刻』（マンガ） 19
『ジュリエット』 186
『春期限定いちごタルト事件』 236
『殉教カテリナ車輪』 135、163
『巡査失踪』 294
『殉霊』 242
『硝煙の詩』 285
『笑撃☆ポトラッチ大戦』 73、75、76
『少女達がいた街』 264
『少女と武者人形』 15
『少女ノイズ』 303、305、306
『少女はなぜ逃げなかったのか』 250
〈笑酔亭梅寿謎解噺〉 64、167
『正雪記』 289
「小説現代」（雑誌） 241
「小説工房」（雑誌） 119
『小説 こちら葛飾区亀有公園前派出所』（アンソロジー）

『幻燈辻馬車』　108
『剣と薔薇の夏』108、109、130
『玄武塔事件』　128
『幻竜苑事件』　128
『恋』　143、144
『恋文』　143
『恋紅』　190
〈甲賀三郎全集〉　86
『甲賀三郎探偵小説選』　79
『甲賀忍法帖』　298
「高給家庭教師」　255
『後宮小説』　29、184
「絞刑吏」　67
『高校殺人事件』　235
『高校野球殺人事件』　89
『広告人形』　245
『孔子暗黒伝』（マンガ）　30
『交渉人』　50
『劫尽童女』　99、100
『巷説百物語』　84、85
『鋼鉄の騎士』　70
『黄鵬楼』　88
『降魔弓事件』　128
『蝙蝠館の秘宝』　183
『鈎屋敷の夢魔』　139
『荒野の少年イサム』（マンガ）
19
『「高野聖」殺人事件』　141
「凍った嘴」　309
『コールド・ゲヘナ』　305
〈木枯し紋次郎〉　83
『黒衣の花嫁』　289
「虚空楽園」　167
『黒死館殺人事件』　23
「黒相撲館の殺人」　91
「国民新聞」（雑誌）　195
「国民之友」（雑誌）　195
『獄門島』　246、247
『虎口からの脱出』　70
『午後の砲声』　208
『心ひき裂かれて』　152
〈小酒井不木全集〉　86
〈小酒井不木探偵小説選〉
126、221
『古事記』　205
『碁娘伝』（マンガ）　30
『古城の秘密』　244
『御請来目録』　117
『ゴジラ』　161
『GOTH リストカット事件』　300
『午前三時のルースター』　209
〈「こち亀」ミステリー〉　267
『孤虫症』　147
『国境事変』　293、294
「コック長に脱帽」　248
『ゴッホ殺人事件』　135
『湖底のまつり』　93、143
〈古典部〉　236
『孤島の殺人鬼』（アンソロジー）
278
『子供たちの探偵簿』　126
『子どもの王様』　74
「このミステリーがすごい！」
31、33、49、140、158、230、
269、293、309
「この胸いっぱいの愛を」（映画）
172
「この世でいちばん珍しい水死
人」　216
「子は鎹」　167
『琥珀の城の殺人』　188
『五瓣の椿』　289
「小法師の勝ちだ」　289
「コミックブレイド MASAMUNE」
（雑誌）　299
「コミックモーニング」（雑誌）
299
『五稜郭残党伝』　20、22
『稀覯人の不思議』　302
『蒐集家』〈異形コレクション〉
167
『殺しの序曲』　285
『殺しの双曲線』　157
『殺しはエレキテル　曇斎先生
事件帳』　81 ～ 83
『こわい伝言』　254
〈怖い本〉　227
『壊れるもの』　229
『金春屋ゴメス』　183、184、187
『崑崙遊撃隊』　161

さ

「最強力士アゾート」　91
「最高級有機質肥料」　61
「最後の挨拶」　127
『最後の一撃』　152
『最後の記憶』　122
『最後の夜』　254
〈最新傑作ミステリー〉（アンソ
ロジー）　266
〈最新「珠玉推理」大全〉（アン
ソロジー）　266
〈最新ベストミステリー〉（アン
ソロジー）　266
〈最新ミステリー選集〉（アンソ
ロジー）　266
『再生ボタン』　228
『サイト』　114
『西遊妖猿伝』（マンガ）　30
『坂口安吾集』　212
〈坂口安吾全集〉　82、108、280
「酒島警視の食道楽犯罪簿」　249
『さかしま砂絵』　283
「坂の上のゴースト」　111
「桜川のオフィーリア」　216
『桜さがし』　264
『桜宵』　250
『酒の夜語り』〈異形コレクシ
ョン〉　286
〈囁き〉　236
『殺意の集う夜』　157
『殺意は砂糖の右側に』　222
『殺人鬼』　198
『殺人鬼の放課後』　101
『殺人交叉点』　151
『殺戮にいたる病』　152、154
『殺竜事件』　45
『砂糖菓子の弾丸は撃ちぬけな
い』　271
『佐藤春夫集』　194
『佐藤春夫全集』　194
『サドン・デス』　90
『沙漠の古都』　203
『砂漠の薔薇』　135
『ザ・ハンマー』　286
『さぶ』　289
『The Book—jojo's bizarre adven
ture 4th another day』　298、
300
「ザ・ベスト ミステリーズ」
65、165 ～ 167、200、232
『夏街道〈サマーロード〉』
272、273
「さみだれ」　252
『沙門空海唐の国にて鬼と宴す』
116、118、120
『サユリ　マイ　ミステリー』（ア
ンソロジー）　215
『さよなら妖精』　271
『さらば長き眠り』　131
『サラマンダー殲滅』　171
『猿島館の殺人』　55
『猿の証言』　222
「猿の手」　283
『猿丸幻視行』　118
「猿耳」　289
『THE WRONG GOODBYE
ロング・グッドバイ』　130
「騒がしい密室」　169

『吸血鬼は眠らない』 139
『吸血鬼ミュウの決心』 264
『吸血魔』 182、183
『九十九点の犯罪』 213
『九杯目には早すぎる』 232
「九マイルは遠すぎる」 232
「京極夏彦 巷説百物語」（テレビ） 85
『競作　五十円玉二十枚の謎』（アンソロジー） 105、215
『凶獣幻野』 22、161
『凶笑面』 53
『兇天使』 311
「共犯者」 34
「恐怖小説講義」 261
「恐怖の超猿人」 63
「恐怖の廊下事件」 292
『虚栄の市』 37、38
『巨匠の選択』（アンソロジー） 267
『虚無への供物』 23
「きららセーズ」（雑誌） 299
『キリオン・スレイの生活と推理』 52
〈霧島三郎〉 180
〈桐原家の人々〉 46
「霧彦」 139
『鬼流殺生祭』 109
「キリング・タイム」 231、232
「疑惑」 193
「疑惑のデッサン」 34
『金色の雨』 144
『銀河帝国の興亡』 61
『銀河帝国の弘法も筆の誤り』 61
「銀河を駆ける呪詛」 62
「金冠文字」 292
「キング」（雑誌） 247
『キング』 296
「キング・タイガー」 268
「銀座の空襲」 255
「銀座八丁」 37
『禁じられた楽園』 98、101、102
『銀扇座事件』 128
『金田一少年の事件簿　電脳山荘殺人事件』 157
「金田一もどき」 17
「近代麻雀」（雑誌） 299
『金のゆりかご』 222
『緊縛の救世主　蒼き鎖のジェラ』 61
『金門島流離譚』 242
『空中紳士』 203
『空中都市008』 76
「空中の散歩者」 68
『クール・キャンデー』 152
『久遠堂事件』 128
〈釘抜藤吉捕物覚書〉 283
『愚者のエンドロール』 271
『国枝史郎探偵小説全集』 202、290
『国枝史郎伝奇全集』 202
『国枝史郎伝奇短篇小説集成』 203、290
『国枝史郎伝奇文庫』 27、202
『国枝史郎伝奇浪漫小説集成』 290
『国枝史郎歴史小説傑作選』 201、203、290
『首のない鳥』 114
「蜘蛛」 277
「雲の南」 169
「暗い日曜日」 189
『クライマーズ・ハイ』 299
『暗い落日』 218
「苦楽」（雑誌） 283
『くらのかみ』 74
「蔵の中」 197、245
「Crumbling Sky」 306
「グラン・マーの犯罪」 231
『グリーン家殺人事件』 16
『クリヴィツキー症候群』 133
「クリスマスのおくりもの」 106
『クリスマスローズの殺人』 264
『クリムゾンの迷宮』 309
『グルメ刑事』 249
『グルメ殺人事件』 249
〈グルメ探偵〉 249
『グルメ探偵、特別料理を盗む』 249
『グルメ探偵と幻のスパイス』 249
「グルメ・ハント」 249
『グルメを料理する十の方法』 249
『呉田博士』 244
『黒い家』 186、309
「黒い線」 31
「黒い旋風」 80
「黒髪のクピド」 138
『黒ぎ舞楽』 143
『黒頭巾旋風録』 19、20
『クロックタワー２』 285
『黒と茶の幻想』 100
「黒襟飾組の魔手」 290
『黒猫館の殺人』 122
『「黒猫」傑作選』 67
『クロノス・ジョウンターの伝説』 172
『黒船屋の女』 135
『くわえ煙草で死にたい』 218
『軍事探偵小説』 291
『警官の血』 293
「敬虔過ぎた狂信者」 169
『警察庁から来た男』 295
〈警視庁科学特捜班〉 295
『警視庁草紙』 108
『Ｋの流儀　フルコンタクト・ゲーム』 172
「警部補・山倉浩一　あれだけの事件簿」 269
『ゲームの名は誘拐』 13
「劇団「笑う妖魔」」 290
『芥子の花 金春屋ゴメス』 187
『月光ゲーム』 121
『月光亭事件』 128
『月光のイドラ』 311
〈傑作推理大全集〉（アンソロジー） 266
「決闘、二対三！の巻」 268
「決別の春」 34
『ゲッベルスの贈り物』 154
「獣の記憶」 200
『ゲルマニウムの夜』 242
「幻影城」（雑誌） 23、24、66、78、143
『幻影城』 56、104
『幻影の蔵』 241
「検屍医」 67
『幻日』 228
『滅失への青春』 57
「原子病患者」 180
『幻書辞典』 260
『幻想建築術』 189
「幻想書林に分け入って」 261
「幻想と怪奇」（雑誌） 260
『幻想と怪奇の時代』 257、260、261
「幻想文学」（雑誌） 112、113、188、189、198
『現代怪奇小説集』 260
『現代怪談傑作集』 260
『現代怪談集成』 260
『現代大衆文学全集第七巻　小酒井不木集』 125
『現代忍者考』 88
〈現代ベストミステリー〉（アンソロジー） 266
〈現代ミステリー傑作選〉（アンソロジー） 266
〈建築探偵〉 188
〈建築探偵桜井京介の事件簿〉 188

『改訂・受験殺人事件』 24、235
「海底人8823」（テレビ） 161
『海底密室』 157、305
『回転木馬』 262、264、265
『怪の標本』 229
「かいやぐら物語」 197、245
『海洋冒険譚』 291
『怪を訊く日々』 229
「カウンターブロウ」 231
『顔 FACE』 31、33、34、295
『カカオ80%の夏』 262、263、266、272
〈科学捕物帳〉 292
「鏡」 163
『鏡陥穽』 161、163、164
「鏡地獄」 163、257
『夏期限定トロピカルパフェ事件』 236
『賭の季節』 254
『陰の季節』 31、33、295
『影の肖像』 222
『影踏み鬼』 110、231
「過去のはじまり未来のおわり」 231
『風間光枝探偵日記』 289、291、292
『飾られた記号—The Last Object』 237
「家常茶飯」 104、193
『火星人類の逆襲』 161
『風からくり』 139
『風の歌、星の口笛』 238
『風の月光館』 109
「風の古道」 186、187
「風の吹かない景色」 231
〈花葬〉 53
『仮題・中学殺人事件』 74、235
『肩ごしの恋人』 44
『片眼の猿』 304
『ガダラの豚』 95
『加田伶太郎全集』 52
『果断 隠蔽捜査2』 293
『学校の事件』 114
『活字狂想曲』 113
『KAPPA』 224
『カディスの赤い星』 70、209
『金沢逢魔殺人事件』 235
『カナスピカ』 273
『彼方より』 188
『蟹喰い猿フーガ』 95
『狩野俊介の記念日』 125、128、129
『狩野俊介の事件簿』 128
『狩野俊介の肖像』 128
『狩野俊介の冒険』 128
『屍船』 115
「靤」 31
『カプセル 新潟少女監禁事件 密室の3364日』 250
『カプグラの悪夢』 133
『咬まれた手』 88
「上方日記」 83
『神々の座を越えて』 71
『神狩り』 14
『上高地の切り裂きジャック』 59
〈神の子ジェノス〉 60
『神の子は来りて歌う』 60
『神の子はみな踊る』 61
『神々の砦』 21
『カムイの剣』 19、69
「かむなぎうた」 88
「カメレオン黄金虫」 80
『カメロイド文部省』 61
『仮面劇場』 245
『仮面舞踏会』 246、247
『家紋の話』 56
「蚊帳ひとはり」 283
〈香山滋全集〉 86
「がらがら煎餅」 283
「ガラスの檻の殺人」 214
「ガラスの鎖」 256
『硝子のハンマー』 309
『カリスマ』 148
『カリブ諸島の手がかり』 113
『四重奏 Quartet』 114
『枯れ蔵』 263
「乾いた犬の街」 16
『渇き』 220
『川に死体のある風景』（アンソロジー） 212、215、216
『玩具修理者』 199、200
「巌窟王」 234
『贋作ゲーム』 94、98
『贋作遊戯』 94〜96、98
「感謝祭の二人の紳士」 248
「感傷の街角」 231
〈完四郎広目手控〉 83
『完全試合』 89
『完全脱獄』 48
「完全犯罪」 277
『完全犯罪に猫は何匹必要か？』 157
「神無月のララバイ」 111
『ガンフロンティア』（マンガ） 19
『観覧車』 144、264、265
〈キーリ〉 273
「黄色い鞄と青いヒトデ」 106
『黄色い部屋の秘密』 276
『黄色い部屋はいかに改装されたか？』 56、240
「消えずの行灯」 231
『消えたおじさん』 76
『消えた奇術師』 275〜277
『消えた巨人軍』 89
『消えた山高帽子』 108、110、111
『機械獣ヴァイブ』 161
〈木々高太郎全集〉 86
「帰郷」 68
「桔梗の宿」 143
『奇偶』 23、25、26
『喜劇悲奇劇』 118
『喜劇ひく悲奇劇』 118
『危険冒険大犯罪』 17
「鬼子母神事件」 58
「危女保護同盟」 292
「Kiss」（雑誌） 299
『犠牲者は誰だ』 218
『季節のない町』 289
『北イタリア幻想旅行』 188
『綺譚集』 144
『狐の密室』 24
『狐闇』 96、137
『狐罠』 96、137
『樹のごときもの歩く』 180
『牙の領域 フルコンタクト・ゲーム』 173
『牙をむく都会』 133
「吉備津の釜」 88
『ギブソン』 151、154、155
「鬼仏洞事件」 292
『気分は名探偵』（アンソロジー） 212〜214
〈キマイラ・吼〉 44
『気まぐれフレンドシップ』 56
『君が望む死に方』 160
「逆転の夏」 32
「逆密室のゆうべ」 278
『求愛』 144
『Q＆A』 102
『旧宮殿にて 15世紀末、ミラノ、レオナルドの愉悦』 169、305
『球形の季節』 99
「吸血鬼」 139
『吸血鬼あらわる！』 138、141
『吸血鬼幻想 ドラキュラ王国へ』 140
「吸血鬼ドラキュラ」（映画） 140
『吸血鬼ドラキュラ』 138〜140
『吸血鬼はお年ごろ』 139

144、147、152
『犬神家の一族』 244、246、247
『イヌの記録』 88
「イノセンス」（映画） 300
『イノセンス After the Long Goodbye』 300
「慰問文」 68
『依頼人は死んだ』 242
『いろは歌の謎』 118
〈岩谷選書〉 193
『陰画の構図』 152
『隠蔽捜査』 295
「IN★POCKET」（雑誌） 135
〈ヴァンパイヤー戦争〉 139
「吸血鬼一泊」 138
『ヴィーナスの心臓』 52、213
『維納の殺人容疑者』 192、194
『ウイルス—紫の花』 285
〈ウエスタン武芸帳〉 19
「飢えた宇宙」 62
『上と外』 100
「ウェンズデーの悪魔」 111
『魔犬街道』 21、22
『雨月物語』 226
『宇治拾遺物語』 226
『うたう警官』 295
『歌麿殺贋事件』 53、95、135
「宇宙塵」（同人誌） 258、259
『宇宙のあいさつ』 258
「雨中の客」 231
『宇宙捕鯨船バッカス』 170、172 ～ 174
『海の底』 161、162、271
『海を見る人』 199、200
『裏切りの日日』 294
「うらぐち」 257
「ウラルの東」 290
『朱漆の壁に血がしたたる』 24
「ウルトラセブン」（テレビ） 63
〈ウルフガイ〉 299
『ウルフガイ』（マンガ） 299
〈海野十三全集〉 86
『運命の鎖』 223
『永遠の森——博物館惑星』 175
『栄光一途』 90
『エイダ』 14
『８マン』（マンガ） 299
『絵が殺した』 136
「えげれす伊呂波」 283
「ＳＦアドベンチャー」（雑誌） 119
「ＳＦマガジン」（雑誌） 61、308、309
『蝦夷地別件』 209
『越境捜査』 293
『「Ｘ」傑作選』 67
〈江戸川乱歩賞受賞作全集〉 235、236
『江戸川乱歩賞と日本のミステリー』 241
〈江戸川乱歩推理文庫〉 86
〈江戸川乱歩選集〉 86
〈江戸川乱歩全集〉86、87、202
〈江戸の検屍官〉 83
『エトロフ発緊急電』 70
『ｆの魔弾』 169、279
『M・R・ジェイムズ全集』 260
『M.G.H. 楽園の鏡像』 305
『「エロティック・ミステリー」傑作選』 67
『炎都』 264
〈ＥＭ（エンバーミング）〉 250
『延暦十三年のフランケンシュタイン』 119
『追いつめる』 131、218
『王国は星空の下』 262
『欧州諸朝廷の秘密』 195
『黄色館の秘密』 55
「嘔吐した宇宙飛行士」 62
『黄土の奔流』 69
『大当りの死』 285
『大いなる殺人』 217
『大いなる聴衆』 263
『大いなる眠り』 217
「大きな森の小さな密室」 169、200
「OK 牧場の決闘」（映画） 133
『大相撲殺人事件』 89、91、93
〈大坪砂男全集〉 86、202
『オーデュボンの祈り』 39
『オートバイ・ライフ』 56
「オール讀物」（雑誌） 137、191、251、256
「お母さまのロシアのスープ」 167
「オカアサン」 104
〈岡坂神策〉 132
『岡田鯱彦名作選』 235
『熾火』 220
〈小栗虫太郎全作品〉 86
「幼な馴染み」 267
「押絵と旅する男」 257
『ＯＺの迷宮　ケンタウロスの殺人』 278
『おせっかい』 145
『おせっかいな神々』 258
「恐ろしき四月馬鹿」 244
「お代は舌で」 248
〈御茶ノ水警察署〉 268
『堕とされしもの』 188
『オトシモノ』 229
「おとなしい凶器」 249
『鬼が来たりてホラを吹く』 55
『鬼子』 149
『鬼面村の殺人』 55
「鬼火」 245
「お望みどおり」 254
「お文の魂」 280
「オペラントの肖像」 228
『Op. ローズダスト』 208、211
『汚名』 35、38
「Ωの聖餐」 228
「思い出の場所」 129
「思い出を探して」 129
「面影草紙」 197
『親不孝通りディテクティブ』 138
『和蘭陀靴の秘密』 245
『オリエント急行の殺人』 156、234
『愚か者死すべし』 130、131
『女には向かない職業』 262
『陰陽師』 119

か

「かあちゃんは犯人じゃない」 126
「乙女的困惑」 270
『開化怪盗団』 109
「開化の殺人」 193
『開化回り舞台』 109
『怪奇館』 113
『怪奇幻想の文学』 260
『怪奇十三夜』 113、115
『怪奇探偵小説』 291
『怪奇探偵小説傑作選４『みすてりい』』 139
『怪奇探偵小説集１』 79
〈怪奇探偵小説名作選〉 194
『怪奇無尽講』 286
『快傑黒頭巾』 21
『快傑ゾロ』 21
『外交奇譚』 195
「骸骨島の大冒険」 290
「怪人呉博士」 290、291
『怪人二十面相』 125
『海神の逆襲』 161
『海賊島事件』 45
「怪談入門」（エッセイ） 226
『外地探偵小説集　満洲篇』 77、79、81
『外地探偵小説集　上海篇』 81
「怪虫」 161

作品名索引

◉『 』は書籍名、「 」は雑誌、短編、映画、テレビ番組等の題名、〈 〉はシリーズ名

あ

『亜愛一郎の狼狽』 53
『アースマン』（マンガ） 299
『アース・リバース』 305
『愛！』（アンソロジー） 168
「愛児のために」 286
『愛情の限界』 143
「愛書家倶楽部」 167
『i.d.』 306
『愛と髑髏と』 190
『相棒に気をつけろ』 95
『アイルランドの薔薇』 158
『青い触手の神　凶の剣士グラート２』 60
『青いバラ』 258
「青い骨」 16
『青い密室』 277
『青い館の崩壊』 114
『青じろい季節』 126
『青の炎』 309
『赤い額縁』 114
『赤い影の女』 156
『赤い竪琴』 142、144
「赤い骨」 255
『赤い密室』 277
『赤朽葉家の伝説』 271
『赤毛の男の妻』 151
『赤ちゃんがいっぱい』 105
『赤ちゃんをさがせ』 105
「赤はぎ指紋の秘密」 292
「赤ひげ」（映画） 289
『赤ひげ診療譚』 289
『赤屋敷殺人事件（赤い館の秘密）』 245
「秋のとばり」 238
『アクアリウムの夜』 198
「悪事の清算」 270
『アクセス』 295
『悪党たちが目にしみる』 41
『火の神の熱い夏』 169、279
『悪の華』 149
〈悪魔〉 235
『悪魔が来りて笛を吹く』 246、247
『悪魔のいる天国』 258
『悪魔の句集』 113
『悪魔の口笛』 179
「悪魔の辞典」 41
『悪魔の手毬唄』 197、246、247
「悪魔の函」 276
『悪魔博士』 126
『悪魔はここに』 277
『悪魔は天使の胸の中に』 225
「悪霊憑き」 216
『悪霊島』 246
〈顎十郎捕物帳〉 82、280、282
「顎十郎もどき」 282
「痣のある女」 292
『蘆屋家の崩壊』 144
『明日という過去に』 143
「頭のない前頭」 91
『悪果』 293
「悪漢追跡せよ」 126
『吾妻鏡』 205
『あでやかな落日』 133
〈亜智一郎〉 83
『穴』 48
『あなたが名探偵』（アンソロジー） 215
『あなたに似た人』 249
「あなたはだあれ？」 63
『あなたは挑戦者』（アンソロジー） 213
「あなたは名探偵」（テレビ） 213
「あなたを見ている」 306
『穴の牙』 52
『姉飼』 186
『あのころの未来　星新一の預言』 259
『あの手この手』 94
『アヒルと鴨のコインロッカー』 43
『アベラシオン』 189、190
『天霧家事件』 128
『雨恋』 142、145、146
『アムネジア』 198
『雨の音が聞こえる』 128
『雨の恐竜』 262、272
『雨はいつまで降り続く』 208
『アメリカ語を愛した男たち』 242
『アメリカン・ヒーロー伝説』 242
「危うし!!　潜水艦の秘密」 290
『妖かし語り』 114
「あやまち」 257
〈鮎川哲也長編推理小説全集〉 85
〈鮎川哲也コレクション〉 214
『鮎川哲也の密室探求』 277
『鮎川哲也名作選　冷凍人間』 161
「千夜一夜物語」 16
『アリオン』 300
『アリオン異伝』 300
『アリゾナ無宿』 19、134
『ある愛の詩』 149
「ある愛の詩」（映画） 149
『歩け、歩け』 253、254
『アルコォルノ キズ』 286
「あるスカウトの死」 90
『あるゾンビ少女の災難』 284、287
「ある脱獄」 49
『アルティメット・ブレイド』 285
『ある閉ざされた雪の山荘で』 157
『暗号』 70
『暗黒館の殺人』 121、122、124
『安政五年の大脱走』 48、50、51
『安徳天皇漂海記』 204
『アンドロメダ・ストーリーズ』（マンガ） 299
『安楽椅子探偵アーチー』 145
『家に棲むもの』 200
『怒りの大洋』 161
『異形家の食卓』 61
〈異形コレクション〉（アンソロジー） 61、65、167、189、227、272
『「活けじめ美女」殺人事件』 249
「池袋⇔亀有エクスプレス」 268
〈池袋ウエストゲートパーク〉 268
『生ける屍の死』 25、26、121
『生ける死美人（トレント最後の事件）』 245
『石の血脈』 139
『石の中の蜘蛛』 147
『異常快楽殺人』 227
『〈移情閣〉ゲーム（→龍の議定書）』 208
『異色作家短篇集２　特別料理』 249
『異人館の妖魔』 139
『泉』 114
「偉大なる夢」 87
『板前さん、ご用心』 249
『一の悲劇』 124
『いつか白球は海へ』 296
「IKKI」（雑誌） 299
『五つの棺』 54、121
『五つの密室』 278
「一杯の賭け蕎麦」 268
『一本の鉛』 254
『田舎の事件』 114
『イニシエーション・ラブ』

初出　月刊「小説現代」二〇〇二年九月号～二〇〇八年四月号

日下三蔵（くさか・さんぞう）

一九六八（昭和四十三）年、神奈川県生まれ。出版芸術社に勤務して《ふしぎ文学館》シリーズなど約八十冊を編集する。九八年からミステリ・ＳＦ評論家、フリー編集者として活動。〇三年、小山正と共編で小説以外の媒体の本格ミステリを紹介するガイドブック『越境する本格ミステリ』（扶桑社）を刊行。〇四年に編纂した『天城一の密室犯罪学教程』（日本評論社）は、翌年の第五回本格ミステリ大賞評論・研究部門を受賞した。

著書に『日本SF全集・総解説』（早川書房）。編著に『爬虫館事件』（角川ホラー文庫）、《怪奇探偵小説傑作選》（ちくま文庫）、《本格ミステリコレクション》（河出文庫）、《昭和ミステリ秘宝》（扶桑社文庫）、《山田風太郎ミステリー傑作選》（光文社文庫）、《都筑道夫少年小説コレクション》（本の雑誌社）、《中村雅楽探偵全集》（創元推理文庫）、『山沢晴雄傑作集　離れた家』（日本評論社）など。

ミステリ交差点
博覧強記の現代エンターテインメント時評

二〇〇八年八月二十五日　初版第一刷発行

著　者　日下三蔵
発行人　浜本　茂
印　刷　中央精版印刷株式会社
発行所　株式会社　本の雑誌社
〒164-0014
東京都中野区南台四-五十二-十四　中野南台ビル
電話　03(3229)1071
振替　00150-3-50378

定価はカバーに表示してあります
ISBN978-4-86011-084-0　C0095